Trubel & Heller

THE GODJOB

Robin Felder

Trubel & Heller

Sämtliche handelnden Personen und Begebenheiten sind frei erfunden. Ähnlichkeiten mit lebenden oder toten Personen, existierenden Unternehmen sowie Ereignissen oder Schauplätzen wären rein zufällig und nicht beabsichtigt.

Redaktion: Stefan Brill
Umschlagkonzept: Robin Felder
Umschlaggestaltung: Michael Dorschner | kimi-kido.de
Satz: T. Schober Datentechnik, Hamburg

www.thegodjob.com

ISBN 978-1500276027

„Und scheint die Sonne noch so schön,
Am Ende muss sie untergehn."
Heinrich Heine

„Thank you to God, for making me an atheist."
Ricky Gervais

JETZT

Intuition

„War alles zu Ihrer Zufriedenheit, Herr Schneeweiß?“, fragt mich der Portier an der holzgetäfelten Rezeption des Marriott Hotels Zürich. Ich checke aus. Zwei Nächte.

„Alles perfekt, vielen Dank“, entgegne ich und schaue ihn an, als trage er die alleinige Verantwortung dafür.

Unaufgefordert reiche ich ihm meine Schlüsselkarte. Er tippt hochoffizielle Daten in seinen Computer, was uns beide kurzzeitig von der Notwendigkeit etwas zu sagen befreit, und ich ergreife die Gelegenheit, mit geschlossenem Mund zu gähnen. Und rumzukucken. Hotelgäste durchschreiten die weitläufige Lobby von hier nach da, bleiben stehen, verschwinden, neue Leute kommen, es ist ziemlich was los. Ich bemerke einen dunkel gekleideten Mann, der im Wartebereich sitzt und sich mit nichts anderem beschäftigt, als mich zu beobachten. Mein Gesicht ist medial derart durchpubliziert, dass so was ständig vorkommt. Hab mich schon daran gewöhnt. Ich sehe schnell woanders hin.

„Hatten Sie etwas aus der Minibar, Herr Schneeweiß?“, höre ich den Portier hinter der Eichentheke fragen, der wie alle Portiers in gehobenen Hotels mit einer viel zu dominanten Persönlichkeit ausgestattet ist. Wachgerüttelt wende ich mich wieder ihm zu.

„Hatten Sie etwas aus der Minibar, Herr Schneeweiß?“, wiederholt er betont identisch, um nicht ungeduldig zu wirken.

Aus der Minibar? Das kann man wohl sagen. Mit der Zunge gleite ich über meine Zahnreihen, erfasse den

Geschmack der zwei Frühstücks-Wodka-Bull, plus noch irgendwas, um genau zu sein. Ich zähle ihm auf, was ich mir ungefähr genommen habe. Ebenso gut könnte ich sagen: eigentlich fast alles. Aber das würde die Sache nur verkomplizieren.

„Wie ich sehe, werden die Buchungen für Sie und Ihre Begleitpersonen von der Firma CfS beglichen, ist das richtig?“

„Mmh. Das erledigt alles meine Assistentin, muss jeden Augenblick hier sein“, erkläre ich klar und deutlich. Auch wenn bei mir die Luft raus ist, an meinem Tonfall lässt sich nichts erahnen.

„Selbstverständlich“, erwidert er in Sehr-wohl-Manier, und da kommt Kash auch schon angespurtet, schießt aus dem sich öffnenden Lift förmlich hervor. Unwirsch, dass einem angst und bange werden könnte. Warum neuzeitliche Frauen immer so hektisch sein müssen!

„Hey.“

„Hey.“

Hey sie, hey ich. Unsere allmorgendliche Begrüßungszeremonie. Sie sieht wieder wie aus dem Ei gepellt aus. Inklusive ihrer wunderschönen dunklen, langen Haare. Makellos. Anders habe ich Kash noch nie gesehen. Anders gibt es sie gar nicht. Sie verbringt jeden Morgen eisern diszipliniert eine Ewigkeit vor dem Spiegel, bis ein Halbe-Halbe-Kompromiss erreicht ist, zwischen Edelnutte und Chefetagen-Geschäftsfrau.

Im Stechschritt erreicht sie die Rezeption, zückt sichtbar routiniert ein paar Karten, und erledigt die Formalitäten mit der für sie typischen Ungeduld und Herablassung. Was auf dem Gesicht des Portiers jedoch keine messbare Reaktion hinterlässt. Alle Achtung, da haben wir schon ganz anderes erlebt.

Während ich Kash beobachte und ihre Wut auf mich zu kalkulieren versuche, fällt mir wieder auf, dass sie jedes

Mal kleiner ist, als ich sie in meiner Erinnerung abgespeichert habe. Und das, obwohl wir seit Monaten tagtäglich zusammen sind!

Als sie alles geregelt hat, dreht sie sich zu mir, schimpft mich immer noch nicht, sondern winkt stumm dem Pagen, der die ganze Zeit wie schuldbewusst bei ihrem Kofferset in der Ecke stand, und fügt ihrer Handbewegung ein mimisches *hierher, aber dalli* hinzu. Übereifrig setzt sich der Boy in Bewegung und rollt die Gepäckstücke hinter sich her. Wir kommen ihm entgegen.

Im Gehen fragt mich Kash „Und, wie hast du geschlafen?“, wobei sie in ihrer Handtasche nestelt, die sie auf dem angewinkelten Ellbogen hält, als wäre sie einen Zentner schwer.

„Beschissen“, zische ich hervor, weil's stimmt. Aber schon auch, weil's knallig klingt.

Kash: „Na prima.“

Ich frage: „Und du?“

„Ebenfalls mies“, murmelt sie, abgelenkt vom Inhalt ihres Täschchens. Sie sagt nur deshalb *mies*, weil sie das Wörtchen *beschissen* ausschließlich in Zusammenhang mit anderen in den Mund nimmt.

„Freut mich zu hören!“ Ich verzichte auf jegliche sarkastische Färbung, weil sich kenntlich gemachter Sarkasmus freilich verbietet, wenn man einander in und auswendig kennt.

Mitten in der Lobby bleiben wir stehen. Der Page, der von Nahem aussieht wie ein Nagetier, postiert sich neben uns. Kash findet ihr Smartphone, zieht es aus der Handtasche und hämmert aufs Display, als wollte sie ihm etwas einbläuen. „Ich schreibe Behringer gleich noch eine SMS. Danke ihm für gestern, und so weiter, ich grüß ihn von dir.“

„Behringer?“, flüstere ich, dann lauter: „Ja genau, tu das, schreib ihm ... was Nettes. Hat mich gefreut ihn wahrscheinlich kennengelernt zu haben.“ Behringer, der Name sagt mir nichts. Hat wohl mit meinem gestrigen Auftritt im Züricher Hallenstadion zu tun, dem zweiten in Folge, beide Abende restlos ausverkauft. Ich blicke nicht mehr durch. In meiner Position trifft man gut und gern hundertmal mehr Menschen in einem Jahr, als andere in ihrem ganzen Leben. Es ist ein heilloses Durcheinander und Durcheinandertrinken für mich. Aber alle sind glücklich, alle sind froh. Wobei, natürlich nicht alle.

Wenn man einen Feldzug gegen Weltinstanzen anzettelt, macht man sich nicht nur Freunde.

Einem plötzlichen Impuls folgend, schaue ich wieder zu dem Typen im dunklen Anzug, der noch immer bei den Cocktailtischchen sitzt und mich nach wie vor unausgesetzt anstarrt, mit einer Coolness, die geradezu höhnisch wirkt. Ich kenne die schamlosen Blicke von Menschen, die ein bekanntes Gesicht entdecken und nicht mehr wegsehen können zur Genüge, nur dieser Kerl ist anders. Ich will aber auch nicht zu viel hineingeheimnissen.

Der Page wird von Kash instruiert, ihre Koffer in die hintere der beiden Limousinen zu bringen, die vor dem Eingang auf uns warten. Wie erlöst düst er mit dem Gepäck davon. Kaum ist er weg, donnert Kash schon los: „Sag mal, wieso gehst du ohne A und B aus deinem Zimmer, verdammt noch mal.“ Na endlich. Meine trockenen Lippen aufeinandergepresst, kräusle ich die Stirn. A und B ist unser Kürzel für meine beiden Bodyguards Samir und Rainer, ohne die ich nicht vor die Tür gehen darf. Nie. Dennoch verspürte ich heute Morgen eben das dringende Bedürfnis, ausnahmsweise wenigstens kurz mein Zimmer ohne Personenschutz zu verlassen. Aus reinem Überdruss. Zu viele Termine, zu viele ewig neue Probleme, zu viel ständig auf der Hut sein, zu viel von allem. Schließlich war ich vor meiner Popularitätsexplosion ein Eigenbrötler.

„Mach das nie wieder, allein auszubüxen, hörst du?", knurrt Kash, kneift mich echt brutal in die Seite und setzt mich ihrem typischen Blick aus. Ein bisschen so wie an dem Tag vor ein paar Wochen, als wir zum bislang einzigen Mal miteinander geschlafen haben – was seither gänzlich unbesprochen blieb. Was ich für vernünftig halte. Ich finde sowieso, dass man bestimmte Sachverhalte auch ruhig mal nicht thematisieren soll.

Wie aus dem Nichts stehen auf einmal A und B neben mir und ich bin tatsächlich schlagartig erleichtert. Die ganzen Todesdrohungen haben mich schon völlig kirre werden lassen.

„Guten Morgen die Herren", sage ich leichthin zu meinen Jungs, während wir dekorativ in der Hotelhalle, direkt auf dem in den Boden eingelassenen Marriott-Logo stehen. A und B nicken, ihre Entspanntheit hält sich in Grenzen. Muskelberg Samir beugt sich an mein Ohr und seine Stimme glüht vor Zorn: „Hör mal Chris, was sollte das denn? Haust einfach ab, ohne ..." Er stockt, registriert jemanden, und ich bin froh, dass er nicht weiterreden kann, weil eine ältere Frau nun direkt auf uns zukommt. Im Nu nähert sich die Dame, ein klassisches Hausmütterchen, deren frisch gelockenwickelte Haare vom Färben ruiniert sind, und ich gebe meinen Dreien ein Zeichen, dass sie es gut sein und sie gewähren lassen sollen.

Die Frau mustert mich mit der überraschten Freude, die ihr die Begegnung mit mir anscheinend bereitet, tritt zu nah an mich heran und nimmt in heiserem Ton Tuchfühlung auf: „Entschuldigen Sie Herr Schneeweiß, dass ich Sie so anspreche. Dürfte ich Sie um ein Autogramm bitten?" Das sind die üblichen Worte. Und wie es neuerdings immer öfter vorkommt, haucht sie gleich noch vertraulich: „Mein Mann und ich, wir glauben nicht, was da so alles über Sie geschrieben wird."

Ich nicke dankbar, von wegen *Ja, in letzter Zeit krieg ich's dicke ab*, trällere im Plauderton, Dienst ist Dienst, „Aber klar, gerne", was sich auf ihren Autogrammwunsch bezieht, und greife nach dem glitschigen Stift, den sie mir reicht, da ich nie einen eigenen dabei habe, weil das so aussähe, als erwartete ich Autogrammbitten. Dann hält sie mir noch eine Postkarte von Zürich hin, auf deren Rückseite ich meinen Vor- und Nachnamen schreibe. Datum drunter, fertig.

„So-oh, bitte sehr, und danke für Ihr Interesse", sage ich, ganz der joviale Gutmensch, den ich nachahme. Vollkommen klar: sie zwingt mich das zu sein, was sie in mir sieht, und ich mache mit. Fragt sich, was erbärmlicher ist.

Reglos hält sie die Karte in ihren Händen, bestaunt mein Signum, dreht sich um ... und geht einfach. Geht einfach. Passiert nicht selten, ist gang und gäbe. Da fehlt's hinten und vorn.

Für das Verhalten Prominenten gegenüber gelten weithin ganz eigene Benimmregeln. Irgendwas kommt den Menschen da abhanden. Eigenschaften wie Manieren und Verstand. Eigenschaften, die sie aber vielleicht von vornherein gar nicht besitzen. Denn mich beschleicht der Verdacht, dass Menschen *mit* Manieren und Verstand einen erst gar nicht ansprechen.

Sollten wir nicht schön langsam los? Noch bevor ich das in die Runde werfen kann, bemerke ich, wie Samir und Rainer sich in Habachtstellung begeben und Kash abfällig die Augen verdreht. Ich folge ihrem Blick. Oh je. Ermutigt durch die Autogrammjägerin kommen weitere Leute auf mich zu. Leute mit Leuten im Schlepptau. Es ist, als würde eine Dampfwalze heranrollen. Rainer stellt sich ganz nah neben mich, Samir mischt sich wachsam unter die Schar, die mich einkreist. Zehn, zwölf Personen. Es werden mehr. Ich, im Zentrum des Mikrokosmos, grinse, schreibe ein bisschen auf verschiedenen Papierformaten rum, schüttle Hände, bin ganz Ohr, gebe bereitwillig Antworten, posiere Arm in Arm, und alles was ich tun kann, ist reagieren. Ein paar Minuten. Die können lang sein. Einer rempelt, eine sieht mich an, als erwarte sie eine Offenbarung, eine weitere steht so nah hinter mir, wie um meinen Nacken abzuschlecken. Was wissen solche Leute eigentlich über sich selbst?

Ich plaudere launig weiter und arbeite einen nach dem anderen ab. Kash beobachtet dieses Schauspiel wie immer mit einer Abscheu, die an Verachtung grenzt. Fans sind Witzfiguren und Bittsteller für sie. Also kein großer Unterschied zum Rest der Menschheit.

Genau in dem Moment, in dem Rainer „So, zur Seite bitte, Herr Schneeweiß muss jetzt leider weiter" ruft, gebe ich pfeilschnell den geborgten Stift an eine Person zurück, der er nicht gehört, und mache ein Gesicht untröstlichen Bedauerns. Dabei ist Rainer natürlich angewiesen, mich nach spätestens fünf Minuten aus solchen Situationen zu befreien. Freundlich, aber bestimmt. Rainers zweite Aufforderung gewinnt bereits deutlich an Schärfe: „Zur Seite bitte jetzt."

Wir schälen uns aus der Menschenansammlung und marschieren fluchtartig Richtung Ausgang. Die Horde driftet auseinander. Ich spüre ihre Blicke auf meinem Hinterkopf, dem Gefühl einer milden Brise nicht unähnlich.

„Wir haben heute einen straffen Tagesplan", sagt Kash, schnell stöckelnd, um mit uns Männern *mindestens* gleichzuziehen. Ich nicke und forme einen Schmollmund. Schon bei der bloßen Erwähnung des Wortes Tagesplan bekomme ich eine mittelschwere Depression.

Vorvorgestern waren wir in Marseille, davor Wien, in drei Stunden landen wir in Helsinki. Übermorgen sind wir in weiß der Teufel wo. Ja, Kash wird wissen wo.

Sie weiß alles. Niemand könnte meine organisatorischen Belange besser im Griff haben als sie. Sie ist unentbehrlich. Eine Vorstellung, die mich auch nicht unbedingt entspannter macht.

Ich grabe meine Fingernägel in meine Handballen und habe wirklich keine Ahnung was ich mir davon verspreche, aber ich frage sie „Gab's die letzten Tage wieder neue Drohungen?", obwohl ich es eigentlich gar nicht hören will.

„Nein, nichts", antwortet sie schnell. In ihrer Stimme liegt eine mitreißende Gleichgültigkeit, die es einfach macht, ihr zu glauben. Doch ich weiß es besser. Sie lügt. Bleibt nur die Frage, wen sie hier belügt. Wir sitzen im selben Boot, Kash ist beinah genauso gefährdet wie ich.

Als bemerkte sie meinen Zweifel fügt sie mit Nachdruck hinzu: „Nein, wirklich nicht."

„Okay, okay. Ich vertraue dir", beende ich das Thema.

„Schön dumm", schiebt sie natürlich hinterher und streicht sich mit der Daumenspitze über ihre Wange, um den Anflug eines Lächelns zu verdecken. Lächeln! Bewahre! Kash doch nicht!

Samir, der vorangeht, stupst die gläserne Drehtür an, die mit einem seidigen Schleifgeräusch in die Gänge kommt, und tritt in die rotierende Kapsel. Ich muss warten, und kurz bevor die nächste Glaswand vorbeigleitet, fällt mir wieder der Finsterling im Anzug ein, und ich spähe über meine Schulter und suche ihn mit meinen Augen dort, wo er gesessen hat, doch ich kann ihn nicht finden. Sein Stuhl steht verlassen da, der dunkelbraune Lederbezug ist noch eingedellt vom Sitzabdruck. Mein Blick irrlichtert durch die Halle. Ergebnislos. Der Typ ist weg.

Kash drückt mir ihren Zeigefinger ins Kreuz und drängelt „Komm weiter", was mich wieder gen Ausgang schauen lässt. Die Drehtür nimmt mich auf. Eingekeilt zwischen zwei Scheiben tipple ich über den Raufaserteppich und betrachte meine Spiegelung in der Scheibe vor mir, mustere mein ausgemergeltes Gesicht, die geröteten Augen. Nach einer halben Umrundung um ihre eigene Achse spuckt mich die Drehtür aus.

Sofort zünde ich mir eine an, als ich in den überdachten Anfahrtsbereich trete. Noch immer wütet das Hochsommergewitter von gestern Abend. Rainer überholt mich und öffnet Kash und mir die rechte Fondtür der Limousine. Kash steigt ein und rutscht durch, auf den Rücksitz hinter dem Fahrer mit Chauffeurmütze, älteres Semester.

Ich bin mit einem Mal hundemüde, als ich die frische Zigarette wegstupse und auch in den Wagen steige. Der Ledersitz ist tief und weich. Rainer sagt „Vorsicht bitte", bevor er meine Tür sacht ins Schloss fallen lässt. Gedämpfte Stille im Wageninneren. Enklave der Ruhe. Eine seltsame Nervosität ergreift mich. Ich tue dagegen, was ich oft zur Beruhigung mache - mich ablenken. Heute, indem ich die zweihundertzehn Seiten der amerikanischen Anthologie rekapituliere, die ich nach dem Aufstehen auswendig gelernt habe, weil mein Gehirn einfach ständig Futter einfordert. Eins zu eins leiere ich in meinem Gedächtnis durch: Washington, Adams, Jefferson, Madison, Monroe, Adams, Jackson, van Buren, Harrison, Tyler, Polk, Taylor, Fillmore, Pierce, Buchanan, Lincoln, ah ja und so weiter. Das ganze US-Präsidentenpersonal, inklusive Geburtsdaten, Amtsperioden, Besonderheiten, Zeile für Zeile.

„Alles in Ordnung?", fragt Kash neben mir, wobei ihre Hand sanft über meinen Oberarm streicht. Man weiß wirklich nie, was bei ihr als nächstes kommt.

Unser Wagen rollt langsam an, fast ohne Gas, wie um unserer Ehrwürdigkeit Ausdruck zu verleihen. Der Fahrer schwenkt seinen Kopf weit nach links, um die Straße zu prüfen. Wir steuern aus dem überdachten Bereich ins

Freie. Umgehend zeichnen sich auf der Windschutzscheibe dicke Regentropfen ab, der Wischer setzt automatisch ein und macht schnelle Bewegungen. Unsere Limousine schert abrupt aus, hinein in den vorbeirauschenden Verkehr. Starke Beschleunigung, es drückt mich ins Polster. Ich schnalle mich an.

Kash telefoniert bereits wieder. Was sie empfindet, ist in der Art zusammengefasst, wie sie „Geben Sie mir Behringer" in den Hörer sagt. Harsch, aber mit diesem noblen englischen Einschlag. Kashs Akzentdeutsch ist wundervoll. Sie sagt zum Beispiel immer E*x*presso statt E*s*presso, oder *ex* cetera statt *et* cetera. Moment, ich dachte, sie wollte diesem Behringer eine SMS schicken, nicht ihn anrufen. Komisch. Rainer sitzt vor mir auf dem Beifahrersitz, Samir fährt im zweiten Wagen hinter uns her, mit dem Großteil des Gepäcks. Aus Sicherheitsgründen fahren wir immer mit mindestens zwei Autos.

An der dritten Ampel müssen wir halten. Wir sind die Ersten in der Schlange. Ich drehe mich um und sehe durch die Heckscheibe eine lange Autoreihe hinter uns. Kash fragt, ohne mich anzusehen „Ist was?", und schaut auf ihre Armbanduhr mit dem schlanken Lederband. Und während ich „Wir scheinen Samir abgehängt zu haben" nuschle, wende ich meinen Kopf wieder nach vorn und will auf dem Bildschirm, in der Kopfstütze des Sitzes vor mir, gerade irgendwelche Online-Nachrichten anwählen, als blitzartig etwas in meinem rechten Gesichtsfeld auftaucht, das mich sofort in diese Richtung blicken lässt. Eine bedrohliche Silhouette. Ich kann die Marke der schweren, schwarzen Luxuskarosse nicht bestimmen, die heranrast. Ihre Schnauze zielt auf uns. Im rechten Winkel in die Seite. Die Scheinwerfer fixieren mich wie Katzenaugen. Kommen näher. Der Regen prasselt auf mein Fenster, lässt mich den Fahrer hinter der getönten Scheibe unmöglich erkennen. Ich denke an die unheilvolle Gestalt in der Hotelhalle, den einsamen Sessel.

Die Limousine schießt mit einer Geschwindigkeit über den Asphalt, die mir völlig klar werden lässt, kein noch so geringer Zweifel, dass es einen Aufprall geben wird. Unausweichlich. Schon als ich heute morgen aufgewacht bin, spürte ich, dass etwas geschehen wird. Der Wagen zielt auf mich mit eleganter Präzision. Die Distanz zwischen uns wird kleiner. Ich kann nicht mal einen Laut von mir geben. Der Druckknopf meines Gurts blockiert. Ich schaue zu Kash.

Ich fasse es nicht!

Meine Gedanken überschlagen sich. Eine grausame Erschütterung. Der Mercedes kracht frontal mit seinem Kühler in meine Tür. Und dringt vollständig ein, in das Stück Blech. Bohrt sich hindurch wie Butter. Im Bruchteil von Sekunden. Ein Hagelschauer aus Glas prasselt auf mich hernieder, als die Scheibe in tausend kleine Splitter zerspringt. Dumpfes Klirren. Ich werde zur Seite gerissen. Kein Seitenairbag öffnet sich. Dann wird es dunkel. Ich bin wieder bei Null. Aus und vorbei.

Genau vor einem Jahr

Ingredienzien

Schon seit zehn Minuten stehe ich am Beckenrand und beobachte die drei Jungs, die auf der gegenüberliegenden Seite des Pools lautstark rumtollen. Wie alt werden sie sein, fünfzehn etwa. Mit ihren schlaksigen Körpern in knielangen Badeshorts versuchen sie, sich gegenseitig ins hellblaue Wasser zu schubsen. Zwei der Raufbolde sehen aus wie Zwillinge. Aber nicht ganz.

Arme verschränkt, Augen zusammengekniffen, verfolge ich ihre Rangeleien.

Die pralle Sonne brennt gnadenlos auf das städtische Freibad. Nicht der leiseste Windhauch. Die Vorhölle. Tausende Badegäste tummeln sich auf dem weitläufigen Gelände, es herrscht Hochbetrieb. Unsere Liegewiese ist gerammelt voll. Vorne eher Familien, hinten mehr junge Leute und Flirtwillige.

Nun reicht's aber. Auch wenn ich wenig Lust habe, muss ich die drei tobenden Quälgeister zur Ordnung rufen, da sich vereinzelte Gäste schon belästigt fühlen. Das gehört zu meinem Job. Ich trete an die Kante des Edelstahlbeckens, auf den Ablauf-Rost, so dass Wasser um meine Füße spült, und stemme seufzend meine Hände in die Hüften. Über die Köpfe der Schwimmer hinweg, die kreuz und quer ihre Bahnen ziehen, schreie ich: „Hey! Ihr! Nicht reinspringen! Ich sag's nur noch einmal." Stimmlich trage ich etwas zu dick auf und bemerke sofort, dass ich mich versprochen habe. Ich meinte natürlich: „Ich sag's *nicht* noch einmal."

Aber meine pubertierenden Randalierer haben schon verstanden. Aufgeschreckt starren sie zu mir rüber, wie scheinwerfergeblendete Rehe. Sie fangen sich jedoch bemerkenswert schnell und machen einen auf entspannt, da sie in dem lächerlichen Alter sind, in dem man gerade blöd genug ist, um ständig superlässig zu sein.

Etwas in den blitzenden Augen des blondesten von ihnen verkündet, dass Ärger jetzt das Schönste wäre, was ihm passieren könnte. Die anderen zwei schauen ihn kurz an, als wüssten sie das auch.

„Schluss jetzt", schiebe ich nach und nicke dabei, um ihrer schnell wiedergewonnen Fassung etwas entgegenzusetzen. Indem sie tun, als würden sie mir keine Beachtung schenken, leisten sie meiner Aufforderung schlagartig Folge. Zum Glück. Im Schildkrötentempo trollt sich das Trio Richtung Trampolinanlage in den hinteren Bereich des Areals.

Wie von der Vernunft gerufen.

Einige Zuschauer lachen versuchsweise von ihren mitgebrachten Klappstühlen aus. Ich zwinkere niemand Bestimmtem zu. Sache erledigt. Eigentlich reine Routineangelegenheit, aber ein bisschen regt einen diese Zurechtweiserei doch auf. Liegt mir nicht.

Während ich den Geruchsmix aus Chlor und Sonnencreme einatme, sehe ich auf meine Armbanduhr und stelle dabei fest, wie tief braungebrannt ich bin. Jedes einzelne Härchen auf meinem Arm glänzt im Kontrast. Echt braun, bis auf die Haut unter der Uhr. Puls wieder normal.

Vier Uhr.

Gerade schalten sich die Düsen des Strömungskanals mit einem lauten Rumms an und verwandeln das Hauptbecken in ein Wellenmeer, wie zu jeder vollen Stunde. Berge und Täler aus Wasser bauen sich auf und simulieren hohen Seegang. Die, die das mögen, hasten ins Wasser, als müssten sie jemandem zur Rettung eilen. Vereinzelte

Jauchzer dringen an mein Ohr. Betrifft mich nicht, Karsten ist dort für die Aufsicht zuständig. Um diese Tageszeit sind wir immer zu acht. Acht diensthabende Bademeister. Das ist schon auch eine verantwortungsvolle Aufgabe. Nicht nur rumstehen, grimmig schauen und Verwarnungen aussprechen.

Hakan kommt auf mich zugetrippelt, mit seinen kleinen Schnellschritten, die unabdingbarer Bestandteil seiner Bedeutsamkeit sind. Da ich in der Eile keine Fluchtstrategie entwickeln kann, lächle ich ihm schon von Weitem zu.

„Mann, Mann, Mann, das ist ein Tag heute. Alle wahnsinnig“, meckert er kopfschüttelnd, als stünde er vor einem Anfall.

„Wieso, was war denn?“, frage ich. Halb seitlich stellt Hakan sich vor mich und beginnt hastig zu schildern: „Hey grad ebent“, er sagt immer ebent statt eben, „grad ebent provoziert mich der Typ dort hinten“. Mit einer kaum zu übersehenden Kinnbewegung deutet er an, welche Himmelsrichtung er meint. Von Subtilität kann hier keine Rede sein. Ich müsste raten, um wen es sich handelt, unter den Hunderten in der betreffenden Liegezone.

„Will der mich blöd anmachen, ich sag's dir.“ Hakan reißt die Arme hoch, als vollziehe er eine Tierpantomime. Könnte ein Silberrückengorilla beim Scheinangriff sein. „Weißt du, was der zu mir gesagt hat? Weißt du, was der gesagt hat?“

„Hm?“, mache ich.

„*Blöder Bademeisterpinsel* hat der zu mir gesagt.“

Mir entgleitet ein eigenartig neutrales „Oh“.

Bademeisterpinsel? Ich kann nur staunen.

„Einfach so!“, unterstreicht Hakan und verrenkt sein Gesicht, als müsste er es sich selbst beglaubigen. Ich bezweifle, dass es *einfach so* zu dieser Beleidigung kam, was nicht zuletzt die Folgenlosigkeit der Konfrontation nahelegt. Aber da Hakan ein hektischer Mensch ist und niemandem richtig zuhören kann, kommentiere ich das Ganze nicht weiter und frage auch nicht nach den Zusammenhängen. Ich will vermeiden, dass er am Ende womöglich noch sich selbst Lügen strafen muss. Außerdem finde ich's irgendwie charmant, wenn sich einer in etwas reinsteigert. Die Gründe dafür sind doch eigentlich egal.

„Das hat er gesagt?", frage ich, keineswegs zweifelnd.

„Aber hey, ich bin ganz ruhig geblieben. Ohne Scheiß. Ich war ganz cool", fährt Hakan fort. Cool. Er – ausgerechnet. Ich nicke, als glaubte ich ihm: „Ja, das ist immer gut."

„Ich mach jetzt Pause", raunt er, zischt ab Richtung Büro und beendet damit unsere Begegnung total abrupt, was mich das Wertlose aller seiner Äußerungen einsehen lässt. Trotzdem muss ich sagen, immer wenn ich ihn treffe, finde ich ihn sympathischer als ich es will. Hakan arbeitet schon ziemlich lange hier. Er ist zweiundvierzig, eindeutig anstrengend, aber auch ein echter Profi, der uns alle in puncto Erfahrung und Kompetenz übertrifft. Was durch die Bank respektiert wird. Er genießt die Art Sonderstellung, die man sich nur mit Durchhaltevermögen verdient. Zu regelrechtem Legendenstatus brachte es Hakan im Sommer vor zwei Jahren, als er eine Frau, die im Wasser bewusstlos geworden war, aus dem Becken zog, sofort erste Wiederbelebungsmaßnahmen einleitete, eine fachgerechte Mund-zu-Mundbeatmung an ihr durchführte, und sie ihm dabei in den Mund kotzte.

Nicht mal mit der Wimper soll er gezuckt haben.

Die Geschichte trug ihm einen ziemlich fiesen Spitznamen ein, der lange Zeit haften blieb. Über den sich Hakan jedoch immer so aufgeregt hat, dass das eigentlich mittlerweile vorbei ist. Aber ab und zu hört man ihn noch.

Ich sehe Hakan drüben im Büro verschwinden, die Tür fällt zu. Beten wird er, vermutlich. Macht er mehrmals am Tag, das nimmt er sehr ernst. Ganz schön zeitintensiv. Aber so ein Ritual hat sicher auch etwas nachhaltig Entspannendes. Sich einer frei erfundenen Autorität unterzuordnen ist einfach viel relaxender, als selbständig zu denken. Und gerade darin besteht ja der alles überstrahlende Vorteil von Religion: Sie bedarf keiner rationalen Begründung. Wie jede Wahnvorstellung.

Meine Augen klappern wieder alles rundherum ab. Unter anderem einen sonnenbadenden Schlacks, der mit Handtuch überm Gesicht auf seiner Strandmatte döst. Sein Körper ist krebsrot, die Haut wirft Blasen, zischt fast, und seine Beine sind besorgniserregend dick angeschwollen. Wie zwei gallertartig gefüllte Beutel. Alarmierender Anblick. Nichts, was man jeden Tag zu sehen bekommt. Aber weil es interessanter ist, Menschen in Aktion zu betrachten, als Menschen, die untätig sind, schaue ich mit krausgezogener Nase rüber zum Becken römisch zwei, hoch zu den Sprungtürmen, wo die Luft flirrt. Auf dem Siebenmeterbrett steht so ein Popeye und macht sich mit unglaublich gelassenen Bewegungen zum Sprung bereit. Nachdem er sich vergewissert hat, dass er Publikum hat, beginnt er anzugeben. Showtime. Er wartet eine Idee zu lang, als wolle er uns auf die Folter spannen.

Dann endlich, Popeye springt. Hebt ab. Mit jeder Faser seines sonnengegerbten Körpers den Eindruck vermittelnd genau zu wissen, was er tut. Sieben Meter freier Fall, während derer er eine olympiareife Pirouette zustande zu bringen versucht, die schon mit der ersten Körperdrehung kläglich verreckt, sich noch mehr verknäuelt, und in einem lehrbuchreifen Bauchplatscher ihren krönenden Abschluss findet. Das Wasser spritzt nur so zu allen Seiten. Was dem eitlen Pfau ziemlich peinlich sein dürfte. Aber der Mensch ist ja Meister darin, zu glauben: Alle gucken, wenn er das gern möchte - und niemand nimmt Notiz, wenn er das *nicht* möchte. Popeye taucht auf, reibt sich das Wasser aus den Augen, schaut herum.

Nein nein, hat keiner gesehen ... außer alle.

Solche schnittigen Selbstdarsteller mit ihren missglückten Kunststückchen sehe ich am Tag an die zehnmal.

Mein Körper ist mit einer klebrigen Salzkruste überzogen, auch unter meiner schicken Uniform, weißes Ärmellosshirt und kurze rote Hosen. Man kann sich bei solch einer Glut nie vorstellen, jemals wieder einen Pullover anzuziehen.

„Im Sommer haben wir bis um acht geöffnet", entgegne ich einer Erkundigung aus der Rubrik Meistgestellte Fragen. Die junge Frau Mitte zwanzig, hätte diese Information auch den zahllosen Schildern entnehmen können, aber dafür bin ich ja da! Mir fallen ihre bemerkenswert dichten, offenen Haare auf. Ich steh auf Haare. Weiche, warme, wallende, volle, gesunde Haare. Farbe eigentlich egal.

Sie bedankt sich kokett, womit ich etwas überfordert bin, und erweckt den Eindruck sich durchaus noch ein wenig mit mir unterhalten zu wollen, was mich jedoch lediglich hilflos nicken lässt. Daher schiebt sie sich ein Himbeerbonbon in den Mund und zieht von dannen. Weiter ist nichts.

Frauen könnte man in diesem Job durchaus kennenlernen, da wird es einem leicht gemacht. Aber ich mache es mir nicht leicht. In der Gegenwart von Frauen fühle ich mich nie richtig wohl. Aller Wahrscheinlichkeit nach bin ich der unentspannteste Typ, den ich kenne.

Da geht sie dahin, mit auffällig federndem Gang. Irgendwer muss ihr gesagt haben, sie hätte einen schönen Po. So diskret ich kann, sehe ich ihr hinterher, als plötzlich, Schrecksekunde!, sie einfach so das Bonbon-

Einwickelpapier auf den Boden wirft. Ganz beiläufig, völlig ignorant, mitten auf die Fliesen neben dem Heißsprudelbecken. Im ersten Moment hoffe ich noch, mich zu täuschen. Aber nein. Das gibt's doch nicht. Schau dir das an. Sie hat's fallen lassen. Tatsächlich. Da fehlt's hinten und vorn.

Diese Form von Gleichgültigkeit bringt mich wirklich um den Verstand. Kommt erschwerend hinzu, dass wir doch gerade noch miteinander gesprochen haben. Doch das hält sie nicht ab. Unter anderem auch deshalb werde ich sie nicht zur Rede stellen und dieses Vergehen ungeahndet lassen.

Ich verlasse den Tatort, mache mich auf zu meiner turnusgemäßen Kontrollgangsimulation. Versehentlich trete ich auf eine Handtasche am Boden und rutsche dabei aus einer meiner Badelatschen. (Natürlich trage ich Badelatschen *ohne* Stäbchen zwischen großem und zweitem Zeh, scheuert nur wund.) Ich setze meinen Fuß wieder in meinen Schuh und laufe los, noch bevor er richtig sitzt.

Die Zeit kriecht. Dieser Arbeitstag zieht sich dahin, zäh wie die schmelzenden Kaugummis auf unseren geteerten Gehwegen. Doch diese Zeit zählt nicht, sie muss überstanden werden. Ewig werde ich das hier nämlich nicht machen. Nicht, dass ich mich schämte, aber was ich hier tue, taugt nicht zur Identifikation mit dem eigenen Lebenslauf. Ständig keimt das Gefühl in mir auf, dass ich längst auf einer höheren Entwicklungsstufe stehen sollte. Meine ehemaligen Mitschüler sind schön langsam mit Studium oder Ausbildung fertig. Und ich - ich bin zwar an der Uni eingeschrieben, aber nur noch aus Versicherungsgründen, weil ich schon nach zwei Semestern erkannt habe, dass ich den Studienbetrieb samt Menschen dort nicht abkann. Ich will mir echt nicht selbst was vormachen, aber es unterfordert mich auch irgendwie.

Eine verhuschte Erscheinung in Hawaiihemd zieht an mir vorbei. Krumme Schultern, nikotingelbe Haut, zig Blutäderchen auf der Nase. Ein Stammgast, Typ Zerstreuter Professor. In Alkoholwissenschaften. Er winkt. Ich winke auch und beweise damit, dass ich imstande bin, ein und dieselbe Person mehrmals am Tag zu grüßen.

Es gibt so viele Gesichter unter den Badegästen, die beinahe täglich herkommen. Oft frage ich mich, was die in ihrem Leben wohl machen, wenn sie an einem Montag ... *Mittwoch* - ich bin heute immer auf Montag, also wenn sie an einem Werktag einfach ins Freibad gehen können. Damit meine ich nicht die Rentner, die drüben beim Bodenschachfeld die Figuren hin und her schiebend langsam vor sich hin sterben. Ich rede von den Herren zwischen zwanzig und sechzig, ohne Gebrechen und Einschränkungen. Sind das alles gescheiterte Existenzen? Und *wenn* sie es sind, was ist dann mit uns, den Angestellten? Lässt sich das mit einem Gefängnis vergleichen, wo ich mir manchmal denke, der Unterschied zwischen Insasse und Wärter ist gar nicht so groß, befinden sich doch beide hinter Mauern?

Ein erneuter Blick auf die Uhr verrät mir, dass wieder nur wenige Minuten verstrichen sind, weshalb ich gleich noch mal drauf schaue. Ein Beleg, dass ich ein seelisches Wrack bin. Der Grund hierfür war noch bis vor Kurzem Geheimsache. Etwas, wovon ich während der vergangenen Jahre niemandem erzählt habe.

Ich habe einen Roman geschrieben. *Ausschweifungen.* Und der kam letzte Woche raus. Was ja eigentlich was Gutes ist. Die Aussicht, mein eigenes Buch im Laden stehen zu sehen war enorm verheißungsvoll, so etwas wie die Hoffnung auf Erlösung. Aber das Problem ist, es gibt überhaupt keine Werbung, null Promotion. Nichts. Bei meinem Verlag rangiere ich unter *ferner liefen.* Dass sie die Veröffentlichung auch noch genau in die Sommerferien gelegt haben, sagt alles und verdeutlicht, wie abhängig man von den Entscheidungen anderer ist. Wenn gewisse Dinge nicht zu deinen Gunsten passieren wollen, bist du aufgeschmissen.

Und so wird mit meinem Buch aus etwas anfänglich Positivem mal wieder etwas total Negatives.

Weil ich mache mir da nichts vor: *Ausschweifungen* dürfte der Flop des Jahrhunderts werden. Wobei es ja nicht mal die *Chance* bekommt, ein Flop zu werden, wenn es von Anfang an unter den Teppich gekehrt wird. Flop muss man nämlich auch erst mal werden dürfen.

Da. Ich zittere. So sehr nimmt mich das mit.

Moment! Ja, wie haben wir‘s denn! „Sofort rüberwechseln“, rufe ich der lahmen Ente mit Dauerwelle zu, die keine zwei Meter vor meinen Füßen gemütlich vor sich hinschwimmt und somit die Bahn für die flotten Krauler blockiert. Frau Ende 40, Anfang 50. Sie sieht erschrocken zu mir hoch. Ich stehe mit ausgestrecktem Zeigefinger monolithisch da, versuche es nicht zu übertreiben und deute auf die andere Seite. Sie schüttelt uneinsichtig den Kopf, rudert jedoch trotzdem hektisch dahin, wo sie hingehört. Will ich aber auch meinen, meine Liebe.

Die Wahrheit ist: Bei solchen Maßregelungen komme ich mir vor wie ein Pausenclown.

Langsam begebe ich mich zu den Außenduschen. Um dort wie bestellt und nicht abgeholt rumzustehen.

Keine Ahnung, wie ich die Zeit rumkriege, aber irgendwann ist es viertel vor acht. Ich werfe bereits einen beträchtlichen Schatten neben mich.

Lediglich angedeutet winke ich meinem Kollegen Carlos zu, der drüben beim Volleyballfeld patrouilliert. Er winkt nicht zurück, sondern verharrt weiter in seiner charakteristischen unangestrengten Unfreundlichkeit.

Eure Heiligkeit ist ganz besessen von sich. Er trägt einen Daumenring. Zudem hat er abrasierte Augenbrauen, weiß der Henker wieso. Ich konnte mir lange nicht erklären, was an seinem Gesicht nicht stimmig war. Aber sobald man es weiß, ist es unübersehbar.

Schau ihn dir an. Streift durch seinen Aufsichtsbereich wie ein Platzhirsch. Breitbeinig bleibt er neben einer deprimierend attraktiven Blondine stehen. Die Wahl dieses Zwischenstopps ist sicher kein Zufall. Ehrlich, manche Typen glauben, wenn sie sich ihre Unterarme komplett tätowieren, könnten die Bräute gar nicht anders, als von ihnen Notiz nehmen. Es gehört so wenig dazu. Carlos! Typen wie ihn hasse ich schon immer. Vermutlich wäre ich gern selbst so. Das würde das Leben vereinfachen.

Die Blondine lächelt ihn an. Hab ich mehr oder weniger erwartet. Carlos reagiert. Sie beginnen zu schäkern. Das muss ich mir nicht antun. Und Cut.

Es ist kurz nach acht. Die Gäste weg. Die Rasenflächen ausgestorben, wie eine Kulisse aus Pappmaché. Seltsamer Eindruck, jedes Mal. Erst pralles Leben, dann Totenstille. Die Checkliste ist abgearbeitet. Gelände vollständig geräumt, niemand mehr in den Umkleiden, Nachtaggregate geprüft, Türen abgesperrt, Dienstplanbestätigung erfolgt, der ganze Scheiß eben. Umkleideraum. Ich ziehe mich um, wie die anderen auch. Hakan knöpft sich das Hemd von unten nach oben zu und erzählt den anderen und mir, dass der dürre Mann mit dem Ultrasonnenbrand und den geschwollenen Beinen kurz vor Schließung vom Notarzt abgeholt wurde, halb tot. Er fiel einem Gast auf, der im Büro Bescheid gab. Hab ich gar nicht mitbekommen. Sonst keine besonderen Vorkommnisse. Ich greife nach meiner Tasche, schaue kurz umher. Irgendwas hab ich vergessen, irgendwas wollt' ich noch. Lasse mich von diesem Gefühl nicht irritieren, da ich das immer habe. Schließe mein Fach ab. Tschüss zu diesem, Tschau zu jenem.

Ein ganz leichter Wind weht mir ins Gesicht, als ich das Freibad-Gelände verlasse. Tropische Luft nach wie vor.

Ich passiere den Zierhügel vor der Pforte, auf dem die frischgepflanzten Lindenstämmchen stehen, die am Boden festgebunden sind, als würden sie sonst wegfliegen, und mache mich auf den Weg zur Bushaltestelle. Ich liebe es, nach getaner Arbeit, in der abendlichen Stimmung, zu Fuß durch die Straßen zu gehen, wenn die Stadt langsam ruhiger wird.

Schon erreiche ich die Haltestelle, hinter deren Schild ein verbeulter Einkaufswagen umgekippt im Gestrüpp liegt, und zücke meine Monatskarte, als der Bus kommt. Ein Auto rast vorbei, aus dem Musik dröhnt, während ich einsteige. Bruno Mars.

Der Bus fädelt sich ein, nimmt Geschwindigkeit auf. Wir schaffen es, jede rote Ampel punktgenau zu erreichen. Zweite Station. Dritte Station. Vierte. Ich ziehe ein historisches Sachbuch aus der Tasche und lerne die nächsten sieben Minuten 131 Seiten auswendig, blättere um wie der Wind, presche über die Kapitel, überfliege die Abschnitte mit meinen Augen, was mich angenehm beruhigt. Mein fotographisches Gedächtnis fordert mindestens zweimal am Tag Futter. Ich gerate in ernsthafte mentale Schieflage, wenn ich diesem Hunger nicht nachgebe.

Als ich fertig bin, packe ich den Schinken über Zeus und Konsorten zurück in die Tasche und weiß nun also mehr über Griechische Mythologie, auch wenn es mich nicht die Bohne interessiert. Weil ich noch ein paar Minuten habe, rekapituliere ich schnell Wort für Wort in Zeitraffer. Zeus, Hera, Demeter, Hestia, Athene, Herakles, Apollon, Poseidon, Ares, Hephaistos, Aphrodite, Hermes, Dionysos, Persephone, Hebe, Eileithya, Gaia, Kronos. Das ganze Personal. Und mehr.

Ab der vorvorletzten Haltestelle beginnt der Bus Leute abzusetzen und keine mehr aufzunehmen. An der Endstation bin ich der dritte und letzte, der den Wagen verlässt.

Ich laufe zu dem runtergekommenen Backsteingebäude, keine zweihundert Meter von der Bus-Wendeschleife entfernt. *Box Camp* steht da in großen Lettern auf einem Schild von der Größe eines Handballfelds. Darunter die Abbildung zweier riesiger Boxhandschuhe und ein großer schwarzer Pfeil, der senkrecht auf den Eingang zeigt. Noch etwa dreißig Meter entfernt, gehe ich frontal darauf zu und beobachte einen Muskelmann, der beim Versuch die Glastür von innen zu öffnen *drücken* mit *ziehen* verwechselt. Und zieht statt zu drücken. Dann besinnt er sich und zieht fester. Geht nach wie vor nicht. Noch fester. Nichts. Das gibt's nicht, sagt sein Stirnrunzeln. Ach, da steht's ja: *Drücken.* Jetzt hat er den Bogen raus. Erleichterung, aber auch Verärgerung über die Tücken derart hochentwickelter Technik. Blödsinn, er ist richtig sauer.

Als wir einander passieren, sagen wir unisono „Hallo". Er klingt überraschend weich. Solch eine hauchdünne Stimme hatte ich nicht vermutet. Blitzschnell reiche ich meinem Gruß ein Lächeln nach, das ich nur sehr dosiert verwende. Ich mag es, wenn Menschen sanft sind.

Unter meinen Sohlen knirscht es plötzlich. Tausende Splitter von weitflächig verteiltem Sicherheitsglas funkeln diamantengleich um mich herum in der Abendsonne, und für ein paar Schritte belaste ich unwillkürlich meine Ballen, als würde mich das leichter machen. Klassischer Denkfehler.

Aber um *wirklich* endlich wieder leichter zu werden, gehe ich jetzt ins Training. Hab nämlich ganz schön Übergewicht.

Ich erreiche die Tür des Box Camps, die inzwischen zugeschwenkt ist. Und zum ersten Mal seit ich hierherkomme drücke ich, statt zu ziehen.

Aufmacher

Weil der Redaktionsschluss für die morgige Ausgabe vorverlegt wurde, holt sich Mona Richtberg in der Mittagspause nur schnell etwas zum Mitnehmen von Feinkost Gribaldi und hastet gleich zurück Richtung Büro. Während ihre Fahrigkeit mit ihrer Genervtheit um den Tagessieg kämpft, verfällt sie in einen Laufschritt, der die Papiertüte in ihrer Hand im Gegenwind flattern lässt. Die brütende Sonne knallt auf Monas Haut und entzieht ihr jegliche Feuchtigkeit, der Straßenbelag entlang der Fußgängerzone flirrt in der Hitze, als stiege Gas auf.

Am Gebäude der Süddeutschen Zeitung angekommen, hält sie die Tür für eine Rollstuhlfahrerin auf, die es bevorzugt, säuerlich zu knurren, statt sich zu bedanken, und sogleich betritt sie die gekühlte Lobby wie jemand, der weiß, wo er hin muss.

Ihre Wangen von der Hitze gerötet, wirft sie dem Portier einen nach Luft schnappenden Puuh-Blick zu und wischt sich gespielt den Schweiß von der Stirn, und erkennt zu spät, dass der da hinter dem Empfangstisch nicht Herr Prohaska ist, der nette, sondern der andere. Der, der allem Anschein nach niemanden mag. Beinah möchte sie sich für ihre Humorentgleisung entschuldigen, lässt es aber bleiben, nicht zuletzt, weil einer der Aufzüge abfahrbereit zur Verfügung steht.

Im vierten Stock angekommen steigt sie aus und betritt die Redaktionsräume. Das Interieur: wie aus einem Musterkatalog für Grautöne. Wenige Mitarbeiter sitzen an ihren Schreibtischen und tippen auf leisen Tastaturen. Immer noch Mittagspausenstimmung.

Mona geht den Korridor entlang und ihr Gesicht verrutscht, als sie hinter die Glaswand schaut und einen Blick auf Chefredakteur Stefan Stein erhascht, der auf der Schreibtischkante einer Kollegin halb sitzt, halb daran lehnt und seine Schlaumeiersprüche ablässt, denen ergeben Gehör geschenkt wird. Stämmig wirkender Körper ohne definierbare Taille, Bürstenschnitt, chronisch nasse Lippen. Ihr ist klar, dass sie den Perversling heute früher oder später treffen muss, da kann es genauso gut später sein.

Sie will gerade steil abbiegen und einen Umweg zu ihrem Platz nehmen, als er herüberschaut und sie bemerkt. Er mustert Mona, die den erkennbaren Eindruck vermittelt, sich ertappt zu fühlen, hebt hämisch einen Mundwinkel und lässt sie die kleine, grausame Freude in seinen Augen spüren.

Den Weg über die Konferenzräume muss Mona jetzt trotzdem nehmen, es ist zu spät, die Richtung nochmals zu ändern. Sie eilt zu dem durch Stellwände vom Rest des Großraumbüros abgetrennten Bereich, in dem neben ihrem noch zwei weitere Schreibtische stehen. Ihre Kollegin Caro klickt schnell den Internetexplorer weg, als sie Mona bemerkt, aber Mona kann noch die facebook-Graphik am unteren Bildschirmrand verschwinden sehen.

Mona geht zu ihrem Einheitsschreibtisch, auf dem zwischen Stapeln von losen Zetteln und Ordnern auch sechs Roman-Neuerscheinungen liegen, für die sie noch Rezensionen verfassen muss.

Natürlich ist es nahezu unmöglich, alle Bücher, die ihr pro Monat zusätzlich zur regulären Redaktionsarbeit vorgelegt werden, vollständig zu lesen. Deshalb darf sich ein besprochenes Werk zumeist mit der Kritik einer Person begnügen, die es im besten Fall zur Hälfte gelesen und den Rest überflogen hat. Eigentlich schreibt Mona für das

Wirtschaftsressort, wo sie sich bereits einen ausgezeichneten Ruf erarbeitet hat. Rigorose Sparmaßnahmen führten jedoch dazu, dass sie seit ein paar Monaten zusätzlich auch für den Kulturteil arbeiten muss.

Mit einem Seufzer stellt sie ihre Tüte ab: „Hi Caro, wo sind die anderen?"

„Noch zu Tisch." Caro schaut nicht auf, wie in Arbeit vertieft, und greift geistesabwesend zu einem Styroporbecher.

„Was hast du denn da?", muss sich Mona gleich erkundigen, weil Süßes eine unwiderstehliche Anziehungskraft auf sie ausübt.

„Den Shake von der Eisdiele unten. Hätte ich dir einen mitbringen sollen?", kommt Caros verlogene Antwortfrage.

Mona schüttelt den Kopf, ihre Betrübtheit verbergend: „Danke. Was für einer ist es denn?"

„Vanille-Kokos." Caro führt den Becher genießerisch zum Mund und macht Schlürfgeräusche mit ihrem Strohhalm. Mona sagt „Mmh, gut", weil *lecker* so ein dümmliches Wort ist, für das es aber keinen annehmbaren Ersatz gibt.

Vorsichtig packt Mona ihr Essenspotpourri aus, stellt die drei halb gefüllten Schälchen auf den Tisch und hebt einen der Kunststoffdeckel an. Ein Menü, von dem kein Mensch satt werden kann und das in ihren Augen genau deshalb die optimale Portion darstellt. Was man ihr ansieht.

Offiziell muss Mona für ihren Körper nichts weiter tun, als täglich zweieinhalb Liter Wasser zu sich nehmen und auf ausreichend Schlaf achten. Sonst nichts. Außer natürlich viermal die Woche Yoga, Pilates, Joggen und Hanteltraining sowie Thai Chi, wenn sich's zeitlich einrichten lässt. Allerdings müsste schon jemand mit einer Schrotflinte auf sie zielen, bevor sie diesen Aufwand zugäbe.

Genau in dem Moment, als sie das eingeschweißte Plastikbesteck knisternd herauspfriemelt, bemerkt sie Stein am anderen Ende des Gangs auf sie zukommen. Sein charakterlich unsauberes Gesicht wirkt, als wollte er ihr etwas wirklich Dringliches mitteilen, hätte aber noch keine Ahnung, was das sein könnte. Mona erahnt, wie er danach dürstet, sein tägliches Verlangen nach Erniedrigung an ihr zu stillen.

Das ist nicht neu. Der Terminus *Sexuelle Nötigung am Arbeitsplatz* ist mittlerweile derart überkolportiert, dass man es schon nicht mehr für möglich hält, dass dein Vorgesetzter dir in der Kaffeeküche ernsthaft seine Hand auf den Hintern legt, dir regelmäßig Obszönitäten zuflüstert und Nachrichten e-mailt mit Anhängen, bei denen Lesbenfesselspiele mit Doppeldildos noch das Geringste sind.

Es war nicht zu fassen. Mona musste handeln. Die Erinnerung daran hat jedes Mal etwas Unwirkliches. Doch seit sie Stein eine geschmiert und gesagt hat, er solle sich zum Teufel scheren, ist alles vorbei, im wahrsten Sinne des Wortes. Seine Anzüglichkeiten bleiben seitdem zwar aus, doch die Hölle ihres Arbeitsalltags steht offen.

Er kommt auf sie zu, sein Jackett abgelegt, die Krawatte, vom vielen dran ruckeln schief sitzend, die Ärmel seines weißen Hemds hochgekrempelt, der Konsens-Dresscode unter den männlichen Redaktionsmitgliedern.

„Fräulein Richtberg! Stör ich? Schmeckt's? Soll ich später wiederkommen? Nein, oder? Geht ganz schnell." Als er den Kopf zur Seite neigt, lässt er ein Lächeln aufblitzen, für dessen Unterlassung man zu vielem bereit wäre. Steins Stimme wechselt in einen spitzen Standpaukentonfall: „Die Übersetzung des New York Times-Artikels gestern wurde nicht redigiert, das ist soweit sicher schon bis zu Ihnen durchgedrungen! Der ganze Dreispalter erschien völlig ohne gegengelesen worden zu sein." Was durchaus der Fall sein kann, jedoch nicht in Monas Zuständigkeit fällt. Sie starrt Stein an, kennt das Spielchen.

Sie hat alles versucht, ihr Verhältnis zu ihm wieder zurechtzubiegen. Von plakativer Unterwerfungshaltung bis zu stumpfem Folgeleisten seiner Anweisungen.

Die Pervertierung der Sachlage: Sie leistet Abbitte für etwas, für das Stein juristisch belangt werden müsste. Und statt irgendwann einzulenken, macht der immer weiter. Seine Schikanen haben mittlerweile so etwas wie ein Eigenleben entwickelt.

„Das ist eine Katastrophe, eine Blamage. Was glauben Sie, was passiert, wenn uns da jemand einen Übertragungsfehler aufdeckt? Wir haben einen Ruf zu verlieren." Stein simuliert rechtschaffene Entrüstung und schaltet mittendrin auf fuchsteufelswild.

Caro schaut vom Nebentisch rüber, großartig beschämt, schiebt ihren Shake über die Tischplatte und verursacht dadurch eine feuchte Schmierspur.

„Ich werde der Sache gleich nachgehen", wehrt Mona sachlich ab, wie um ihm ebenfalls eine zu verpassen, indem sie so lässig wie möglich bleibt. Auch, weil sie die tatsächlich zuständige Redakteurin nicht kompromittieren möchte. Man kann davon ausgehen, dass Stein ebenfalls sehr wohl weiß, wer wirklich zuständig ist. Was für eine Farce. Es ist Zeit ihm zu sagen, es reicht. Mona hat zunehmend das Gefühl, er will sie nicht nur peinigen, er will sie mit allen Mitteln rausekeln.

Mit dem Fingernagel streicht sie an ihrem blonden Haaransatz entlang und gibt ihr Bestes, nicht in Schweiß auszubrechen.

Wie konnte es nur so weit kommen? Dabei lief seit ihrer Einstellung alles nach Plan. Ihr Vater, ein erfolgreicher Journalist, Auslandskorrespondent, fernsehbekanntes Gesicht, hatte ihr die beste Ausbildung ermöglicht, und Mona, ebenso arbeitsam wie talentiert, absolvierte Uni und

Journalistenschule in Rekordtempo. Als die Zeitung ihr das Volontariat anbot, stürzte sie sich voller Tatendrang in die Arbeit, wurde anschließend gleich übernommen und wusste unter ihrem damaligen Vorgesetzten zu glänzen. Bis sie wegen einer Umstrukturierung in Steins Abteilung versetzt wurde, was alles änderte.

Wenn sie heute daran denkt, wie sie sich zu anfangs bereits für die Inkarnation einer Karrierefrau hielt - London, New York, Tokio - kommt sie sich mehr als nur lächerlich vor. Was für Illusionen man sich doch über die Langlebigkeit eines Zustands macht, wenn es gut läuft.

Wie es aussieht, bestehen hier dank Stefan Stein längst keine Perspektiven mehr für sie. Allerdings ist die Arbeitsmarktlage gespannt und wägt man das Für und Wider einer beruflichen Veränderung ab, so dürfte es schwer werden, eine vergleichbare Stellung bei einem ähnlich renommierten Blatt zu ergattern. London, New York, Tokio müssen warten.

Den Gedanken, ob sie vielleicht doch mit ihm hätte schlafen sollen, hat sie nicht ausgespart. Sex mit Stein, nur ein einziges Mal, das hätte die Wogen geglättet. Wäre womöglich nicht so schlimm gewesen, wie das hier - aber nein, das hätte sie unmöglich gekonnt. Dafür muss man von anderer Beschaffenheit sein. Mona hatte mit ihren 27 Jahren bislang drei Freunde und war entsprechend mit genau so vielen Männern intim. Bis auf eine Ausnahme, einen katastrophalen One-Night-Stand. (Der skurrile Idiot von Studienkollege hatte sie doch tatsächlich gefragt, ob er in sie urinieren dürfe.)

Stein geifert noch immer, und sein diabolisches „Wo kämen wir denn da hin ... Ach und gleich noch eine Sache, wo wir schon mal dabei sind“ verursacht bei Mona einen Anfall von Aggression, der sie wie ein Niesreiz überkommt, den sie sich aber in letzter Sekunde verkneifen kann. Das

Kurzreportage-Thema, das er ihr zuteilt, ist pure Provokation, Wasserträgerarbeit.

Die Arme verschränkt, lässt Stein sich auf den Fersen zurückkippen und schließt: „Gut, Fräulein Richtberg, das wär's." Absatz. Nachschlag: „Ach, da wäre noch was." Er wirft ihr ein folienverschweißtes Buch auf den Tisch, das Mona ihn nicht hat halten sehen, und kommandiert: „Bitte lesen Sie das. Zügig! Ist seit letzter Woche draußen. Schreiben Sie eine wohlwollende Rezension und machen Sie mit dem Autor einen Interviewtermin aus. Nehmen wir nächste Woche in die Freitagsausgabe, zwei, drei Spalten. Alles klar?" Er räuspert sich, geht, räuspert sich noch mal, verlässt o-beinig die Schreibtischsiedlung und winkt einem Untergebenen zu, mir nach.

Von seiner Gegenwart entlastet, bleibt Monas Gesicht doch starr. Sie fühlt sich kümmerlich, lässt sich in die Lehne ihres Sessels fallen. Und wie sie so Steins Rückenansicht hinterhersieht, wundert sie sich einmal mehr, über was für eine stabile Konstitution er verfügen muss. Denn obwohl Mona seit zwei Monaten jeden Morgen den Rand seiner schwarzen Kaffeetasse mit dem Slogan „I *(rotes Herzsymbol)* STEFAN" in der Büroküche mit einem Stück Klopapier betupft, mit dem sie zuvor einen Abstrich von einer der Schüsseln der Damentoilette genommen hat, macht er nie einen kränklichen Eindruck.

Dass Mona so was macht, zeigt das Ausmaß ihrer Verzweiflung.

Als Stein und sein enormes Immunsystem außer Sichtweite sind, kommt Kollege Thorsten reingeschneit, in seiner gewohnt schlampigen Aufmachung, das kragenoffene Hemd an einer Hüfte aus der Hose hängend, und geht an seinen Platz, gegenüber Caros Tisch. Er hat nichts von Steins Einmannstück mitbekommen und wirft mit guter Laune um sich. Dieses ewige „Hi Mädels, alles klar?" nervt.

Thorsten, der ein Kandidat für eine Nasenver*größerung* wäre, da Stupsnasen bei Männern ungefähr so günstig sind wie Hakennasen bei Frauen, zieht seine Jacke aus, verheddert sich im Ärmel, sein Telefon klingelt, er versucht sich zu befreien, Mona und Caro schauen dem surrealen Szenario staunend zu, Thorsten windet sich, plappert dabei die ganze Zeit unbeirrt, verheddert sich nun mit der Armbanduhr im Sakkoärmel, das Telefon klingelt unterdessen weiter, hört aber mitten im sechsten Klingeln auf, bevor Thorsten sich befreit hat. Er faselt weiter über seinen Kurzbeitrag über eine Frau, die auf ihrem Weg vom FKK-Strand zum Swingerclub von einem Exhibitionisten belästigt wurde.

Caro fängt an zu lachen. Und Mona schreit: „Könntet Ihr mal kurz eure bescheuerte Klappe halten?“

Funkstille. Nur das Surren des Computergebläses erfüllt die Luft.

Caro und Thorsten tun wie geheißen. Mona bereut sofort. Ihr herausgepresstes „Danke“ klingt trotzdem mehr nach einem *Na also*, als nach *Tut mir leid*.

Es ist sechs, als Mona ihr Zeug zusammenpackt, sich ein paar Hausaufgaben mitnimmt, und nach dem Buch greift, das Stein ihr hingeknallt hat. Geschmackloses Cover, eine bleistiftgezeichnete Trauerweide vor einem altertümlichen Torbogen. Grauenhaft. Aber nicht unbedingt nachteilig. Denn scheußliche Umschläge wecken wenigstens keine positive Erwartungshaltung, die gar nicht anders kann, als vom Inhalt zerstört zu werden. Mona wiegt das mitteldicke Werk in der Hand und liest: *Ausschweifungen*, Roman, Chris Schneeweiß. Der Nachname kommt ihr bekannt vor. Sie reißt die Folie ab, zerknüllt sie, die Elektrostatik lässt das Zellophan an der Hand kleben, beim Versuch es in den Papierkorb zu werfen. Aufmerksam überfliegt sie die Autorenbiographie. Schneeweiß, Schneeweiß, sie erinnert sich. Vor einem Jahr interviewte sie mal einen *Kai*

Schneeweiß. Ein selbstbezogener Wichtigtuer vor dem Herrn, der seinen dritten Roman bewarb. Existenzialistisches Bildungsbürgergeschwafel. Kann kein Mensch lesen. Interessierte auch niemanden, außer ein paar szenige Journalisten, die den Schinken hochgejubelt haben, wie sie alles hochjubeln, was ausreichend verkopft daher kommt, dass es schon wieder hirnlos ist. Kai Schneeweiß, ja genau.

Der pummelige Typ auf dem Autorenfoto sieht Kai zwar nicht unbedingt ähnlich, aber das könnte er schon sein, der Bruder. Der Nachname kommt ja nicht allzu häufig vor. Chris also. Sie steckt *Ausschweifungen* in ihre Tasche zu den anderen Sachen, verlässt das Büro, pfeffert die drei unangetasteten Essensbecher vom Mittag in den Flurabfalleimer und begegnet auf dem Weg zu den Aufzügen dem neuen Praktikanten, den sie kaum kennt. Mona weiß nicht mal, wie er heißt. Junger Kerl, schlechte Haut, kreidebleich, ungesunde Erscheinung, fehlt oft. Das genaue Gegenteil von Steins robuster Natur. Um sich sein Gesicht endlich einzuprägen, grüßt Mona ihn zum ersten Mal ganz bewusst. Dabei bemerkt sie, wie mitgenommen er aussieht, als wäre ihm schlecht.

Sie lächelt ihn nett an, doch was dabei ihrer Aufmerksamkeit entgeht, ist die Kaffeetasse mit dem „I *(rotes Herzsymbol)* STEFAN“-Schriftzug, die der schüchtern zurücklächelnde Azubi Stefan Wenzel in seiner Hand hält.

Interferenzen

Überwindung kostet es schon, wenn du den ganzen Tag im Freibad Dienst schiebst und anschließend abends noch ins Boxtraining gehst. Eins schöner als das andere.

Ich betrete die hell erleuchtete Sporthalle von beeindruckender Raumhöhe, die innen so baufällig wirkt wie außen. Abblätternder Putz, gesplitterte Bodenleisten, die Wände zieren vergilbte Plakate lang vergangener Kämpfe. Darauf zu sehen: finster dreinblickende Gestalten in klassischer Drohhaltung - erhobene Handschuhfäuste, platte Nasen und Wahnsinnsfrisuren. Ich schätze, die Hälfte ist bereits tot.

An die dreißig lebendige Personen bevölkern Sandsäcke und Kraftgeräte und schuften sich die Seele aus dem Leib, was man trotz aufgerissener Fenster auch riecht. Am Empfang gebe ich meinen Mitgliedsausweis ab und bekomme im Gegenzug einen Schlüssel an nassem Plastikband. Ich entere die Umkleide, wo ich sogleich Hose und Shirt wechsle.

Während der Arbeit am Roman habe ich ziemlich zugenommen. Im Fernsehen wurde mal berichtet, Boxtraining sei das effektivste Training für körperliche Fitness und Gewichtsabnahme überhaupt.

Wollen wir doch mal sehen.

Meine Tasche deponiere ich in einem der verbeulten Spinde. Auf die Innenseite der Schranktür hat jemand FICK TICH geschrieben. Ich frage mich, wer dieser oder diese Tich ist, schließe mein Fach ab, und wäre dann soweit.

Zum vierten Mal bin ich hier. Heute darf ich mich erstmals ohne Aufsicht eine Viertelstunde lang aufwärmen, im Anschluss habe ich meinen allerersten Sparringstermin. Ich betrete den Trainingsbereich.

Telefon. Nicht ausgeschaltet, Schande. Handys sind hier nicht gern gesehen. Ich ziehe es aus meiner Short. Auf dem Display erscheint Kai. Mein Bruder. Sofort überkommt mich heiße Wut. Die unwillkürliche Art, mit der ich auf ihn reagiere.

„Hallo?“, frage ich, als wüsste ich nicht, wer anruft und verziehe mich gebückt in die Ecke neben einem verschlissenen Leder-Boxsack aus den Weltkriegsjahren.

„Wie ist das werte Befinden?“, sagt Kai so schlecht vertuscht herablassend, wie ich ihn kenne.

„Oh Kai, hi“, entgegne ich scheinheilig, schon brettert er los, als wüsste er gar nicht, wo er anfangen soll:

„Scheiße noch mal, du hast ein Buch geschrieben. Ich fall aus allen Wolken, ich stehe hier im Laden und stolpere zufällig drüber! ... Ich, also ich ...“ Kais Stimme wirkt ziemlich erschrocken und hat gerade nichts mehr vom Timbre des sinnlichen Feingeistes, den er ständig zu sein vorgibt.

„Ja, ... ja“, antworte ich eher schlecht als recht. Das hat auch mit dem Unterdrücken von Schadenfreude zu tun, denn das wäre jetzt zu einfach. Kai fängt sich, fragt mit vollem Ernst „Und wieso weiß ich nichts davon?“, und bringt mich sofort noch mehr auf die Palme. Es kommt rüber, wie ein Verbot potenzieller Ebenbürtigkeit. Also mache ich eine Kunstpause und sage kryptisch „Niemand wusste davon“, und entspanne etwas, da ich es jämmerlich fände, mich zu rechtfertigen. Ich denk ja nicht dran.

„Niemand wusste davon?“, faucht Kai misstrauisch, kraftlos und gereizt in einem.

„Ähm, ja“, bestätige ich und ziehe das *Ja* ziemlich weit nach oben, als wäre es eine Frage. Es ist beruhigend, dass er mir ausgerechnet dann nicht glaubt, wenn ich die Wahrheit sage.

Er, ungut: „Ach komm.“

„So isses“, betone ich unbeteiligt. Es wurmt ihn, dass ich etwas getan habe, von dem er nichts wusste. Er ist echt gekränkt. Bricht mir nicht unbedingt das Herz.

„Das kannst du ..., das ist doch nicht ...“ Kai hält inne, blättert hörbar in etwas herum, meinem Buch. Ein bisschen Ärger tut ihm ganz gut. Er fasst sich, meint „Na okay, lass uns treffen“, und klingt, als sei alles, was ich jetzt noch sagen könnte, nebensächlich.

Handy am Ohr gehe ich noch mehr in Bückstellung, lehne mich an eine Sprossenleiter und sage halb geflüstert: „Ich geh morgen früh vorm Dienst ins Krankenhaus, was essen. Wenn du magst, komm vorbei."

„Schon wieder ins Krankenhaus? Du hast wirklich nen Knall."

„Wie du magst", nuschle ich, als wäre es mir so oder so egal. „Aber ..."

„Wenn du dich treffen willst, dann dort", füge ich an und halte das in Anbetracht der gerade anhebenden Kräfteverschiebung für einen filmreifen letzten Satz.

Stille. Kai überlegt, ob das eine Option darstellt, ob er auf meine Bedingung eingehen kann. So geht das ständig, eine einzige Machtkalkulation und Demonstration. Wie in einer Posse spielt jeder von uns beiden seine Rolle, so gut er kann. Und Kais Rolle ist nun mal die von Gott. Und Gott setzt imagemäßig auf diese Bohemien-Masche, diese verklärte Intellekto-Schiene. Oder wie ich es nenne: Indie-Electro-Trainingsjacken-Hipster-Strubbelfrisuren-Urban-Fusselbart-Converse-Spex-Kapuzenshirt-Umhängetasche-klug-daherreden-snobby-pseudoelitäre-Styler-Arschlöcher. Kurz: trendy verkleidete Neuzeitspießer.

Und genau mit diesem klar umrissenen Image machte Kai, Störfaktor meiner Jugend, von Anfang an nicht nur wahnsinnigen Eindruck bei den entsprechenden Weibern, vielmehr schaffte er es auch, drei Romane zu veröffentlichen, die vom Feuilleton hoch gelobt wurden. Weil die beim Feuilleton auf Typen wie Kai abfahren - weil sie genau so sind wie er.

Doch bei Kai gibt es da ein klitzekleines Problem. Ohne Übertreibung: Man kann seinen Dreck nicht lesen. Komischerweise traut sich das nur keiner zu sagen, da alle befürchten, sie entlarvten sich sonst ihrer Kulturlosigkeit. Menschen wie Kai umgibt einfach ein natürlicher Nimbus der Unangreifbarkeit, die kommen mit allem durch. Und völlig unabhängig von Inhalt und Qualität, finden sie ihre Akzeptanz und Wertschätzung auf höchstem Rang. Dabei spielen sie sich nur auf.

Am anderen Ende der Leitung nach wie vor Stille. Mein geliebter Bruder wägt noch ab, ob er mich in der Cafeteria meines Lieblingsklinikums treffen möchte. Du liebe Zeit.

Da Kai noch immer keinen Mucks von sich gegeben hat und ich jetzt ganz gern mit dem Training beginnen würde, ist sowieso schon fast neun, frage ich übertrieben gefügig: „Was ist nun? Kommst du?“ Und er, in dessen Anwesenheit ich immer das Gefühl habe, zu kurz gekommen zu sein, blökt vergrätzt: „Okay bis morgen.“ Es klingt wie: *Wir wären dann durch*. Als hätte er schon wieder Oberwasser. Aber ich meine, wem will er was vormachen? Ich weiß, dass mein fünf Jahre älterer Bruder bis zu seinem vierzehnten Lebensjahr ins Bett gepinkelt hat.

Ich · weiß · das.

Und das mit der Fingernägelkauerei - das auch.

„Okay bis dann.“ Ich lege auf, total verwirrt. Wie nach jedem Kontakt mit ihm. Es ist immer zermürbend.

Ausschalten meines Ein-Euro-mit-Zweijahresvertrags-Handys. Ich mache mich wieder aufrecht und trete aus meiner Ecke hervor.

Draußen ist es bereits ziemlich dunkel.

Über meinem Kopf rasseln mehrere kaputte Leuchtröhren und ich nehme mir eines der Springseile, die an einer Halterung baumeln. Dreimal umwickle ich jedes meiner Handgelenke mit den Enden des Seils und stelle mich die nächsten Minuten reichlich ungeschickt darin an, so etwas wie einen Rhythmus zu finden und genau dann zu hüpfen, wenn das Tau den Boden berührt. Mein Bewegungsablauf lässt sehr zu wünschen übrig, obwohl es schon etwas besser wird. Beim allerersten Mal hätte mich niemand beobachten dürfen.

Der junge Massenmörder neben mir macht die gleiche Übung wie ich, ungefähr zehnmal so schnell. Ich sehe ihn fast nicht springen, es sind nur ganz kleine Schritte, er tippelt eher. Sein Seil surrt verschwommen durch die Luft und macht ein Geräusch wie ein Schwarm Hornissen. Nebenher quatscht er seelenruhig mit seinem Kumpel, einem erfahrenen Serienvergewaltiger mit Bolzenkinn, und demonstriert dabei eine wahrhaft meisterliche Beherrschung hochgestochenen Gossenslangs. Ganz abgesehen davon, dass er zweimal ornanieren statt onanieren sagt, erfahre ich, dass Jaqueline gestern *offen wie eine Sardinenbüchse* war, ihre *Muschi wie gemalt* aussah, ihr Gebiss jedoch den Eindruck machte, als sei es *von einem Baseballschläger modelliert* worden. Erfinde das mal.

Bereits jetzt schwitze ich kolossal und komme immer spätestens bei der zwölften Seilumrundung meines Elefantenkörpers aus dem Tritt und muss neu ansetzen. Der Kollege neben mir ist, glaube ich, bereits im Hunderttausender-Bereich.

Während ich Neustart an Neustart reihe, zähle ich sämtliche amtierenden und ehemaligen Boxweltmeister weltweit auf. Geordnet von Schwergewicht bis Strohgewicht, von den Verbänden WBA über WBC nach WBO bis IBF und IBO. Bei meinem ersten Besuch habe ich die an der Rezeption ausliegende 192-seitige Anthologie „Die Geschichte des Boxens“ gelesen, als ich einige Minuten auf meine Einweisung warten musste. Mir war furchtbar langweilig.

Das Springseil donnert wieder mal gegen meine Ferse, als mein Trainer Josef-genannt-Joe aus dem Nichts auftaucht. Joe ist wasserstoffblondiert, keine eins siebzig groß und muskulär voll aufgepumpt. Jedes Mal, wenn ich ihn sehe, frage ich mich, warum kleine Männer nicht begreifen, dass es für sie eher unvorteilhaft ist, durch Krafttraining an Masse zu gewinnen. Dieser Eindruck, genau so breit wie hoch zu sein, lässt sie nur noch kürzer wirken. Fast würfelartig. Das muss ihnen doch mal jemand sagen.

„Hey Alter. Wie geht's?" Joe haut mir auf den Rücken.

Aua. „Hey Joe." Ich wickle das Springseil zusammen, er nimmt mich bei der Schulter und will mir meinen Sparringspartner vorstellen, mit dem ich heute meine ersten lockeren Schlagübungen im Ring austauschen werde. Ebenfalls ein Anfänger, lässt er mich wissen. Na das passt ja. Nur nicht nervös werden.

Joe sagt: „So ihr beiden, darf ich bekanntmachen, das ist Chris, unser lieber Chris mit dem wunderschönen Nachnamen Schneeweiß." Ich nicke, ja das bin ich, halte völlig überrascht meinem Sparringspartner die Hand entgegen und versuche das Bedauern in meiner Stimme zu unterdrücken. „Hi."

Erneut klopft mir Joe auf den Rücken und fährt fort: „Ja Chris, und das ist Désirée."

Sie nimmt ihre rechte Hand von dem blauen Frotteehandtuch, das sie um ihren Hals hängen hat und hält sie mir hin. Wir schlagen ein. Ihres ist ein kleines weiches Händchen. Ihre dunkelblauen Augen sehen mich ernst an. Sie hat volle, geschwungene Lippen, einen gleichmäßigen Gesichtsschnitt. Mir tut es wirklich leid um mich, dass ich mich bei meinem ersten Versuch im Ring nicht mit einem ebenbürtigen Gegner in die Materie einarbeiten kann, sondern künstlich zurückhalten muss. Echt blöd von Joe, mit Désirée diese Wahl getroffen zu haben. Sie ist um mindestens einen Kopf kleiner und wiegt halb so viel wie ich. Meine Güte, das zarte Ding. Andererseits denkt er wohl, dass ich als Bademeister und geübter Schwimmer Manns genug bin, mich situationserforderlich zurücknehmen zu können. Ich werde mich bemühen, fair und gentlemanlike. (Tief drinnen probe ich schon mal die Art, in der ich mich bei ihr entschuldigen werde.)

Also dann. Wir besteigen das Podest, ich ducke mich unter dem obersten Tau hindurch und betrete den elastischen Ringboden. Wie ich es so aus dem Fernsehen kenne, hüpfe ich mich schon mal etwas ein und luftboxe mit einem nicht vorhandenen Schatten, muss aber bald abbrechen, weil das meinen Gelenken nicht besonders gut tut.

Désirée macht auch ein paar Lockerungsübungen und ähnelt dabei einer Ballerina. So zierlich, keine zwanzig. Brünett und sehr hellhäutig. Völlig unscheinbar. Sie wirkt wie ein wirklich anständiges Mädchen aus gutem Hause. Hoffentlich hat sie nicht zu viel Angst. Ich zwinkere ihr aufmunternd zu. Sie macht dasselbe zurück. Na also, wir kriegen das schon hin. Ich pass auf.

Ich ziehe meine Hose etwas hoch. War ein radikal runtergesetztes Sonderangebot. Rutscht und zwickt.

„Seid ihr soweit?“, fragt Joe, der zwischen uns steht und uns wechselweise ansieht. Klar. Bereit.

Er geht in die Hocke und stützt seine Hände auf den Knien ab. Wir tun es ihm gleich.

„Also passt auf, Ihr habt beide euren Warm-up gemacht? Ganz wichtig, nie ohne, aber das wisst Ihr sowieso. Was wir heute probieren, ist ein leichtes Annähern. Ich hab ja jeden von euch das letzte Mal schon ein bisschen instruiert. Um was es geht ist ... keine Tiefschläge ... Gürtellinie ... Regelverstoß ... leichtes Sparring ... linke Gerade ... nicht mit ...“

Während Désirée zuhört, bindet sie ihre Haare hinter dem Kopf zu einem dicken Pferdeschwanz zusammen. Was ich aufmerksam, aber dezent beobachte, weshalb ich Joes Anweisungen nur halb mitbekomme. Sowieso nur Formsache. Ich mag Haare. Dichte, weiche, warme, wallende, volle, gesunde Haare. Farbe eigentlich egal.

„... und denkt daran, die Deckung niemals vernachlässigen. Bei der Deckung trennt sich die Streu vom Weizen. Okay?“, bellt Joe und ich sehe ihn an. War das gerade S*t*reu statt S*p*reu? Nicht so wichtig. Er hat gesagt, was er zu sagen hatte.

Er reicht uns je ein Paar roter Trainingshandschuhe, die zusammengebunden an je einem seiner Zeigefinger baumeln. Wir greifen danach, er hilft uns beim Anziehen und Schnüren. Lässt erst Désirée und dann mich testweise in seine aufgehaltenen Handflächen schlagen. Einmal links, einmal rechts.

„Okay, dann los!“ Joe klatscht einmal.

Wir heben unsere Hände, Kampfposition, und setzen uns in Bewegung. Einander gegenüberstehend beschreiten wir im Uhrzeigersinn einen Kreis innerhalb des Quadrats, wobei wir uns pausenlos fixieren. Ich tue so, als müsste ich meine Arme zur Deckung hochhalten. Sie beginnt mir nichts, dir nichts, das Tempo zu erhöhen und um mich herum zu tänzeln. Ich bin nicht sicher, ob sie angesichts ihres Hüpftalents auf ein Lob von mir spekuliert. Aber das empfände ich als unangebracht. Um etwas Unerwartetes zu tun, fackele ich nicht lange und setze einen sehr, sehr leichten Rechtsausleger auf ihre Schulter. Sie kassiert den Schlag und federt überrascht zurück. Nichts für ungut. Dürfte nicht besonders wehgetan haben.

Ich stünde wirklich lieber einem gleichstarken Kontrahenten gegenüber. Ich lege noch einmal den exakt identischen Softschlag nach. Diesmal weicht sie mir mit katzenhafter Behändigkeit aus, aber mir ist klar, wenn ich auf ernst machen würde, wäre das hier ein wirklich unausgewogenes Duell. Warum tut sie sich nicht den Gefallen und lässt das mit dem Boxen blei... Ein Magenschwinger trifft mich mit voller Wucht direkt über meinem Nabel. Aus wenig klaren Gründen habe ich den nicht kommen sehen. Was keine Entschuldigung sein soll. Ich krümme mich nach vorn und bemerke selbst mein unwillkürliches Speiübelgesicht. Semmelt die mir einfach so einen rein. Und jagt mir damit einen Heidenschrecken ein. Oh, tut das weh. Kurzzeitig schaltet mein Hirn so weit runter, dass es für keine nennenswerte Tätigkeit mehr einsatzbereit ist. Dann fange ich mich und richte mich wieder auf. Ich starre sie an. Ich hatte eher Kratzen, Beißen, Spucken erwartet, um ehrlich zu sein. Sie tänzelt unverändert, und eine subtile Feindseligkeit blitzt mit einem mal zwischen uns auf.

Leider habe ich meine Arme noch nicht wieder hoch genommen, da geht sie in die Vollen und wuchtet mir ihre Faust erneut in den Bauch. Für meinen Geschmack ein bisschen sehr forsch. Kurzum, ich hasse es auf den Tod. Der Schlag trifft mich fast noch passgenauer, lässt meine Augen wässrig werden, was dazu führt, dass ich niesen muss. Knifflige Situation, doch noch weigere ich mich, die Angelegenheit wirklich ernst zu nehmen. Ich niese ein weiteres Mal und halte die rechte Hand so, als wäre das der alleinige Grund für meine Auszeit. Dabei überlege ich mir, ob das hier vielleicht etwas mit einer versteckten Kamera zu tun hat und sie der scheiß Lockvogel ist, so was wie die Ulknudel vom Dienst. Désirée macht zwei scharwenzelnde Schritte zurück und betrachtet mich wie ein Ölgemälde. Ich blicke zwar überhaupt nicht durch, aber wenn das mit der versteckten Kamera der Fall ist, vermute ich, sie ist gerade besonders witzig.

Sie besitzt die Frechheit „Alles in Ordnung?“ zu fragen, bevor sie einen Ausfallschritt auf mich zu macht und mir ihren Handschuh überfallartig mitten ins Gesicht donnert. Müßig zu erwähnen, dass ich noch keine Deckungshaltung eingenommen habe. Ich spüre, wie mein Hirn gegen meine Schädeldecke schwappt. Es fühlt sich an, wie wenn man sich in vollem Lauf irgendwo heftig den Kopf anstößt - mal hundert. Um mich herum dreht sich alles und mir wird schwindelig, in mir drinnen spüre ich zähflüssige Stille. Ich knicke in den Knien ein und komme ins Straucheln, verliere komplett die Orientierung. Und vermeide nur haarscharf einen ungewollten Suizid, als ich volle Kraft voraus mit meinem Schädel gegen einen der vier gepolsterten Eckpfosten donnere, zurückpralle und mich zu erinnern versuche, wie das mit dem Aufrechtgehen noch mal funktioniert.

Mit einem Mal sehe ich nichts mehr und kriege keine Luft. Ich weiß nicht, wie lange ich ohne Sauerstoff überleben kann, aber das werde ich wohl gleich herausfinden. Wie aus einem Tiefschlaf geweckt, lässt mich mein Selbsterhaltungstrieb doch noch die Augen öffnen und ich sehe Joe, der gerade eben noch mit seinen fitnessgestählten Armen über der Brust verschränkt neben dem Ring stand, jetzt aber mit hinter den Kopf gelegten Händen und verzerrtem Gesicht entsetzt zu uns hoch schaut. Ich frage mich, ob er sich gerade überlegt, wo noch mal der Defibrillator liegt und ob er ihn schon mal holen soll. Aber trotz seines bestürzten Blicks plant er wohl, nichts zu unternehmen, was ihm auch hervorragend gelingt. Da fehlt's wirklich hinten und vorn.

Ich suche Désirée und finde sie unerwartet auf mich zukommen, und mache instinktiv mit hängenden Schultern einen Schritt zurück, noch bevor sie weiter schlägt und unsere frische Beziehung damit aufs Spiel setzt. In meinem Kopf schreie ich mich an: *Was tue ich hier. Boxen! Scheiße, ich bin Schriftsteller. Ich habe kein Recht, mir selbst so etwas anzutun.* Erstaunlich, zu welch inadäquatem Zeitpunkt einem das Hirn eine solche Erkenntnis zur Verfügung stellt. Dann muss ich mir meine Hose zurecht ziehen, die verrutscht ist. Was sich mit den Handschuhen in etwa so anfühlt, als würde ich mir mit Fäustlingen die Schnürsenkel binden.

Schon bin ich wieder bereit. Und kurz bevor mich der nächste Schlag, der erneut auf meine Nase gerichtet ist, trifft, setze ich meinem Gesicht einen Ausdruck fester Entschlossenheit auf, gemildert von einem Hauch Nachsicht. Désirée-*eeh*, sei ein braves Mädchen. Und dann macht es ein dumpfes Geräusch, das ich so noch nie gehört habe. Und bei mir gehen sämtliche Lichter aus.

Ausstrahlung

Mona Richtbergs fensterloses Badezimmer, eng und röhrenförmig. Der Spiegel über dem Waschbecken ist vom Duschdampf beschlagen. Sie trägt Deo auf, stellt Shampoo und Pflegespülung zurück ins Regal und wischt mit einem Tuch die untere Spiegelhälfte von Beschlag frei. Kämmen. Sich sorgfältig dezent schminken. Und der ganze Rest. Ausgehvorbereitungen in höchster Hetze, der Spiegel nebelt wieder zu, Bad aus Zeitgründen wie ein Schlachtfeld hinterlassen, was der Pedantin in ihr schwer fällt, Uhr-Blick: halb acht, 19 Uhr 31, es pressiert, mal wieder, mal wieder wie immer, Fußmarsch zur U-Bahn, U6 kommt gerade, Fahrt, sechzehn Minuten, Zielstation aussteigen, zügiger Gang zum Treffpunkt. Das alles aufgewühlt bis zum Anschlag. Die Konfrontation heute Mittag mit ihrem Chef Stefan Stein, seine Gängeleien, der Nervenkrieg, so geht das nicht weiter.

Mona regt sich derart auf, dass sie plötzlich fürchtet, man könnte es ihr ansehen. Contenance. Erst mal drosselt sie ihr Schritttempo, sieht sich um. Natürlich beachtet sie keiner der entgegenkommenden Passanten und auch die vorbeifahrenden Autos bremsen wegen ihres inneren Tumults nicht ab. Das wäre geklärt.

Um sich zu beruhigen, versucht sie sich an einem Perspektivenwechsel, sagt sich, wer weiß, was Stein durchgemacht hat, um zu so einem kranken Tyrannen zu werden. Denn Monas Vorstellungsvermögen sträubt sich dagegen zu akzeptieren, dass es möglich ist, dass jemand so niederträchtig, so verkommen, so nachtragend sein kann, für eine Ohrfeige, die er – und das ist doch der Punkt! – mit seinem Getatsche *selbst provoziert* hat. Womöglich kann er wirklich nichts dafür, ist ein gezeichneter Mann ... doch diese Inschutznahme will nicht funktionieren.

Monas Verzweiflung flaut nicht ab, zumal sich Steins Hass auch auf ihr Arbeitspensum auswirkt. Zusätzlich zu der Recherche, die er ihr heute aufgebrummt hat, darf sie jetzt sogar noch einen weiteren Roman rezensieren, dieses *Ausschweifungen*. Wann soll sie das bitte schaffen?

Fest entschlossen, sich nicht unterkriegen zu lassen, unterdrückt sie eine Angstattacke und versucht, ihre mentale Balance mit aller Kraft aufrecht zu halten. Nur kein Rückfall. Bloß das nicht. Seit ihrer Pubertät kämpft sie mit der Problematik, sich psychisch und körperlich zu drangsalieren, sobald ihr Dinge zu entgleiten drohen. Während des Studiums wurde es extrem schlimm. Ihrem eigenen Ehrgeiz und ihres Vaters Erwartungen (oder dem, was sie dafür hielt) gerecht werden zu wollen, gewann zusehends die Oberhand und führte sie in aufzehrende selbstzerstörerische Phasen.

Mona fühlt einen Knoten im Magen, atmet tief durch, bemüht, ihre trübsinnigen Gefühle auf keinen Fall hochzuschaukeln. Nein, sie lässt das jetzt nicht an sich heran.

Ohne ihren Weg von der U-Bahn bewusst wahrgenommen zu haben, steht sie vor dem rustikalen italienischen Restaurant, in dem sie gleich ihr Blind-Date-Glück ein zweites Mal versuchen wird.

Diesmal mit einem gewissen Rick.

Letzten Monat, bei ihrer ersten Blindverabredung überhaupt, traf sie sich mit einem Wirtschaftsprüfer, 31.

Vornehmlich, weil ihre beste Freundin Vicky darauf bestanden hatte, ein Treffen zu arrangieren. Er sei elegant, gebildet und sexy, sie müssten einander unbedingt kennen lernen, hatte sie ihr Max schmackhaft gemacht. Und irgendwie trafen diese Attribute auch zu, doch zwischen Mona und ihm herrschte Inkompatibilität von Sekunde eins an. Sie hatten sich in einer Galerie verabredet und er fiel Mona bereits auf die Nerven, nachdem sie ihn ganz unverfänglich um seine Meinung zu einem der ausgestellten Baselitz-Porträts gefragt hatte, wozu Max meinte, er kenne sich „mit Kunst nicht so aus" und könne das „nicht so beurteilen". Und als Mona leicht bissig antwortete, dass der Künstler doch nicht für Sachverständige gemalt habe und man ruhig seine Meinung äußern dürfe, ohne Angst vor - ja, vor wem eigentlich -, vor der eigenen Meinung zu haben, war er gleich seltsam eingeschnappt und die Stimmung unrettbar verloren. Weshalb Mona bei Max dem Sonnyboy unweigerlich vom unattraktivsten aller Fälle ausgehen musste. Nämlich dem, dass er wohl einfach *keine Meinung hatte*.

Nach einer anschließenden steifen Viertelstunde trennten sie sich und er sagte noch nicht einmal, es hätte ihn gefreut und den ganzen Kram, den man so als Minimalleistung von sich gibt, egal wie enttäuschend ein Treffen auch gelaufen sein mag. Da stand sie dann, allein, auf der Empore vor der Neuen Pinakothek, baff. Ungläubiges Kopfschütteln, Riesenreinfall.

Heute nun ein neuer Anlauf.

Da Rosario steht über der Fensterfront des Restaurants. Es ist vier vor acht. Mona versucht bei allen Verabredungen ein wenig früher zu erscheinen, weil sie glaubt, das gibt ihr etwas Selbstbestimmtes.

Die Lage des Lokals ist gut gewählt: von Monas Wohnung relativ weit entfernt, womit sich die Gefahr minimiert, zufällig auf jemand Bekanntes zu treffen. Was unter Umständen peinlich geraten könnte. *Darf ich vorstellen, das ist Rick, ein Typ, den ich gerade erst kennen gelernt habe …* Was weiß sie denn, wer da gleich auf sie zukommt.

Mona greift nach der Türklinke, betritt das Restaurant, bereits aufführungsreif, falls Rick sie schon von irgendwo beobachtet. Sie sieht sich um. Ein klassischer Italiener, wie es ihn immer seltener gibt, Fischernetze an der Decke, rot-weiß karierte Tischdecken, aus Schiffsplanken gezimmerter Fußboden.

Ein Ober in Schürze kommt ihr mit angehobenen Ellbogen entgegen geschwebt und säuselt geschäftig „Buongiorno, Signorina".

„Guten Abend. Es müsste ein Tisch reserviert sein, zwanzig Uhr für zwei Personen, auf den Namen …", Mona stockt, sie hat Ricks Nachnamen nicht parat. Das geht ja schon gut los. Der Kellner wiederholt „Zwei Personen?", lugt seltsam teilnahmslos in das aufgeschlagene Reservierungsbuch und führt sie mit ausgestrecktem Arm, „Kommen Sie, kommen Sie" quengelnd, an einen Zweiertisch in einer lauschigen Ecke. Er schiebt ihr den Stuhl unter das Gesäß. Sie vertröstet sein „Schon was zu Trinken, Signorina?" mit einem „Ich warte noch, wir bestellen dann gleich zusammen". Wie ein tasmanischer Teufel zischt er ab, sich erfolgreich übend in der standesgemäßen Beleidigtheit italienischer Kellner.

Um gleich Beschäftigung vorzutäuschen, hat Mona eine Zeitschrift mitgebracht. Beiläufig blättert sie darin herum, eher um sie zu drapieren, und denkt sich bei all den Promigesichtern, Freizeit- und Modetipps:

Die Menschheit ist nicht mehr zu retten. Sie lässt die Zeitschrift wahllos in der Mitte aufgeschlagen vor sich liegen. Seufzt. Auch wenn sie ein akutes Zerstreuungsbedürfnis verspürt, ist sie nach diesem scheußlichen Bürotag überhaupt nicht in Stimmung für etwas wie das hier und fürchtet, gleich nicht ganz bei der Sache zu sein. Mit aller Gewalt versucht sie, sich ein *Mach dir einen schönen Abend, du hast es dir verdient* unterzuschieben, aber das kommt ihr so plump vor, wie ein Mottosprüchlein aus diesem Lifestyle-Magazin. Man hat etwas eben erst vergessen, wenn man sich nicht mehr an das Vergessenwollen erinnert. Und Monas Bemühen Stein zu verdrängen, macht ihn momentan nur noch gegenwärtiger.

Die Ellbogen bewusst auf den Tisch gestützt und die Hände gefaltet, wie um dadurch ihre Nervosität zu verscheuchen, widersteht sie dem Drang, von der Kerze, die vor ihr in einer alten, von gehärteten Wachsspuren fast vollständig zugewachsenen Weinflasche steckt, ein paar tropfenförmige Stückchen abzubrechen. Stattdessen schaut sie auf ihre Uhr, da geht auch schon die Tür auf.

Was sie sieht, ist ein Meter neunzig, hat breite Schultern, trägt einen teuren Anzug, hellblaues Hemd, mittelkurze braune Haare, blaue Augen, schmale, gerade Nase - in dieser Abfolge, oder auch umgekehrt. Kurz: Ein fürchterlich gutaussehender Typ. Sie hält unwillkürlich still, wie für eine Röntgenaufnahme, und fängt seinen Blick auf, der an ihr haften bleibt. Im Näherkommen formen Ricks Lippen stumm fragend ihren Vornamen, sie nickt, lacht, und findet, dass es von beidem ein bisschen zu viel ist. Ihre Körpersprache, das Eingeständnis eines überwältigenden ersten Eindrucks. Tatsächlich hat sie gerade vergessen, was sie heute Abend vergessen wollte.

Innerhalb Millisekunden gleicht sie ihre imaginäre Eignungsliste mit den ihr bekannten Fakten ab: Rick Irgendwas, geschieden, Lobbyist „oder so was Ähnliches“ (laut Vicky), und 38, also eigentlich zu alt für sie. Aber wenn Mona an Vicky und deren steinreichen Schweizer Verlegerehemann Urs Negel denkt ... der ist 23 Jahre älter als Vicky, und nicht bloß lächerliche winzige elf, wie Rick,

Monas Rick, der seine warme, trockene Handfläche gerade über die ihre stülpt.

Er geht mit seinen Augen auf ihrem Gesicht spazieren und wählt als Einstiegssatz „Hallo Mona, freut mich sehr, was liest du denn da?“ Er klingt selbstsicher und so sieht er auch aus. Bestimmt hat er zu jedem Gemälde dieser Welt eine Meinung.

Mona stammelt ein unsouveränes „Ach, nur Blödsinn“, schlägt die Zeitschrift hastig so zu, dass sich lediglich die Werbung auf der Rückseite erkennen lässt, und könnte sich für diese misslungene Einleitung ohrfeigen. Was sie für einen Augenblick so ernüchtert, dass sie erst mal beschließt, den Mund zu halten.

Ist aber nicht nötig. Rick lächelt, setzt sich, und sagt genau das Richtige. Vorgeplänkel mit Nebensächlichkeiten ist gar nicht nötig, das Gespräch läuft von Anfang an hervorragend.

Nachdem sie, erst vom auffordernden Blick des Obers veranlasst, ihre Speisekarten aufgeschlagen haben um auszusuchen, bemerkt Rick belustigt: „Ich blättere hier rum und meine Augen fliegen über die Zeilen, ohne etwas wahrzunehmen.“

Mona lacht und sagt „Ja, ich auch. Furchtbar.“

Dann doch noch Bestellung. Was genau, ist egal. Beim Essengehen rangiert das Essen, nach Konversation und Ambiente, höchstens an dritter Stelle der Prioritätenliste.

Wenig später tritt der Kellner an den Tisch, zeigt Rick das Etikett der gewählten Rotweinflasche, zieht den Korken raus und begutachtet dessen Unversehrtheit. Gestelzt gießt er Rick einen fingerbreit zum Probieren ein, doch der spart sich das Theater und gibt sein Einverständnis, ihnen beiden einzuschenken. Wie hochbeleidigt der Ober deshalb ist, lässt sich an dessen Gesicht nur schwer ablesen, da eine Steigerung seiner Grundabscheu schon nicht mehr auffällt.

Nachdem sie wieder allein sind, stoßen Mona und Rick an, nur mit Blicken, und fahren nahtlos mit ihrem unterbrochenen Gespräch fort.

„Also, was genau machst du beruflich“, fragt Mona und stellt ihr Glas ab. „Vicky hat mir nur vage angedeutet, dass du so was wie ein ... Lobbyist bist. Ein vielseitig auslegbares Feld ...“

Beinah verlegen korrigiert Rick: „Naja, ich würde eher sagen ich bin ein Public-Relations-Dienstleister. Ich habe eine Firma die Konzerne berät und Dinge anstößt, die im weitesten Sinne mit Öffentlichkeitsarbeit zu tun haben. Das reicht von übergeordneten Werbemaßnahmen für Pepsi oder Davidoff, bis hin zu Product-Placement für Olympiaden, oder verschiedene US-Filmproduktionen. Eine Art kritischer Abwicklung der Außendarstellung ... auf etwas diffizilere Weise, wenn du so willst.“

„Oh, interessant“, maunzt Mona unfreiwillig heiser.

„Aber um ganz ehrlich zu sein: letztlich könnte das, was ich da tue, auch ein halbwegs zurechnungsfähiger Orang-Utan fertig bringen. Es geht nur um das Herstellen von Vernetzungen zwischen bestimmten Personen“, räsoniert Rick mit charmanter Polemik, die das Gegenteil von Angeberei zu sein vorgibt, was zu durchschauen Mona allerdings gerade zu begeistert ist. Sie bekräftigt ihre Aufmerksamkeit, in dem sie unbeeindruckt tut, wobei sie sich denkt: *Oh Gott, und ich hab ihm vorhin lang und breit von meiner Redaktionsarbeit erzählt und dabei auch noch ziemlich dick aufgetragen*, was in Anbetracht von Ricks Tätigkeit nun wahnsinnig läppisch wirkt.

In den nächsten Minuten erfährt Mona, dass Rick die Microsoft-Vorstandschaft ebenso kennt, wie die Führungsriege von irgendeinem Konzern, dessen Name ihr nichts sagt, aber mächtig klingt, was das kleine Restaurant, in dem sie sitzen, noch kleiner erscheinen lässt und ihre

Verwunderung darüber, dass Rick Zeit für *so was hier* hat, ins Unendliche potenziert.

„Das klingt beeindruckend", kann sie sich nicht zu sagen hindern und streicht sich das Haar hinters Ohr. „Und was ist das aktuelle Projekt, an dem du gerade arbeitest?"

Die leeren Teller werden abgeräumt, Rick macht dem Kellner Platz indem er sich zurücklehnt, hält inne, beugt sich wieder vor und redet spitzbübisch grinsend weiter: „Wenn ich dir das verrate, müsste ich dich im Anschluss leider umbringen."

Mona lächelt neutral, schwer auf so eine Bemerkung zu reagieren.

„Nein", wiegelt Rick ab, „wir befinden uns mitten im Aufbau eines neuen Brands eines hoffentlich bald flächendeckend bekannten Unternehmens. Etwas, das meine volle Aufmerksamkeit erfordert und auch bedeutet, dass ich mich gerade aus allen anderen Geschäften zurückziehe, um mich nur auf dieses eine Projekt zu konzentrieren. Es ist noch nicht ganz spruchreif, aber: es geht im weitesten Sinne um den Glaubensmarkt", sagt Rick ausweichend, jedoch ohne rumzudrucksen.

„Den Glaubensmarkt?"

„Um religiösen Glauben, ja. Die Grundidee ist revolutionär. Wir stecken eben noch in den Vorbereitungen, weshalb ich dir momentan leider nicht mehr erzählen kann. Aber ich gehe davon aus, dass du und voraussichtlich der Rest der Welt sehr bald davon hören werdet."

Das sagt er, nicht im Geringsten prätentiös, und schafft es, das Thema geschickt umzuleiten, zu Leichtfüßigerem. Schon bald kommen sie dabei auf ihre gemeinsame Bekannte Vicky und deren Ehemann Urs zu sprechen und bemerken, dass sie sich einander bereits nah genug fühlen, über ausnahmslos jeden herzuziehen. Das Leben kann so einfach sein.

Über einen kurzen Umweg gelangen sie zu Ricks erster und einziger Ehe, die nach nur drei Jahren geschieden wurde. Und während Rick diese Episode schildert, fragt sich Mona, weshalb es ihr was ausmacht, dass er sich früher schon mal für jemand anderen als für sie interessiert hat.

Zwei Drittel der langen weißen Kerze sind mittlerweile heruntergebrannt und haben eine eigene topographische Wachsspur auf den Flaschenkorpus gezeichnet, inklusive eines dicken Abschlusstropfens auf der karierten Tischdecke. Espresso und Panna cotta werden serviert. Espresso je einer, Panna cotta teilen sie sich, zwei Löffel.

Rick hat bereits den dritten Knopf seines Hemdkragens geöffnet und immer wieder hallt Monas misslungene Version eines mondänen Lachens durch den Raum, gern auch mal mit vollem Mund. Zweifelsohne die Schulmädchenvariante. Ihre Selbstermahnungen zu Zurückhaltung hat sie längst eingestellt. Der Ober blickt jedes Mal flüchtig herüber, schüttelt manchmal beim Wegsehen so unauffällig den Kopf, dass unmissverständlich klar ist, was er über das Pärchen am Ecktisch denkt.

Draußen ist es längst dunkel, nur noch wenige Tische sind besetzt. Inzwischen haben Mona und Rick den jeweils anderen mit ihrer eigenen Idealprojektion versehen. Bei beiden handelt es sich längst nicht mehr um reale Personen. Mona kommt sogar der Gedanke, wie schade es ist, dass jetzt kein Bekannter von ihr auftaucht, dem sie Rick vorstellen könnte, um mit ihm anzugeben.

Der Ober bringt unaufgefordert die Rechnung. Für den Zahlbetrag legt Rick seine AmEx auf die Schale, für das Trinkgeld einen Zwanziger in bar. Mit Ich-hätte-es-mir-denken-können-Blick nimmt Monsignore das Tellerchen und verschwindet hinter der Bar. Die einzig korrekte sizilianische Reaktion auf üppiges Trinkgeld.

Mona streicht über den Tisch, wie um unsichtbare Brösel zu beseitigen. Rick setzt sein Glas zum letzten Schluck an und sagt Mona, wie großartig sie aussieht, weil Männer immer erpicht darauf sind, attraktiven Frauen mitzuteilen, wie attraktiv sie sind. Man möchte es nicht für möglich halten, aber obwohl Mona das wahrlich nicht zum ersten Mal hört, kann sie davon gar nicht genug bekommen.

Errötend knapst sie mit ihrer Zeigefingerspitze ein Stück Wachs von der Kerzenflasche. Eine Verlegenheitsgeste, die ihr sonst nicht auskäme. Normalerweise begegnet Mona Komplimenten und Schmeicheleien mit einem süffisanten Verdachtsblick. Wir sind schließlich nicht in den Fünfzigerjahren. Heute schon.

Rick Ehling seinerseits glaubt, an Monas Schönheit einen vollkommen exklusiven Aspekt zu erkennen, der sich in seiner Ganzheit nur ihm erschließt und sonst niemandem. Wobei ihn diese romantische Anwandlung nicht davon abhalten kann, sich im Hinterkopf zu fragen, ob er einen Gummi einstecken hat.

„Wollen wir?" Rick schaut sie an, simultan nicken sie und stehen auf. Das Ende, das gehört dazu.

Beim Verlassen des Lokals geht Mona voraus, am Patron vorbei, der ihnen die Tür aufhält.

Sie verabschiedet sich auf italienisch, was sie wirklich noch nie getan hat - das machen nur Touristen. Der Ober nickt mit gönnerischer Onkelhaftigkeit, lässt kurz darauf die Klinke los und die Tür nach seinen letzten Gästen ins Schloss fallen, seufzt und verdreht die Augen zur Decke.

Mona wackelt das dreistufige Treppchen hinab, hinaus in die abendliche Flaute, schaut zurück, ob Rick ihr folgt, tritt dabei ins Leere, weil sie noch eine letzte Stufe vermutet hat, stolpert nach vorn und tut, als müsse sie hüsteln, um nicht schrill zu kieksen, und fängt sich. Rick macht eine unnötige Bewegung, um sie wenigstens symbolisch zu stützen, starrt dann auf den Boden, sucht nach der Ursache für Monas Straucheln und schüttelt den Kopf über den tadellos gepflegten Gehweg. Mona ordnet sich, probt innerlich ein „Danke, es war sehr schön, auf bald“, tritt einen Schritt zurück und schafft es gerade noch, nicht von einem Radfahrer über den Haufen gefahren zu werden, ruft ihm ein beschämtes „Tschuldigung“ nach, Rick entscheidet kurzfristig, dem unschuldigen Radler keine Schimpftirade hinterherzubrüllen und bescheidet sich damit, um ein Haar sein Handy fallen zu lassen.

Ein Slapstick-Autor hätte an den beiden seine helle Freude.

Sie stehen einander auf dem Gehsteig gegenüber, Insekten schwärmen unter der Straßenbeleuchtung, und auf einmal senkt sich die erste verlegene Schweigsamkeit über sie: *da stehen wir nun*. Aber nicht lange. Rick dreht seine linke Hand unter ihre, so dass er ihre Finger drücken kann. Dann nimmt er seine rechte Hand, legt sie auf ihre Wange und gleich darauf an ihren Hinterkopf, vergräbt sie in ihren Haaren und drückt seinen geöffneten Mund fest auf ihren Mund. Er presst ihren Körper eng an sich. Mona streicht mit einer Hand tastend über seinen Rücken. Die andere Hand hängt irgendwo herum.

Entklammerung nach vier intensiven Minuten. Verlegenheit und Erwartungshaltung, Anspannung und Erleichterung. Sie steigen in seinen Wagen und fahren zu ihr. Er fährt hervorragend. Dafür, dass er angetrunken ist. Eins Komma eins Promille, das geht.

Im Treppenhaus legt sie gespielt verschwörerisch den Finger an die Lippen. Kichernd laufen sie in den dritten Stock. Auf der Türschwelle von Monas Wohnzimmer bleibt sie kurz stehen und versucht, den Raum mit größtmöglicher Objektivität zu beurteilen, um sich vorzustellen, welchen Eindruck er gleich auf Rick machen wird. Männern sind Einrichtung und Zustand einer

Wohnung wahnsinnig egal. Vor allem, wenn sie erregt sind.

Sie läuft ins Bad, in dem es immer noch wild aussieht, wäscht sich ihren Intimbereich, etwas grober als üblich, räumt notdürftig auf und erscheint wieder im Wohnzimmer. Gemeinsamer Umzug ins Schlafzimmer.

Nach zwei euphorischen Stunden fühlt sie sich wie befreit. Das will was heißen. Richtig gut und aussagekräftig ist Sex für sie normalerweise erst beim dritten, vierten Mal.

Rick atmet schon tief und gleichmäßig. Sie lauscht, auf ihrer rechten Schulter liegend, und schaut rüber zu ihrer vorhin achtlos hingeworfenen Arbeitstasche in der Ecke des Zimmers. Der geschmacklose Einband von *Ausschweifungen* lugt zur Hälfte heraus und erinnert sie wieder ans Büro. Aber nach diesem besonderen Abend, an der Schwelle zum Schlaf, in diesem Halbdämmerzustand, der Vergessenes und Verdrängtes zu Bewusstsein fördert, fühlt sie nicht nur das Ende eines Tages, sondern eines ganzen Lebensabschnitts. Sie wird kündigen!

Aber das ist natürlich Unfug.

Interieur

Es ist früh am Vormittag, höllisch heiß und ich mähe den Rasen. Ein Flickenteppich aus Löwenzahnkolonien und moosüberwucherten Bereichen. Der makellos hellblaue Himmel lässt den Garten Postkartenmotiv-gleich erstrahlen, gestochen scharf, wie das Licht aus dem Flugzeug betrachtet, nachdem man die Wolkendecke durchbrochen hat.

Rund um die Ränder der Sträucher bin ich fast fertig. In kleinen Stoßbewegungen navigiere ich den Elektromäher gewissenhaft vor und zurück, damit das nach was aussieht.

Das Filigrane mache ich immer zu Anfang, dann erst kommen die großen Flächen dran.

Ich bin klitschnass geschwitzt. Bahn für Bahn nähere ich mich der Thujenhecke und visiere den Komposthaufen an, auf dem ein Ameisenhügel wächst.

Mir pocht noch immer der Schädel von dem K.O.-Haken, den mir die boxende Kampfhenne Désirée vorgestern verpasst hat. Deswegen habe ich sogar meine Schicht im Freibad abgesagt. Und bis ich das mache, muss schon einiges passieren. Mein Treffen mit meinem Bruder Kai hab ich auch verschoben. Ich bin noch ganz matschig im Kopf, meine linke Gesichtshälfte ist geschwollen, aber mittlerweile nicht mehr so schlimm.

Die vorletzte gestutzte Grasbahn entsteht, jetzt hab ich's gleich. Das Grundstück ist mittelgroß und befindet sich am nördlichen Stadtrand. Keine feine Gegend, aber auch keine schlimme. Lauter kleine Einfamilienhäuser mit roten Ziegeldächern und weißgetünchten Fassaden, vereinzelt auch rosa (Wahnsinn). Vom Eindruck her, wie man sich früher idyllische Solidität vorstellte. Das Konservative steht wie eine Vorsilbe vor der ganzen Siedlung.

Hier wohnt Frau Killer. Und ich.

Frau Killer ist meine Vermieterin. Sie ist 74 und ziemlich auf Draht, auch wenn ihr bei Vollmond die Gelenke wehtun.

Vorausgesetzt sie weiß, dass Vollmond ist.

Seit drei Jahren wohne ich bei ihr zur Untermiete in einem winzigen möblierten Zimmer im ersten Stock. Dusche und WC auf dem Gang, für alle. Nachts pinkle ich aus Bequemlichkeit ins Waschbecken in meinem Zimmer. Muss man halt gut nachspülen.

Seit ewigen Zeiten vermietet Frau Killer ihre vier Räume an Studenten. Sie ist gerade beim Einkaufen.

Schon kurz nach meinem Einzug hat es sich ergeben, dass ich fürs Rasenmähen zuständig bin. Unentgeltlich.

Wie könnte es auch anders sein. Ich tendiere dazu, Arbeit anzuziehen. Wobei das Trostlose daran ist, dass ich meiner Rolle als Arbeitspferdchen auch noch vollauf gerecht werde. Denn ich arbeite hart und präzise, und sogar dann habe ich das Gefühl, Erwartungen nicht gerecht zu werden und mich sogar irgendwie entschuldigen zu müssen.

So ist das. Nette Sache. Ich glaube ich begehe den Fehler, Menschen zu überschätzen und mich ihrer *nicht würdig* zu erachten. Und das spüren die. So erkläre ich es mir zumindest. Damit muss ich mal aufhören. Aber man kann es nicht erzwingen. Es ist gar nicht so leicht, man selbst zu sein. Das muss man erst mal werden.

Der Mäher und ich schneiden den letzten Grasstreifen die Spitzen und ich wische mir mit dem Arm den Schweiß aus dem Gesicht. Ich habe meine Socken über die Hosen gestülpt, um Zecken am Eindringen unter die Kleidung zu hindern. Ich bin nicht gegen Borreliose geimpft. Überhaupt liegt meine letzte Allgemeinimpfung ewig zurück. Bis zur nächsten Auffrischung sollte ich Europa besser nicht verlassen.

Ich schiebe den Mäher in den Geräteschuppen, wo er die nächsten zwei Wochen parken wird, bis er und ich wieder ran müssen. Er und ich. Die Deppen vom Dienst.

Kurz mustere ich noch den ordentlichen Rasen - was für ein schönes Gefühl es doch ist, morgens schon etwas geschafft zu haben - und beginne damit, die ersten 97 Seiten über die Geschichte des Mittelalters, die ich heute Morgen beim Frühstück gelesen habe, Wort für Wort zu rekapitulieren. Was meinen Ärger über mich selbst etwas abfedert.

Ich trete durch Frau Killers nichtssagende Tür ins Hausinnere. Im Flur ist es dunkel. Alte Bauweise, damals war Helligkeit architektonisch noch nicht wichtig. Mit Stufensprüngen presche ich die Treppe rauf, betrete mein Zimmer, das so klein ist, dass man den Eindruck hat, die

Wände rücken zusammen, wenn man sie länger anschaut, ziehe mich aus, gehe ins Bad und dusche, bis es kein warmes Wasser mehr gibt, also zwei Minuten.

Mit dem Frottiertuch um die Schultern verlasse ich das Bad, mache drei Schritte in den Gang, von dem auch die anderen vermieteten Zimmer ausgehen. Splitternackt stelle ich mich im Flur vor den großen Wandspiegel, hebe beide Arme und begutachte meinen Körper. Meine Augen wandern über meine Haut, ob ich eine Zecke entdecke. Nichts zu sehen. Jetzt meine Hinterseite. Dazu drehe ich mich um und schaue über meine Schulter in den Spiegel. Mein Rücken: ebenfalls blutsaugerfrei. Zu guter Letzt beuge ich mich vornüber, klappe mich zusammen wie ein Taschenmesser, halte mich mit den Händen an den Fußknöcheln fest und schaue zwischen meinen Beinen hindurch in den Spiegel, auf dem jetzt mein gespreizter Hintern abgebildet ist, und inspiziere die ganze Rektalregion, um sicher zu gehen, dass sich auch dort nichts festgebissen hat.

Wie aufs Stichwort öffnet sich genau in dem Moment eine Tür und mein Zimmernachbar Paul tritt in den Gang und starrt mich an, wie ich nackt, mein Gesicht zwischen den Knien, dastehe und meinen Hintern durch die Beine inspiziere. Er pfeift die zwei bekannten Tonbögen, die übersetzt *Oh la la* bedeuten. Top Ironie. Top Timing. Ich bin sicher, dass es dafür eine ganz einfache Erklärung gibt.

„Stör ich?“, fragt er aufgesetzt rücksichtsvoll.

„Nicht ein bisschen“, stöhne ich kopfüber mit äußerster Gelassenheit, richte mich auf, binde mir mein Handtuch um die Hüften und knote die Enden vor dem Bauch ineinander. Mein Gesicht ist gerötet, das Haar verschrubbelt, ich stehe da wie ein Idiot.

„Habe mich nur abgesucht“, raune ich zuversichtlich.

„Abgesucht? In deinem Arsch?“

„Zecken-Check“, sage ich erklärerisch, als müsse ich Rechenschaft ablegen. Und Paul, 23, BWL-Student mit Himmelfahrtsnase, langen Ohrläppchen und chronischer Überdosis Haargel, eine Kompensation, weil seine Eltern nicht so begütert sind wie er das gern hätte, höhnt, „Oh ja, Scheiße! Rasengemäht!“, aber so, dass es auf herablassende Weise mitleidig klingt. Als sei es nicht nachzuvollziehen, dass man sich diesen Job andrehen lässt. Er und die anderen Untermieter wurden von Frau Killer nicht mal gefragt, ob sie helfen wollen, was die Sache etwas abmildern würde.

In meinem Zimmer höre ich gedämpft mein Handy klingeln. Ich sage „Entschuldige bitte“ und öffne meine Tür, schließe sie hinter mir und greife nach dem Telefon auf der Bettdecke. Es ist Uwe Flemming, mein Verlagsmensch. Ausgerechnet jetzt.

„Hallo Uwe“, hechle ich erleichtert und klinge derart unterwürfig, dass es fast schon als schelmisch durchgehen könnte. Dabei bin ich sauer, weil der Ignorant in den letzten Wochen zwei meiner Anrufversuche nicht entgegennahm (ich war naiv genug, mit Nummernkennung anzurufen) und meine E-Mails unbeantwortet ließ. Dennoch werde ich übernett tun, hilft nichts.

„Hey Chris, wie geht's? Schön, dass wir uns endlich wieder mal sprechen. Entschuldige, dass ich mich länger nicht gemeldet habe, aber wir haben so viel zu tun hier. Die ganze Arbeit stürzt über mir ein, haha.“ Seine Rechtfertigung lässt mich noch distanzierter fühlen. Mit dem Tuch um meine Hüften und ohne recht zu wissen wo ich anfangen soll, sage ich: „Kein Problem, wirklich kein Problem.“

„Du, ich hab Neuigkeiten zu *Ausschweifungen*. Ich hab ein Interview mit der Süddeutschen Zeitung klar gemacht, ich kenn den Chefredakteur dort gut. Studienkollege. Er rief gerade zurück und meinte, eine gewisse Mona

Richtberg würde sich gern heute Nachmittag um vier mit dir treffen, ginge das?"

Mona Richtberg, nie gehört. Aber hey, das ist doch was. Aber heute Nachmittag? Kurzfristig anberaumte Termine haben immer so was Halbherziges. Wahrscheinlich bin ich nur Lückenfüller für einen anderen, verhinderten Autoren.

„Selbstverständlich", antworte ich, trotzdem erfreut, fühle mich aber durch diese positive Nachricht umso deutlicher auf die defizitäre Gesamtlage aufmerksam gemacht.

„Die genauen Daten schick ich dir gleich per SMS", kündigt Uwe an, als ihm klar wird, dass ich nicht vor Rührung zu weinen beginnen werde.

„Okay, prima, das klingt super." Ich senke meine Stimme um Anlauf zu nehmen und ihn bloß nicht von der Angel zu lassen: „Und ... was passiert sonst noch so ... jetzt ... so? Wie geht's denn nun, ähm, ... weiter, dann?" Mein lieber Schwan, voll auf den Punkt gebracht. Jede umgerührte Buchstabensuppe ist syntaktisch wertvoller.

Uwe entgegnet lakonisch: „Ja nun ..."

„Gibt's irgendwelche Aktionen, oder, ... Reaktionen?", insistiere ich und halte einen Handballen auf das freie Ohr, schirme es gegen das Getöse eines Mähers ab, das durch die geöffnete Balkontür dringt. Wird unser tattriger Nachbar sein, der immer zu mähen beginnt, wenn ich's gerade getan habe.

Uwe sagt, mit Uwes persönlicher Jetzt-geht's-ab-Stimme: „Lass mal sehen, ich glaube schon. Entschuldige, bin gerade kopfmäßig in einem anderen Thema, aber Moment, da war was, ja", und blättert in etwas herum. Bitte? *Er* ruft *mich* an und ist gerade *kopfmäßig* in einem *anderen Thema*? Da fehlt's ja hinten und vorn.

„Naja, das Feuilleton hält sich bislang leider bedeckt. Die meisten meinen, dass ihnen das Thema grundsätzlich schon gefällt, aber dass das Ganze ein bisschen zu drastisch rüberkommt ... also die meisten wollen über das Buch vorerst mal nichts bringen und abwarten, was sich tut ... ich meine, das haben wir ja gewusst Chris, ne, dass das kein einfaches Unterfangen wird", schwafelt er über dieses Desaster hinweg.

„Zu drastisch?", japse ich, mein Blick kippt nach innen. Ich komme mir auf einmal wie von der Außenwelt abgeschnitten vor.

Um nicht erleben zu müssen, wie Uwe mit schlafwandlerischer Kenntnis für das, was ich hören will, das Beschissene schönredet, sage ich „Hm, versteh schon".

„Jetzt nicht den Kopf hängen lassen, Chris, nicht entmutigen lassen. Wenn nächste Woche dein heutiges Interview in der SZ erscheint, vielleicht ziehen dann andere nach", fügt er an. Die Geduld verlässt ihn. Mich auch. Die versieben es tatsächlich.

Mein Roman, eine verpasste Gelegenheit, die vielleicht nie wieder kommt! Wie viele Chancen gibt es, an denen die Weichen des Lebens gestellt werden? Wenn überhaupt, eine? Zwei?

„Dann schauen wir mal, was passiert", sage ich mit vernichteter Stimme, Handy ans Ohr gepresst und schleiche im Raum umher wie ein geprügelter Hund. Zwei Schritte vor, zwei zurück, vor, zurück. Mehr Platz hab ich nicht.

„Und-ääh ... sind denn schon erste Ergebnisse, was den Verkauf betrifft, da?", erkundige ich mich. Auf meiner Seite des Hörers liegt immer noch ein Gefühl der Erwartung. Ich starre aus meiner Balkontür, auf dem hellen Holzboden, vor der Schwellenleiste, entdecke ich eine vertrocknete Biene, die auf ihrem Rücken liegt.

„Ja, tatsächlich, die Verkaufszahlen kamen heute rein. Die Ergebnisse der vergangenen zwei Wochen, lustig, dass du fragst." Sagt Uwe und klackert auf den Tasten seines Computers, aber das kann alles Mögliche bedeuten.

„Also: verkaufte Exemplare bislang ..., Moment, die Seite baut sich auf." Kurze Auszeit. Ich warte mit aufgesetzter Ruhe, als hinge nichts von seiner Antwort ab. „Kleinen Moment noch", behauptet er, meine Augen werden glasig, meine Aufregung ballt sich wie eine Faust in meiner Magengegend zusammen und ich denke: Nichtwissen ist meistens besser als Wissen, denn Wissen lässt sich nie mehr in Nichtwissen zurückverwandeln. Immer noch mucksmäuschenstill am anderen Ende. Schwere Geburt. Dann endlich sagt Uwe, Trommelwirbel:

„So. Da hätten wir's. Also: Bislang verkaufte Exemplare:"

... und ich denk ich hör nicht richtig ...

„Ähm, acht."

Eine Minute später streife ich mir Jeans, T-Shirt und meine ausgedörrten Turnschuhe über, fahre mir nachlässig durch die Haare und verlasse schockiert mein Zimmer, runter ins Erdgeschoß.

Panik, echt Panik.

Acht?

Ich höre das Haustürschloss, Schlüsseldrehen, Frau Killer kommt herein, steht im Türrahmen mit zwei Einkaufstüten und dem selbstsicheren Auftreten einer Frau, die weiß, wie der Hase läuft. Mit ihrer korrekt sitzenden Seniorinnenfrisur, der kurzärmeligen Blümchenbluse und ihrer altersbedingt etwas verhutzelten Statur, blickt sie mich, oder die Luft vor mir, an und vermittelt den Eindruck, ihre Freude auf mich zu treffen ist eher gering als groß. Sie fragt „Schon fertig?", was wahrscheinlich Lob für mein Mähen ausdrücken soll, aber das mag ich mir auch nur einbilden. Ich denke mir *Wie wär's mit Danke*? Bestätige aber: „Ja, fertig. Die Terrasse hab ich auch gefegt."

Sie schleppt ihre Tüten in die Küche und ruft zu mir rüber:

„Heut' Abend soll's endlich wieder regnen. Das wird der Natur gut tun."

„Ja." Sonst sage ich nichts. Wenn ich es mir recht überlege, hat sie gerade die Natur personifiziert. Ehe ich in der Lage bin zu fliehen, schwatzt sie im Hauruckverfahren weiter: „Jetzt ist gestern die Frau Kernreuth gestorben, hat mir die Frau Fischer gerade erzählt."

Routinierter Zuhörer, der ich bin, antworte ich laut vernehmlich „Oh!". Was eine ganze Menge ist, wenn man bedenkt, dass ich weder Frau Kernreuth noch Frau Fischer kenne.

„Die Frau Kernreuth, das war schon eine Nette ...", formuliert Frau Killer noch eben den offiziellen Nachruf auf diese Person, mit einer Herzenswärme, die sie wirklich nur bereits Verstorbenen zuteil werden lässt. (Erschreckt habe ich zuerst N*u*tte statt N*e*tte verstanden.)

Acht!

„Frau Killer, ich pack's dann", rufe ich, bereits an der Tür, wie das immer in solchen Fällen abläuft.

„Wieder mal keine Zeit vergolden der Herr Schneeweiß, gell?", höre ich sie noch rufen. Sie sagt ausnahmslos Zeit vergolden statt Zeit vergeuden. Und dann mach ich mich auf den Weg ... der heute extrem heiß und voller Abgase ist.

Zwölf Minuten später. Ein gewaltiger grauer Gebäudekomplex mit zighunderten Fenstern. Vor dem Haupteingang des Klinikums stehen die üblichen Lungenkrebspatienten, die wie immer hochkonzentriert vor sich hin paffen. Jedes Mal muss ich amüsiert den Kopf schütteln. Was gibt es Schöneres als „Sie haben ein letales Lungenkarzinom" gesagt bekommen und sich erst mal eine anzünden. Ist mir schon klar: wenn ein kettenrauchender Endstadium-Patient auch noch die gewohnte Nikotinzufuhr einstellt, stirbt er entzugssymptombedingt auf der Stelle. Trotzdem grotesk.

Ich ziehe an den bleichen Dampfschloten vorbei und betrete das städtische Allgemeinkrankenhaus, mein unangefochtenes Lieblingskrankenhaus. Eine Automatiktür schwingt auf. Die Luft ist klimatisiert und angenehm kühl. Sofort überkommt mich das Bedürfnis, ein Stück davon abbeißen zu wollen.

Zum Café muss man, gleich wenn man reinkommt, an der Empfangspforte rechts, den grauen Linoleumflur entlang, und dann sieht man schon links den großen Glaskasten.

Auf dem Weg dorthin kommt mir ein Mann in Bademantel und Plastikclogs an streichholzdünnen Beinen entgegengeschlurft. Mitte fünfzig, eine halbverspeiste Banane in der Hand. Abszess an der rechten Gesichtshälfte. Das wird schon wieder. Sofort darauf passiere ich einen wirklich armselig wirkenden Opa, der mit seinen beiden Geschenktüten, die wie Grabbeigaben wirken, allein zurück auf sein Zimmer hinkt. Das wird nichts mehr.

Vor ihm, hinter mir, neben mir, überall sehe ich noch allerlei andere Erkrankte, Versehrte und Angeschlagene. Ein Bild der Massenfrustration. Es lässt sich nicht anders ausdrücken: Die Umgebung wirkt herrlich vitalisierend.

Hier gibt es so viel Elend, das mich automatisch besser fühlen lässt, dass ich mir diesen positiven Nebeneffekt von Unglück zu Nutzen mache, bevor er einfach so im Nichts verpufft.

Ich komme mehrmals die Woche her.

Seit zwei Monaten gibt es zudem noch einen weiteren Grund, weshalb ich oft hier aufkreuze. In dem Moment, in dem ich das Café namens Café betrete, versetzt der Anblick des wahrscheinlich schönsten Mädchens der Welt mein Herz in wildes Pochen. Da steht sie, hinter der Ausgabe und bereitet gerade eine Bestellung vor. Ihre ausdrucksstarken Augen, die perfekte Haut, ihr langes, festes brünettes, dichtes, weiches, warmes, wallendes, volles, gesundes Haar, das sie über die Schulter gezogen hat ... Gerade hebt sie anmutig zwei Kaffeetassen auf ihr Tablett, in ihrem schwarzen Poloshirt und der Schürze mit dem roten Schriftzug einer Kaffeerösterei. Unwillkürlich bleibe ich stehen. Ich verharre kurz, stiere zu ihr hinüber und hoffe inständig, es sieht so aus, als suchte ich nach etwas völlig Naheliegendem.

Ihr Anblick frustriert mich dermaßen, dass ich mir nie sicher bin, ob ich mir überhaupt wünsche, sie zu sehen. Ihre Präsenz ist ein einziger Quell des Leids für mich. Wenn einem erst mal klar geworden ist, dass eine solche Frau mindestens eine Etage zu hoch für einen ist, dann hat das wahre Leben begonnen.

Eine minimale Änderung ihrer Kopfhaltung verrät, dass sie sich meines Blickes bewusst ist. Sie fegt mit ihrem Tablett an mir vorbei Richtung hinteren Bereich des Raums und sagt flüchtig „Hallo“, wie man es sagt, wenn man jemanden vom Sehen kennt. Ich echoe etwas ähnlich Klingendes heraus, aber das ist auch so ziemlich alles.

Unter ihrer Anwesenheit werde ich zu jemandem, der sich in Luft auflösen möchte, simultan nach Aufmerksamkeit lechzt und sich für beides schämt.

Zügig sondiere ich die Lage. Drei Tische weiter ist noch ein Platz frei, am Fenster. Genau dorthin haste ich, über den Fußboden, der die Farbe nassen Zements hat und damit den Neonröhren an der Decke in Sachen Ungemütlichkeit in nichts nachsteht, setze mich - erst mal in Sicherheit - und kucke rum, wie Neuankömmlinge immer rumkucken.

Durch die Glasinnenwand kann ich über den Korridor direkt in die Krankenhauskapelle schauen, deren Tür meistens offen steht. Ein Mann in Pyjama kniet vor dem schummrig gelb beleuchteten Altar, hebt seine Hand zu einem flüchtigen Kreuzzeichen und neigt den Kopf ergeben nach vorn. Bemerkenswert, dass vor allem die Kranken am ehesten an Gott glauben, obwohl er gerade ihnen so übel mitspielt.

Sie kommt. Sie, deren Namen ich nicht kenne. Zuerst nimmt sie eine Bestellung ein paar Tische weiter auf, also heißt's warten, was sich wie eine brenzlige Situation anfühlt, und ich weiß gar nicht, ob ich sie dabei anschauen darf, wie sie sich mit geschmeidigen Bewegungen elegant zu mir durch die Stuhlreihen schlängelt und schließlich vor mir steht. Ich sehe auf, bemüht zu funktionieren. Den umgeschlagenen Notizblock in der einen, Kuli in der anderen Hand fragt sie „So, was hättest du gern?", mit einer Unverbindlichkeit, die mich erkennen lässt, wie grausam meine und ihre Wahrnehmung auseinanderklaffen.

Aber vielleicht werde ich ja reich und berühmt und kehre reich und berühmt zurück, eines Tages. Die klassische Heldenfantasie eines liebesweichen Hirns. Aber sogar dann werde ich nicht der Richtige für sie sein, wird sie sich nicht unsterblich in mich verlieben. Weil ich nicht dieses natürliche Auftreten habe wie die Jungs, die sich diese quälenden Gedanken wie ich gar nicht erst machen. Die Jungs, deren Sprache nicht meine Sprache ist, weil sie keine tiefgreifenden Zweifel kennen. Und weil sie deshalb eine solche Frau gar nicht so beeindruckt wie mich - da sie endlos viele haben können.

Für einen wie mich bleibt die Verehrung aus sicherer Distanz. Denn auch wenn ich es nie zugeben würde, im Grunde genommen habe ich Angst vor ihr.

„Ich hätte gern bitte einen Filterkaffee bitte", krieg ich's zusammen. Immerhin nicht *dreimal* bitte.

Weg ist sie, und ich kann ein Gefühl der Erleichterung nicht unterdrücken. Ich werde einfach nicht kühner.

Kurz zweifle ich, ob es richtig war, nichts zu Essen zu bestellen und streiche voller Unbehagen über meinen Bauch. Ergebnis: Korrekte Entscheidung. Nur Verzicht allein hilft um abzunehmen, daran gibt es nichts zu deuteln. Der einzige Grund, warum Menschen fett sind ist, dass sie zu viel fressen.

Meine Schönheit entfernt sich Richtung Theke, wobei ihr ein Karohemdträger am Nebentisch nachsieht, direkt auf den Hintern, und ich das erniedrigende Gefühl habe, dass er das nicht sollte.

Ich beobachte, wie er sich wieder auf seine Begleiterin konzentriert, die ihm im Krankenhaushemd gegenüber sitzt und mit ihren dunkel geschminkten Augen aussieht wie ein Pandabär, und höre, wie er im Sensationston vom Kauf eines Fernsehsessels berichtet, dessen Preis einem „halben Urlaub in Fuertoventura“ entspricht. Das sind also seine Lebensprioritäten! Ich will gar nicht mehr wissen. Außerdem hat er Fuert*o* statt Fuert*e* gesagt. Hört man oft.

Sofort als das penetrante Tuten aus meinem Handy ertönt, drücke ich es weg. Uwes SMS mit den Daten für mein Interview trifft ein. Vorverlegt auf ein Uhr, ob das ginge? Okay ja, alles klar. Ich sende.

Die Anmut in Person bringt mir meinen Filterkaffee und ich bewege für mein Danke nur die Lippen.

Obwohl ich meinen Kaffee schwarz trinke, rühre ich um. Dann nehme ich einen Schluck. Heiß. Um es zu diesem vorverlegten SZ-Interview pünktlich zu schaffen, muss ich mich jetzt direkt ranhalten. Möchte noch heim, mein T-Shirt gegen das neue Hemd wechseln, das ich kürzlich gekauft habe. Für genau solche Fälle. Blöd ist, dass ich dieses Hemd noch nicht gewaschen habe, was man ja unbedingt vor dem ersten Tragen machen soll.

Ich nippe an einem weiteren Schluck und winke meiner Bedienung. Sie quittiert kopfnickend, räumt und wischt aber erst noch einen Tisch ab, an den sich gleich darauf ein wohlbeleibter Muskelfaserriss (ist geraten) mühevoll setzt. Untergefasst von einer besorgt dreinschauenden Begleiterin, deren Gesicht tränennass ist. Tränen. Vermutlich also etwas Drastischeres. Sehr gut. Ein paar Sekunden sehe ich dem Paar zu. Es wirkt! Mir geht's schon ein bisschen besser.

Die schönste Frau der Welt kommt an meinen Tisch, steht auffallend aufrecht da und fragt nicht, ob es noch etwas sein darf, sondern: „Kann ich dir noch was Gutes tun?", und sieht mich dabei offenherzig an. Einen Moment bin ich perplex. Und so merkwürdig das klingt, ausgelöst durch diesen einen entlarvenden Satz, *Kann ich dir noch was Gutes tun?*, gewollt vertraulich aber unpersönlich bis zum Geht-nicht-mehr, diese lächerliche Floskel, die sie in ihrem hübschen Köpfchen für so was wie einen Ausdruck von Esprit und Individualität hält, ist mir schlagartig, als würde ich aus einem trügerischen Zustand erwachen. Als klärte sich ein Irrtum auf.

Ich starre sie an. Ihre makellosen Gesichtszüge sind plötzlich vollkommen entzaubert, durch diesen einfachen Scheißsatz, der mir verrät: *Meine Angebetete gehört zu denen.* Den Durchschnittlichen. Eine Erkenntnis, eine unerwartete Wendung. Sie ist nichts Besonderes. Aber das ist vermutlich nicht entscheidend.

Zwischen uns gibt es einfach keine Gemeinsamkeiten.

„Nein danke, ich würde gern zahlen bitte", erkläre ich schlicht und stimmlich astrein, während ich nach meiner Brieftasche greife und dabei ihr spektakuläres Lächeln wahrnehme. Wieso enthüllt sich mir erst in diesem Augenblick, dass ihr ganzes Verhalten etwas Antrainiertes, Durchkalkuliertes hat, hinter dem sich etwas Hässliches und Kaltes verbirgt?

Ich fühle mich, wie soll ich sagen, ... *verraten.*

Nicht erstarren! Ich zahle, sie lässt das Silber in ihren Fächergeldbeutel rasseln und ich weiß gar nicht, wo ich hinsehen soll, vor lauter ambivalenten Gefühlen.

„Danke dir", bestätigt sie die Kenntnisnahme meines Trinkgelds und nickt schon jemand anderem zu. In dem Moment erhalte ich eine SMS von Mona Richtberg, sie habe meine Nummer von Uwe bekommen und freue sich „auf unser Interview gleich". Ich antworte adäquat, tippe dazu sieben Wörter und meinen vollen Namen. Dann gehe ich. Vorbei an der Bedienung. Sie sagt routiniert tschüss. Ich achte kaum mehr darauf.

Eine Illusion weniger.

Ansatz

Jazzige Lounge-Klänge beschallen den schummrigen Gastraum der Colonial-Tagesbar dezent wie eine akustische Gehörgangmassage. Bevor Mona das plüschige Retroambiente wahrnehmen kann, müssen sich ihre Augen erst an die Lichtverhältnisse gewöhnen. Im Hof gibt es zwar eine Terrasse, aber Mona findet es angemessener, sich für ein Interview drinnen zu treffen. Da ist es auch kühler.

Lediglich ein weiterer Tisch ist belegt, von einem Pärchen mit verspiegelten Ray Bans auf ihren verbrannten Nasen. Sonnenbrillen in geschlossenem Raum! Das fasst das hier verkehrende Publikum ausreichend zusammen.

Mona wählt einen Platz in der Ecke, von wo aus sie den Eingang im Blick hat. Salz- und Pfefferstreuer beiseite schiebend, bereitet sie Aufnahmegerät und Frageliste vor. Noch bis spät in die Nacht hat sie *Ausschweifungen* gelesen, besser: quergelesen. Immerhin. Tatsächlich brachte sie es vor zwei Monaten schon mal fertig, ein Autorengespräch zu führen, ohne auch nur eine Zeile des betreffenden Buches zu kennen. Hat funktioniert.

Ein schabendes Geräusch verrät, dass jemand die Tür der Tagesbar aufzieht. Mona beobachtet, wie ein pummeliger Typ hastig an dem Zigarettenautomaten vorbeigeht, auf dem Flyer und Programme liegen, und den Raum betritt. Jeans, Turnschuhe, dunkles Hemd, nichts Auffälliges, dennoch vermittelt der Träger den Eindruck, sich in Schale geworfen zu haben. Jetzt identifiziert Mona sein Gesicht als das vom Autorenfoto. Blickkontakt. Sie winken einander gleichzeitig vorbehaltlich zu. Ja, ich bin's, ja, ich auch. Man erkennt sich doch meistens am Habitus. Schneeweiß lächelt, macht sich mit betonter Unerschütterlichkeit auf den Weg durch die Tischreihen und Mona erhebt sich und mustert ihn mit schräg gelegtem Kopf, wie es eine Journalistin gewohnt ist. Chris' Züge wirken jungenhaft, zurückhaltend und angespannt. Ein Gesicht, das die Aura eines Menschen vermittelt, der vieles mit sich selbst austrägt. Er schlängelt sich um einen Stuhl, sie grüßt fröhlich vornweg: „Hallo Herr Schneeweiß."

„Hallo", sagt er, ohne ihren Namen dranzuhängen.

Gleichzeitig strecken beide ihre Hände aus und reden auf die gestelzte Art, in der man über einen Tisch gebeugt redet.

„Schön, dass es heute für Sie so kurzfristig gepasst hat", sagt Mona, behält ihn eisern im Visier und hat den Eindruck, er sei sich regelrecht selbst peinlich, wie er fast demütig antwortet: „Ja. Nein. Vielen Dank für *Ihre* Zeit und Mühen."

„Was möchten Sie trinken?", erkundigt sie sich, wobei beide Platz nehmen, und schnippt lautlos in die Luft, als stünde ein Ober in Sichtweite. Chris greift nach der Karte, blättert sie wie ein Daumenkino durch und legt sie gleich darauf zur Seite. Bevor er etwas antworten kann, lässt Mona ihn wissen: „Ich habe auch noch nicht bestellt, ich nehme wohl einen frischgepressten Orangensaft."

„Gute Idee, den nehm ich auch“, meint Chris, als wie aus dem Nichts eine dreifach lippengepiercte, minderjährige Kellnerin neben ihnen steht.

„Wir hätten gern zweimal die 38 bitte“, übernimmt Chris nach einigem Zögern die Bestellung, weil Mona etwas in ihrer Tasche sucht und abgelenkt ist.

„38, den frischen O-Saft zwo Mal“, repetiert die perforierte Bedienung mit den hohen Schultern nasal und geht wieder.

„Ja, Herr Schneeweiß, ich weiß nicht, wollen wir vielleicht Du sagen?“, fragt Mona wie aus der Pistole geschossen, als sie das Kruschen in ihrer Tasche beendet und einen Zettel gefunden hat, auf dem sie ihre handschriftlichen Notizen mit der Leserlichkeit eines Seismographen vermerkt hat. Doch in dem Moment, in dem Chris nickend zustimmt und sich schon wieder bedankt, hält sie inne und ihr fällt ein: „Waren Sie ... ähm, warst du ... du kennst diese Bar?“

Chris hebt überrascht die Augenbrauen, antwortet „Nein, ich war noch nie hier“, und fügt „Aber es ist wirklich nett“ hinzu.

„Hast du der Bedienung nicht gerade eine Nummer genannt?“

„W... Ach so ... ähm ... ja.“

„Das war die Bestellnummer für den Saft, oder?“, reimt sie sich zusammen.

„Ähm, ja.“

„Wie ... also, darf ich fragen, woher du weißt, welche Nummer der frischgepresste Orangensaft hat? Ich meine, du hast die Karte doch nicht mal richtig durchgeblättert“, bohrt Mona weiter. Wie um nicht weiter darauf eingehen zu müssen, schüttelt Chris entschuldigend den Kopf. Beschämung und Unwille vermischen sich. Doch sie runzelt die Stirn und hakt dadurch wortlos noch mal nach, was ihn zu erläutern nötigt: „Ja, das stimmt schon, die

Karte habe ich nur durchgeblättert. Das ist eben Übung, das ist ganz leicht ... ich mach das gern - so - drüber lesen."

Mona ist plötzlich beinah sprachlos, sagt aber: „Was meinst du mit *drüber lesen*? Entschuldigung, dass ich so komisch frage, das ist noch nicht Teil des Interviews." Beide lachen.

„Nein nein, ich muss mich entschuldigen. Es, ... also ich überfliege eine Seite, verinnerliche ihre Abbildung und vergegenwärtige sie mir kurz, dann habe ich den Inhalt eigentlich mehr oder weniger abgespeichert", erklärt Chris. Mona stutzt erneut. „Ist das so etwas wie ein fotographisches Gedächtnis?"

„Das kann schon sein", er pausiert einen Moment, atmet ein: „Es ist noch nicht allzu lang her, seit ich diesen Begriff damit, also mit mir, in Verbindung bringe. Ich dachte früher, dass das jeder kann. Ich mache das schon, seit ich klein bin. Seit ich denken kann. Mir tut das irgendwie gut, Sachen memorieren ... es besänftigt mich irgendwie."

„Aha", sagt Mona erstaunt. „Es *besänftigt* dich! ... Du könntest also die komplette Karte wiedergeben?"

„Naja, schon. Aber was mich wirklich wundert ...", bemerkt Chris in verändertem Tonfall.

„Ja?", fragt Mona hastig.

„Also was mich wirklich wundert, ist, dass auf der Karte steht, dass es Frühstück bis 16 Uhr gibt, was ja auch nicht überall der Fall ist! Aber warum sie es dann nicht gleich bis Geschäftsschluss um ein Uhr nachts anbieten, ist mir rätselhaft. Eingekauft ist doch schon alles, und ob man den Schinken und Käse um 20 Uhr noch mal aus dem Kühlschrank holt, spielt doch keine Rolle. Warum also nicht Frühstück den *ganzen* Tag?"

Mona starrt Chris kurz entgeistert an, bevor sich ein amüsierter Ausdruck in ihren Augen zeigt, überrascht darüber, wie dieser schüchterne Typ sie so gewitzt vom Thema umlenkt.

„Das stimmt. Das habe ich mich auch schon öfter gefragt", beginnt sie zu lächeln und hört auch nicht damit auf, als Chris mit einer plötzlichen Lebendigkeit, die einen ersten Eindruck irritierender Widersprüchlichkeit aufkommen lässt, anfügt: „Und was am frappantesten auffällt ist, dass wenn du ein Frühstück für zwei Personen bestellst, du auf dem gemeinsamen Teller insgesamt immer weniger serviert bekommst, als wenn du zweimal *ein* Frühstück bestellt hättest ... Und außerdem liegt im Brotkorb für zwei Personen immer eine ungerade Anzahl an Broten, was unbegreiflich unlogisch ist."

„Total!", bestätigt Mona erheitert. „Genau das ist mir schon so oft aufgefallen. Lustig, dass es dir genau so geht." Derartige Details bemerkt nicht jeder, die Wellenlänge stimmt.

Sie nimmt sich vor, später auf Chris' besonderes Gedächtnis zurückzukommen und schlägt vor: „Wollen wir vielleicht beginnen? Zu lange Vorgespräche nehmen manchmal ein bisschen die Frische aus dem eigentlichen Interview raus." Sie zwinkert. „Man muss ja mit seinen Ressourcen auch haushalten."

„Klar, gerne", sagt Chris und nimmt eine aufrechte Haltung an, der man seine wiedereinsetzende Nervosität anmerkt.

Die Orangensäfte werden serviert. Wie genetisch festgelegt rühren beide mit dem Strohhalm um, der aus schleierhaften Gründen meistens zu frischem Saft serviert wird. Mona rückt das Diktaphon auf dem Tisch zurecht, schaltet es ein, stellt ihre erste Frage und die nächsten achtzig Minuten wird sie Zeuge, wie sich vor ihren Augen erneut eine unerwartete Metamorphose des jungen Kerls, der ihr gegenüber sitzt, vollzieht. Mit jeder seiner förmlich aus ihm herausperlenden, druckreifen Antworten registriert

Mona eine zunehmende Selbstsicherheit. Sie verfolgt seine lebhafte Mimik und Gestik, die redegewandte Engagiertheit und hat mehrfach den Eindruck, dass er zwar genau zu wissen scheint, was er da tut und sagt, in manchen Momenten jedoch trotzdem wie jemand wirkt, dem bis gerade eben selbst gar nicht klar war, dass er über derartige rhetorischen Qualitäten verfügt.

Sowohl diese Beobachtung, als auch seine von unfassbarer Allgemeinwissensdichte unterfütterten Antworten, die jede weitere Erkundigung zu seinem fotographischen Gedächtnis hinfällig machen, interessieren Mona doch wirklich mehr als gewöhnlich.

Der Typ ist unmöglich einzuordnen.

Mona sieht ab und zu nach, ob das Aufnahmegerät noch läuft und kuckt nur noch selten auf ihren Zettel, denn inzwischen benötigen Chris' Äußerungen nicht mehr zwangsläufig eine vorangehende Frage. Wenn sie dieses Interview anschließend editieren wird, könnte es ein wirklich kurzweiliger Dreispalter werden. Mit dem Material, das Chris herauszaubert, könnte sie auch mühelos eine komplette Seite der Freitagausgabe füllen. Vielleicht bekommt sie von Stein mehr Platz zugestanden. Schließlich war es seine Idee, Chris zu featuren.

„Vielen Dank, damit hätten wir's. Hat sehr viel Spaß gemacht", erklärt Mona das Gespräch kurz vor halb drei für offiziell beendet. Woraufhin Chris sich wieder in den stillen, scheuen Mittzwanziger mit Kindergesicht verwandelt, indem er auf beinah schamhafte Art die Stirn kraus zieht und nicht sehr glücklich mit sich wirkt.

„Wie verkauft sich *Ausschweifungen* denn bislang?", erkundigt sich Mona noch nebenbei, während sie den kleinen Digitalrecorder ausschaltet und nach ihrer Tasche greift. Nicht erst jetzt könnte ein flüchtiger Beobachter die Konversation für eine rein private halten.

„Der Verkauf läuft wohl ziemlich gut, wurde mir kürzlich vom Verlag mitgeteilt“, verlautbart Chris in zweifelndem Tonfall, wie um bloß nicht der Prahlerei bezichtigt zu werden.

„Ja? Es läuft gut? Schön!“ Auch wenn Mona sich nicht ganz klar darüber ist, was sie von *Ausschweifungen* halten soll, da es ihr persönlich etwas zu misanthropisch und melancholisch war, so muss sie nach diesen knapp eineinhalb Stunden doch sagen: Der Erfolg wundert sie nicht.

Innenleben

Unser Interview ist beendet. Ich schüttle Mona Richtbergs Hand. Eineinhalb Stunden sind vergangen, stelle ich fest. Hab nicht drauf geachtet.

Mona sieht mich an, als würde sie sich wundern, dass Heiminsassen um diese Zeit noch Freigang haben. Oder, als nötigte ich ihr eine nebulöse Form von Anerkennung oder Erstaunen ab. Eins von beiden. Wahrscheinlich habe ich mich gerade blamiert bis auf die Knochen. Oder eben umgekehrt. Meine Analysesensoren spielen verrückt.

So oder so: Das war's, was ich an Mitteilenswertem hatte. Sehr viel mehr hab ich nicht drauf.

Wir verlassen die Tagesbar. So eine Adresse für Hipster und Pseudos, letztlich Schicki-Scheiße. Vor dem Lokal verabschieden Mona und ich uns noch einmal und geben uns beinah zum zweiten Mal die Hand, lassen es aber bleiben. Sie sagt etwas, das ich akustisch nicht verstehe, zu dem ich jedoch zustimmend nicke. Sie ist nett. Wahrscheinlich denkt sie sich, was für ein Loser. Wir gehen in entgegengesetzte Richtungen.

Ich hadere mit mir. Einerseits war ich richtiggehend entfesselt, wie ferngesteuert, als sei ich mein eigener Off-

Kommentar. Andererseits: So kenn ich mich gar nicht. Das bereitet mir Sorge. Denn es lässt mich meine Wirkung unmöglich einschätzen.

Zu viel, zu laut, zu effekthascherisch? Mittendrin hatte ich streckenweise Angst vor der eigenen Courage, dachte mir: Jetzt ist aber gut. Jedoch fühlte ich mich derart in meinem Element, dass ich mit meiner Veräußerung intimer Einblicke einfach fortfuhr.

Der Gipfel war, als ich Mona antwortete, *Ausschweifungen* verkaufe sich ziemlich gut. Ich genierte mich zwar in dem Moment, in dem die Worte meine Lippen verließen, dennoch verfügte mein Ton über diesen Beigeschmack schlecht kaschierter Bescheidenheit, der zur absoluten Glaubwürdigkeit beitragen soll. Ich war maßlos erleichtert, dass sie offenbar nicht über Informationen verfügte, die mich Lügen straften. Aber das könnte ich mir auch nur einbilden.

Nicht mal meine Frauenbefangenheit spielte eine Rolle. Was vielleicht auch daran lag, dass sie zu den Frauen gehört, die zwar enorm hübsch sind, aber kein bisschen sexy auf mich wirken.

Wer auch immer ich während des Gesprächs mit Mona Richtberg war, diese Version von mir ist wohl genauso gültig, wie jede andere Version von mir auch.

Ich schlendere zur Bushaltestelle. Bin noch in Sichtweite, falls Mona mir hinterherkucken sollte. Also Schultern anziehen, Körper aufrecht halten, normal gehen. Auch wenn ich mir etwas verloren vorkomme, entscheide ich mich gegen ein Scheintelefonat und lasse mein Handy stecken. Als ich sicher bin, dass Mona verschwunden ist, sacke ich in mir zusammen, wie ein Wackelpudding.

Der Zwo-achtzehner kommt. Ich steige in den Bus, setze mich in die Mitte, im Stand vibriert das ganze Fahrzeug, starre aus dem Fenster und brüte weiter vor mich hin: *Blamiert hab ich mich. Was glaub ich eigentlich?*

Eigentlich hab ich von nichts auch nur den blassesten Schimmer. Gut, dass das mit meiner Karriere nichts wird. Wer weiß, was mir erspart bleibt. Ich würde mich bloß zum Gespött machen.

Zwei Stationen weiter. Ein femininweicher Schwabbelbär steigt zu, circa 23, käsig, mit Flaumkoteletten und schwarzem Volbeat-T-Shirt, dessen rapide Frühglatze ein Segen für ihn sein dürfte, da er sonst gar keine maskulinen Attribute aufweisen würde.

Der Bus tuckert wieder los und ich traue meinen Augen nicht! Die Pausbacke setzt sich auf den Platz neben mir! Obwohl sonst fast alles frei ist! Entgeistert schaue ich ihn an. In mir brodelt es, weil - ich's – nicht – kapiere. Da fehlt's doch hinten und vorn. Erschwerend kommt hinzu, jetzt merkt ich's: Er stinkt bestialisch nach Schweiß. Wie ein Wurstbrot mit Zwiebeln. Sofort stelle ich meine Atmung nahezu ein. Muss ich mir so was bieten lassen?

Muss ich.

Als ich achtzehn war, habe ich mal einen Freund darauf aufmerksam gemacht, dass er regelmäßig streng riecht. Was unumgänglich war, er stank wie ein verwester Iltis. Naiverweise hatte ich erwartet, er würde sich für meine diskrete Information bedanken und seine Konsequenzen daraus ziehen. Nämlich den gar nicht so komplizierten Dreisprung beherzigen: 1. Duschen, 2. Deo, 3. frisches Hemd. Stattdessen flippte er komplett aus, schrie rum und war besinnungslos beleidigt. Muss man dabei gewesen sein.

Seitdem weiß ich: Der Mensch will keine Ehrlichkeit. Er ist zu schwach dafür. An diesen Moment der Erkenntnis kann ich mich ganz genau erinnern und weiß sogar noch, wo ich gestanden habe, als mir klar wurde, welch schauerlicher Fehleinschätzung ich oblegen war: Ich hatte bis dahin immer *von mir auf andere rückgeschlossen*. Der Kardinalsfehler. Denn: Die Menschen sind in den entscheidenden Punkten nicht gleich! Mich schaudert noch heute bei dem Gedanken, dass ich das damals nicht wusste. Aber mich schaudert noch viel mehr, wenn ich daran denke, wie viel ich immer noch nicht weiß.

Der Bus steuert den nächsten Halt an und die Stinkmorchel neben mir macht keine Anstalten auszusteigen. Meine Nasenschleimhaut schreit mehr und mehr um Hilfe. Außerstande, die Luft länger zu ertragen, muss ich handeln. Statt dem Weichgesicht die Meinung zu geigen, und statt elendig zu ersticken, werde ich ganz einfach den Sitzplatz wechseln. Also strecke ich meine Nase in die Luft, schnüffle zweimal wie ein Spürhund, darstellerisch erstklassig, schüttle empört den Kopf über diese Zumutung, und, mimisch ebenfalls auf höchstem Niveau, stehe ich vielsagend auf. Er schaut verdutzt, unglaublich hohler Blick, ich sehe ihn auffordernd an, vielleicht bewegst du deine dicken Oberschenkel mal zur Seite, damit ich durch kann, nur keine Umstände, macht er sich auch keine allzu großen, wo denke ich hin, und lediglich halbherzig rückt er seine Beine ein wenig nach rechts, fuck you very much, und ich quetsche mich an ihm vorbei und würde gern glauben, dass er begriffen hat, was ich ihm mitteilen will, bin mir aber ziemlich sicher, er hat es nicht. Er kriegt den Zusammenhang zwischen seinen Ausdünstungen und meiner Pantomime sicher nicht kombiniert.

Es ist zum Resignieren. Rohlinge wie er sind aus ganz anderem Holz geschnitzt als man selbst. Sie pflegen eine völlig andere Auseinandersetzung mit sich und der Umwelt. Nämlich *keine*. Sie *sind* einfach nur. Sie *sind* einfach nur *da*. Aus diesem Grund bist du chancenlos, und jede Interaktion hinterlässt nichts weiter als einen schalen Eindruck. Ich tendiere dazu zu glauben, dass diese Spezies Mensch dank ihrer Reflexionsresistenz auch zufriedener lebt. Die machen sich keine schlaflosen Nächte.

Denken ist der Lebensqualität einfach nicht zuträglich.

Das ist erwiesen. Ich laufe durch den Bus nach hinten, während mich mein angestiegener Adrenalinspiegel zu der Phantasterei verleitet, ob ich eines Tages wohl die Reife erlange, einem Nerver wie ihm ohne Vorwarnung einfach in die Fresse zu hauen und anschließend zu gehen, als ob nichts gewesen wäre. Solche Allmachtsträume von Entladungsausrastern habe ich zeitweilig. Und launisch wie sonst noch was, gefalle ich mir morgen vielleicht in der distinguierten Rolle des Souveränen, der immer cool bleibt. Übermorgen gebe ich womöglich den sachlich Diskutierenden von beeindruckender Eloquenz, der beherzt borniert vom Leder zieht, und überübermorgen versuche ich mich in etwas ganz anderem. Was aber verlässlich immer gleich bleibt ist: Ich *mache* gar nichts. Ich bin nämlich nur in Gedanken eine kühne Figur.

Austausch

Freitagmorgen, drei Tage später. In Monas Wohnung im dritten Stock sind alle Fenster sperrangelweit geöffnet, wie schon die ganze Nacht über. Trotzdem herrscht schwüle Hitze und kein Lüftchen gelangt herein, auch wenn der Straßenlärm damit keine Probleme hat.

Verschlafen setzt sich Mona an den Küchentisch, fährt mit dem Löffel in ihren Kaffee, wirft die heutige Ausgabe der Süddeutschen neben ihren Teller und rückt sich den Stuhl zurecht. Ihr Gesicht noch farblos, bis auf die Lippen.

Im leise vor sich hin plätschernden Radio beginnen gerade die Acht-Uhr-Nachrichten, diesmal nach dem vierten Piepton. Mal sind's zwei, mal drei. Mona hört Schritte hinter sich.

„Kaffee! Gut! Hoffentlich stark", brummelt Rick ihr entgegen, als er den Raum betritt, Oberkörper nackt, unten rum bereits angekleidet. Er nimmt eine Tasse aus dem Schrank über der Spüle und gießt sich aus der Kanne ein.

„Stärker war er leider nicht möglich, sonst wäre die Maschine explodiert“, antwortet Mona, greift nach einem Brötchen und sticht mit dem Messer in die Butterschale. Die Butter ist kalt und hart und es dauert etwas, bis sie verstrichen ist.

„Dann ist er genau richtig“, raunt Rick und schraubt den Verschluss der Kaffeekanne zu fest zu. Mona betrachtet seinen Rücken und die Spuren ihrer Fingernägel auf seiner Haut, nimmt die Zeitung und blättert zielsicher an die gesuchte Stelle.

„Liest du was von dir?“, will Rick wissen, setzt sich zu ihr und weiß einen Moment lang nichts mit sich anzufangen. Wenn jemand in deiner Anwesenheit liest, bist du immer außen vor.

„Hmm“, voller Mund, Mona kaut, schluckt, mampft: „Ja, ein Interview, das ich vor ein paar Tagen geführt habe. Will es nur mal eben gegenchecken.“ Aber sie legt die Zeitung beiseite und sieht ihn mit einem Lächeln an. Nicht zum ersten Mal kommt es Rick in den Sinn, dass Mona Ähnlichkeit mit ihrer Wohnung hat. Hübsch, gepflegt, einladend, aber auch etwas steril. Und das findet er seltsamerweise sehr attraktiv.

Mist, er hat sich wirklich verliebt.

Das war so nicht geplant, als er seinem Unternehmerfreund Urs Negel während eines Essens in Zürich erzählte, er suche für sein neues Projekt noch einen Printmedienpartner in Deutschland. Urs meinte, er kenne zwei Chefredakteure bei der Süddeutschen Zeitung, einen Meisner und einen Stark-oder-Stein und er kümmere sich darum, gäbe Rick morgen Bescheid. Woraufhin Urs’ Gattin Vicky beisteuerte, sie sei sehr eng mit einer ebenfalls bei der SZ arbeitenden Journalistin befreundet, einer ehemaligen Studienkollegin, und sie könne auch zu ihr einen Kontakt herstellen, wenn er wolle. Natürlich zielte Rick auf die Chefetagen, aber aus Höflichkeit würde er sich dann eben auch mit dieser Redakteurin treffen. Er war die kommende Woche ohnehin in München und willigte daher ein. Dass Vicky das Mona-Richtberg-Thema nach zwei weiteren Gläsern Wein noch einmal aufgriff und ihrer Kontaktvermittlung einen Dreh ins Amouröse verlieh, war Rick zwar unangenehm, aber kein Grund, nicht mitzuspielen.

So kam es zu dem Blind Date.

Und nun ist's passiert, mit eben Mona. Eindeutig, Rick ist bereits über den Punkt hinaus, bei dem man nur von Affäre spricht. Das beunruhigt ihn etwas.

„Um halb elf geht dein Flieger?", fragt Mona und reibt sich ein Auge, angehende Entzündung.

„Kurz vor elf, ja, bin gut in der Zeit", bestätigt Rick und merkt dabei, dass es momentan nichts mehr zu reden gibt, was nicht reine Wiederholung darstellt. Das Vorerst-ist-alles-gesagt-Stadium einer intensiven Anfangsphase. Die Tasse in der linken, greift er deshalb mit der anderen Hand nach der Zeitung. „Ist das dein Beitrag, darf ich mal sehen?" Er stellt die Frage ohne Neugier, was man seinem Tonfall aber nicht anhört. (Seit sie zusammen sind, hat er schon einige Artikel von Mona gelesen und beruhigt festgestellt, dass sie wirklich gut schreibt. So muss er wenigstens keinen künstlichen Respekt heucheln, oder ihre Arbeit diplomatisch ignorieren, wie das in manchen Beziehungen der Fall ist: Man steht auf eine Frau, aber grundsätzlich ist sie einem zu schlicht oder in ihrem Tätigkeitsfeld zu wenig begabt, weshalb man sich ständig zusammenreißen muss, nicht abschätzig zu wirken. Auf Dauer ziemlich anstrengend.)

Ricks Augen suchen auf der Seite nach dem Interview, Mona lehnt sich vor und legt ihren Zeigefinger darauf: „Da. Neben dem Foto."

„Das Dickerchen?“

„Genau. Aber täusch dich nicht, der Typ ist der Knaller. Unser Gespräch war das reinste Vergnügen, nach all den Schwätzern, die mir sonst so vors Mikro kommen. Er war ziemlich ... er hatte eine besondere Ausstrahlung. Schwer zu beschreiben. Auf jeden Fall hat er mit Sachen aufgewartet, ich war ganz platt. Fast ein bisschen genialisch. Er besitzt ein fotographisches Gedächtnis, und seine Ansichten ... ungewöhnlich für sein Alter.“

„Wieso, wie alt ist er denn?“, fragt Rick, jetzt mehr als nur oberflächlich aufmerksam.

„Fünfundzwanzig.“ Sie lacht, als sei das Thema beendet. In Ricks Gegenwart kommen ihr ihre beruflichen Ausführungen immer so unbedeutend vor.

„Und sein Buch, wie fandst du's?“, macht er weiter. Und Mona antwortet bereitwillig, um ihn für sein Entgegenkommen nicht zu brüskieren: „*Ausschweifungen*? Es ist ziemlich abgehoben, ich kann's gar nicht benennen, es ist voller unterschiedlicher Facetten. Irgendwie so wie er. Ich würde sagen, Ausdruck eines komplexen Innenlebens. Mir hat's nicht so gut gefallen wie das Interview selbst ... Entschuldige, was langweile ich dich damit. Selbst Schuld! *Du* hast gefragt!“

„Nein nein nein, klingt gut“, beruhigt Rick sie und beginnt zu lesen. Mona sieht ihn verwundert an und findet, jetzt übertreibt er es mit seinem Interesse.

Will er nett sein? Sie beißt in ihr Brötchen.

„Darf ich mir das Buch leihen? Für den Flug? Ich bin neun Stunden unterwegs, dann hab ich was zu tun“, beharrt er auf dem Thema, auch als er das Interview durch hat, zeigt auf die Zeitung und meint das Buch. Sie starrt ihn skeptisch an: „Klar.“ Sagt's, springt auf, holt's, und drückt ihm *Ausschweifungen* in die Hand.

„Danke.“ Rick besieht sich das Cover, blättert ernsthaft die ersten Seiten auf und liest mit einer Konzentration, die ihn für einen kleinen Moment entrückt. Er bringt der Sache eine Aufmerksamkeit entgegen, die Mona ihm einfach nicht abnimmt. Sein Verhalten ist mehr als seltsam. Plötzlich liest er amüsiert laut vor: *„Und weil ich sicher weiß, wenn sie sieht, dass ich mir meinen Sack nicht rasiert habe, hält sie mich für ein Schwein.“* Rick sieht Mona an und fragt salopp: „Sag mal, stört dich eigentlich, dass ich mir meinen Sack nicht rasiere?“

Themenwechsel, endlich! Mona ist schlagartig beruhigt.

„Aber dass ich ganz blank bin, ist in Ordnung für dich?“, fragt sie in einem Anfall infantiler Koketterie, Ausdruck ihrer Erleichterung. Wie von der Tarantel gestochen springt Rick auf.

Der folgende Quickie findet im Flur statt.

Mona hüpft als erste unter die Dusche.

Rick ist nach den vergangenen Tagen zwar sexuell erschöpft und merkt, wie sein Begehren nach Mona für den Moment nachlässt, mit der Abschlussnummer gerade eben kann er sich aber für die nächsten zehn Tage seiner Abwesenheit durchaus empfehlen.

Man ist immer nur so gut wie das letzte Mal.

Bereits voll angekleidet nimmt er wenig später seine dritte Tasse Kaffee zu sich, schon im Stehen und mit Krawatte über die Schulter geschlagen. „Drück mir die Daumen, morgen beende ich diese Importsache in den Emiraten. Danach flieg ich weiter nach Los Angeles und konzentriere mich ganz auf das neue Projekt.“

„Von dem du mir noch nichts Richtiges verraten hast“, knurrt Mona, kommt von hinten und beugt sich vor, einen Abschiedskuss einfordernd.

„Sobald es soweit ist, du weißt ja: Du bist die Erste.“

Am späten Abend desselben Tages, viertel nach elf, landet Rick in Abu Dhabi. Den Rollkoffer und sein Handgepäck neben sich postiert, das ausgelesene Buch in der Hand, wartet er vor dem Flughafengebäude auf den verdammten Chauffeur, der ihn abholen soll, sich aber verspätet. Das Letzte, was er jetzt brauchen kann!

Der Wind bläst heiß wie ein Fön. Er spürt, dass sich unter seinem rechten Augenlid ein Gerstenkorn bildet. Seine Schwachstelle. Was das angeht, ist er empfindlich. Wenn Rick nur das entzündete Auge offen lässt, sieht er die Welt wie durch einen Weichzeichner. Im Hotel wird er sich gleich die Salbe draufschmieren.

Er stopft das Buch in eine Seitentasche des Koffers, zieht eine Packung Zigaretten aus dem Sakko, stößt sich eine raus, führt sie zum Mund, schirmt sie gegen den Luftzug ab, zündet sie an und sieht dabei aus wie ein Mann, der an sich selbst genug hat. Doch das täuscht.

Die Lektüre von *Ausschweifungen* hat ihn innerlich ergriffen. Auf beispiellos übereinstimmende Weise erkannte er sich in dem Protagonisten des Romans wieder. Als Jugendlicher fiel es Rick ebenfalls schwer, Zufriedenheit und Gelassenheit zu finden - er war immer unglücklich. Zu Hause, in seinem Zimmer, baute er sich seine eigene Welt aus Büchern und seinen akribischen Comiczeichnungen. Welche Hölle auch in der Schule auf ihn wartete, sein selbstgeschaffenes Universum konnte ihm keiner nehmen. Aufgrund des Berufs seines Vaters, eines gefragten Bauingenieurs, zogen er und seine Eltern mindestens einmal pro Jahr um, kreuz und quer durch Europa, zweimal in die USA. Es war ein Albtraum. Jede Neueinschulung stellte einen Hürdenlauf mit ungewissem Ausgang dar: Würde man ihn drangsalieren oder ignorieren? Das waren die zwei Optionen, andere gab es nicht. Aus irgendeinem Grund zog Rick meistens alle Niedertracht, die in seinen Mitschülern schlummerte direkt auf sich. Hänseleien, Raufereien, eine unvergessene Episode, bei der Rick von einem Mitschüler zurückgeschubst wurde, sodass er über einen anderen fiel, der sich heimlich hinter ihn gekniet hatte - erniedrigend. Sich unzählige Male während der Pause auf der Toilette verstecken ... auf jeder neuen Schule das Gleiche. Nur weshalb? Ein Mysterium, das Rick sich erst viel später erklären konnte. Auch ohne konkreten Grund, ganz automatisch und jeder Situation vorgreifend, fühlte er sich als Teenager immer wie ein Verlierer, schätzte sich als unterlegen und mickrig ein. Tatsächlich war er rein faktisch das exakte Gegenteil, ein smarter, hübscher Junge, hochgewachsen, weder Akne, noch Sehhilfe, oder ähnliche gängige Stigmata, die einen zur Zielscheibe von Hohn und Häme machen können. Aber genau wie auch bei dem Hauptdarsteller des Romans, entsprach Ricks Selbstbild in keiner Weise der Sachlage.

Er fasst es für sich folgendermaßen zusammen: sein Gegenüber erschien ihm immer größer, souveräner, erwachsener, auch wenn es objektiv betrachtet umgekehrt war. Und das merkten die anderen. Mit Abstrichen muss sich Rick sogar heute noch manchmal vergegenwärtigen, dass die Realität anders aussieht, als er sie erfasst. Wobei dieses Phänomen übersteigerter, negativer Eigenwahrnehmung in keinerlei Widerspruch zu seinem weltläufigen Auftreten steht.

Schneeweiß hat das in *Ausschweifungen* perfekt beschrieben, seine Charakterstudie sprach Rick aus der Seele.

Erst während der Endphase seines Studiums wurde alles anders. Mit einem Mal, in einer Nacht, seiner Nacht X, er lag wach, machte es Klick und Rick fasste einen Entschluss, von dem er das Gefühl hatte, dass der Entschluss ihn fasste. Und wie von einer wundersamen chemischen Reaktion ausgelöst, vollzog sich von diesem Moment an in ihm dieser weithin beobachtbare Wandel, der dazu führt, dass die in der Schulzeit Ausgeschlossenen und Unsichtbaren, die Nerds und Hirnlastigen, die Musikalischen und Intellektuellen, aufblühen und nach oben gespült werden, als würde ihre Saat nach besonders holpriger Anfangsphase umso farbiger aufgehen. Wohingegen die bislang Beliebten und Bewunderten, die Coolen und Umgarnten bereits ab Mitte zwanzig zu satten, bequemen, langsam verfettenden Langweilern werden.

Wenn Rick allein in seinem Zimmer saß und las oder zeichnete, malte er sich in seinem Kopf detailgenau aus, wie er und sein künftiges Leben zu sein hätten. Er verbildlichte seine Zukunft und konditionierte sich damit unbewusst zu der Maschine, die er zu werden plante. Er wusste genau, was er wollte: Erfolg haben, Einfluss, der Beste sein, über Gestaltungsmacht verfügen, viel Geld verdienen, mit so vielen Frauen schlafen wie möglich, als wäre es eine Aufholjagd (die er inzwischen zwar längst gewonnen hat, deren Tempo er aber kaum drosseln kann), immer besser werden, sich vervollkommnen, in allem. Und genau so wurde es.

Seit Jahren lebt er ausschließlich in Hotels, besitzt keine private Adresse, reist herum, noch mehr als damals zur Schulzeit (eine unheimliche Parallele), hat sein eigenes Berufsprofil kreiert und verkehrt mit den einflussreichsten Persönlichkeiten der Welt. Aber auch wenn er sich zum Gewünschten verändert hat, wird eine Seite in ihm immer der Junge von damals bleiben.

Chris Schneeweiß und sein Alter Ego in *Ausschweifungen*! Noch nie hat jemand Ricks Jugend so treffend skizziert und derart dezidierte Rückschlüsse gezogen. Es ist regelrecht erschütternd. Zumal Schneeweiß erst fünfundzwanzig ist.

Irgendwo in den Tiefen des Landes grollt ein Donner, der Rick wieder in die Gegenwart zurückholt. Noch immer steht er vor dem Eingang des Flughafens in Abu Dhabi. Es sieht nach Regen aus. Trotzdem wird es wohl trocken bleiben.

Müde und gleichzeitig in mürrischer Stimmung nimmt er den ersten tiefen Zug an seiner Marlboro light und schaut umher, ob die Limousine in der Ferne ausfindig zu machen ist. Kein Abholer in Sicht. Für solche Unzuverlässigkeiten bringt er nur geringe Toleranz auf. Mit gewandten Bewegungen steckt er das Feuerzeug in die Hosentasche, zieht im Austausch sein Handy hervor und drückt die Kurzwahltaste 2.

„Hallo Rick“, sagt eine vertraute Stimme am anderen Ende der Leitung, an einem westlicheren Ort, neun Stunden früher am Tag.

„Hey Carl“, Rick nimmt einen weiteren Zug und bläst den Rauch durch seitlich geöffnete Lippen lange aus.

„Du hast angerufen, oder? Hatte's Handy aus, sorry, saß im Flieger.“

„Bist du schon in Abu Dhabi?“, fragt Carl in formellem Ton.

„Ja. Gibt's Neuigkeiten?“ Mit reglosen Augen starrt Rick auf den flachen Horizont, der Nachthimmel hat ein sagenhaft mattes Strahlen, wirkt wie radioaktives Metall. Ein Gefühl des Unwirklichen.

Carl tönt durch den Hörer: „Raphael Bonnet ist tot. Hat sich heute Morgen erschossen.“

Zunächst reagiert Rick nicht, schweigt, versucht jegliche Gefühlsregung zu unterdrücken und antwortet schließlich:

„Scheiße - ich wusste, dass das nicht klappt. Unsere Spitzenpsychologen und ihre klugen Drecksanalysen! Was für Nieten.“

„Ich weiß. Das war auch das erste, woran ich gedacht habe, als ich vorhin informiert wurde. Er lag in seiner Wohnung. Schläfenschuss, Tabletten, Alkohol, der ganze Kack. Die polizeilichen Ermittlungen werden aber nicht zu uns führen, das konnten wir sicherstellen. Wir haben alle Spuren beseitigt, ich bekam rechtzeitig Bescheid.“

„Okay. Wenigstens das.“

„Wir dürfen jetzt keine Fehler mehr machen, Rick ... Plan B?“

Pause.

„Vergiss Plan B ...“

„Aber wir sind etwas unter Druck, Rick, ... gelinde gesagt.“

„Scheiße, ich weiß. Ich weiß.“

„Ja.“ Mehr bringt Carl nicht heraus.

„Scheiße okay. Ich hab’s geahnt, dass er nicht durchhalten würde“, sinniert Rick flüsternd, wie zu sich selbst.

„Er war eben zu ... sensibel. Genau wie du gesagt hast.“

„Hm“, summt Rick und nimmt einen weiteren Zug, bläst den Qualm nur langsam wieder raus.

Carl fragt: „Also: Niels Larsson? Sollen wir ihn einstimmen?“

Die Lufttrockenheit ist unmenschlich, doch das Handy klebt nass an Ricks Ohr. Er presst immer noch Rauch aus seiner Lunge. Schließlich sagt er vehement, aber leise: „Scheiß auf Niels Larsson. Setz den mal on hold. Vorerst. Ich glaube, ich hab noch einen neuen Kandidaten.“

Beschleunigung

Intervention

Nachtleben versteh ich nicht. Du sitzt spätabends in einer Mischung aus Cocktailbar und Club am Tresen und trinkst was Kaltes mit Eis und Orangenscheibe, die am Glasrand steckt. Electro Beats wummern viel zu laut aus den Boxen um sich normal unterhalten zu können, es ist dunkel, es ist eng, die Luft ist stickig. Leute halten sich an einer Flasche fest und schreien einander gegenseitig ins Ohr, oder bewegen angedeutet ihren Körper zum Rhythmus und starren sonst wohin. Sogar meine Denkvorgänge hören sich an, als würden sie mich anbrüllen.

Der Barkeeper schiebt mir mein Getränk vor den Latz, und ich nicke ihm zu. Gleich darauf schaue ich wieder unverfänglich über die Menge, ohne das beschlagene Glas zu berühren. Ich fühle mich unter den überdrehten Leuten um mich herum wie ein Fremdkörper, weil ich nicht kapiere, aus welchem Grund die alle den Anschein erwecken sich zu amüsieren. Weshalb? Was ist der Anlass? Die meisten sind so alt wie ich und jünger. Die haben doch auch noch nichts erreicht im Leben. Was gibt's also zu feiern? Ich habe keine Vorstellung, was ich mit mir anfangen soll und versuche eine Unsichtbarwerdung, spiele an meinen Kniescheiben herum. Meine Verlegenheit überspielen. Hauptsächlich will ich sofort wieder raus hier, obwohl wir gerade erst gekommen sind. Aber das Danach, die Phase nach einem Ausgehabend, ist fast noch schlimmer: Da komme ich heim und denke mir, meine

Güte, wie hast du dich benommen, wie bescheuert hast du wohl gewirkt. Und als Nächstes empfinde ich es auch noch als Makel, dass ich nicht den Spaß empfand, den die anderen offensichtlich hatten.

Egal jetzt. Jetzt bin ich hier, nachdem Kai darauf bestanden hat, dass wir uns treffen, weil er letzte Woche leider mein Interview in der Süddeutschen entdeckt hat und tut, als wolle er mir gratulieren. Aber ich weiß doch, er ist einfach nur empört. Sein Neid und sein künstliches Wohlwollen bringen ihn dermaßen durcheinander, dass er gerade eben beim Barkeeper cr*a*shed Eis für seinen Mojito bestellt hat, anstatt cr*u*shed Eis. Jungejunge, das nimmt ihn alles mit.

Da wären wir also, im unfassbar angesagten LT Club an einem Dienstagabend. Dauernd strömen neue Leute rein. Je später du auftauchst, desto geiler bist du. Wer hat sich das ausgedacht?

Jeder Versuch mich zu akklimatisieren und der Umgebung anzupassen, scheitert bereits im Ansatz, mein geliebter Bruder hingegen fühlt sich pudelwohl. Er sitzt auf einem Hocker neben mir, als wäre das hier sein Wohnzimmer. In seinem ausgewaschenen Designer-T-Shirt und der tief sitzenden Jeans, unter der man das Taillenbündchen seiner Unterhose sieht, wirkt er auf Menschen, deren Bruder er nicht ist, wahrscheinlich ziemlich lässig. Alles, was er gerade macht - schauen, lächeln, trinken - scheint in der surrealistisch wirkenden Langsamkeit eines Stummfilms abzulaufen. Ganz Kai. Souverän, selbstsicher und großspurig, das muss ich ihm lassen. Inhärente Eigenschaften, die ihm einfach zugeflogen sind.

Schon mit seiner Begrüßung „Hi, Kleiner" (er ist vier Jahre älter, ich bin drei Zentimeter größer) vorhin vor dem Laden, hat er mir das Kraut ausgeschüttet. Er kann es einfach nicht lassen, mir permanent zu verstehen zu geben, wie das Kräfteverhältnis zwischen uns aussehen soll.

Nah an mein Ohr gelehnt krächzt er: „Chris, hey, dein Interview am Freitag in der Zeitung, echt nicht schlecht." Ein vergiftetes Lob, auf das jeder verzichten könnte. Kurz angebunden ziehe ich einen Mundwinkel hoch, ich weiß, dass mein Interview nicht toll ist, dass ich besser hätte sein können, ich lehne mich weg von ihm. Sein Kopf folgt mir aber. „Nicht schlecht, Chris, wirklich", wiederholt er gönnerhaft und übt sich dabei in seiner charakteristischen Rolle als großherziger Schulterklopfer, die ihn bedeutungsvoller erscheinen lassen soll. Ich bin drauf und dran, ihm eine zu scheuern, ehrlich. Aber das wäre eine Niederlage.

Kai greift in ein Schälchen mit Pistaziennüssen, das neben einem Schälchen mit Erdnüssen steht. Das ist jetzt wieder schwer im Kommen, Knabberzeug in Clubs. Ich greife nicht zu. Lust hätte ich schon. Wegen Kais Präsenz nehme ich aber lediglich einen Schluck von meinem Drink. Hab ich schon erwähnt, dass mein Bruder wahnsinnig schlank ist? Dass er essen kann, was er mag und kein Gramm zunimmt? Im Gegensatz zu mir? An Tagen wie heute ziehe ich daraus die Konsequenz und versuche, meinen Appetit zu zügeln. Während der Großen Hungersnot von Irland, 1845 bis 1849, traf man schließlich auch auf keine Übergewichtigen.

Ich könnte doch mal alle Hungersnöte von der Antike bis heute durchgehen, vielleicht werde ich dann etwas ruhiger. Darüber las ich mal eine Anthologie, schlappe dreiundsiebzig Seiten. Hätt' ich noch Wort für Wort drauf.

Kai beugt sich wieder zu mir, holt Luft zum Plärren - ehrlich, dass es hier so laut ist, ist lächerlich. Er röchelt: „Jetzt noch mal im Klartext: Mir hast du nichts erzählt von deinem Roman, okay. Aber du willst mir doch nicht allen Ernstes weismachen, du hättest auch sonst niemandem von deiner Schreiberei erzählt? Das verkaufst du mir nicht, mein Lieber."

Mein Lieber! Boah. Ich sehe ihn nicht an, sondern seine Nasenwurzel, alter Trick, wenn die Antipathie unerträglich wird. „Niemandem. Drei Jahre lang Schweigegelübde. Ich wollte nicht wie eine schreibende Hausfrau rüberkommen, bei der sich jeder denkt, wie sehr sich diese einfältige Kuh lächerlich macht. Und wenn es schlussendlich nicht klappt, stehst du wie ein Depp da", behaupte ich zurückkrakeelend wie ein Schreihals. Gleich werd ich heiser, aber das sag ich ihm noch: „Darüber-reden verwässert bloß deine Arbeit, es entweiht das, was du tust ... weil niemand wirklich begreift, welche Bedeutung es für dich hat." Ich klinge ziemlich ernst und erkenne in Kais füchsischem Lächeln, dass er mir die Geschichte abnimmt, weil das die Art Geschichte ist, die man entweder ganz glaubt, oder gar nicht.

„Oh Mann Chris, Respekt. Wenn du dir was einbildest, dann aber richtig", sagt mein Bruder, bei dem ich nicht sicher bin, ob er von Geburt an das war, was er ist, ein Wichser, oder ob er es einfach nur wurde, weil unser Vater alles darauf verwendet hat, ihm jeden Wunsch zu erfüllen und mich links liegen zu lassen. Mit der Folge, dadurch meine Psyche schwerwiegend zu verkorksen. Dabei heißt es doch, der Jüngere würde von den Eltern mehr verhätschelt. Nicht bei uns.

Unsere Mutter kannst du sowieso vergessen. Eine vollkommen verstrahlte Christin, die mit 30 vom Herrn persönlich erleuchtet wurde und seitdem geistig in höheren Sphären schwebt. *Höhere Sphären* im Sinne von *Unterste Schublade.* Sie ist Kreationistin, glaubt an die eins zu eins Auslegung der Bibel. „Wie 42 Prozent aller US-Amerikaner auch", was sie häufig erwähnt, als beseitigte dieser Tatbestand jeglichen Mangel an Plausibilität. Dem Kreationismus nach wurde die Welt von Gott exakt so erschaffen, wie sie sich gegenwärtig darstellt. Folglich bemisst sich das Alter der Erde aus der Summe der Lebensjahre der Bibelfiguren: circa sechstausend Jahre. Ernsthaft, das ist deren Überzeugung! Nix Evolution.

Das ganze Ausmaß der Beschränktheit wird sichtbar, wenn ich zu meiner Mutter sage: „Gibst du mir denn wenigstens Recht, Mutti, dass folgende Aussage die Absurdität von Gottesglauben zusammenfasst? *Erst der Mensch hat Gott erschaffen und dann behauptet, Gott hätte den Menschen erschaffen*!" Eigentlich das Totschlagargument, wenn man's kapiert. Aber man kapiert eben nur, was man bereit ist zu kapieren. Meiner Mutter musst du nicht damit kommen, dass Gott eine Erfindung des Menschen ist. Da ist auch mein flockiger Nachschlag „*Mutti, man muss nicht an etwas glauben, nur weil man es zu erfinden imstande ist*" total für die Katz. Meine Mutter sieht mich arme verlorene Seele nach solchen Äußerungen nur mitleidig an, mit diesem Augenaufschlag, der einem Alles-wird-gut-Tätscheln entspricht.

Das muss man auch erst mal verdauen.

Ich bin sicher, Kai wird alles erben.

Der nimmt einen weiteren Schluck, ich tue es ihm gleich, wir fixieren uns dabei mit Gläsern vor dem Mund. Er lehnt sich gefährlich weit in seinem Stuhl zurück. Wenn er doch nur umkippen würde.

Es folgt ein wenig Fachsimpelei über die Befindlichkeiten des Schreibens, ein bisschen dümmlich, mit der Bereitschaft uns hineinzusteigern, wohl weil wir eine plötzliche Gemeinsamkeit zwischen uns empfinden, die ihren Ursprung einzig und allein in unserer gegenseitigen Abstoßung hat. Und so reden wir noch eine Viertelstunde hin und her, auch über seinen letzten Vollflopp-Roman, aber schon bald hat unsere Konversation etwas von einer gestellten Angelegenheit und treibt mit Kais Ankündigung „Ich lasse mir wahrscheinlich einen Bart wachsen“ ihrem letzten Akt entgegen. Bald also Bart. Logisch, ist ja derzeit angesagt.

JFK-Attentat, Mondlandung, Nine-Eleven, vergiss das alles. In vierzig Jahren werden sich die Menschen noch gegenseitig fragen: „Wo warst du an diesem denkwürdigen Augenblick, als Kai Schneeweiß entschied, sich Haargewächs im Gesicht stehen zu lassen?“

Ich bin gerade dabei, überhaupt keine Reaktion zu zeigen, als der Barkeeper zu uns kommt und ich die Gelegenheit beim Schopf packe zu zahlen. Ich mache ein entsprechendes Zeichen, als würde ich einen Scheck unterschreiben. Was ich noch nie getan habe. Ich besitze nicht mal eine Kreditkarte.

Kai ist immer pleite, also vergewissere ich mich gar nicht erst, ob wir teilen. Vielleicht nennt man das Konfliktscheue. Vielleicht auch Dominanzgebaren. Ich zahle, der Barmann mit den löchrigen Haaren zieht ab, Kai trinkt aus und tut entrüstet, dass ich schon aufbrechen will. Er stammelt dennoch semidemütig: „Danke, dass du das übernommen hast, sorry, hab kein Geld dabei.“

„Ist wahr?“

„Sag mal, das wollte ich dich vorhin schon fragen, ist deine linke Wange geschwollen?“ Mit der höchst sparsamen Bewegung eines einzigen Fingers zeigt er auf meinen Kopf, als wäre mein Kopf nur etwas Zufälliges in seiner Blickrichtung.

„Meinst du das sprichwörtlich oder bildlich?“, weiche ich aus – mein Gesicht ist von dem blöden Box-Schwinger tatsächlich immer noch ein wenig lädiert. Ich stemme meine Hände schon mal auf den Tresen, bereit aufzubrechen.

„Geschwollen sagst du? Nicht, dass ich wüsste.“ Wie ein Schmierenschauspieler taste ich an meinem geschwollenen Gesicht herum und stehe auf. Er auch. Wir gehen. Das war's. Ein Treffen mit meinem Bruder, das bringt's einfach nicht.

Erleichtert verlasse ich die Bar. Es ist eine warme Nacht, wenn auch geringfügig kühler als die letzten Monate. Viele Gäste stehen mit Drink und Zigarette vor der Tür, quatschen Blödsinn der sinnentleertesten Sorte. Oder vielleicht weiß ich einfach zu wenig vom Leben.

Ich schlängle mich durch und will gleich zur Busstation gehen. Kai kommt mir hinterher, mit seinem legeren Gang, Marke Großstadtcowboy. Irgendwer ruft ihm zu „Hey Kai, was geht?". Kai antwortet genau das gleiche, nur mit anderem Vornamen. Er kennt wohl die Hälfte der Gäste hier, von denen jeder einzelne aussieht, als müsste er bei Begriffen wie *Kaufhof* oder *Bahnschalter* erst mal nachdenken, ob damit ein neuer Club in der Innenstadt gemeint ist.

Keine Ahnung, wie wir jetzt verbleiben, ob wir uns trennen und Kai weiterzieht, oder was er mit diesem Abend noch vorhat. Ich drehe mich nach ihm um, als wir schon ein paar Meter vom LT entfernt sind. Er schließt zu mir auf und rempelt in seiner Eile einen entgegenkommenden blonden Hünen in dunkelblauer Windjacke mit der Schulter an. So ein kurzgeschorener Hooligan mit Konfrontationsgesicht. Diese Sorte von Old-School-Skinhead sieht man in diesem Ausgehviertel eigentlich eher selten. Der Skin reagiert gar nicht erfreut, bleibt stehen und schubst Kai mit einem „Hey pass auf, Arschloch" fast um. Seine beiden Kumpels, die den gleichen stoppelkurzen Haarschnitt tragen und ähnliche Jacken anhaben, gesellen sich sofort dazu und postieren sich blitzschnell so um Kai herum, dass er nicht weitergehen kann.

Oh nein! Drei Nazi-Dummbatzen, ausgerechnet. Tolle Wahl, Kai. Seufzend und die Augen verdrehend mache ich kehrt, einem doofen Impuls folgend, und rufe den drei Faschisten „Sorry, er hat's nicht so gemeint, das war'n

Versehen“ zu und gestikuliere dabei, meine Worte unterstreichend, was ihnen einen etwas fahrigen Ausdruck verleiht. Könnte an meinem schlagartig steigenden Angstpegel liegen. Leider kommt mein Vermittlungsversuch nicht sonderlich gut an. Es hilft nur wenig, dass Kai seinen angerempelten Bürstenkopf nicht aus den Augen lässt und wohl einen auf Testosteronbolzen zu machen plant. Warum auch immer.

„Misch dich nicht ein, Penner“, keilt einer der drei zurück und weist mich in die Schranken, die ich leider nicht akzeptieren kann, weil ich zwar liebend gern abhauen würde, aber bedauerlicherweise über soviel Weitblick verfüge, als dass ich es mir nie verzeihen würde, Kai jetzt im Stich zu lassen. Es ist demnach nicht mein hoher moralischer Anspruch, der mich auf den Konfliktherd zugehen lässt, sondern meine vorausgreifende Vermeidung späteren schlechten Gewissens. Es gibt nichts Wertvolleres als ruhige Nächte, auch wenn ich mir jetzt gleich die nächste Gehirnerschütterung abholen werde, meine zweite innerhalb von wenigen Tagen. Gottverdammte Scheiße.

Mit Beschwichtigerstimme seife ich das Mob-Trio nochmals ein: „Bitte, wir wollen keinen Ärger, es tut ihm leid. Ehrlich.“ Und Kai kommt mir keinen Millimeter entgegen, indem er irgendeinen agitativen Bullshit vor sich hin faselt, den nur sein Gegenüber versteht – da fehlt's hinten und vorn, nix Neues - was mir klar werden lässt: Ärger ist unvermeidlich. Ich hatte noch nie Ärger mit Straßenproleten. Kai bringt mir einfach kein Glück.

Und schon geht's los. Nazi 1 stößt Kai unvermittelt so hart, dass er beinah umfällt, aber von Nazi 2, der hinter ihm steht, aufgefangen und an den Oberarmen fixiert wird. Die Passanten um uns herum greifen nicht ein, obwohl wir zusammen schnell in der Überzahl wären. Sie eilen weiter. Gute Entscheidung. Wenn auch nicht für uns. Ich mache noch einen Schritt nach vorn und werde von Nazi 3 abgehalten zu Kai vorzudringen, was ich mit einer schnellen Armbewegung abzuwehren versuche. Das hätte ich nicht machen sollen, denn jetzt bin auch ich Ziel ihres Zorns.

Na prima.

Ich spüre einen mittelschweren Schlag auf meinen kerngesunden Hinterkopf, fange mein Stolpern in letzter Sekunde ab, ziehe den Kopf instinktiv ein und weiß, nun sind wir geliefert. Die Stimmen der drei brüllen uns diffus an, affenähnliche Laute, einstudierte Kampfparolen, Fußballstadion-Grölchor-Style, und ich erwarte jeden Moment ein Gewitter aus Faustschlägen, sehe, wie Kai bereits einen heftigen Hieb gegen sein Kinn abbekommt, hebe meine Arme abwehrend nach oben und versuche gleichzeitig zu rempeln und doch bloß niemanden zu berühren, doch Kai und ich sind jetzt umringt, unentrinnbar umzingelt.

Ein Schubs trifft meine Brust, als ganz plötzlich zwei Männer in dunklen Anzügen auftauchen, weiß der Teufel woher, sich gezielt in unser Getümmel mischen und ohne Vorwarnung zupacken. Es sieht aus wie im Fernsehen, wie die beiden elegant gekleideten Männer die drei Nazischergen mit sauberen Schlägen und gezielten Griffen präzise attackieren und außer Gefecht setzen. Einen nach dem anderen. Ganz klassisch. Es könnte Karate sein. Mit der einen Hand einen Glatzkopf am Jackenkragen packen, mit der anderen am Gürtel, sofort hart zutreten, und ihn wie einen nassen Sack auf den Boden werfen. Nachtreten. Sicher ist sicher. Dann der nächste. Es ist ein Genuss zuzuschauen. Sind das Zivilbullen? Dafür sind ihre Anzüge zu teuer. Alles geht wahnsinnig schnell. Sie sprechen kein Wort, machen mit ernsten, reglosen Gesichtern kurzen Prozess. Zack zack. Ich bin so erleichtert. Und was nicht alles.

Die Nazibande kniet innerhalb weniger Sekunden geschlossen am Boden, wie betende Kleinkinder, sich schmerzverzerrt krümmend und wahlweise an Bauch oder Hals greifend. Einer stöhnt. Der andere tastet prüfend, ob seine Lippe geplatzt ist. Ist sie. Und der dritte fällt nicht mehr weiter auf, in seiner Bauchlage. Man könnte sich an dem Anblick fast erheitern.

Inzwischen sind eine Menge Passanten stehen geblieben und gaffen, während Kai und ich in der Mitte der zu Boden gestreckten Skins stehen und mit offenen Mündern zusehen, wie sich unsere beiden Retter schnellen Schrittes bereits wieder aus dem Staub machen und um die nächste Ecke verschwinden. Weg sind sie. Sang- und klanglos. Völlig surreal.

Kai und ich starren einander ungläubig an. Einer der Nazis macht Anstalten sich stöhnend aufzurichten. Ich kann an seiner Haltung erkennen, dass er einen gebrochenen Arm hat, sowie eine leuchtend rote Stelle am Adamsapfel. Er wird uns nicht mehr gefährlich werden. Trotzdem Abgang.

Mit dem Kopf nach links zeigend gebe ich Kai zu verstehen, dass wir uns verziehen sollten. Zum ersten Mal seit ich ihn kenne, tut er, was ich vorschlage. Wir steigen über die Verletzten und spurten los. Wie kleine Jungs. Wohl aus Erleichterung. Wir rennen eine ganze Weile, bleiben nicht stehen oder verringern unser Tempo, Energie pumpt durch unsere Venen, es hat was Erfrischendes. Ich fühle mich unheimlich befreit. Was selten genug vorkommt.

An einer U-Bahn-Station, die von der Fahrtrichtung keinem von uns nutzt, halten wir mit stechenden Lungen an. Ich schreie Kai entgegen: „Du blöder verfickter Arsch ... Was sollte das denn? Hast du geglaubt, dass du gegen solche Jungs eine Chance hast? Das sind Straßenschläger, du Pisser. Die warten nur darauf, dass so eine Mücke wie du daher kommt." Und mir fällt nichts mehr ein, als mein Bruder, den ich lieber nicht hätte, mich blöd angrinst und sich nicht zu schade ist zu sagen: „Aber das war doch geil, als diese beiden Alien-Jäger aufgetaucht sind und die drei einfach weggeputzt haben. Was war das denn für 'ne Nummer? So was hab ich ja noch nie gesehen. Wer waren die denn? Waren das Bullen? Ne, oder? Dann wären die doch nicht gleich wieder verschwunden. Sahen aus wie Bodyguards, haha."

Die ganze Zeit: Grinsen in seiner Fresse.

Ich bin fassungslos, dass Kai den Punkt an der Sache einfach nicht begreifen will. Nämlich, dass er Schuld ist an ... ach, was red' ich denn. Ich schüttle meinen Kopf, mache eine abfällige Armbewegung, frage nicht nach seinem lädierten Kinn, an dem er reibt und lasse ihn stehen.

„Tschau Kai, du bist echt ...", hasple ich noch herunter und bin mir sicher, für heute bin ich ihn los.

Ich trotte zur nächsten Busstation. Möchte heim. Bin total durcheinander. Noch mal gutgegangen.

Aber wer waren bloß diese beiden Nahkampfprofis im Anzug? Wo kamen die her? Ich konnte mich nicht mal bedanken.

Während ich an einer Haltestelle allein auf den 218er-Bus warte, setzt leichter Sprühregen ein, die Temperatur bleibt davon unberührt. Das ist irgendwie wundervoll. Ich stehe da und meine Kleidung wird feucht, ohne richtig nass zu werden.

Langsam senkt sich mein Adrenalinspiegel. Es ist, als würden mich die Tropfenfäden auftanken.

Vor diesem Hintergrund überlege ich mir, warum sollte ich meine Pläne ändern. Ich mache doch noch das, was ich mir für heute Abend ursprünglich vorgenommen habe. Da ich sowieso im Norden der Stadt wohne, ist es kein großer Umweg.

Der Bus kommt und ich steige vorne ein, zeige mein Monatsticket und stelle fest: mit dem Fahrer sind wir zu dritt.

Ich laufe durch den Gang nach hinten und wir zuckeln durch die Stadt in nördlicher Richtung. In Gedanken und leicht nervös schaue ich aus dem Fenster auf die ruhigen Straßen. Hinter uns fährt nur ein schwarzer Mercedes, der auch an den Haltestationen nicht überholt. Ist anscheinend schon müde und nimmt's gemütlich.

Ganze neun Stationen weiter steige ich aus und finde mich in meiner Entscheidung, jetzt noch ein bisschen auf meine Art zu feiern, bestätigt. Das wird mir gut tun. Mein Geschenk an mich.

Es ist kurz vor Mitternacht. Ich sehe dem geradeaus weiterfahrenden Bus hinterher, seinen Rücklichtern. Der große Mercedes, der ihm auch die restliche Zeit hinterhergefahren ist, biegt jetzt aber links in eine Seitenstraße ein, womit mir die paar Fußmeter bis zu meinem Ziel ganz allein gehören. Keine Seele weit und breit. Diskretion, Anonymität. Das kommt mir ganz entgegen.

Auf der Fahrplantafel der Haltestelle versuche ich, trotz Dunkelheit, die Abfahrtzeiten der Nachtlinie zu entziffern. Für meine Heimreise, später.

Fünf Minuten später liege ich auf einer Matratze, deren rot gemusterter Handtuchbezug frisch oder auch nicht mehr ganz so frisch sein mag. Der kleine Raum, in dem ich mich befinde, wird von Leuchtröhren erhellt, die hinter einer metallenen Deckenverkleidung kaltes, indirektes Licht abgeben. Für die Summe, die ich Niki gerade ausgehändigt habe, bekomme ich eine Dreiviertelstunde. Das kann ich mir nur einmal im Monat leisten.

Niki kommt rein, Handtuch über der Brust verknotet, lächelt mich an, lässt das Handtuch fallen, greift nach einer Kondompackung, legt sie auf dem Nachttisch bereit, ebenso wie eine Küchenrolle und Feuchttücher, und kniet sich zu mir aufs Bett. Wir fassen einander an. Nach einer Weile setzt sie an, mir einen zu blasen und ich erinnere sie daran, das bitte nicht zu tun. Da steh ich nicht drauf, das gibt mir nichts. Ich kann beim Sex nicht passiv sein, nur aktiv. Ich bin ein Geber.

Vorsichtig fasse ich in ihre vollen Haare. Ist mir komischerweise egal, wie viele andere das heute schon getan haben. Sie hat sehr schönes Haar. Da steh ich drauf. Dicht, voll, gesund. Obwohl, es geht so. Ihre Haare sind Mittelfeld. Ich streiche drüber. Eigentlich weiß ich gar nichts damit anzufangen. Ansonsten ist sie nicht besonders attraktiv, was von Vorteil ist - da kann ich mich innerlich besser locker machen.

Ihre Augen strahlen mich mit jener Art von Begehrlichkeit an, die man nur durch intensives Training erreicht. Meinen Entgegnungsblick möchte ich lieber nicht sehen.

Genau vierzig Minuten werde ich sie jetzt gleich penetrieren, wie zeitlich vereinbart. Ich komme nie zu früh oder ungeplant, eher komme ich gar nicht und belasse es dabei. Meine Erektion gedanklich exakt auszubalancieren stellt keine Schwierigkeit dar, da ich nie vor Geilheit zu Captain-Röhrender-Hirsch mutieren würde. Ein brunftiger Stier, der sich selbst vergisst? Niemals. Selbstvergessenheit habe ich nicht drauf. Ich behalte immer alles unter Kontrolle. Zur Auspegelung von Erregung und Geistesgegenwart gehe ich während des Akts auch mal das ein oder andere Dutzend wikipedia-Einträge in meinem Kopf durch, inklusive der inline markierten Links. Oder wechsle in meiner Fantasie die Frau, die unter mir liegt, gegen eine andere aus. Je nachdem, an welchem Ende der Skala ich nachschichten muss.

Auch wenn mein Handlungsspielraum exakt festgelegt ist, würde mich interessieren, wie andere Männer das machen.

Niki sagt: „Jetzt hab ich dich gar nicht gefragt, ob du was trinken möchtest." Ich will nie was trinken. Also schüttle ich den Kopf und sage „Danke". Dann lege ich mich auf sie. Mit ihr funktioniert es immer gut, er steht mir zügig. Das ist nicht mit jeder Nutte so. Und ich habe den Vergleich. Ich bin nämlich der, der sich mit einundzwanzig von einer Prostituierten hat entjungfern lassen, weil er erst mal üben wollte, bevor er mit einer normalen Frau schläft.

Ich bin der, der immer fürchtet nicht gut genug sein zu sein. Ich bin der, dessen Selbstbewusstsein zu gering ist, als dass er es riskieren würde, sich womöglich ungeschickt anzustellen.

Ich bin der, der weiß: Perfektionisten sind nichts anderes als Angsthasen.

Und an dieser Feststellung hat sich bis jetzt nichts geändert.

Es ist kurz nach Mitternacht.

Heute ist mein sechsundzwanzigster Geburtstag.

Audienz

Eine Gulfstream G650 ist das schnellste und luxuriöseste Passagierflugzeug der Welt. Mit seinen achtzehn Sitzplätzen und einer exquisiten Innenausstattung bietet der zweistrahlige Düsenjet die ideale Fortbewegungsmöglichkeit um standesgemäß zu reisen.

Rick bevorzugt Großraummaschinen, da sie ihm sicherer erscheinen, aber jemandem wie Walt Temperton erteilt man keine Absage, wenn er anbietet, einen nach Los

Angeles mitzunehmen und die Flugzeit für eine Konferenz zu nutzen.

Irgendwo, elf Kilometer über dem Atlantik sitzen Rick und Temperton einander gegenüber, in weichen Sesseln aus sandfarbenem Leder. Der Butler serviert kleine Snacks in Kristallschälchen, stellt Porzellanteller auf ovale Spiegelglasauflagen.

Temperton schlürft an einem dickflüssigen Vitamincocktail, Indiz eines Gesundheitsbewusstseins, das man ihm bei seiner raubeinigen Aura und untersetzten Statur gar nicht zutrauen würde. Doch Mr. Walt Nestor Temperton (59), durch Sammelklagen in den USA der Achtzigerjahre zum Multimillionär, und später mit diversen Immobiliengeschäften und Aktienspekulationen zum Dollarmilliardär avancierter texanischer Anwalt, achtet peinlich genau auf seine tägliche Vitaminration. Damit „sich die ganze Plackerei auch gelohnt hat und ich nicht vorzeitig abnipple“, wie er notorisch scherzt.

„Wie steht's mit unseren Kandidaten? Ich habe gehört, einer hätte sich umgebracht?“, fragt er betont neutral und greift nach einem kunstvoll belegten Lachsbrötchen.

„Raphael Bonnet, der Franzose, ja. Wir waren schon ziemlich weit mit ihm, aber womöglich ... er war offensichtlich nicht ausreichend belastbar.“

„Offensichtlich!“, fügt Temperton mit vollem Mund zänkisch ein.

„Offenbar hat ihn sein Tablettenproblem dazu gebracht, sich zu erschießen. Ich habe unser Expertenteam schon abgemahnt“, sagt Rick. „Die hielten ihn bis vor wenigen Tagen noch für sehr geeignet. Laut denen war Bonnet einer unserer Topanwärter. Solche Fehlanalysen sind unentschuldbar, auf Expertisen dieser Qualität können wir verzichten.“

„Keine Spuren, Rick?“

„Keine Spuren! Unsere Leute waren rechtzeitig vor Ort und haben alles beseitigt, was auf eine Verbindung zu uns hinweisen könnte. Die Polizei fand eine sorgsam bereinigte Wohnung vor. Wenigstens funktionieren unsere Burschen von der Observation."

„Hm." Temperton nickt ungut. Hier handelt es sich um das Projekt seines Lebens, da geht ihm jede Unregelmäßigkeit an die Nieren, sei sie noch so gering wie Bonnets Tod. Doch von solchen Lappalien abgesehen: Das große Ganze läuft bislang reibungslos. Rick Ehling leistet hervorragende Arbeit und wird seinem Ruf als Branchenwunderwaffe vollauf gerecht. Nicht umsonst hat Temperton sich seine Dienste zu einem astronomischen Preis exklusiv gesichert. Aber Geld spielt bei diesem Unternehmen nur eine untergeordnete Rolle. Hier geht es um was anderes. Um viel mehr.

Call for Sanity wird weltweit sämtliche Religionen abschaffen.

Nichts weniger.

Schluss mit dem Glauben an Gott, wenn es nach Tempertons Plan geht. Schluss mit der Jahrtausende währenden Tradition, an irrwitzigen Mythen und Märchen zu hängen und jeglichen Verstand auszuschalten. Schluss auch mit dem Ich-glaube-zwar-an-Gott-aber-nicht-an-die-Kirche-Gequatsche derjenigen, denen nicht klar ist, das beides letztlich ein und dasselbe ist.

Schluss mit den selbstgezimmerten Glaubenskonzepten derer, die meinen, ihr eigenes Süppchen zu kochen, obgleich sie doch nur widerkäuen, was sie irgendwo aufgeschnappt haben, von kultureller Prägung und Tradition indoktriniert.

Es ist Zeit für einen Neustart. Einen grundlegenden Wandel. Zeit für eine flächendeckende Revolution der Sachlichkeit.

Auf dem Weg zur „Entmachtung Gottes“ (Zitat Temperton) plant man, neben zahlreichen beispiellosen Kampagnen, zuallererst die Zusammenführung des atheistisch gesinnten Teils der Bevölkerung unter einem einheitlichen Dach. Dem Dach von CfS, dessen Programm auf naturrechtlich abgeleiteter Moral und philosophischen Leitfäden basiert. Ein Aufruf zur Vernunft im ursprünglichsten Sinne also: Call for Sanity.

Alle Nichtgläubigen, unabhängig ihres sozialen, politischen und kulturellen Umfelds, sollen global vernetzt werden, um endlich eine Mehrheit derer zu schaffen, die sich naturgemäß bislang nicht zusammenschlossen.

Der Rest der Menschheit wird folgen.

Alle, die jetzt noch an Gott oder wen auch immer glauben, wird man für die Idee einer gottfreien Welt gewinnen können, da ist sich Walt sicher.

Haben Glaubensinstitutionen die Weiterentwicklung und Durchsetzung humanistischer und wissenschaftlicher Erkenntnisse auch von jeher unerbittlich zu unterbinden versucht, verhindern konnten sie Fortschritt nie. Logik und Vernunft haben am Ende immer gesiegt. Das zeigt die Geschichte. Und sie zeigt noch etwas anderes: Es sind letztlich immer die Mehrheiten, die entscheiden. Solange sie nicht schweigen. Nicht schweigen! Der Knackpunkt.

Veranschlagtes Budget für die Umsetzung von CfS im ersten Jahr: Eins Komma drei Milliarden Dollar. Aus Walts Privatkasse.

Keine Co-Investoren, keine Anteilseigner, kein Mitspracherecht von irgendwem. Die Köche, der Brei. Direktiven-Wirrwarr? Nicht hier.

Alleinige Entscheidungsvollmacht:

Walt Nestor Temperton.

WNT. Diese Initialen sind als goldenes Endlosmuster sogar in den königsblauen Teppichboden der Gulfstream eingestickt.

Walt wäre nicht der Geschäftsmann, der er ist, witterte er bei diesem Unternehmen nicht auch eine finanzielle Rendite, doch die ist zweitrangig, reiner Bonus. Wirtschaftlicher Gewinn spielt gegenwärtig keine Rolle.

Temperton nimmt einen Schluck des zähen Safts, zerkaut einen Klumpen Mango, zerbeißt mehrere krispelnde Kiwikernchen, stellt das Glas ab und schuckelt sich auf seinem Sessel zurecht.

„Okay Rick, dann legen Sie mal los, wie weit sind wir ansonsten?“, fragt er in der ihm eigenen, leicht spöttischen Art.

„Alles, was wir letztes Mal besprochen haben, steht soweit“, antwortet Rick professionell zuversichtlich und spricht dabei überdeutlich, wie zu einem Kleinkind mit einem IQ von 180: „Carl kümmert sich von L.A. aus hervorragend um das Marketing. Ich stricke momentan noch an den letzten Medienkontakten. Dürfte Ende September alles in trockenen Tüchern sein, sodass wir in jedem europäischen Land mindestens einen großen TV-Sender und eine große Tageszeitung auf unserer Seite haben. Abgesehen davon liegt mein Hauptaugenmerk nach wie vor auf unseren Kandidaten. Nach Bonnets Ableben stehen noch fünf auf der Liste, die unsere Kriterien erfüllen und derzeit den Schlussprüfungen unterzogen werden. Vielleicht habe ich außerdem einen neuen Anwärter gefunden, wir eruieren das gerade. Mitte nächsten Monats kann ich Ihnen unseren Mann präsentieren.“

„Höchste Zeit, Rick ... Möge der Beste gewinnen ... Keine Kompromisse. Unser Kandidat *muss funktionieren*, es gibt keine zweite Chance.“ Temperton fährt sich vorsichtig über den Kopf. Seine Haarimplantation kann als vollauf gelungen betrachtet werden.

„Halten alle im Team die Top-Secret-Stufe soweit durch?“

Mit Team meint Temperton die rund 200 Mitarbeiter, die unter Ricks Ägide in Call for Sanitys Dienst stehen. Temperton selbst bleibt auf eigenen Wunsch der unsichtbare Mann im Hintergrund.

Rick hat noch nichts von den Häppchen genommen, sieht Temperton unausgesetzt in die Augen. „Die Geheimhaltungsstufe funktioniert bislang völlig ohne Probleme. Alle Beteiligten erhalten nach wie vor lediglich die unbedingt notwendigen Informationen“, kommentiert er dieses nicht unerhebliche Problem. Je weiter das Projekt voranschreitet, desto mehr Mitwisser gibt es notgedrungen. Eine ausgeklügelte Schweigevereinbarung, die bei Nichteinhalten eine Konventionalstrafe in Höhe eines siebenstelligen Betrags vorsieht, soll dafür sorgen, dass keine Details vorzeitig nach außen dringen. Würde einer der Angestellten des Vertragsbruchs überführt, drohte diesem nicht nur der finanzielle Ruin, sondern darüber hinaus sogar eine mehrjährige Haftstrafe.

„Also gut, lassen Sie uns loslegen“, sagt Temperton im Ton eines geübten Motivators und ballt die Faust. Rick nickt lächelnd, aber nicht mehr. Walts Tagesverfassung ist schwer einzuschätzen. Mal ist kumpelhaftes Verhalten so etwas wie eine Respektsverletzung, ein anderes Mal wirken allzu förmliche Gesten wie ein Affront gegenüber seiner Vorstellung von Zusammenarbeit. Mal Honig ums Maul schmieren, mal Kontra geben. Man weiß nie. Bis es nicht richtig ist, ist es immer falsch. Denn natürlich ist Temperton ein launischer Egojunkie und verwöhnter Ichmensch, für den Selbstverständlichkeit bedeutet, die Dinge haben so zu laufen, wie sie ihm gerade in den Kram passen. (Was durchaus auch der landläufigen Definition von *Gerechtigkeit* entspricht.)

Und natürlich krankt er am Problem vieler wirklich kluger Leute: Sie halten sich für die Klügsten. Aber Rick schätzt Temperton. Denn dafür, dass er nicht nur Texaner und Börsianer ist, besitzt er eine erstaunlich intellektuelle Tiefenschärfe. Bauernschlau wie nur was, wohnt ihm eine Sensibilität inne, die nur wenige Superreiche aufweisen. Wer würde von einem Strafrechtsanwalt aus den Südstaaten schon ein emotional aufgeladenes Statement erwarten, wie: „Ich misstraue Menschen, die genau wissen, was Gott will, da auffällt, dass dies stets mit ihren ureigenen Interessen zusammenfällt." Oder der Satz, den Temperton vor knapp vier Jahren im Rahmen eines Interviews mit dem Manager-Magazin vom Stapel ließ, und mit dem er sich ganz nebenbei – eher zufällig – zum Atheismus bekannte: „Wie konnte sich die Menschheit nur derart einhellig auf etwas wie Gott einigen, was sich durch absolut nichts rechtfertigen lässt?"

Dieses beiläufig eingestreute Lieblingssprüchlein zum Thema Religion, das er schon ewig als sein eigenes ausgibt, handelte ihm im konservativen Nordamerika sehr viel Ärger ein. Die Anfeindungen, denen er sich nach Erscheinen des Interviews ausgesetzt sah, reichten von radikalen Beleidigungen bis hin zu Morddrohungen. Was sogar dazu führte, dass Walt seine persönlichen Sicherheitsvorkehrungen verschärfen musste.

Gleichzeitig erreichten ihn aber auch tausende solidarisierender Reaktionen und persönlicher Schicksalsberichte, die ihm klar werden ließen, welcher Diskriminierung Freigeister und Andersdenkende in weiten Teilen der Erde ausgesetzt sind, sobald sie sich offen zum Atheismus bekennen. Temperton war entsetzt.

Sowohl der Umstand, dass Atheisten bislang keinerlei ernstzunehmende Lobby besitzen, außer ein paar zotteliger Freaks und graugesichtiger Schlaftabletten, die sich in Zusammenschlüssen fernab breitenwirksamer Wahrnehmung in umfassender Bedeutungslosigkeit verlieren, als auch ein Entführungsversuch seiner Tochter Estelle, der gerade noch vereitelt werden konnte, lieferten die

Grundlage für Call for Sanity. Walt begann an seiner Idee zu feilen.

Vor zwei Jahren führte er erste Gespräche mit Rick. Angesichts der Dimension der Thematik bedurfte es einiger Anstrengung sich verständlich zu machen. Aber nichts ist bekehrender, als echte eigene Überzeugung. Rick stieg ein. Die Vorbereitungen begannen. Noch nie hatte der notorische Ehrgeizling Temperton mit einem solch intensiven inneren Anliegen an etwas gearbeitet.

Am 1. Januar des kommenden Jahres, null Uhr, startet die Kampagne. Nur noch wenige Monate.

Vorerst jedoch, in 42.500 Fuß Reiseflughöhe, ruft seine Frau auf dem Handy an, welches ihm sein Butler auf einem Tablett serviert. Temperton macht's kurz, legt nach einer Reihe passivaggressiver Entgegnungen genervt auf und zischt Rick zu: „Ich bin wahrscheinlich der einzige Hornochse, der mitten während der Scheidungsschlacht regelmäßig mit seiner künftigen Ex-Frau herumdiskutiert. Diese Wahnsinnige stellt Forderungen, ... sie ist schlichtweg übergeschnappt. Und wenn auch noch ihr Geier von Anwalt im Hintergrund mithört, gebiert sie sich wie eine aufopferungsvolle Heilige, die mich allen Ernstes für die Kleptomanie und Depressionen unserer Tochter verantwortlich machen möchte. Und so jemandem zahle ich ... schon beim Gedanken daran könnte ich ...!" Er verdreht die vogelflinken Augen, streicht mit den Fingerspitzen an den Sessellehnen entlang und schnauft: „Was zum Henker meinen Frauen, wenn sie melodramatisch jammern, sie hätten einem die besten Jahre ihres Lebens geschenkt? Was ist mit den verdammten besten Jahren, die der Mann ihnen geschenkt hat? Sind die etwa weniger wertvoll?" Temperton schüttelt mit angezogenem Mundwinkel den Kopf. „Ich sag Ihnen was, Rick: wissen Sie, wie weit meine Frau, Ex, Exfrau schon von Gut und Böse entfernt ist? Letztes Silvester lautete einer ihrer Vorsätze fürs neue Jahr, *der Umwelt zuliebe nicht mehr so oft mit ihrem Porsche durch die Waschstraße zu fahren.*"

Rick nickt, presst die Lippen zusammen und drückt das implodierende Gelächter aus seiner Kehle in die Magengegend.

„Kein Witz", bekräftigt Temperton, aber er grinst. „Nicht, dass sie jemals *selbst* durch die Waschstraße gefahren wäre."

Ein Profi wie Temperton weiß, auf welche Weise man Loyalität und Verbundenheit unter Geschäftspartnern stärkt. In jedem Gespräch, das sie führen, gewährt er ein paar wohldosierte private Einblicke, um eine persönliche Bindung zu Rick aufzubauen. Und da nichts schneller Vertrauen schafft, als das Eingestehen kleiner Schwächen und großer Irrtümer, ließ er Rick schon mal wissen, dass er seinerzeit bewusst „kein Model oder Pin-up-Girl", sondern eine Akademikerin geheiratet habe, um die „Probleme zu vermeiden, die Beziehungen zu Flittchen und Goldgräberinnen mit sich bringen". Immer schon seien ihm Rockstars, Schauspieler und Industrielle positiv aufgefallen, die keine hyperattraktiven Schlampen, sondern ganz normale Frauen geheiratet hatten. Diese Wahl sprach für sie, fand er.

Aber seine Ehe mit Dr. Dorothy Temperton-Sandbrook, einer Anthropologin, sei trotzdem ein Fehler gewesen. Einer, der ihn voraussichtlich vierhundert Millionen Dollar kosten wird.

Rick lässt seine Augen nach wie vor nicht von Temperton, hält seinen Konzentrationspegel gleichbleibend hoch. Die nächste Stunde verbringen er und Walt mit Strategiefeinabstimmungen, als Temperton von einem Moment auf den anderen „Gut bis hierher, danke. Und nun entschuldigen Sie mich" sagt, den Nacken streckt, um eine Verspannung zu lösen, die Augen schließt und ein Nickerchen macht. Einfach so. Bereits nach wenigen Sekunden erkennt man an seinem Brustkorb den ruhigen Atemrhythmus der Einschlafphase.

Auch wenn Rick das kapriziöse Verhalten seiner verwöhnten Klientel kennt und ihn fast nichts mehr überraschen kann, so stellt diese Exzentrik doch einen absoluten Höhepunkt dar.

Temperton schnauft in langen Abständen, seine Armbanduhr zeigt bereits die Zeit ihres Reiseziels.

Auf leisen Sohlen schleicht Rick Richtung Rumpf der Maschine, nimmt in einer Sesselgruppe Platz, die der Bordbar am nächsten steht, prüft seine Uhr, zückt sein Telefon und wählt Monas Nummer. Mindestens einmal am Tag mit ihr zu sprechen ist ihm inzwischen ein Bedürfnis geworden. Seinem heutigen Terminplan nach ist jetzt die einzige Gelegenheit dazu.

Monas Handy klingelt 6.500 Kilometer entfernt, genau in dem Moment, in dem sie das Büro verlassen will. Sie lässt sich zurück in ihren Sitz plumpsen.

„Hey Schatz", sagt sie gedämpft, wahnsinnig verliebt. Die Verbindung bricht ab. Sie nimmt das Handy vom Ohr und schaut aufs Display. Netzfehler. Sofort wählt sie Ricks Nummer, doch es ist besetzt, weil er gerade ihre Nummer nochmals anwählt. Sie legt auf, versucht es erneut. Genau wie er. Belegtzeichen. Sie entscheidet, Rick Gelegenheit zum Durchkommen zu geben und wartet tatenlos. Nichts regt sich. Quälende Stille. Also ruft doch sie ihn wieder an, und: bei ihm ist belegt, da er es - ebenfalls nach kurzer Pause - erneut probiert. Wieder beendet sie ihren Versuch, dann klingelt es.

"Hey Schatz, jetzt aber." Eine Haarsträhne fällt ihr in die Stirn, die sie sofort zurückstreicht, als könnte Rick sie sehen.

„Wie geht es dir?", fragt Rick und Mona weiß, er spielt dabei auf ihr gestriges Telefonat an, während dem sie ihm zum ersten Mal von den Drangsalierungen Stefan Steins berichtet hat. Was bedeutet, dass aus ihrer Sicht mittlerweile eine gefestigte Vertrauensbasis zwischen Rick und ihr existiert. Denn während des ersten Kennenlern-Abschnitts einer Beziehung lautet Monas Devise: auf keinen Fall mit negativen Dingen aufwarten, um nicht den Eindruck zu erwecken, eine problembehaftete Person zu sein.

Rick hörte sich Monas Geschichten von Steins Nötigungen gestern ruhig an und hielt klugerweise den Mund, flocht keine Beschwichtigungen ein, Marke *Das wird sich schon wieder legen* oder laue Parolen à la *Man darf sich nicht alles gefallen lassen*. Vielmehr nahm er zum richtigen Zeitpunkt die emotionale Brisanz aus ihrem Monolog, indem er ganz nebenbei andeutete, da vielleicht etwas machen zu können. Was Mona gar nicht bewirken wollte. Sie schloss ihre Schilderungen mit „Entschuldige mein Gejammer" ab, aber fühlte sich allein dadurch, ihm davon erzählt zu haben, wie von einer zentnerschweren Bürde befreit.

„Mir geht's sehr gut, und dir?", flötet sie jetzt mit aufgekratztem Unterton in den Hörer. Heute ist ihr nicht danach, das Thema Stein aufzugreifen.

„Bin gerade im Flieger ..."

„Oh, schon?", sagt sie und es folgt der zwanzigminütige Dialog zweier Menschen, die sich komplett aufeinander eingeschossen haben. Natürlich könnte jeder von ihnen mit einer anderen Person dasselbe Knistern erleben. Aber wer will schon glauben, dass es reiner Zufall ist, der Menschen zusammenführt.

Die Gulfstream befindet sich mittlerweile über der Ostküste, Rick schnallt sich einhändig an, da die Maschine wetterbedingt zunehmend zu ruckeln beginnt. Er klemmt das Handy fester ans Ohr und leitet die Schlussphase des Gesprächs ein. Da Mona aber noch nicht auflegen möchte, saugt sie sich schnell was aus den Fingern und sagt: „Du, was ich dich schon die letzten Male fragen wollte: Hast du eigentlich das Buch gelesen, das ich dir mitgegeben hatte, von dem Schneeweiß? Der von meinem Interview, du weißt schon!"

„Ach ja, hab ich, fand's ganz gut. Hat mir den Flug verkürzt ..."

„Tatsächlich?"

„Ja, war okay."

„Das freut mich, hatte schon Angst, du würdest dich langweilen."

„Wofür ich aber auch nicht dich verantwortlich gemacht hätte ... Nein, es war absolut okay. Ich lande am Montag übrigens um kurz vor acht, nur dass du schon mal weißt."

„Das sind noch sechs Tage ..."

„Ja. Überleg dir ruhig schon mal, was wir dann anstellen können."

Und als er ihr „Tschüss, ... ich mich auch, bis dann" zuflüstert, wird ihm endgültig klar: Es ist zu spät für Einfachheit.

Er legt auf und schaltet das Handy ganz aus.

Walt N. Temperton wird auch von den Turbulenzen, die das Düsenflugzeug mittlerweile erschüttern, nicht geweckt. Noch immer döst er vor sich hin. Sogar schlafend sieht man, dass mit ihm nicht zu spaßen ist. Ein Blick aus dem Flugzeugfenster verrät, dass zwei Lämpchen an der Tragfläche abwechselnd hektisch blinken.

Aufgrund der zunehmend rauen Wetterlage ist auch Butler Stanley gezwungen, sich auf einen Platz zu begeben und anzuschnallen. Rick fordert ihn auf, sich zu ihm zu setzen. Offensichtlich wurde Stanley (Vor- und Nachname in einem) an der Londoner Butler-Akademie auch darin ausgebildet, im Bedarfsfall Smalltalk zu treiben. Es entspinnt sich nämlich schnell ein unterhaltsames

Gespräch und Rick erfährt, dass Stanley seinem Chef volle vierundzwanzig Stunden am Tag zur Verfügung steht, das komplette Jahr über, ohne Ausnahme, und das bereits seit sieben Jahren. Eine unglaubliche Vorstellung.

Rick fragt nicht nach der Entlohnung, oder den Gründen für seine Berufswahl, aber aus einem nicht erklärlichen Gefühl heraus verhärtet sich seine schon länger gehegte Vermutung, dass Temperton was mit dem schlanken, sauberen, hochgewachsenen Stanley am Laufen hat. Dass Temperton schwul ist. Was seine so augenscheinliche Mehrdimensionalität erklären würde, diese Mischung aus Kraftmeierei und Feingeistigkeit. Andersdenkende denken nie ohne Grund anders, es ist immer Zwangsläufigkeit, die zu hervorstechender Individualität führt.

Ob er mit seiner Annahme Recht hat, wird er schon noch erfahren, sagt Rick sich. Noch ist nicht der Zeitpunkt.

Wie viel Stanley wohl von Tempertons Geschäftsplänen mitbekommt? Zwangsläufig schätzungsweise doch so gut wie *alles*.

In dem Moment, als die Böen spürbar nachlassen und die Maschine nicht mehr allzu heftig durchgerüttelt wird, erhebt sich Stanley mit einer weichen Bewegung, bittet, ihn zu entschuldigen und setzt wieder sein hölzernes Profigesicht auf. Gespräch beendet, die Pflicht ruft. Er tritt mit einer Eleganz hinter die Bar, dass es einem fast auf die Nerven geht, und macht sich umgehend an die Zubereitung von Mr. Tempertons frischem Rhabarberkompott.

Interaktion

Ich muss los, meinen Zug kriegen. Ich verlasse Frau Killers Haus, bemerke auf der Strecke zum Gartentor unseren Nachbarn Herr Riemenschneider, der rentnertypisch hinter dem Holzzaun steht und zu mir rüberlugt. Ich unterdrücke den Impuls mich zu ducken.

„Hallo Herr Riemenschneider", rufe ich und offeriere ein erfreutes Lächeln, das Gefahr läuft, zum Grinsen zu werden.

„Ja hallo", sagt er gar nicht mal unangenehm und hebt grüßend einen Arm, was bei ihm doppelt etwas heißt, da seine soziale Kompetenz recht niedrig ist.

Ich überlege verwundert, warum ich von Herrn Riemenschneider weiß, dass er Herzrhythmusstörungen sowie eine Katzenallergie hat, wo ich ihn kaum kenne.

Ich laufe die paar Meter zur Busstation.

Natürlich hat sich nichts getan. Es gab keine einzige Reaktion auf mein Zeitungsinterview vor eineinhalb Wochen. Am Erscheinungstag hab ich mir am Kiosk gleich drei Exemplare der Ausgabe besorgt. Die liegen jetzt schön daheim im Schrank, als Dokument des Höhepunkts meiner Jugend, bevor ich mich wieder ausschließlich meiner umjubelten Karriere als Bademeister und Bummelstudent widmete.

Mich nimmt das schon her. Das Buch kann ich abschreiben.

Absurderweise werde ich aber heute Abend noch meine erste und einzige Lesung aus *Ausschweifungen* abhalten. Irgendwo im Nirgendwo, vier Stunden mit dem Zug. Wofür das noch gut sein soll, ich weiß es nicht. Wiedermal kurzfristig-im-Quadrat erfuhr ich erst vorgestern von dem Termin. Schlau werde ich nicht daraus, was mein Lektor Uwe mir erklärt hat, von wem die Veranstaltung so husch husch veranlasst wurde. Bei der kurzen Vorlaufzeit dürfte nicht mit vielen Besuchern zu rechnen sein, eher mit absolut niemandem. Trotzdem bin ich nervös.

Leicht verspätet kommt der Bus. Schön leer und angenehm klimatisiert. Wie gewohnt laufe ich gleich nach hinten durch.

Bevor ich die letzte Sitzreihe erreiche und mich in Fahrtrichtung umdrehen will, um auf der Rückbank Platz zu nehmen, schaue ich durch das große Heckfenster und sehe einen schwarzen Mercedes mit getönten Scheiben, der direkt hinter uns fährt. Das Nummernschild erkenne ich sofort, Kfz-Kennzeichen vergesse ich nicht. Es ist der Wagen, der mir letztens während meiner nächtlichen Busfahrt aufgefallen ist, nach der Schlägerei mit den drei Nazis und Kai. Wie angewurzelt stehe ich da, starre durch die Scheibe und überlege. Zufall?

Ich setze mich, schaue mich wieder um, als der Bus an der nächsten Haltestelle bremst. Der Mercedes überholt nicht, trotz passender Verkehrsbedingungen, bleibt stattdessen hinter uns stehen, fünf Meter entfernt. Wie damals. Wartet. Ich werde ganz unruhig, drehe meinen Kopf wieder nach vorn. Es ist, als würde er uns folgen. Erklärungsmodelle schießen durch meinen Kopf. Suche nach einer Antwort auf die kläglichen Fragen *Warum* und *Wie hoch ist die Wahrscheinlichkeit*? Vielleicht an was anderes denken? Ich lehne den Gedanken nicht ganz ab. Aber es liegt mir fern, Zweifel zugunsten meiner inneren Ruhe auszulegen. Erneut schaue ich nach hinten. Genau wie wir setzt die S-Klasse ihren Blinker, biegt ein. Die Silhouetten hinter der reflektierenden Windschutzscheibe verraten: zwei Personen befinden sich im Wagen. Jeweils Krawatte und Anzug. Ich wende mich ab, halte es nicht lange aus, Blick zurück, vor, zurück. Irrtum mit dem Nummernschild? Ausgeschlossen. Erneut nehmen sie eine Abzweigung wie wir, halten konstanten Abstand. Auch wenn es den Anschein macht, dass ich überreagiere: Diese

Typen folgen uns. Aber das ist doch absolut unwahrscheinlich.

Als ich am Hauptbahnhof aussteige, ist die Limousine mit einem Mal spurlos verschwunden. Na also.

Eine halbe Stunde später fliegt draußen die sommerliche Landschaft vorbei, der Zug brettert auf lauten Schienen durch ein gigantisches Weizenfeld. Ich sitze in einem InterRegio, auf dem Weg in dieses Kaff, dessen Namen ich noch nie gehört habe.

Zugfahren ist so eine Sache. Die zweite Klasse ist rappelvoll. Dauernd hastet ein Typ mit voluminöser Kartoffelnase in ziemlich hohem Tempo durch das Abteil und schaut dabei drein, als hätte er es mächtig wichtig. In Zügen gibt es immer ein paar Leute, die aus einem schrulligen Bedürfnis heraus durch den Korridor vor und zurück pesen. Das ist nicht ganz hasenrein.

Während der nächsten Minuten verschlinge ich zwei mitgebrachte Schokoriegel, später vernichte ich noch eine Tüte Gummibären. Und schon ist die zweitausend Kalorien lange Zugfahrt vorbei.

Nach zahlreichen Verzögerungen stehe ich gegen 19 Uhr auf einem ordentlich gepflasterten Gehweg direkt vor der Buchhandlung Bux, mitten in Dingensbach, Dingsbumshausen, einem Hundertseelendorf tief in der Pampa.

Man muss sich dieses einsame Städtchen so vorstellen: eine Hauptstraße schlängelt sich vorbei an einer Kirche mit ummauertem Friedhof, einer angrenzenden Konditorei, einem Friseursalon, einem Gemüseladen und einem winzigen Elektrogeschäft. Mehr gibt's hier nicht, außer dem Rathaus, neben dem sich Bux' Bücherparadies befindet. Frisch renovierte Fassade, blitzblank. Allein, dass es in solch einem Ort einen Buchladen gibt, ist schon kurios.

Ich höre eine Fahrradklingel bimmeln, drehe mich um. Ein kleines Mädchen strampelt vorbei und streckt mir die Zunge raus. Seltsames Schauspiel.

Tasche zwischen meinen Beinen, besehe ich mir die Auslage der Buchhandlung, die üblichen Bestseller und Biographien. Nichts kündigt meinen Auftritt an, weder Plakat noch Aushang. Das kann ja was werden.

Ich will gerade die Eingangstür aufdrücken, als ich von einem überwältigenden Gefühl der Aussichtslosigkeit befallen werde. Wenn ich einfach nicht erscheine, sondern darauf scheiße?

Nein komm, das ziehe ich jetzt durch, bringen wir's hinter uns.

Ich stoße die Tür auf. Ein klingelnder Kranz aus Metallröhrchen kündet laut und vernehmlich von meinem Erscheinen. Der Buchladen ist überraschend groß, lichtdurchflutet und menschenleer. Schon kommt eine Frau, bei der man den Eindruck hat, dass sie bereits im Alter von Fünfzig auf die Welt gekommen ist, eilig auf mich zugetrippelt und ruft mit unnatürlicher Stimme meinen Namen. „Herr Schneeweiß, guten Tag, schön Sie zu sehen. Kommen Sie rein." Bin ich doch schon. Sie ist sehr bemüht, sehr nett, vollkommen verkorkst, und streckt mir ihre Hand entgegen. Mit der anderen rückt sie ihre rot umrandete Brille zurecht.

Sie hat kurze, schwarz-grau melierte Haare. Ich achte automatisch bei jedem auf Haare. Und meliert ist gar nichts. Meliert gleich verschmiert gleich kariert gleich Gesamteindruck ruiniert.

Nachdem wir beide festgestellt haben, wie heiß es heute wieder ist und wie unzuverlässig die Bahn (sie sagt unzuverläss*l*ig), was sie sehr unerfreulich findet (sie sagt unerfreu*nd*lich), zeigt mir Frau Bux schließlich den Klappschreibtisch im ersten Stock, an dem ich lesen werde. Auch hier überrascht mich die Weitläufigkeit der Etage.

Bücherregale wurden zur Seite geschoben und zig Stuhlreihen stehen bereit, mindestens hundert Personen zu empfangen. Umso deutlicher wird das Ausbleiben von Publikum zutage treten. Längst könnte ich im Erdboden versinken.

„Das ist ja wirklich riesengroß, Frau Bux. Eine sehr schöne Location", lasse ich sie wissen. Sie reagiert nicht und ich habe das Gefühl, ich hätte das nicht sagen sollen.

„Wollen Sie ablegen und sich frisch machen?", fragt sie saturiert und zieht eine Braue hoch.

„Oh ja, gern, danke, wo darf ich denn?."

Wir laufen wieder ins Erdgeschoß. Sie schiebt einen dunkelgrünen Stoffvorhang beiseite und wir betreten eine geräumige Teeküche. Nach Aufforderung nehme ich auf der Polsterbank Platz, bekomme eine Limonade serviert und beschließe, bis zu meinem Auftritt um acht genau an dieser Stelle zu verweilen. Ich bin erleichtert, als Frau Bux mich endlich allein lässt.

Um zwei vor acht kommt sie wieder rein, trifft mich in unveränderter Sitzposition an und flüstert mit verschwörerischer Stimme: „Also wenn Sie möchten, könnten wir pünktlich anfangen."

Ich starre sie überrascht an, weil ich felsenfest davon ausging, sie würde mich vertrösten: *Warten wir doch noch ein bisschen, vielleicht kommt ja noch jemand*, so in etwa. Aber offensichtlich möchte sie das hier schnellstmöglich hinter sich bringen, genau wie ich. Sorgenvoll raffe ich mich auf, beschleunigte Atmung. Wirklich, ich habe das Gefühl, ich gehe durchs Leben mit einer chronischen Dauerangst vor absolut allem.

Ich folge Frau Bux mit schweren Gliedern in den ersten Stock. Was erwartet mich, *ein* Zuhörer? Zwei? Keiner?

Zittrig erklimme ich die Stufen. Geschärfte Wahrnehmung.

Das kann nicht sein! Auf der Hälfte der Treppe angekommen, lässt sich erkennen: der Saal ist restlos voll. Kein Sitz mehr frei. Ungläubig steige ich die letzten Stufen hinauf und eine Woge der Erleichterung durchströmt mich. Eine Woge, die sofort von Verständnislosigkeit abgelöst wird. Ich sondiere die Sitzreihen, wobei sich mir ein vollkommen gemischtes Publikum präsentiert. Verblüfft trotte ich Frau Bux bis zum Podest hinterher und spiele dort Wohin-mit-mir, während sie das unverwüstliche „Eins, zwei, Test“ ins Mikrofon leiert. Die Soundanlage klingt hervorragend, hell und klar. Ich sollte mich zur Abwechslung mal locker machen.

Frau Bux richtet erste Worte ans Publikum, ruft meinen Namen und winkt mich heran. Ich tue wie geheißen, nehme meinen Platz hinter dem grell beleuchteten Schreibtisch ein, sage artig „Hallo“, biete meine vorbereitete Einleitungsrede dar, schlage das Buch auf und beginne, den Text vorzutragen. Genau eine Stunde lang. Leider vergesse ich vor Anspannung, dabei umzublättern, um wenigstens den Eindruck zu vermitteln, ich würde den Text ablesen. Denn natürlich gebe ich ihn auswendig wieder. Ich schaue trotzdem kaum auf. Vom Publikum nehme ich daher während der ganzen Zeit lediglich eine ambivalente Ruhe wahr, habe keine Vorstellung, wie ich ankomme.

Als ich den Schlusssatz der letzten ausgewählten Episode von Seite 281 von mir gebe, das Buch aber auf Seite neun zuschlage, ertönt Applaus und ich schaue verlegen in die Hundertschaft vor mir. Frau Bux kommt mit so einem untertänigen Buckel und sprödem Getue auf das Podest gestelzt, bedankt sich „recht he*rr*zlich“ bei mir und fordert das Publikum auf, mir gern ein paar Fragen zu stellen, womit ich absolut nicht gerechnet habe. Aber das macht man wohl so. Ich sollte mehr auf Lesungen gehen. Wenn's nur nicht so langweilig wäre.

Sogleich hebt in der dritten Reihe ein braungebrannter Typ in schwarzem Anzug mit dunkler Krawatte und kahl rasiertem Schädel seine Hand. Nicht wie in der Schule, sondern eher, wie sich ein abgebrühter Rekrut zum Fronteinsatz meldet. Fehlt nur noch, dass er einen Kaugummi schmatzt. Seine Gesichtshaut ist verkratert von einer längst ausgestandenen Akne. Ich schätze ihn auf Anfang dreißig. Er wirkt klug und brutal zugleich, ich glaube, so was kommt bei Frauen wahnsinnig gut an. Ich kräusle meine Augenbrauen, als würde ich ihn aufrufen.

„Herr Schneeweiß, ich habe Ihr Buch gelesen und ...", sagt er.

„Oh", unterbreche ich ihn, derart überrascht bin ich. Sofort befehle ich mir, meine Mimik von verdutzt auf ungerührt umzugestalten. Mit seiner männlichen Geschmeidig-wie-Seide-Stimme fährt er fort: „... und ich muss sagen, es hat mir ausgesprochen gut gefallen."

Ruhig bleiben, gebe ich mir Anweisung. Komplimente empfinde ich in erster Linie als unangenehm. Außerdem: Dass mein Roman kein Geniestreich ist, weiß ich selbst. Da vermittelt mir sein Lob keine neue Einsicht. Ich nicke stoisch.

Die nächsten fünf Minuten fragt er mit erstaunlicher Verve Standardsachen vom Schlage: was hat Sie an dem Grundthema gereizt, wie kamen Sie auf die Story, oder: gab es einen fertigen Plan, bevor Sie zu schreiben anfingen? Das alles ist derart vorhersehbar, dass ich es mir während meiner Antworten erlauben kann, mich mit meiner Überraschung darüber auseinanderzusetzen, dass wieder diese pulsierende Energie meinen Körper durchflutet und mich richtig in Fahrt kommen lässt. Diese Präsenz, von der ich bis zu meinem Interview mit Mona Richtberg nicht wusste, dass ich über sie verfüge. Ich würde sagen, über mich und mein Buch zu sprechen erweckt so etwas wie einen Daseinsgrund, der Ressourcen freisetzt - so kommt es mir zumindest vor. Ich habe ungeheuren Nachholbedarf.

Der Glatzkopf schenkt mir die ganze Zeit seine volle Beachtung und sein Blick wird zunehmend durchleuchtender. Ich fühle mich wie von einem Scheinwerfer angestrahlt. Er hat sich wirklich eine Menge Gedanken zu meinem Roman gemacht. Streckenweise kommt es mir vor, als hake er meine Antworten auf einer unsichtbaren Liste, eine nach der anderen ab.

Draußen ist es bereits dunkel und die Straßenlaternen gehen an. Frau Bux steigt mit gezierten Bewegungen auf das Podest und es hat den Anschein, das war's mit der Diskussionsrunde, da ruft der Glatzkopf „Dürfte ich Herrn Schneeweiß noch eine Frage stellen, bitte?" und neigt seinen Kopf zur Seite, was wohl Arglosigkeit suggerieren soll, doch seine Augen verraten seine wahren Absichten. Bis gerade eben glaubte ich, er sei bloß ein Wichtigmacher, der gern ein wenig Aufruhr verursacht. Davon gibt's ja einige. So ähnlich wie Immobilientouristen, die in ihrer Freizeit Wohnungen ganz ohne Kaufabsicht anschauen. Oder Gestörte, die durch Zugabteile rasen ... Aber jetzt geht der Typ zu weit.

Frau Bux erteilt mir per Kopfnicken die Genehmigung für eine Zugabe, die ich an meinen aufmüpfigen Herren im Anzug weiterleite. Daher sagt er: „Wissen Sie, ich bin Moslem ..." (Hä?, schrillt es laut in meinem Kopf, ich glotze ihn forschend an, nicht im Stande, den Blick abzuwenden) „... und in Ihrem zweiten Kapitel stolperte ich über diesen Bademeister, der das Mittagsgebet seines Kollegen verspottet ...", schildert er mir das, worauf er vermutlich von Anfang an hinaus wollte.

„Moment", unterbreche ich ihn, „er verspottet es nicht, er sagt lediglich, dass ..."

„Doch doch", würgt er jetzt mich ab. „Ihre Hauptfigur meint wortwörtlich, dass es sich bei Religionen um eine weit verbreitete *geistige Epidemie* handelt", zitiert er eine Passage. Sein Epidemie klingt wie Eped*e*mie. „Ist das auch Ihre Meinung als Autor? Ihr Erzähler spart ja auch an zahlreichen anderen Stellen nicht mit entsprechenden Bemerkungen. Ist es Ihnen egal, wenn Sie mit solchen Ansichten die religiösen Gefühle anderer Leute verletzen? Zum Beispiel meine?" Den letzten Satz phrasiert er betont kaltschnäuzig und sein Lächeln ist dabei so unecht, wie es nur sein kann. Ich ermahne mich zur Ruhe. Mit einem Blick prüfe ich die Reaktion der anderen Besucher, doch in ihren reglosen Gesichtern lässt sich beim besten Willen nichts erkennen. Es ist komplett still im Saal, nicht mal die rotierenden Deckenventilatoren geben ein Geräusch von sich. Normalerweise müsste ich jetzt Zustände kriegen.

Aber davon kann keine Rede sein.

In zuvorkommendem Tonfall kontere ich aus dem Stand: „Und was ist mit mir? Ist es Ihnen etwa nicht egal, dass Ihr Fantasiegebilde von Gott meine Gefühle verletzt? Überall stoße ich zwangsläufig auf Glaubenssymbole und Rituale und muss tun, als respektierte ich diesen Zinnober. Kreuze, Kirchen, Moscheen, kniend betende Erwachsene. Das nämlich beleidigt mich ... und mein bisschen Verstand. Darüber redet merkwürdigerweise niemand."

„Wie bitte?", fragt er aufgesetzt schwer von Begriff. Ein Umstand, der mich plötzlich wahnsinnig anfeuert. (Nach wie vor bin ich verwundert über den Typen, der ich gerade bin.) Ich räuspere mich und lasse es mir nicht nehmen anzufügen, weil's jetzt auch schon egal ist: „Warum fühlen Sie sich von der Meinung einer Person wie mir angegriffen, verlangen aber im Gegenzug, dass Ihr frei erfundenes Gotteskonstrukt kommentarlos respektiert werden muss? Gläubige wie Sie betrachten es als höchste Tugend, ihren Glauben nicht zu hinterfragen. Was absurd ist ... Aber wirklich unerhört pervers finde ich, dass sie sich mit dem Wort Blasphemie sogar einen Schutzbegriff geschaffen haben, um sämtliche Andersdenkenden zu duckmäuserischem Stillschweigen zu verdonnern. Wenn ich bloß kundtue, dass mir nicht mal die Frage nach einer Gottesexistenz logisch erscheint, mache ich mich schon schuldig, die Gefühle von Gläubigen zu verletzen. Wie jetzt zum Beispiel Ihre. Aber diese Rollenverteilung ist nicht korrekt. Unsere Gesellschaft behandelt Religion mit falsch verstandener Sensibilität."

Erschrocken von meiner eigenen Kühnheit schaue ich ihn an. Er macht ein Gesicht, als wäre er zwar schockiert, akzeptiere aber vorerst großzügig meine Äußerungen. Diese typisch überhebliche Toleranz überzeugter Fundamentalisten. Ich muss sofort an meine Mutter denken.

Oberlehrerhaft feixt Glatze: „Halten Sie Atheismus etwa für eine Lösung?", und schaut mit einem Mal, als setzte er jetzt erst richtig zum Sprung an. Solche Leute bringen es einfach nicht fertig, andere in Ruhe zu lassen.

„Lösung? Wieso Lösung? Für was? Atheismus stellt ebenso wenig eine Lösung dar wie Religion, wenn sie *die großen Fragen des Lebens* meinen. Denen kommen sie so oder so nicht auf die Schliche. Mir geht es um Klarsicht. Atheismus ist wie Wasser trinken, Religion wie Wodka saufen. Letzteres benebelt die Sinne und verzerrt die Realität, was unweigerlich zu den Missständen führt, die wir hinlänglich kennen. Ich erspare uns eine Aufzählung", winke ich ab, mittlerweile im Duktus desjenigen, der nicht fürchtet, sich mit seinen Ansichten ins Aus zu stellen. „Religion gibt einem die Möglichkeit, Glaubensgrundsätze genau so zu interpretieren, wie's einem gerade zupass kommt. Damit lässt sich jedes Handeln legitimieren - was sehr gefährlich ist", lamentiere ich nahtlos, weiß gar nicht, wieso wir überhaupt darüber reden, und sehe ihn mit harmloser Miene an, um uns wieder in ruhigeres Fahrwasser zu lenken.

„Sie sind also Atheist?", lässt er nicht locker und ich komme mir langsam vor, als würde ich auf die Probe gestellt. Unwillkürlich atme ich durch, munitioniere mich. Also von mir aus:

„Ich wehre mich gegen diesen Begriff. Denn das A im Wort *A*-theist ist an sich schon falsch. Dieses *A* impliziert, dass man sich von Gott als etwas tatsächlich Vorhandenem abwendet. Da Gott aber nicht vorhanden ist, bedarf es folglich keines *A* vorne dran, um jemanden, der nicht an Gott glaubt zu benennen. Vielmehr müsste ein Gottesgläubiger daher *Pro*-Theist genannt werden, ein Nichtgläubiger hingegen bezeichnungslos bleiben. Denn er stellt den Normalfall dar.

Jemanden als A-Theisten zu titulieren ist genau so, als würde man im Schwimmbad ein *Nicht-reinpinkel*-Becken einrichten, weil man Reinpinkeln für ganz natürlich erachtet ... Erinnern Sie sich noch, als in Restaurants *Nichtraucher*bereiche ausgeschildert waren? Aus heutiger Sicht ist das grotesk, denn *nicht* zu rauchen ist der Normalfall. Inzwischen schildert man natürlich *Raucher*bereiche aus, und nicht umgekehrt. Es braucht eben immer ein bisschen, bis der Mensch seine eigenen Ungereimtheiten entlarvt."

So, das war's. Für Glatze auch. Sieht aus, als wäre er durch mit mir. Er schlägt die Beine übereinander.

Ich zwinkere Frau Bux zu, aber da schiebt sie mich schon mir nichts, dir nichts aus meinem Stuhl. Sie wirkt nervlich angeschlagen. Ich kann ihr Deo riechen, das an seiner Belastungsgrenze Schwerstarbeit verrichtet. Steif beugt sie sich über das Mikro: „Vielen Dank, Herr Schneeweiß, das war eine wirklich, aaahm, anregende Diskussion, vielen Dank noch mal. Ja, und vielen Dank auch an Sie, meine Damen und Herren, für Ihr Erscheinen. Kommen Sie sicher nach Hause und bis zum nächsten Mal, guten Abend, ... guten Abend."

Applaus brandet auf und verebbt zügig. Ich beobachte, wie sich der Saal in Windeseile leert. Meinen diskussionsfreudigen Brandstifter kann ich nirgends sehen, er ist wie vom Erdboden verschluckt.

Erst jetzt fällt mir die Videokamera auf, die hinter der letzten Stuhlreihe auf einem Dreifußstativ steht, als hätte sie schon bei meiner ersten Besichtigung hier gestanden, was aber irgendwie nicht sein kann. Fragen, ob sie aufgezeichnet hat, werde ich nicht. Ist mir nämlich egal. Heutzutage wird alles aufgenommen. Wer will sich das bloß alles anschauen?

In Gedanken vertieft warte ich eine Weile, da Frau Bux noch die Fenster schließt („Heute Nacht soll's gewittern"), um dann mit ihr gemeinsam ins Erdgeschoß zu gehen, wo sie mir meine fünfzig Euro gegen Barquittung aushändigt. Peinlich berührt nehme ich das Geld entgegen. Nervtötend, wie unangenehm mir die Entgegennahme von Geld jedes Mal ist.

Fahrig schildert Frau Bux mir noch den Weg zu der kleinen Pension, in der ich heute nächtigen werde. An der bin ich vorhin vorbei gegangen und weiß daher, wo sie ist. Würde ich jedoch auf Frau Bux' Beschreibung hören, würde ich sie sicher nicht finden. Frauen und Orientierung, da fehlt's hinten und vorn.

Es ist gar nicht spät, als ich den Buchladen verlasse, kurz nach halb zehn, immer noch sehr mild. Man kann spüren, dass Regen heranzieht.

Was hatte ich mich vor dieser Lesung gefürchtet. Alles geht vorbei. Jetzt, da ich zum ersten Mal seit Langem wieder durchatme, merke ich, wie ausgelaugt ich bin.

Ich mache mich auf zu der Pension, laufe los und schäme mich schlagartig ganz fürchterlich für mich und was ich gesagt habe und wie ich mich benommen habe und wozu ich mich habe hinreißen lassen. Ich bin so ein Idiot. Hätte ich nicht einfach mein Maul halten können?

Ein Schauer läuft mir den Rücken runter. Und es ist kein Widerspruch, wenn eine andere Seite in mir quengelt, was für ein Jammer es ist, dass dieser Auftritt vor solch kümmerlicher Kulisse meine Premiere und Abschiedsvorstellung in einem ist.

Die wiederholte Feststellung, dass sich vor Publikum eine Form von Enthemmung in mir ausbreitet, die mich über mich selbst hinauswachsen lässt, frustriert mich bis aufs Mark, weil es sich wie Verschwendung anfühlt, Verschwendung meines Potenzials. Denn da wo das herkommt, ist noch viel mehr. Bloß wird das eine breite Öffentlichkeit niemals erfahren.

Man existiert nun einmal nur, wenn andere einen wahrnehmen - und demnach existiere ich lediglich auf niedrigstem Niveau.

Meine Tasche über die Schulter gehängt, schlendere ich die Straße hinauf oder hinunter, was auch immer, in Richtung meiner Pension.

Ein bemerkenswert heller Halbmond klebt am satt dunklen Himmel. So viele Sterne. Lange nicht mehr in dieser Deutlichkeit gesehen, keinerlei Streulicht wie in der Stadt. Auf dem Land ist der Himmel eben noch Himmel. Blabla.

Anstatt jetzt mein Lieblingssachbuch über den Andromedanebel und artverwandte Spiralgalaxien zu rezitieren, spüre ich Hunger. Vielleicht krieg ich in der Pension noch einen kleinen Snack. Wenn nicht, dann nicht. Dann gehe ich in das Wirtshaus, an dem ich auf dem Herweg vorbeigekommen bin. Und als Nachspeise eine Herrentorte. Oder eine Donauwelle. Schon bei dem Gedanken daran schreien meine Nerven nach Schokolade.

Eigentlich leistet man doch nur was, damit man sich danach was leisten kann. Und im Prinzip freue ich mich vor der Arbeit immer nur auf das Danach.

Keine Menschenseele begegnet mir auf meinem Weg, die Ortschaft ist wie ausgestorben, der Inbegriff von Geisterstadt. Die Lesungsgäste sind vorhin auch alle so schnell verschwunden. Sind die innerhalb von fünf Minuten zeitgleich nach Hause gebraust?

Die Pension in Sichtweite, eine Hand in der Hosentasche, kicke ich ein einsames Steinchen vom Gehsteig und sehe ihm nach, wie es ausrollt. Ich bin aufgewühlt, aber fühle mich letztlich ganz gut. Bis ich eine schwarze Limousine an mir vorbeifahren sehe, deren Nummernschild ich kenne. Was in aller Welt ...!

Entsetzt bleibe ich stehen. Mit aufgerissenen Augen und offenem Mund verfolge ich, wie die Rücklichter des S-Klasse-Mercedes langsam im Dunkel der Nacht verschwinden.

Avancen

„Ist dir klar, dass wir uns heute zum ersten Mal bei *dir* und nicht bei mir treffen?“, sagt Mona und betritt die Suite des Mandarin Oriental, während Rick ihr die Tür aufhält. „*Bei dir*! Wenn man das so nennen mag!“, vervollständigt sie und besieht sich das feudal ausgestattete, zweigeteilte Zimmer mit Kingsize Bett und einem langen Glasschreibtisch gegenüber. „Wie kannst du nur ausschließlich in Hotels leben?“ Halb verwundert, halb vorwurfsvoll drückt sie ihm einen langen Begrüßungskuss auf den Mund. „Fünf Sterne hin oder her.“

„Tja“, macht Rick, weil sie die Antwort im Grunde gar nicht hören will. Er schließt die Tür und läuft an ihr vorbei, klappt den Koffer auf der Ablage zu, damit es ordentlicher aussieht.

„Ich bin auch erst seit ein paar Minuten hier, meine Maschine hatte Verspätung“, erklärt er und betrachtet

Monas Rückenansicht, wie sie vor der Fensterfront mit der halbgeöffneten Schiebetür steht und ihren Blick über die Häuserdächer der hochsommerlichen Stadt schweifen lässt. Beiges Business Kostüm, dazu abgestimmte, halbhohe Pumps, ihre blonden Haare offen.

„Wie lief es noch in Los Angeles?“, erkundigt sie sich und dreht sich zu Rick um.

„Gut, alles wie geplant.“

„Schön, dass du wieder hier bist“, haucht sie, geht Rick entgegen und streicht ihm über die Wange. Dann platzt es aus ihr heraus: „Weißt du, was heute passiert ist?“ Sie kann es nicht länger zurückhalten: „Stein wurde entlassen ... oder beurlaubt, oder ist gegangen, keiner weiß Genaues ... Ist das nicht fantastisch? Ich konnte es kaum fassen, als ich es heute Morgen erfahren habe. Er ist weg. Ich bin ihn los.“

„Oh, fabelhaft“, stimmt Rick ihr zu und lächelt ohne echte Überraschung, womit seine Reaktion eindeutig zu heftig ausfällt.

„Es kommt noch besser: ich wurde außerdem von Steins Nachfolger zur Co-Ressortleiterin befördert. Mit sofortiger Wirkung. Wahnsinn, oder?“, legt Mona sogleich eine Schippe nach, um Ricks zurückhaltende Begeisterung doch noch auf ihr Level zu hieven. Erneut wirkt seine Miene allzu gelassen, er nickt nüchtern, nicht ohne seine Freude mit den Worten „Das sind wirklich großartige Neuigkeiten“ zu bekunden. Mona kann sich des Eindrucks nicht erwehren, dass sein Verhalten überhaupt nicht stimmig ist. Ihre Handflächen nach oben gedreht, hakt sie stutzig nach: „Du hast gehört, was ich gerade gesagt habe, oder? Stein - mein Chef - der fiese Sadist, von dem ich dir die Ohren vollgeheult habe?“

„Ich weiß, ich weiß, wundervoll“, sagt Rick statisch.

Mona tritt einen Schritt zurück. „Ist das alles, was dir dazu einfällt?“, braust sie flüsternd auf. Etwas lauter: „Ich meine, ich erwarte ja nicht, dass du Freudentänze vollführst, aber ich finde, du könntest ruhig ein bisschen ..." Mitten im Satz stockt sie. Auf einmal formt sich ein Zusammenhang, eine Ahnung.

Mona wird ganz anders zumute. Die Ruhe hält noch einen Moment an.

„Oh mein Gott! Du bist für seine Entlassung verantwortlich! Du warst das!", gelingt es ihr durch halb geöffnete Lippen zu hauchen. Natürlich. Rick. Der Mann ihr gegenüber. Er hatte diese Option am Telefon einmal erwähnt, nachdem sie ihm ihr Leid geklagt hatte. Halb zu sich selbst wispert sie „Du meine Güte", und schaut ihn in der Hoffnung an, gleich eine schocklindernde Erläuterung zu erhalten.

Rick lacht erleichtert auf, ohne sich aus der Ruhe bringen zu lassen. Abrupt wird er ernst. Monas Blick flitzt irritiert zwischen seinen Augen hin und her, rechts links, rechts links. Kein Dementi. Eine endgültige Erkenntnis.

Er hat's getan. Das wäre geklärt.

Neue Fragen wirbeln ihr Bewusstsein durcheinander, sie atmet tief ein, streckt ihr Kreuz durch und richtet sich zu voller Länge auf. Rick erkennt, dass sie im Begriff ist, gleich völlig auszurasten. So aufgebracht könnte man sie leicht auf fünf Jahre jünger schätzen.

„Lass uns was Essen gehen, ich hab Riesenhunger. Dann können wir reden, okay?", lenkt er ein und legt dabei ein Timbre in seine Stimme, das vermittelt, dass ihm viel an Monas Befinden liegt.

„Warte mal eben", erwidert sie zornig und unterstreicht ihre Worte mit einer resoluten Stoppgeste. In ihren hochtourigen Gedanken verdichtet sich die Feststellung: Steins Demontage, das ist eine Sache. Eine andere Sache aber ist, dass Rick gerade eben nicht den geringsten Versuch unternommen hat, Überraschung zu simulieren, oder zu widersprechen. Heißt das, die ganze Szene war ein kalkulierter Schreckensmoment? Um den Anblick zu genießen? Um ihr damit indirekt etwas mitzuteilen?

Beide stehen stumm in der Suite des obersten Stocks, draußen hört man die dröhnenden Rotorblätter eines vorüberziehenden Hubschraubers, die Sonne steht nicht mehr im Zenit.

Gefühlsvariationen überfluten Mona: *Wut* darüber, dass er sich in einem Akt anonymer Bevormundung über sie hinweggesetzt hat. Gleichzeitig *Beschämung*. Dicht gefolgt von *Erstaunen* und einem Mix aus *Schrecken* und *Respekt*, wie weit Ricks Aktionsradius zu reichen scheint. Und, sie kann es nicht verhehlen, ein Teil von ihr fühlt sich auch *geschmeichelt*. Denn man könnte Ricks Eingreifen als deutlichen Beleg ihres Stellenwerts in seinem Leben betrachten.

Sie seufzt irgendwie erschöpft: „Also? Was soll dieses Theater mit Stein?"

„Hier geht es nicht nur um Stein", grummelt er und greift nach der Schlüsselkarte auf dem Sideboard aus Teakholz. „Hier geht es auch um was anderes." Er setzt kurz ab, vollauf im Klaren, dass Monas Anspannung dadurch noch gesteigert wird.

„Essen? Libanesisch? Ist gleich um die Ecke. Komm, lass uns gehen! Dann erzähl ich dir alles."

Eine Sitznische am Fenster, vierzig Minuten später. Die laminierte Karte des Restaurants in der Hand, sucht Rick eine Vorspeise aus. Sie haben zwar bereits die Hauptspeise hinter sich, aber nach dem langen Flug von der Westküste ist er noch immer nicht satt. Zig Stehventilatoren aus Plastik tun ihr Äußerstes, um der Stickigkeit Herr zu werden und lassen die gelben Tuchdrapierungen an den Wänden flattern. Mona nimmt einen Schluck Tafelwasser, die Kühle des Glases in der Handfläche tut gut. „Ihr meint wirklich, dass der Bedarf nach einem offensiven Atheismus derart groß ist, dass sich so viele Menschen für Call for Sanity gewinnen lassen?“

Rick nickt entspannt. Alle nur erdenklichen Perspektiven hat er längst bis in die Knochen verinnerlicht. Noch bevor er und Mona das Essen bestellt haben, kam er zur Sache und begann, ihr das Projekt von Grund auf zu erläutern. Seit einigen Minuten nun versucht Mona, von fast kindlichem Eifer beseelt, Ansätze zu formulieren, die gegen Call for Sanity sprechen.

Rick schaut von der Speisekarte auf: „*Niemand setzt sich mehr mit Gott auseinander als ein Atheist*, sagt man. Und genau deshalb sehen wir in der stetig wachsenden Gruppe, die sich von Religion und Glauben abwendet, ein vollkommen vernachlässigtes Marktsegment. Und wir, CfS, sammeln diese bereits Bekehrten ein, wenn du so willst. Außerdem besteht dringende Notwendigkeit, die Diskriminierung, die an Ungläubigen in vielen Regionen der Erde ausgeübt wird, zu unterbinden. Wir betrachten Atheismus als das letzte noch existierende Tabu, das gebrochen werden muss. Mit dem Ziel, schlussendlich *jede* Form von Religion abzuschaffen, indem wir den Vorstoß wagen und den Spieß umdrehen. Nämlich: Den organisierten Religionen eine organisierte Nichtreligion entgegenzustellen, deren Agenda darauf zielt, endlich Rationalität und Vernunft als Grundlage für unser Denken zu etablieren - um Menschen innere Freiheit zu ermöglichen und sie vor moralischer Manipulation zu schützen. Wir sind der Zündfunke für eine kulturelle Umwälzung, mit den Mitteln des modernen Zeitalters. Nichts weniger wird CfS sein.“

„Wow“, sagt Mona stakkato und bringt den Satz damit zu Ende.

„Ich habe selbst alle erdenklichen Gegenargumente abgewogen, wie du jetzt. Anfangs hielt ich die Idee für zu abgehoben und nicht realisierbar. Aber dann kam ich zu dem Schluss, dass ein Konzept wie dieses, das für sich genommen wirklich Sinn macht, auch umsetzbar sein muss. Gott ist durch. Die Idee von Religion ist veraltet. Man muss es nur gekonnt kommunizieren. Und ironischerweise belegt Religion ja selbst am besten, dass die meisten Menschen gar nicht wissen was sie wollen und denken sollen, bevor man es ihnen nicht gesagt hat. Also sagen wir's ihnen", schmunzelt Rick und tippt zur Verdeutlichung mit seinem Zeigefinger in die Luft. Mona überlegt ein paar Sekunden: „Und dieser Walt Temmerton ...?"

„Temperton, ja", korrigiert Rick, als wär's dasselbe.

„... Temperton. Ich hab noch nie von ihm gehört. Er spielt in dieser Multimilliardärs-Liga?"

„Mhm", summt Rick.

„Was genau macht er?"

„Lässt sich nicht so einfach sagen. Investor, Börsengigant, Spekulant, alles in einem. War früher Anwalt, Sammelklagen."

„Sieh an, auch kein Heiliger! Und jetzt will er altruistisch ins Weltgeschehen eingreifen, wie Bill Gates, Warren Buffett und Konsorten? Ist das der neue Trend? Megakapitalisten machen auf Philanthropen?"

„Da mag durchaus was dran sein", bestätigt Rick und denkt auch nicht zum ersten Mal an diese Parallelität.

„Aber Temperton wird komplett unsichtbar bleiben und nicht den Repräsentanten für CfS spielen. Auch in seinem bisherigen Leben legte er wenig Wert darauf, auf irgendwelchen Titelseiten aufzutauchen. Diese Zurückhaltung gefällt mir an ihm", sagt Rick absolut überzeugt. „Bleibt abzuwarten, ob Walt seine Anonymität wahren kann, sobald Call for Sanity ihn zu einer der einflussreichsten Persönlichkeiten dieses Planeten gemacht hat."

„Gute geschmeckt?“, fistelt der Kellner im Knitterhemd plötzlich von hinten und bekommt von Rick, der sich sofort umdreht, nahtlos die Null gezeigt.

„Sehr gut. Wir hätten noch gern den gemischten Vorspeisenteller für zwei Personen, bitte“, teilt er dem Libanesen, der eigentlich Syrer ist, höflich mit und legt die Speisekarte endlich aus den Händen.

„Nein, nicht für zwei, ich schaff nichts mehr“, schüttelt Mona gequält den Kopf und fasst sich an den Bauch.

„Doch doch, für zwei“, versichert Rick dem Ober und meint gleich darauf zu Mona: „Wenn du's nicht schaffst, nehm ich's, oder wir lassen's steh'n.“ Zum Kellner: „Zwei! Danke.“

Der bestätigt, macht kehrt und kratzt sich die Kopfhaut im Gehen, eine Unappetitlichkeit, die im Service inbegriffen ist. Ebenso wie die Entscheidung, den beiden netten Herrschaften gleich in der Küche nicht ins Essen zu spucken.

„Und wie ist er so?“, greift Mona den Faden wieder auf.

„Temperton?“, versichert sich Rick. „Oh, nun, er wird nächstes Jahr sechzig, ist ein relativ kleiner, unscheinbarer Mann, der in der Schule sicher einer derer war, von denen man meinte, dass man sie später auf Klassentreffen nicht erkennen würde ... und womöglich ist das immer noch der Fall. Er kommt ursprünglich aus Texas, lebt jetzt aber vorwiegend in Los Angeles, wo sich auch die CfS-Zentrale befindet.“

„Aber Ihr startet von Europa aus, hast du gesagt.“

„Richtig. Europa ist weltweit die am weitesten entwickelte Region, im Sinne von Aufgeklärtheit und Liberalität. Wenn wir im Januar loslegen, wehen uns hier weniger starke Winde entgegen als andernorts. First we take Europe, then we take - den Rest der Welt. Ich zeig dir unsere Strategiekarte mit den Planschritten unserer Ausbreitung im Hotel, am Laptop“, sagt er.

„Wenn Temperton aber nicht öffentlich in Erscheinung treten wird, wer wird CfS dann repräsentieren?"

„Sehr guter Einwand, das ist der wichtigste Punkt. Um die Leute da draußen zu kriegen, benötigst du eine Identifikationsfigur, einen personifizierten Anziehungspunkt. Auch wenn das gerade im Fall von CfS paradox erscheint: wir brauchen unseren eigenen Papst, Mohammed, Messias - unser eigenes atheistisches Pendant!"

„Und wer soll das sein?", schaltet sich Mona dazwischen.

„Wir suchen noch immer."

„Ihr sucht?"

„Es muss ein unverbrauchtes Gesicht sein, jemand, den wir selbst aufbauen. Wir brauchen die komplette Kontrolle über diese Person, sie darf kein mediales Vorleben haben. Ein unbeschriebenes Blatt, danach halten wir Ausschau."

„Wow", quiekt Mona, identisch wie vorhin.

„Fünf Kandidaten sind jetzt noch im Rennen. Von ursprünglich achtzehn. Alles junge Männer mit besonderen Eigenschaften. Es gibt strenge Auswahlkriterien, ob jemand für uns in Frage kommt. Allen gemeinsam ist, dass sie in irgendeiner Sache ein besonderes Talent oder eine besondere Fähigkeit aufweisen. Ich persönlich halte einige von ihnen für schlichtweg genialisch in ihrem jeweiligen Feld. Jeder einzelne durchläuft derzeit noch ein hartes Siebverfahren. Zunächst führen wir unsere Tests ohne dessen Wissen durch, parallel zu seinem regulären Leben. Wir beobachten 24 Stunden am Tag, manipulieren Situationen und leiten anhand seiner Reaktionen Schlussfolgerungen ab. Außerdem führen wir Gesundheitschecks durch, prüfen nervliche Belastbarkeit, Sozialverhalten und Background. Sobald wir glauben, die Person hat das, was wir benötigen, fördern wir ihre jeweilige Karriere, um festzustellen, wie sie mit Druck und Erfolg fertig wird, ehe wir uns zu erkennen geben. Dann geht's weiter. Aber dazu werde ich dir später noch mehr ... Ah toll, wunderbar."

Die letzten drei Worte richtet Rick an den Kellner, der die gemischten Vorspeisen auftischt. Elf speichelfreie Schälchen, kalt und warm, dazu ofenfrisches Fladenbrot. Zum Schluss träufelt der Ober noch Zitrone über eines der Schälchen und zieht sich gleich darauf mit serviler Verbeugung rückwärtsgehend zurück.

„Bitte nimm, lass mich nicht hängen", kommt Rick in Anbetracht der Menge des Essens nicht umhin zu bemerken, greift nach einem Streifen Fladenbrot und tunkt es in eine der Saucen. Anstatt es ihm gleich zu tun, sagt Mona: „Okay, so weit, so gut. Mir ist ganz schwindelig. Bevor ich dir noch tausend Fragen stelle, erklär mir aber bitte endlich, was du dir bei der Sache mit Stein gedacht hast."

„Oh, ja genau, das haben wir ja ganz vergessen. Der Grund, warum ich dir das alles erzähle!" Rick beißt in den weichen Teig, kaut, greift nach einem neuen Stück Fladenbrot und reißt es entzwei. Die rechte Hälfte taucht er in eine grobpürierte Pampe seltsamen Brauns. Er schlingt den Happen runter, legt alles beiseite und faltet die Hände.

„Hör zu, kurz und knapp: Ja, du hast richtig vermutet. Dass Stein raus ist, habe *ich* in die Wege geleitet. Meisner, dein neuer Vorgesetzter, ist bei CfS mit im Boot."

Mona reißt die Augen auf, ohne Atempause spricht Rick weiter: „Und hier meine Frage: Möchtest du für CfS arbeiten? Ich schicke voraus – auch wenn's schon zu spät ist – dieses Gespräch unterliegt absoluter Diskretion, ich hoffe, von dir aus auch. Gleich vorweg: Die mögliche Vermischung von geschäftlich und privat, also das mit uns und das mit CfS zu trennen, ist für mich kein Problem. Unter manchem Aspekt halte ich es sogar für durchaus vorteilhaft", sagt er und verrät nicht weiter, weshalb. Aber er ist sich sicher. Er hat seine Erfahrungswerte.

„Wir zahlen dir 150.000 Euro im ersten Jahr, wenn du für uns arbeitest. Steuerfrei. Bereits im zweiten Jahr erhöhen wir dein Gehalt um 50 Prozent. Es gibt keinen Haken an der Sache. Den genauen Aufgabenbereich habe ich dir hier zusammengestellt."

Rick zieht ein zweiseitiges DIN A4-Dokument aus der Jackett-Innentasche. „Du arbeitest ganz normal für die Süddeutsche weiter. Call for Sanitys Anforderungen sind genauestens darauf abgestimmt. Du und Meisner, ihr wäret unser hiesiges Zweierteam, für die Presselancierung in Deutschland verantwortlich. Und für einiges mehr, steht alles auf den Zetteln. Sag Ja." Kein Tempo rausnehmen, Rick sieht Mona durchgehend an.

„Moment mal, nicht so schnell", gebietet Mona Einhalt. „Die Vergütung für diese mehr als fragwürdige Tätigkeit erfolgt bar? Schwarz?"

„Genau", nickt Rick ohne den leisesten Anflug von Relativierung.

„Bestechung also?"

„Nein, Zuwendung! Vorerst ließe sich eine offizielle Anstellung bei CfS nicht mit deinem SZ-Job vereinbaren."

Mona lächelt mild. „War das mit uns von Anfang an von dir geplant? Bin ich hier dein Mittel zum Zweck?"

„Ja."

„Was?"

„Nein", zieht Rick den Vokal in die Länge, und spart sich dadurch die Worte *Natürlich nicht, wo denkst du hin.* „Das alles hier ist ein eigenartiger Zufall ... Ich habe vor ein paar Monaten Urs Negel um ein paar Zeitungskontakte in Deutschland gebeten. Er gab mir einige wichtige Namen bei deinem Blatt, und Vicky erwähnte erst danach auch noch *dich*, und dass wir uns ruhig mal treffen sollten. Sie verstand das aber wohl eher unter privatem Aspekt."

„Ach so war das, das hat mir Vicky aber ganz anders geschildert. Eher so, als wärst du ein Single auf *verzweifelter Suche.*"

Rick lacht: „Auf jeden Fall fand ich dich, wie du weißt, von Anfang an schrecklich unattraktiv und es kam zu diesem Unfall zwischen uns, den wir jetzt seit einigen Wochen Beziehung nennen könnten, wenn wir nicht so cool wären, wie wir nun mal sind, und solche Begrifflichkeiten kategorisch ablehnen würden. Unsere Geschichte basiert also eigentlich auf einem Missverständnis. Oder eher: sie startete unter falschen Voraussetzungen. Anfangs wollte ich dich lediglich kennenlernen um zu prüfen, ob ich dich beruflich instrumentalisieren könnte. Anfangs. Also die ersten fünf Sekunden."

Mona muss lachen. Das alles sollte sie eigentlich tiefer treffen, tut es aber nicht. Überraschenderweise kann sie mit dieser Erklärung leben. Die düsteren Wolken ihrer Gekränktheit lösen sich auf, ihre Wut über Ricks eigenmächtige Eliminierung Steins war sowieso nur noch eine Form von Pflichtentrüstung, um der eigenen Autonomie gerecht zu werden.

Kommentarlos reicht Rick ihr die zwei beidseitig bedruckten Blätter. Sie entfaltet sie langsam. Während sie drüber fliegt, murmelt sie: „Und was ist mit Stein passiert? Wo ist er hin?"

„Ich habe nur seine Entlassung veranlasst. Über seinen Verbleib weiß ich nichts", lügt Rick und greift nach der abgelegten Brothälfte.

Mona fragt: „Und du fürchtest keinen Interessenskonflikt zwischen uns? Wenn zum Beispiel ..."

„Seh ich nicht", unterbricht Rick sie, keine Diskussion. „Vertraglich ist alles detailliert geklärt, egal, was aus uns wird."

Überfordert ächzt Mona leise „Oh Gott" und lehnt sich zurück.

Rick bestätigt: „Genau darum geht's. Sag ja."

Es muss der Schock sein, der Mona doch noch nach einem der Schälchen greifen und einen Löffel davon probieren lässt.

„Gut?", fragt Rick, nachdem sie gekostet hat.

„Irgendwas mit Knoblauch und Joghurt", antwortet Mona mit einer Lässigkeit, die sie keinesfalls empfindet, und spricht dabei Joghurt wie Jo*k*hurt aus.

16 Uhr und ein paar Zerquetschte. Inzwischen zurück in der Suite klappt Rick seinen Laptop auf, weckt ihn aus dem Standby-Modus.

Mona sitzt auf der tiefen und sehr weichen Couch, die sie fast verschluckt. In ihrem Gesicht die Erschöpfung nach einem Informationsoverkill. Rick steht auf, greift nach ihren Händen, sie streckt sie ihm entgegen und lässt sich von ihm aus der Couch ziehen. Er schiebt ihr einen samtbezogenen Hocker neben den Schreibtisch und bittet sie, sich zu setzen.

Zügig nimmt er auf dem Stuhl daneben Platz, klickt eine Datei auf dem Desktop an und die gestochen scharfe Graphik einer Weltkarte baut sich vor leuchtend blauem Grund auf: die Konturen der Meere und Kontinente, von Staaten und Gewässern zeichnen sich selbst mit feinen weißen Linien. Das topographische Gesicht des dritten Planeten des Sonnensystems entsteht wie von unsichtbarer Hand.

Als sich die hochauflösende Animation komplett aufgebaut hat, sagt Rick: „So, das ist die Erde ... aber ich nehme an, das hast du schon erkannt. Nun schau, hier starten wir." Er drückt eine Tastenkombination und die einzelnen Länder Europas färben sich langsam, einem Ausgangspunkt von Süden nach Norden folgend, als würden sie von einer purpurnen Flüssigkeit überschwemmt.

„Genau so.“ Er zeigt mit dem Finger auf das zunehmend rot werdende Europa. „Unser Marketingvorstoß wird exakt wie diese Graphik verlaufen. Wir beginnen hier“, er zeigt auf Deutschland, England und Frankreich, fährt mit dem Finger weiter nach Westen, Norden, Osten, „und stoßen sukzessive voran. Die Schneise, die du sich hier entwickeln siehst, entspricht unserer Phase Eins. Stadt für Stadt, Land für Land. Bald darauf wird dasselbe in den USA folgen. Südamerika, Australien, und so weiter.“

Mona starrt still auf den Bildschirm, fasziniert, entsetzt, überempfindsam. Mit einem Mal sind sämtliche Landmassen der Karte nur noch von einer Farbe überschwemmt.

Rot.

Rick sagt prosaisch: „Das war's. Das ist unser Plan.“

Bedächtig schüttelt Mona den Kopf. Die ganze Show und alles, was ihr in den letzten Stunden von Rick unterbreitet wurde, hat bei aller Nachvollziehbarkeit etwas von latentem Größenwahn.

Sie muss aufstehen, sich sammeln. Ihr Blick wandert durch den Raum und eigentlich müsste sie inne halten, als sie in der Ecke neben dem Bett eine Decke am Boden überfliegt, sowie drei farbige Stoffteilchen, die wie Hundespielzeug aussehen, was überhaupt nicht in das Ambiente des Hotelzimmers passt. Aber nie käme ihr in den Sinn, jetzt zu fragen, um was es sich dabei handelt. Prioritätenbedingt überlagert Call for Sanity gerade alles.

Sie wendet sich wieder Rick zu. Mit einem Fingerzeig auf einen Dateiordner auf dem Bildschirm, den er gerade zuklappen will, sagt sie: „Sind das die Kandidaten?“

„Ja, da wären sie, die fünf Herren Anwärter. Plus dem Neuen.“ Er klickt ein weiteres Mal. Blitzschnell baut sich das Bild eines attraktiven, südländisch aussehenden jungen Mannes auf.

Rick kommentiert: „Der ist nicht mehr aktuell. Das ist Raphael Bonnet, ein Franzose, neunundzwanzig. Wissenschaftler, Physiker, absolutes Genie mit mehr als nur einem kleinen Hang zur Selbstzerstörung. Wir haben ihm sprichwörtlich dabei zugesehen, wie er sich hingerichtet hat. Tragische Sache. Naja, Idioten bringen sich nicht um, es ist immer dasselbe. Denksucht und hohe Intelligenz sind eine heikle Sache, einer geistigen Krankheit nicht unähnlich. Wie eine dauernde Gefährdung deines Selbsterhaltungsinstinkts, wenn du entsprechend disponiert bist. Unsere Analysten und viele aus unserem Team hielten Raphael bis zuletzt für unsere Nummer eins. Sie haben's vermasselt. Ich will jetzt nicht sagen, ich hätt's gleich gewusst, dass das mit Raphael nichts wird, aber, naja, ich hab's gleich gewusst! Vor drei Wochen haben wir ihn tot in seiner Wohnung gefunden, keine zwei Stunden, nachdem er heim kam und unser Observationsteam ihn nicht mehr unter direkter Kontrolle hatte. Was seine Fähigkeiten betraf, war er absolut perfekt. Messerscharfer Verstand, beredt, charmant, aber er war ein neurotischer Exzentriker. Es ärgert mich nach wie vor, dass unsere Psychologen-Besserwisser darauf bestanden, ihn als gesamttauglich einzustufen und wir fast ein ganzes Jahr mit ihm verschwendet haben. Ab sofort hör ich nur noch auf mich, wenn es um Beurteilungen geht. Wir sind knapp an Zeit, Bennets Tod hat uns zurückgeworfen. Ich stehe jetzt ziemlich unter Druck, den definitiven Kandidaten zu benennen. Aber, ich habe zufällig noch einen neuen gefunden. Wir testen ihn gerade auf Herz und Nieren – und zwar im Zeitraffer."

Rick zeigt auf den Computer. „Einer von denen wird's auf jeden Fall. Willst du die anderen Jungs auch noch sehen? Also die lebenden?" Er schmunzelt mit einem kurzen Seufzer.

„Ja, ja unbedingt."

Rick scrollt zwei weitere Gesichter durch und erläutert stichpunktartig ihre jeweilige Biographie und speziellen Fähigkeiten. Andreas Gottwald, ein Schwede, und Neil Foster, Engländer. Als drittes öffnet er eine Unterdatei. „Und das ist der Neue."

Das Halbprofilbild eines schlanken, sehr jung wirkenden, braungebrannten Typen erscheint und Mona stockt, wirft einen zweiten Blick auf das Foto und sagt zweifelnd: „Komisch, mir kommt es vor, als ob ich den kenne."

„Tatsächlich? Das ist aber sehr unwahrscheinlich", lächelt Rick indifferent. „Dieses Foto wurde von uns nachbearbeitet. Wir haben sein Gesicht schlanker editiert, der junge Mann hat nämlich ein paar Kilo zu viel auf den Rippen und wir wollten sehen, wie er rüber kommt, wenn er in Idealform wäre. Abgesehen von seinem Übergewicht bin ich nämlich ziemlich angetan von ihm."

„Okay. Nein ehrlich, halt mich nicht für verrückt, aber ich bin mir sicher, dass ich ihn schon mal ... Na egal. Und woher kommt er?"

„Da, lies selbst, hier stehen seine Eckdaten." Mit einem weiteren Klick vergrößert er ein Fenster am unteren Bildschirmrand. Es springt auf und gibt in schwarzen Lettern, sauber geordnet, die persönlichen Details zur Person des Abgebildeten preis. Ganz genau beobachtet Rick Mona dabei, wie sie die erste Zeile mit dem Namen des jungen Mannes liest. Und es ist ein kleines Vergnügen zu sehen, wie sie sofort darauf die Zeile nochmals überfliegt und ihre Lippen die drei Silben stumm mitsprechen, bevor sie sich wie in Zeitlupe zu Rick wendet und ihr langsam der Kiefer runterfällt.

Kommentar zur Lage vor Ort: Die UV-Strahlung schießt vom Himmel hernieder und röstet uns alle. Die Liegewiese des Freibads gleicht einer riesigen Robbenkolonie. Wir müssten eigentlich wegen Überfüllung schließen.

Ein Wunder, dass das Schwimmbecken nicht überschwappt vor lauter Besuchern, die darin rumplanschen wie Sardinen in Chlorlauge. Auf der Wasseroberfläche schimmert eine ölige Schicht mit Lichtschutzfaktor 30.

Mit einer Bräune, die ihresgleichen sucht, stehe ich mit verschränkten Armen am Beckenrand. Zurück im alten Trott. Ich schiebe mir das letzte Stückchen Snickers rein. Auch schon egal.

So wie's aussieht, ist das mit dem Buch jetzt endgültig gegessen. Auf mein SZ-Interview gab's keine Reaktionen, sowieso schon abgehakt. Und meine Dorflesung in Dingenskirchen vorgestern hätte ich mir sparen können. Was erwarte ich auch.

Um meiner Aufsichtspflicht nachzukommen, schaue ich umher und bleibe an einem jungen Pärchen hängen, das drüben auf der Sonnenwiese, auf einer Bastmatte liegend, Zungenküsse austauscht, und zwar die, bei denen man die verkeilten Zungen zwischen den Lippen sehen kann. Jetzt legen sie eine Pause ein. Er wischt sich den Mund ab.

Ich sehe auf meine Armbanduhr. Weil ich zur medizinischen Untersuchung muss, hau ich heute früher ab. Einmal im Jahr hat sich jeder Bademeister beim Amtsarzt einem ausführlichen Gesundheits-Check zu unterziehen. Dadurch hofft man sicherzustellen, dass keiner von uns während einer Personenrettung selbst einen Herzkasper erleidet. Eigentlich wäre ich erst im November dran, aber mein Arzttermin wurde vorgezogen, weshalb auch immer. So komme ich hier wenigstens eher raus.

14 Uhr 22, mein vorzeitiges Schichtende ist in Sicht. Ein letztes Mal wandere ich durch meinen Zuständig-

keitsbereich und tue, als nähme ich nichts wahr. Ich sehe, wie Hakan aus dem Büro im Hauptgebäude tritt und auf einen Zehnjährigen aufmerksam wird, der eine Blechdose vor sich her kickt. Hakan stößt einen schrillen Pfiff aus - und Ruhe ist. Mit dem Zeigefinger deutet er auf die zerbeulte Dose am Boden und gibt dem Bengel zu verstehen: Aufheben, Entsorgen, Bürschchen, Aberschnell. Kurzer Prozess, keine Diskussion.

Es ist diese Souveränität, die Hakan für mich zu einer der inspirierendsten Persönlichkeiten der Neuzeit macht.

Er kuckt zu mir rüber und ruft mich winkend zu sich. Ablösung. Ich verfalle in leichten Trab und fühle mich bereits inoffiziell, was ein männlicher Badegast mit Schwangerenbauch, elfter Monat, leider nicht bemerken will und mich auf halber Strecke anhält. Er winkt forsch, auf die Weise, wie es hauptsächlich Menschen mit ganz begrenztem Horizont tun. Ich bleibe stehen, bin ganz Ohr (das steht mir bis hier), bevor er ohne weitere Einleitung sofort zur Sache kommt: „Die eine Dusche drüben ...“, er zeigt Richtung Bangladesch oder Timbuktu, wir haben hier zwölf Duschbereiche, keinen Schimmer, welchen er meint - meine Augen folgen sinnlos seinem Finger, er blubbert weiter „... die eine Dusche geht nur halbe Kraft“. Er klingt bestenfalls hemdsärmelig. Das gibt es nämlich auch: Badegäste, die mit uns Angestellten wie mit Leibeigenen umgehen. Sind meistens Leute, die in ihrem Alltag nichts zu melden haben. Eine blaue Ader pulsiert auf seiner Schläfe, er atmet schwer und stiert mich fordernd an. Er, der Chef. Da fehlt’s hinten und vorn.

„Oh, Sie sind der Erste, der sich darüber beschwert“, reagiere ich mit überraschter Miene. Das sage ich immer, ob es stimmt oder nicht. Erfolgserlebnis für ihn, Entlastung für mich, Ruhe für beide. Dann füge ich hinzu, so eifrig, dass man meine Teilnahmslosigkeit fast durchschauen könnte: „Ich kümmere mich sofort darum, danke“, und jogge weiter Richtung Hakan. Mit Ehrlichkeit komme ich hier nie weiter.

„Du kannst abhauen, Chris, ich übernehme. Gab’s was Besonderes?“, fragt Hakan, Kinn hoch, Adlerblick, allzeit bereit. Dieser Job ist wirklich seine Berufung, mir schleierhaft.

Ich reibe an meiner Augenbraue und antworte stirnrunzelnd: „Och, es war nicht viel los. Wir hatten bloß einen Kollaps bei einem fünfzehnjährigen Mädchen. Ist im Nassbereich zusammengebrochen ... Ich kam zu spät ... konnte nichts mehr für sie tun. Sie war sofort tot.“

Es ist eine meiner weniger hilfreichen Bemerkungen. Nach einem zähen Moment der Stille sieht Hakan mich missbilligend an. Da haben wir’s, immer wieder vergesse ich’s: Mit Leuten wie Hakan kann man keinen Blödsinn machen, ohne dass sie ihren Respekt vor einem verlieren. Die gefallen sich in der Rolle des Ernsten, und wer da nicht mitzieht, dem fühlen sie sich überlegen. Humor vorauszusetzen ist falsch. Total falsch. Menschen nicht überschätzen! Das kann ich gar nicht oft genug betonen.

Ich zeige also sofort einen revidierenden Kommando-zurück-Gesichtsausdruck, Entschuldigung-für-alles (Entschuldigung für nichts), und sage, was sollte ich auch sonst sagen: „Nein, also, äh, das Mädel ist lediglich menstruationsbedingt zusammengeklappt. Habe erste Hilfe geleistet, Kreislauf stabilisiert ... es ging ihr schnell wieder besser. Keine Ambulanzverständigung. Werde das gleich noch im Protokoll vermerken.“ So viel zum heutigen Tag, einem weiteren vergeudeten in meinem Leben. Ich beende meine Reumütigkeitsimitation: „Sonst war nichts.“ Nichts.

Während Hakan sich trollt und seine Schicht antritt, gehe ich geradezu geläutert zu den Personalumkleiden. Man gibt durch Spaßmachen zu viel preis. Sich zu öffnen ist nie von Vorteil.

Umgekleidet verlasse ich schätzungsweise fünfzehn Minuten später das Freibad. Auf dem Weg durch das Ausgangsportal stecke ich meine Kennkarte in den Schlitz des Automaten, er piept, ich drücke mit meinem Becken das dreiarmige Drehkreuz einmal um seine Achse und lasse mich aus dem Gebäude. Nach ein paar Schritten bleibe ich stehen, so dass die hinter mir gehenden Leute ausweichen müssen, und sehe mich noch mal um. Eine seltsame Wehmut ergreift mich beim Anblick des sonnenüberfluteten Freibadgeländes, und ich stehe eine Zeitlang unentschlossen da, bis mich ein winziger innerer Ruck erkennen lässt, dass diese Wehmut aus einer anderen Richtung kommt.

Ich habe die Schnauze voll von meinem Übergangsleben, diesem Zwischenlösungsjob, von meiner heiligen Schinderei, bis ich als Autor (lächerlich) Erfolg habe ... dafür allein trage ich kurze Hosen und eine Trillerpfeife um den Hals, fülle Chlor nach und tue, als sei das alles gar nicht so erniedrigend. Ich meine, das ist wie ein schlechter Scherz - der bereits zu lange dauert. Dieser selbstauferlegte Kraftaufwand um etwas zu schaffen, das nur ich selbst künstlich zu einem Unterfangen von höchster Signifikanz stilisiere, das ansonsten aber kein Schwein da draußen braucht.

Ich bin angewidert von meinen eigenen Träumen und Ambitionen und den ganzen Hirngespinsten. Wie kommt man auf die Idee, etwas Besonderes machen und sein zu wollen? Jeder Erklärungsversuch klingt so dürftig, jedes Hinterfragen ist nichts weiter als brechreizerregend, jeder Analyseversuch ist zum aus der Haut fahren. Was bilde ich mir ein? Was mache ich mir vor! Wer braucht mich? Niemand. Und das verstehe ich. Wäre ich nicht ich, verstünde ich es vielleicht noch besser.

Erfolg, Versagen, die Sonne geht morgen so oder so auf.

Ich weiß nicht mehr weiter, ganz einfach. Ich wollte genug Zeit für meine Schreiberei haben, hatte ich, und mein Versuch ist samt und sonders gescheitert. Wenn eine positive Eigendynamik ausbleibt, ist's halt so. Damit sollte ich mich abfinden. Keine Sandburgen mehr. Morgen trage ich mich an der Uni für das nächste Semester ein und kehre zurück ins Tal der Realität und werde wie all die anderen. Wie die, die's so machen, wie man's macht. Die, die wissen, wie's geht. Die, die funktionieren und ihre Einschränkungen akzeptieren. Die, die glauben, es ist einfacher, sich abzufinden. Die, die die Lügen hinnehmen, auf die man sich geeinigt hat. Die, die die Marschroute vorgeben, weil sie dem Leitfaden folgen. Die Hohepriester gegenseitigen Einvernehmens. Die Allerweltheinis. Die Vertreter der einzigen Wahrheit. Die Nichtabweichler. Die Soliden. Die Angepassten. Die Gewöhnlichen. Ich könnte kotzen. Ich könnte heulen. Aber dazu neige ich nicht.

Ich habe einfach keine andere Wahl.

Noch einen Moment stehe ich versteinert im Ausgangsbereich des städtischen Freibads. Der stetige Menschenstrom schlängelt sich um mich herum, weicht zu beiden Seiten meinem Körper aus. Dann gehe ich, ohne links oder rechts zu schauen immer geradeaus, meinen altbekannten Weg zur Haltestelle, vorbei an Dingen und Gebäuden, die ich so oft gesehen habe, dass ich schon seit Ewigkeiten nicht mehr auf sie achte, überquere die Kreuzung, bemerke einen Mann in olivfarbenen Baggy Shorts an der Fußgängerampel und es kommt mir so vor, als mache er einem auf der anderen Straßenseite ein Zeichen.

Aber mir kam es ja auch mal so vor, als wäre ich Autor.

Ich schiebe mir einen Kaugummi in den Mund und steige in den wie bestellt ankommenden Bus, auf dessen Anzeige über der Windschutzscheibe *Zentrum* steht. Und fahre zur medizinischen Untersuchung, die zum ersten Mal in einer anderen Praxis als sonst stattfindet.

Nachdem ich tags darauf den Rasen gemäht und das Gras im Wertstoffhof entsorgt habe (in Frau Killers Wagen, den sie mir anderweitig kulanterweise niemals zur Verfügung stellt), Frau Killer den Wagenschlüssel zurückgegeben, mich nackt vor dem Spiegel auf Zecken inspiziert und geduscht habe, sitze ich im Wohnzimmer und verschlinge ein Stück von Frau Killers gedecktem Apfelkuchen. Den kann sie, die alte Sklaventreiberin. Die Glasur allein lässt mich schwelgen. Gierig schaufle ich einen Bissen nach dem anderen rein. Seit dem Arzttermin hab ich nämlich nichts mehr gegessen. Der hat gestern so lange gedauert, dass ich beinah abbrechen wollte.

Normalerweise dauert der Gesundheits-Check kaum eine Stunde, mit Warten und allem drum und dran. Aber diesmal fand es gleich überhaupt kein Ende. Was der Professor Doktor alles mit mir gemacht hat, in seiner Riesenpraxis ... EKG, Belastungs-EKG, Sehtest, Hörtest, Hautabstriche, Sonographie meiner Beingefäße, Schilddrüse, Halsschlagadern, Abdomen, Ultraschall, Sauerstoffmessung, Lungenfunktionsprüfung, literweise Blut-abnahmen, was bei meiner Bräune allerdings nicht zur geringsten Blässe führte, Knochendichtemessung, Elektromyogramm, Augendruckmessung, Spiral-CT der Herzkranzgefäße, Thorax Röntgenuntersuchung, Laktatstufentest, Gastroskopie, H2-Atemtest, Allergiediagnostik, Körperfettbestimmung (scheiße) und Stress-Echokardiographie.

Mehr kann man medizinisch nicht messen, glaube ich. Ein Aufwand, als prüfte man mich auf Kampfjet-Piloten-Tauglichkeit.

Es muss eine neue Verordnung für Schwimmmeister-Tauglichkeit geben.

Der Doktor war so ein preußisch-steifer Schnösel, den ich aber eigentlich ganz nett fand. Seine lapidare Zusammenfassung der Untersuchungen lautete: „Alles bestens soweit, Herr Schneeweiß. Ein bisschen ein Übergewicht haben wir halt, gell?"

Anschließend hat er noch ausführlich mit seinen Fingern an meinem Rücken, meinen Beinen und am Bauch rumgetastet, was ich aufgrund seines barschen Verhaltens grober erwartet hatte, aber nichts da, Behutsamkeit in Person. Ich kam erst abends um zehn da raus.

Und aus gegebenem Anlass hab ich dann auch nichts mehr gegessen, weil ich im Anschluss einen Anruf von meinem Verlagslektor Uwe Flemming auf meiner Mailbox hatte, welch Ehre. Ich solle morgen - also heute - ganz kurzfristig - was sonst - in einer Schweizer Talkshow - wo sonst - als Ersatz für einen ausgefallenen Gast - als Lückenfüller - schon klar - schnell schnell - nach Zürich fliegen.

Ich rief Uwe zurück und erfuhr, dass mein Ticket am Flughafen hinterlegt ist, meine Maschine um 15-Uhr-sonstwas geht und er faselte noch „Mach das doch, Chris. Ist Gratispromotion für dich und dein Buch und Zürich ist ne schöne Stadt" und „Also Tschüss".

Läuft das bei anderen auch so? So leck mich am Arsch-mäßig, einen Tag davor Bescheid geben? Uwe wusste nicht mal das Thema der Talkshow. Irgendwas mit Politik, „Schau halt mal".

Ich ging mit einem tiefen Magengrummeln ins Bett. Nervosität, Ärger, Hunger, die beste Mischung für schlechten Schlaf. Und dann musste ich heute früh auch noch mähen, wie ich's versprochen hatte, weil's schon überfällig war. Der Garten macht sich nicht von alleine.

Dafür versorgt mich Frau Killer jetzt mit dem noch ofenwarmen Apfelkunstwerk von Kuchen. Was auch das Mindeste ist.

„Schmeckt's?", schallt es aus der Küche.
„Uupa", mumpfle ich mit vollem Mund.
„So is' recht."

Ermuntert von meiner positiven Resonanz steht Frau Killer im Türrahmen und schnell stellen wir mal wieder fest, dass wir uns nichts zu sagen haben. Leider fällt ihr nach einer kurzen Anlaufphase doch was ein, womit sie mich unterhalten kann: „Dieses Jahr müssen wir nur noch zweimal mähen, ab Ende September wächst's ja dann nicht mehr."

Über meinen Teller gebeugt beschäftige ich mich intensiv mit Kauen, um sie nicht ansehen zu müssen, und summe nur „Hmm". Hat sie gerade *Wir* gesagt? Der einzige Grund, warum ich immer noch diese verdammte Wiese mähe, ist, dass ich irgendwann mal damit angefangen habe.

Frau Killer stemmt ihre Hand in die Hüfte. „Ich war heute Morgen doch beim Arzt", sagt sie in einem Ton, der voraussetzt, dass die ganze Welt das weiß. Ich will schon fast sagen *Und ich war gestern beim Arzt, so ein Zufall*, aber ich unterbreche sie natürlich nicht, höre stattdessen, wie sie fortfährt „... und der Doktor Kretschmann hat mir mein biologisches Alter ausgerechnet. Er hat gesagt, *Frau Killer, Gratulation*, hat er gesagt, *Sie sind laut Untersuchung erst Anfang fünfzig*. Also biologisch gesehen. Können Sie sich das vorstellen? Erst Anfang fünfzig. Da hab ich aber geschaut."

Ja, da schau ich aber auch. Gleich zwanzig Jahre jünger. Warum sieht man das dann nicht? Noch nie habe ich gehört, dass bei jemandem biologisches und tatsächliches Alter deckungsgleich sind, immer ist die geprüfte Person biologisch betrachtet deutlich jünger. Scheint ein Rechenmodell für Leichtgläubige zu sein.

Ich nicke gebührend und begnüge mich damit, das letzte Stück Kuchen zu vertilgen und Frau Killer mein

Belästigungsgefühl spüren zu lassen. Das kann sie ab. Ignoranten können so einiges ab. Unbeirrt erzählt sie noch was von Blutdruck und Leberwerten, während im Hintergrund ganz leise der Fernseher läuft. Der gerade startende Werbeblock ist deutlich lauter als die vorange-gangene Sendung.

„... dann haben sie mir zweimal Blut abgenommen, weil ...“, höre ich sie reden und noch bevor ich erfahren könnte, wie es weitergeht, lege ich meine Gabel quer und stehe auf.

„Muss leider weg, Frau Killer, danke für den Kuchen.“ Ich halte ihr den Teller hin, auf dem nur noch ein paar Marmeladespuren zu finden sind, und dränge mich an ihr vorbei. Sie hat ihr Gesicht mit Tagescreme eingerieben, sieht mir nach, würde gern noch weiter erzählen, aber ich verschwinde auf mein Zimmer, packen. Jammerschade, den Teil mit der Urinprobe verpasse ich.

Der bedeckte Himmel und die stickige Schwüle geben dem späten Nachmittag eine zugleich heimliche wie bedrohliche Ausstrahlung, als ich um kurz vor fünf in Zürich lande. Man holt mich ab und bringt mich ins Fernsehstudio, einen modernen Betonbau mit viel Glas und Stahl. Ich bin ganz schön nervös, weil ich überhaupt nicht weiß, was auf mich wartet. Wieso die mich überhaupt einladen zum Thema *Moral und Verantwortung* in der heutigen Politik. Letzte Woche trat ein Schweizer Spitzenpolitiker zurück und das Land ist darüber ganz in Aufruhr, so sehr, dass man diesem Ereignis eine Sendung widmet.

Auf dem Flug habe ich mir vier deutsche Tageszeitungen Wort für Wort in den Kopf kopiert, sowie die Schweizer Blätter Blick, den Tages-Anzeiger und die Neue Züricher Zeitung. Ich hoffe, das reicht an Wissen. Vielleicht kann ich *Ausschweifungen* geschickt in den Talk einweben. Am Ende werde ich aber wahrscheinlich nur dankbar sein, wenn ich die Runde halbwegs heil überlebe.

„Noch zehn Minuten bis zur Sendung, Herr Schneeweiß. Ich hol Sie gleich ab und führ' Sie ins Studio, okay?", näselt ein betulicher Aufnahmeassistent, der seinen Kopf durch die Tür meines Umkleideraums steckt und dessen Strickpulli mir unwillkürlich ins Auge sticht. Im Sommer zu dick (oder im Winter zu dünn) angezogen zu sein, erweckt schnell den Eindruck von Verwahrlosung.

„Danke, ja", schnarre ich. Mein Nervenflattern ist enorm, mir ist fast schlecht. Das ist wie ein böser Traum. Eine Talkshow - ich sollte nicht! - in einem fremden Land - mit einem Thema, mit dem ich nichts zu tun habe – keine gute Idee - eilig anberaumt - niemand begleitet mich, niemand hilft mir. Wie konnte ich Uwe nur zusagen. Ich muss völlig übergeschnappt sein, muss vor Aufregung pinkeln. Kurzatmig vor Anspannung probiere ich, mich mit meinem üblichen Credo zu besänftigen: In ein paar Jahren kennt niemand mehr deinen Namen.

Hat noch nie was genützt. Obwohl's stimmt.

Nach einer Weile höre ich die Stimme des Winterpullis: „Los geht's, Herr Schneeweiß, wenn Sie mir folgen wollen."

Die nächsten eineinhalb Stunden erlebe ich wie in Trance. Die Dekoration des Aufnahmestudios ist ganz in dunklen Hölzern gehalten, wie eine Starbucks-Filiale. Ein ovales Podest, darauf braune Sessel für uns Gäste, gelbes Studiolicht, das jeden zehn Jahre jünger scheinen lässt. Sobald ich mich auf die Bühne setze, zusammen mit den anderen fünf Gästen aus Politik, Wirtschaft und Showbiz, alle in Anzügen, bis auf einen, der ein dunkles Hemd trägt, meinem nicht unähnlich, aber teurer, und einer aparten Moderatorin mit wunderschönen Haaren (und diese wunderschönen, dichten, vollen, warmen, gesunden, weichen Haare sind mir gerade so Wurst, ich kann's gar nicht glauben), und sobald die verchromten Spots aufflammen und die roten Lichter der diversen Kameras angehen, und sobald ich von einer Stimme aus dem Off als „erfolgreicher Schriftsteller aus Deutschland“ angekündigt werde (du meine Güte), und sobald die Moderatorin mir die erste Frage stellt, dabei amüsiert lächelt und mich auf eine spröde Art mustert, transformiere ich mich wieder zu dem, der ich nie zu sein gedacht hätte, aber der mir mittlerweile schon ein wenig vertraut ist. Da bin ich wieder.

Ich weiß zu allem was zu sagen. Und zwar schnell, und zwar ausführlich, und zwar präzise formuliert. Und auch mal auf Pointe genäht. Als hätte ich eigens für heute geprobt. Mir gelingen Satzkonstruktionen voller Nachvollziehbarkeit und gleichzeitiger Verschachtelung und dabei lande ich am Ende immer auf dem richtigen Verb. Und *Ausschweifungen* erwähne ich auch einmal, ohne anbiedernd zu klingen.

Sieh an, das Motto der Sendung:

Moral und Verantwortung in der heutigen Politik - genau mein Ding. Man weiß nie, wozu man imstande ist, bevor man es getan hat.

Die Sitze sind zu hart. Definitiv.

Nach einer Nettogesprächszeit von siebzig Minuten verabschiedet sich die Moderatorin, deren Name auch der Name der Sendung ist, „vom Publikum hier im Studio und vor dem Fernseher“ und die heißen Strahler gehen sofort aus. Nach einem kleinen Abschluss-Small-Talk mit den anderen Teilnehmern der Runde, Prominente des Landes, die ich noch nie gesehen habe, von denen einer die einzige weibliche Diskussionsteilnehmerin anzumachen versucht, was ich nicht mit ansehen kann, Annäherungsversuchen wohnt man einfach nicht gerne bei, werde ich zu meiner Garderobe geführt, jemand gibt mir auf dem Weg dorthin einen kollegialen Stoß auf die Schulter, ich weiß gar nicht wie man darauf reagiert, und endlich angekommen in meinem Umkleideraum, den ich mir mit jemandem geteilt habe, der in der Sendung gar nicht auftauchte, greife ich nach meiner Tasche mit Necessaire, einer Unterhose, einem T-Shirt und einem Paar Socken, und werde von einem der Fahrer des Senders in mein Mittelklassehotel chauffiert. Immer noch auf Adrenalin.

Auf meinem Zimmer, dessen Schalldämmung unter aller Sau ist, überkommt mich dann endlich mein üblicher Anfall von Selbstzweifel, wie beschissen ich womöglich war, ob ich vielleicht zu prätentiös oder plauderhaft oder vorwitzig war, aber schon nach kurzer Zeit, vor stumm geschaltetem Fernseher, denke ich mir: Du warst doch ganz gut. Und eine Stimme in mir sagt, leise aber deutlich, dass meine Eltern sich falsch verhalten haben, wenn sie mir als Siebenjährigem im Auto geboten still zu sein, weil ich nach einer Radiomeldung über das Wirtschaftswachstum um achtzehn Prozent fragte: „Aber wenn das so weiter geht, muss ein Stück Butter in zwanzig Jahren doch dreitausend damals-noch-D-Mark kosten, da sich dieses Wachstum exponentiell verhält, ähnlich dem Reiskorn auf dem Schachbrett, das man um sich selbst verdoppelt, und die daraus resultierende Summe ebenfalls immer wieder um sich selbst verdoppelt?“ Manche Szenen vergisst man nie, ich sehe uns, Mami, Papi, Kai und mich bildlich vor mir, in unserem alten Ford.

Oder: Ich mit elf, als wir auf der Couch vorm Fernseher eine Dokumentation über Shakespeare anschauten und mein Vater zu mir „Was weißt du schon?“ meinte, nachdem ich argumentiert hatte, dass es sehr unwahrscheinlich sei, dass sich hinter dem Begriff Shakespeare ein Autorenkollektiv verberge und mehrere Personen für das Gesamtwerk verantwortlich zeichneten, weil es unwahrscheinlicher ist, dass fünf Genies zufällig aufeinander treffen und sich unter einem Pseudonym zusammenschließen, als dass *ein* Genie eben extrem wandelbar ist. Logische Ableitung. Immer sollte ich „nicht so gescheit daherreden". Es war jedes Mal das Gleiche. Auch mit der Infinitesimalrechnung, deren Regelwerk ich mit neun auswendig gelernt hatte und meine Eltern damit überraschen wollte. Kam nicht gut an. Aber ich möchte nicht weiter darüber nachdenken, nicht jetzt. Schieb's weg für später.

Oder für immer. Es gibt einfach bestimmte Dinge, über die man ansonsten nie ganz hinwegkommt.

Nein, die Sache ist die - ich glaube für meine Leistung heute gilt, mit allen Einschränkungen, unter Berücksichtigung dessen, dass dies mein Fernsehdebüt war und der Themenkomplex fernab meines Berufshorizonts lag: Ich war großartig.

Affirmation

„Er war großartig", gibt Rick Ehling seinem engsten Mitarbeiter Carl Thomas zu bedenken. Sie sitzen in Ricks Büro in Los Angeles, dem Hauptquartier von Call for Sanity. Rick mit auf dem Schreibtisch überkreuzten Beinen, Carl auf dem Stuhl gegenüber, jeder mit einer Dose Bier in der Hand. Es ist halb neun abends, aber hinter der Glastrennwand sieht man im langgezogenen Office Room noch immer rund 70 Angestellte wie Süchtige in ihre Computer tippen.

„Was für Belege brauchst du noch, Carl? Wir haben den Jungen die letzten vier Wochen jeden Tag woanders hin geschickt, das volle Programm, ein Termin nach dem anderen. Er hat alles mit Bravour gemeistert", sagt Rick und wirft die dicke Aktenmappe mit viel Effet auf den Tisch. Gerade haben sie sich eine weitere der zahlreichen

Fernsehaufzeichnungen von Chris Schneeweiß angesehen. Zum x-ten Mal. Heute müssen sie sich entscheiden.

„Ich weiß auch nicht." Carl nimmt einen Schluck und schaut über Ricks Schulter auf den Beverly Boulevard, an dessen Straßenrand sich braungelbe Palmenblätter in der leichten Pazifikbrise wiegen. „Ich habe bei Neil einfach ein besseres Gefühl, nenn es Intuition."

„Das versteh ich, du hast ihn von Anfang an favorisiert, auch weil du ihn entdeckt hast. So was lässt einen voreingenommen sein. Neil nehmen wir doch als Zweitbesetzung."

„Fffff", strömt es Carl unglücklich durch die Lippen und er greift noch mal nach einer der Akten und blättert sie auf, um gleich danach mit zwischen die Lippen gepresster Zungenspitze konzentriert darin zu lesen. Die Gutachten, anhand derer sich das Profil eines jeden der fünf Kandidaten festmachen lässt.

„Aber okay, dann gehen wir noch mal alles durch", schlägt Rick vor, schwingt seine Beine vom Tisch, stellt die Dose ab und die nächste halbe Stunde verbringen beide mit einer weiteren engagierten Diskussion über die Eignung ihrer beiden Finalisten Chris Schneeweiß und Neil Foster. Rick will Carl wirklich überzeugen, sich auf keinen Fall über ihn hinwegsetzen. Ihm liegt viel an seinem Einverständnis. Bereits die vorangegangenen Stunden haben sie mit intensiver Sondierung verbracht, haben abgewägt, verworfen, Fakten sortiert, wer Call for Sanitys Gesicht werden soll. Nur noch drei Monate bis zum Start der Kampagne, die einen in der Geschichte der Massenmedien Mega Spread darstellen wird.

Eine Multimillionen Hollywood-Kinoproduktion, ein starbesetzter Mainstream-Thriller mit einer bibelkritischen Story, läuft Mitte Januar an und wird für Kontroversen sorgen.

Flächendeckend sollen zudem verschiedene Marketingaktionen in verschiedenen Ländern Diskussionen über das Für und Wider von Religionen provozieren. Heimlich aufgenommene Steinigungen in High Quality, gestochen scharfe Hinrichtungen von Homosexuellen, brutale Tätlichkeiten gegenüber Abtreibungsbefürwortern auf einer Demonstration vergangenen Frühling, alles im Namen Gottes, in jeweilig landesüblicher Verkörperung - perfekt aufbereitetes Filmmaterial. Dem Konsumenten da draußen werden CfS'-Kernthemen förmlich übergestülpt werden, nicht zuletzt durch Provokationen, die auch den gleichgültigsten Zeitgenossen eine Reaktion abnötigen werden.

Dies alles und mehr, einer ausgeklügelten Dramaturgie im Wert einiger hundert Millionen Dollar folgend.

Es ist kurz nach halb zehn, als Rick und Carl sich endgültig auf Chris Schneeweiß einigen. Ihr Entschluss steht fest. Übermorgen wird man mit ihm in Kontakt treten. Die Dinge werden ihren Lauf nehmen.

Immenser Druck fällt von beiden Männern ab, als sie sich voneinander verabschieden. Carl glaubt beim Einsteigen in seinen Wagen, er kriegt Fieber. Wäre kein Wunder, nach zwei Jahren Durchackern. Zwei Infekte hat er schon verschleppt und ewig daran herumlaboriert. Er ist nervlich ausgelaugt.

Er, Rick und Walt - sie wissen doch eigentlich gar nicht, was sie da tun, und wohin Call for Sanity führen wird.

Niemand kann absehen, was auf sie zukommt, sobald es losgeht.

Sicher, wahrscheinlich werden sie ziemlich viel Geld verdienen. Aber vielleicht werden sie auch gleich hinterhältig abgemurkst, von irgendwelchen geistesgestörten Fundamentalisten.

Natürlich dachte Carl, Rick sei vollkommen verrückt geworden, als er ihm vor zwei Jahren offerierte, mit ins

Boot zu steigen und „die Welt zu revolutionieren". Es fiel Carl schon schwer, sich vorzustellen Europa oder Australien zu bekehren. Für einen US-Bürger wie ihn schien es jedoch schier aussichtslos, die reaktionäre, erzkonservative und stockdumme Mehrheit des amerikanischen Volkes mit glaubenskritischen Inhalten gewinnen zu wollen. Nach einiger Überlegung wurde ihm jedoch auch klar, dass etwas Derartiges seit Längerem in der Luft lag. Dass zum Beispiel zahlreiche prominente Künstler, Politiker und Schauspieler, die bislang mit ihrer wahren Meinung hinterm Berg gehalten hatten, aus Angst, beim breiten Volk in Misskredit zu geraten und dadurch Karrierenachteile hinnehmen zu müssen, sich inzwischen vorbehaltlos als Atheisten outeten. Die ganze Thematik, dieses Ablaufen von Gottes Haltbarkeitsdatum, könnte das nächste große Ding werden, das wurde ihm nach reiflicher Überlegung klar. Das kann man doch nicht nicht machen.

Noch dazu mit diesem Budget.

Carl startet seinen Sportwagen. Er hat schon ein paar berufliche Fehlentscheidungen in seinem fünfundvierzigjährigen Leben getroffen und ein paar gute geschäftliche Gelegenheiten verpasst - aber vielleicht wäre es gesünder, sich gerade diese spezielle Chance entgehen zu lassen. Durchaus vorstellbar. Aber er denkt nicht daran.

Einfluss, globale Gestaltungsmöglichkeiten, Macht - das ist das Glaubensbekenntnis *seiner* Religion.

Carl greift sich an die heiße Stirn, stößt rückwärts aus der Parkbucht vor dem rechteckigen Bürokomplex, steigt in die Eisen und verschwindet mit seinem dunklen Ferrari in den smogverhangenen Sonnenuntergang des abendlichen Beverly Hills.

Rick, in seinem Büro mit den leeren Wänden und der blauen Hundedecke samt des angekauten Spielzeugs am Boden in der Ecke, hat sich derweil ein weiteres Bier geöffnet und wird noch eine gute Stunde hier verweilen, sich einstimmen und dann Walt Temperton informieren. Was er nicht vor elf machen möchte, da Temperton in Kapstadt zum Golfspielen weilt und der Zehn-Stunden-Zeitunterschied (nach vorn) berücksichtigt sein will.

Rick reibt sich die Nasenwurzel, lehnt sich in den Sessel und ist erleichtert, dass auch Carl in diesem Kopf-an-Kopf-Rennen schließlich für Chris gestimmt hat.

Die untergehende Sonne taucht den Raum in ein unwirkliches Halblicht. Mit einem Blick in die Weite erinnert sich Rick, wie sie die vergangenen eineinhalb Jahre über zweihundert Kandidaten sondiert haben. Männer zwischen 23 und 31 Jahren, die gerade begonnen hatten, etwas aufzubauen. Wissenschaftlich positiv in Erscheinung getreten waren, ein Buch geschrieben, einen Film gedreht, ein erfolgreiches Onlineforum gegründet, erste journalistische Schritte unternommen, ihren Doktor herausragend gemacht, sonst etwas geschaffen hatten. Unbeschriebene Blätter, die schon leise raschelten. Männer voller Ehrgeiz und Motivation, am Anfang ihrer Laufbahn, hungrig auf die Umsetzung ihrer Ideen.

Geistig auf Zack waren sie alle. Intelligenz – was auch immer das sein mag - war Grundvoraussetzung, ebenso wie die Kriterien

- ledig und noch nie verheiratet,
- keine Kinder,
- fließend Englisch und Französisch zusätzlich zur Muttersprache,
- keine Schulden,
- volle Haare (absehbar bis 40),
- atheistische Gesinnung,
- breites Allgemeinwissen,
- Körpergröße über eins 80,
- Hochschulbildung oder in Hochschulausbildung befindlich,
- keine Brille (wenn möglich).

Und noch ein paar andere Punkte, die meisten hatten mit dem familiären Background zu tun.

Wichtig auch, dass er Europäer war, einer aus der mittleren Zone. Ein Italiener oder Spanier lässt sich im Rest der Welt nur schwer als intellektueller Rebell etablieren. Mit denen verbindet man eher das Gegenteil. Oder Polen, Russen oder Rumänen: das besitzt zu wenig Hochglanzpotenzial. Und mit einem Türken kann sich außerhalb der Türkei kein Mensch identifizieren. Außer Muslime. Man muss schließlich auch an die Märkte Südamerika, Afrika und Australien denken. Denen braucht man mit einem Rosario oder Miroslav oder Mehmet nicht zu kommen. Das kriegst du nicht verkauft. Und einen Asiaten oder Südamerikaner schon gleich gar nicht. Nicht mal in Asien oder Südamerika. Da kann der sonst was in der Birne haben und aussehen wie ein Adonis. Engländer, Skandinavier, Deutsche hingegen, wunderbar, das ist global zu schaffen. Die Anforderungen an den Weltstar, den Call for Sanity aufbauen wird, waren vielfältig und klar umrissen.

Und keiner der zweihundert Probanden war perfekt. In letzter Instanz hatte jeder einen Haken, wenn auch mitunter nur einen winzig kleinen. Der eine war zu weich, wenn auch zuverlässig, der andere zu Macho, wenn auch alert, der nächste zu forsch, wenn auch engagiert, ein weiterer zu perfekt und kalt, wenn auch mit charmanter Widerspenstigkeit gesegnet.

Der Däne Erikssen zum Beispiel, Abitur mit fünfzehn, Professur mit Anfang zwanzig, attraktive Erscheinung, aber in seinem Sozialverhalten letztlich einem geistig Behinderten nicht unähnlich. Verstörend. Wie sich überhaupt schnell herauskristallisierte, dass vor allem jene am unbrauchbarsten waren, die einer disziplinären Hochbegabung am nächsten kamen.

Es gab auch Skurriles und Haarsträubendes. Ein Kandidat aus Belgien, ohne Übertreibung ein philosophisches Diskutiergenie, stellte sich als Sodomit heraus. Bei der Rund-um-die-Uhr-Observation beobachteten ihn seine Beschatter, wie er nachts im elterlichen Garten einen Hasen vergewaltigte, anschließend in der Stallbox auch noch seinen Darm entleerte und sich als Krönung mit dem Tier den Hintern abwischte. Man stelle sich vor, so jemanden baust du für zig Millionen Euro auf, ohne zu wissen, was der Typ auf dem Kerbholz hat - und irgendwann bekommt die Presse Wind davon, wie diese perverse Sau in seiner Freizeit Kuscheltiere durchvögelt und sie danach mit Scheiße beschmiert. Unfassbar, was es alles gibt. Rick und Carl hatten nach der Lektüre des Observationsprotokolls mindestens eine halbe Stunde lang ununterbrochen Tränen gelacht. Ihr Zwerchfell tat am nächsten Tag noch weh.

Es waren aber auch echte Highlights unter den Anwärtern. Charismabomben, originäre Lichtgestalten, überbordend kreative Querdenker. Mit zweien, darunter Carls Favorit Neil Foster, gab es bereits konkrete Gespräche, doch Rick war nie *komplett* happy.

Bis Chris kam.

Nicht zu eitel, nicht zu verschroben, nicht zu spleenig, ordentliches Umfeld, bodenständig, ausreichend exzentrisch, belastbar, unfassbares Gedächtnis, ausreichend attraktiv, Übergewicht kriegen sie hin, pragmatisch.

Trotzdem hat Rick natürlich keine Ahnung, ob mit Chris gelingen wird, was sie anpeilen. Egal, welche Person du auch noch so sorgfältig auswählst: Es gibt unendlich viele unvorhersehbare Stolperfallen, endlos viele Variablen, ein Glücksspiel bleibt es immer. Ein teures noch dazu.

Es kostet circa dreihundert Millionen Euro, und dauert ein halbes Jahr, um einem Menschen Publicity in dem

Umfang zu verschaffen, die ihn zu einer weltweit bekannten Marke werden lässt.

Mag sein, dass Rick deshalb an Chris glaubt, weil er sich ein bisschen in ihm wiedererkennt: Chris' Selbstwahrnehmung weicht enorm von der Außenwahrnehmung ab, es gibt eine steile Positivdivergenz. Vereinfacht gesagt, er hält sich für bedeutend schlechter, als er ist.

Er ist ein Haufen Selbstzweifel mit einer gehörigen Portion Selbsthass, was nach Ricks Meinung (wie bei ihm selbst früher) zur notgedrungenen Entwicklung einer Reihe von nutzbaren Eigenschaften geführt hat, wie zum Beispiel einer größeren Durchsetzungsbereitschaft, einer niedrigeren Befindlichkeitsgrenze mit Druck und Unannehmlichkeiten umzugehen, sowie einer starken Ausbildung seiner verbalen Fähigkeiten. Und, nicht zu vergessen: Es wird länger dauern, bis Chris zum Höhenflug ansetzt. Ricks Hauptsorge, der Höhenflug. Der Höhen*fluch*.

Du kannst nie kalkulieren, wie eine Person auf Erfolg reagieren wird. Ruhm und Erfolg sind die größten Katastrophen, die einem jungen Menschen widerfahren können. Daher ist im Vorfeld kein Kandidat der richtige und jeder der falsche. Sobald es losgeht, wird Rick immer nur damit beschäftigt sein, Brände zu löschen und eine psychologische Baustelle nach der anderen zu reparieren. Man kann aufgrund eines Persönlichkeitsprofils höchstens darauf spekulieren, wie groß die Probleme mit dem Auserwählten sein werden, sobald er erst mal ausflippt ... Und ausflippen wird er. Das tun sie alle.

Es ist längst dunkel draußen.

Um neun vor elf schickt Rick eine E-Mail an Mona, gibt ihr sein Go, das bereits abgesegnete, große Autorenportrait von Chris Schneeweiß in die übermorgige Ausgabe der SZ zu setzen.

Vor lauter Arbeit hat er heute kaum an Mona gedacht, er wird sie später anrufen.

Um vier vor elf macht er sich Gesprächsnotizen, mit welchen Worten er Temperton ins Bild setzen und ihm seine Wahl in den schillerndsten Farben präsentieren wird.

Um drei vor elf schickt er eine Mail an seinen Adjutanten in Deutschland und gibt Order, die komplette erste Auflage von *Ausschweifungen* vom Markt zu kaufen.

Die verbleibenden zwei Minuten bis zum Anruf Walt Tempertons bereitet Rick sich mental vor. Ihm ist klar, dass es von nun an kein Zurück mehr gibt. Noch nie ging es in seiner beruflichen Laufbahn um mehr. Er ist jetzt 38. Jung genug, um alles zu geben, reif genug, kühlen Kopf zu bewahren. Der ideale Zeitpunkt also, aber was heißt das schon. Die Jahre fliegen dahin, oberflächlich wahrgenommene Zeit, die sofort hinter einem verblasst und nur eine fahle Kopie von Eindrücken hinterlässt. (Rick kann sich zum Beispiel an seine Zwanziger kaum mehr erinnern.) Ein Erfolg nach dem anderen zieht vorbei, und doch hat nichts Bestand. Wird das Gelingen von CfS so etwas wie Sinnhaftigkeit stiften können?, eine Spur von Bedeutung in seinem Leben hinterlassen?, mehr als die Projekte zuvor?, oder wird weiter Tag um Tag über ihn hinwegwalzen, was für Monsterprojekte er sich auch aufhalst, schneller, höher, weiter, die Zukunft im Blick ... was ist in zehn, zwölf Jahren? Mit 50, wofür wird die ganze Schinderei gut gewesen sein? Mit 60, wenn's soweit ist, Bandscheibe, Prostata, Zähne. Was für eine schreckliche Vorstellung.

Zunehmend öfter fällt ihm auf, dass es immer mehr Leute gibt, die jünger sind als er, und immer weniger, die älter sind. Rick nimmt den letzten Schluck aus der Dose, zerdrückt und entsorgt sie im Abfalleimer. Ganz ehrlich, älter werden kotzt ihn unfassbar an.

Um elf ist er nervös wie selten, rafft seine Unterlagen zusammen und wippt mit dem rechten Fuß. Auf einmal verdrängt eine diffuse Panik alles andere, was ihm so durch den Kopf geht. Erhöhter Pulsschlag. Die Entscheidung ist deine alleinige Verantwortung ...

Nur die Ruhe. *Schneeweiß ist der richtige Mann.*

Das Großraumbüro auf der anderen Seite der Trennscheibe ist inzwischen leer, niemand mehr da.

Um wenige Sekunden nach elf wählt Rick die Nummer von Walt Temperton. In Kapstadt ist es gerade neun Uhr vormittags.

Es tutet. Es geht los.

Temperton hebt nach dem dritten Klingeln ab und seine gedämpfte Stimme ertönt: „Hey Rick. Kleinen Moment, mein Freund hier ist grad dran. Ich muss kurz den Abschlag abwarten."

Identifikation

Der Bus 260 in die Stadt gleitet flott durch den Abendverkehr. Auf der Hälfte der Strecke fällt mir ein, dass ich meine Monatsfahrkarte zuhause vergessen habe. Was solange kein Problem war, bis es mir in den Sinn kam. Also werde ich den Rest der Fahrt an jeder Haltestelle die Neueinsteiger auf Kontrolleur einschätzen.

Noch bis vor kurzem hätte mir das den letzten Nerv geraubt. Nicht jetzt. Jetzt bin ich einigermaßen gelassen. Den ganzen September war ich permanent auf Reisen, vier Wochen von Termin zu Termin, jeden einzelnen Tag - da hab ich ganz andere Sachen erlebt.

Alles begann mit dieser Talkshow in der Schweiz, von da an ging es Schlag auf Schlag. Mein Verlag schickte mich zu Interviews, Lesungen, Signierstunden, TV-Auftritten, Radiofeatures und dem ganzen Pressekram. So eine hohe Erlebnisdichte lässt einen mit vielem relaxter umgehen, das merk ich schon. Eine vergessene Monatskarte ist da unerheblich.

In fünf Minuten bin ich mit meinem Lektor Uwe Flemming im Verlagshaus verabredet um Bestandsaufnahme zu machen. Bin gespannt, ob *Ausschweifungen* von meiner Publicitytour profitiert hat. Womöglich haben wir schon zwei Einheiten mehr verkauft.

Der Bus streift mit einem Schäuergeräusch die Randsteinkante, bleibt zischend an der Station stehen. Ich muss aussteigen. Kein Kontrolleur.

Ich lasse den Bus an mir vorbeirauschen, schaue links, dann rechts, dann links und mache mich zügig auf, die vierspurige Straße zu überqueren. Ungefähr auf Höhe der Mittellinie sehe ich aufgescheucht nach rechts, weil mich ein noch ziemlich weit entferntes Auto mehrmals anhupt, kurz kurz lang. Im agitativen Weg-da-Ton. Man hört dem Hupen die Aggression regelrecht an. Noch mal: Kurz kurz lang. Aber auch das kann mich heute nicht aus der Reserve locken. Ich lege trotzdem einen Zahn zu, um runter von der Fahrbahn zu kommen. Kurz kurz lang zum Dritten. Der Krawallheini in seinem Audi zieht vorüber, ich beachte ihn nicht mal, lasse meinen Mittelfinger stecken.

Mein Fußweg nimmt drei weitere Minuten in Anspruch. Automatische Zeitschaltuhren lassen die Straßenlaternen erleuchten. Die Tage werden merklich kürzer.

Ich betrete die Lobby des Verlags, meine Schritte schallen durch die hohe Empfangshalle. Das ist schön. Abends, wenn Ruhe einkehrt, entwickeln Geschäftsgebäude eine ganz besondere Ausstrahlung.

Laut meiner Plastikarmbanduhr, unter der die Haut immer sehr schnell feucht wird, bin ich pünktlich.

Eine sehr hübsche Zwanzigjährige hinterm Marmortresen liest etwas. Empfangsdamen in Medienunternehmen sind meistens attraktive Erscheinungen, die prügeln sich offensichtlich regelrecht um diese Jobs. Gelten vielleicht irrtümlicherweise als Sprungbrett zur Besserverdiener-Ehefrau.

Als ich mich dem Tresen bis auf drei Meter genähert habe, sieht sie auf. Klare Gesichtskonturen, mandelförmige Augen, geschwungene Nase, volle Lippen, makellos, kann man nicht besser machen. Und schöne Haare hat sie. Lang, voll, dicht, weich, warm, gesund, sexy, ich mag Haare, da kann ich mir kaum was vormachen.

„Hallo", sage ich so, wie ich mich kenne.

„---lo", entgegnet sie angesäuert, damit erst gar keine Zweifel aufkommen, was für sie *unter ihrer Würde* bedeutet. Wirklich, ich möchte mich beinah dafür entschuldigen, dass ich niemand bin.

„Ich habe einen Termin bei Uwe Flemming", sage ich aufs Geratewohl, da sie weiteren Blickkontakt für nicht angebracht hält. Was mir wiederum ermöglicht, sie genau unter die Lupe zu nehmen. Sie wird immer schöner, je eingehender ich sie betrachte.

Aber was ändert das.

Sie scrollt mit der Maus herum, sucht. Unnötigerweise füge ich „Um halb acht" an und spreize meine Hand. Scheinbar hat sie einen Eintrag gefunden. Abgleichend verpackt sie ihre Liebeserklärung an mich in den O-Ton: „Name?"

Den nenne ich ihr. Sie macht ein Paar Klicks auf der Tastatur und schaut dabei mit einem Gesichtsausdruck auf den Bildschirm, als wäre ich ein Hundehaufen. Was durchaus möglich ist, wenn man es nur will.

„Zweiter Stock, Sie wissen, wo's ist?", fragt sie schmallippig. Ich glaube, diese Art Dauerarroganz erlangt man nur, wenn man sich permanent in die eigene Tasche schwindelt. Aber warum sollte sie auch die Mühe einer Auseinandersetzung mit sich und ihrer Umwelt aufwenden? Das würde kein Mensch, wenn er sich derart bombenfest auf sein Äußeres verlassen könnte.

„Danke, ich kenne den Weg“, verrate ich ihr ... und weißt du was? Ich habe euch arroganten Fotzen mit euren Nichts-dahinter-Gesichtern und aufgeblasenem Gehabe so satt, dass ich sogar an der Aussicht verzweifle, wie ihr zum Begreifen zu dämlich wärt, würde ich euch eure Verabscheuungswürdigkeit auch in noch so verständlichen Worten auseinandersetzen.

Meine Schritte hallen durch die leeren Gänge, während ich mich von ihr entferne und überlege, ob Menschen mit ihren Prioritäten überhaupt *irgendjemandem* gegenüber zu Wärme und Echtheit in der Lage sind. Und irgendetwas in mir ist sich sicher: Nein. Aber warum auch. Sind ja keine menschlichen Pflichtmerkmale, die man serienmäßig eingebaut haben muss.

... das ist, worüber ich sinniere, als ich kurz darauf Uwe Flemmings vollgepfropftes Büro betrete, er mich herzlich begrüßt, unserem Verhältnis völlig unangemessen, aber nachvollziehbar, nachdem ich bemerke, dass sich noch eine weitere Person im Raum befindet. Ein attraktiver großer, etwas geschniegelter Typ mit ebenmäßigen Zähnen und vollen, gesunden, braunen Haaren. Auch bei Männern achte ich auf Haare. Bei ihm sind es diese dichten Haare, bei denen man dennoch absehen kann, dass sie mit Anfang fünfzig an den Ecken ausdünnen und am Wirbel durchsichtig werden. Bisher jedoch noch wirklich einwandfrei. Er trägt einen teuren Anzug und ebensolche Schuhe. Empfangsdamen-Beuteschema par excellence.

Ich beäuge ihn überrascht und er lächelt freundlich.

„Darf ich vorstellen, das ist Rick Ehling“, klärt Uwe mich feierlich auf und seine flache Hand zeigt auf ihn. „Herr Ehling, das ist Chris Schneeweiß, der Autor.“ Jetzt zeigt die Hand auf mich und Ehling und ich mustern einander, nun offiziell legitimiert. Positiver erster Eindruck.

Wir spielen drei Männer auf engstem Raum, bis jeder jeden reihum ansieht und Uwe moderiert: „Bitte setzen wir uns doch."

Wir wandern zur hellbeigen Bürocouch mit dem gläsernen Tisch und zwei schwarzen Sesseln. Uwe wählt den einen, Ehling den anderen Sessel, ich nehme die Couch. Jeder rückt sich etwas zurecht, bis wir miteinander harmonieren. Ehling lässt mich nicht aus dem Fokus, registriere ich aus den Augenwinkeln, als Uwe etwas großspurig sagt: „Ja Mensch, Chris, da warst du ja jetzt ganz schön unterwegs, den letzten Monat über. Aber mach dich bereit, da kommt womöglich noch einiges auf dich zu." Verschwörerisch beugt er sich vor und faltet die Hände, und mir gelingt es, angesichts seiner Heiterkeit neugierig dreinzublicken. Schlimmstenfalls schaue ich überfordert.

„Du kommst gerade aus Hamburg zurück, stimmt's?", fragt er sofort weiter.

„Ja genau. Gestern hatte ich die Aufzeichnung für diese Internetsendung und abends eine Lesung. Davor war ich in Wien. Noch mal vielen Dank, dass du dich promotionmäßig in letzter Zeit so dahinter geklemmt hast", sage ich bedächtig.

„Womit wir schon bei Thema wären", schnaubt Uwe und zieht am Ärmel seines weißen Hemds. „Hier und heute möchte ich dich nämlich mit Rick Ehling bekannt machen, der mich kontaktiert hat und gern mit dir und uns zusammenarbeiten würde." Uwe dreht ihm seinen Kopf hin. „Wir haben uns ja schon ein wenig unterhalten, Herr Ehling, vielleicht wollen Sie ..." Uwe sieht ihn auffordernd an und übergibt ihm äußerst devot das Wort. Ehling fackelt nicht lange und lässt eine geübte Wohlfühlstimme erklingen: „Herr Schneeweiß, es freut mich, dass wir uns kennenlernen und das heute terminlich klappt."

Terminlich klappen ist gut, ich wusste gar nicht, dass außer Uwe noch jemand anwesend sein würde. Ich versuche, nicht allzu verbindlich zu lächeln.

„Vor ein paar Wochen stieß ich zufällig auf Ihren Roman und fand ihn großartig, wenn ich das sagen darf", kommt Ehling zur Sache. „Ich arbeite für eine amerikanische Firma namens Enbicon, die im Segment Public Relations tätig ist. Momentan sind wir damit beschäftigt, uns auf dem europäischen Markt zu positionieren. Eines unserer Kernziele besteht im Aufbau eines Künstlermanagements nach US-Vorbild. Solcherlei Herangehensweise gibt es hierzulande noch nicht und wir halten es für eine Marktlücke, die wir gern schließen möchten ... aber ich will gar nicht zu weit ausholen ..."

In kurzen Stößen schüttele ich den Kopf, nein nein, reden Sie bitte weiter, ich höre zu.

„Worauf ich hinaus will", erläutert er, „wir wären sehr daran interessiert, für Sie tätig zu werden und Ihr Buch und Sie als Person zu einem nachhaltigen Erfolg aufzubauen ... wir sehen in diesem Paket großes Potenzial." Rick Ehling hebt beide Hände und ersetzt dadurch den Satz *Was denken Sie?*

Restlos verwundert über diese unverblümte Offerte gerate ich sofort ins Schwitzen. Es ist so ungewohnt, dass mal etwas von ganz allein zu meinen Gunsten passiert, noch dazu etwas, das ich gar nicht erwartet habe. Überfordert und ehrlich verwirrt kann ich mich nicht daran hindern, nach kurzem Zögern zu sagen: „Oh großartig. Ja also ... ja also, wenn sich das mit den Plänen von Herrn Flemming und dem Verlag vereinbaren lässt, also wenn man das miteinander abstimmen könnte, dann wäre ich natürlich sehr dankbar für Ihr Angebot."

Ehling grinst für einen schnappschusskurzen Moment, schwenkt seine Augen in Uwes Richtung und lenkt dadurch auch meinen Blick zu Uwe, der gerade auf dem

Bügel seiner schwarzen Intellektuellenbrille kaut und krampfhaft lächelt, wie jemand, der die Luft anhält, weil es ihm gleich hochkommt. Er stammelt: „Ich muss dazu sagen, Chris, das muss ich natürlich dazu sagen, nämlich, äh, dass deine ganzen Termine der letzten vier Wochen, ähm, natürlich von Herrn Ehling organisiert wurden. Das muss ich natürlich dazu sagen."

Ich starre Uwe ins Gesicht, völlig perplex. Wusst ich's doch! Uwe, der Sesselfurzer und Wachkomapatient, ist für den Aufschwung kein bisschen verantwortlich. Hätte mich auch gewundert. Er spielte nur Trittbrettfahrer, schmückte sich mit fremden Federn. Gegen meinen Willen steigt sofort wieder meine verdrängte Geringschätzung hoch. Es macht mich auch irgendwie wütend. Bloß nicht anmerken lassen.

„Es sei angemerkt, dass wir Herrn Flemming um Diskretion baten", schaltet Ehling sich ein. „Wir wollten zunächst inkognito bleiben, um zu sehen, ob eine Zusammenarbeit überhaupt funktionieren könnte. Testlauf und Vorleistung in einem, wenn Sie so wollen. Das hat jetzt den Vorteil, dass wir Ihnen quasi bereits den Beweis geliefert haben, was wir zu bewegen imstande sind, wie Sie ja die vergangenen Wochen gesehen haben. Aber das, was wir ab jetzt für Sie an Leistungen planen, sofern Sie sich entscheiden, mit uns zu arbeiten, würde sich in einer komplett anderen Größenordnung abspielen", meint er vielsagend. Und Uwe ist sich nicht zu schade, seine längst hoffnungslos geschwundene Existenzberechtigung zu erbringen zu versuchen, indem er unnötig dazwischenfunkt: „Das klingt gut, oder?"

Wahnsinn, nicht mal jetzt ist er sich seiner Kläglichkeit bewusst. Niemand schaut ihn mehr an. Ich zwinge mich, nur zu nicken, streiche ihn voller tiefer Verachtung endgültig aus meinem Leben, konzentriere mich wieder auf Rick Ehling und das was er mir Übergroßartiges anbietet, und versuche mich zu sammeln, meine Euphorie zu kanalisieren.

„Nun, ich möchte Ihnen selbstverständlich nicht Ihre Zeit stehlen, daher komme ich nicht mit leeren Händen", wartet Ehling mit einer Zugabe auf und zieht zwei gefaltete Zettel aus der Innentasche seines Jacketts, schlägt sie auf und reicht Uwe und mir je einen. Ich überfliege die in relativ kleiner Schrift vollgeschriebene Seite. Ehling sagt: „Was Sie hier sehen, ist ein Tourplan für eine Lesereise. Wir haben einen Vorschlag erstellt, der Sie, Herr Schneeweiß, den kompletten November und Dezember durch Deutschland, Österreich und die Schweiz führen würde, alles Auftrittsorte mit zwei bis fünfhundert Zuschauer-Kapazität. Einundvierzig Termine. Trotz der Kurzfristigkeit garantierten wir Ihnen sowohl eine Festgage, als auch volle Säle, da können Sie uns vertrauen. Ferner finden Sie unten auf der Seite eine Reihe von großen Fernsehsendungen, keine regionalen Spartenshows und Nischenprogramme wie bisher, in die wir Sie umgehend buchen würden, sowie eine weitere Liste mit Vermarktungs- und Positionierungsvorschläge, und und und."

So dezidiert reiht er seine Worte aneinander, dass es mir kalt den Rücken runter läuft. Längst schreit es in mir: Ja, bitte, danke, DANKE, mach ich alles. Endlich. Ich will es, ich will es, ich will es. Ich will es so sehr, ich bin überzeugt, er merkt es. Die Ansteckungskraft meines Begehrens muss sich förmlich telepathisch fortsetzen. Vom Blatt aufschauend, sage ich gedehnt: „Toll."

Und er darauf: „Überlegen Sie es sich in Ruhe, Herr Schneeweiß, wegen der terminlichen Zeitnähe jedoch vielleicht nicht zu lange, damit wir planerisch nicht in die Bredouille kommen. Geben Sie mir telefonisch jederzeit Bescheid, Tag oder Nacht, und wir beginnen umgehend mit unserer Arbeit."

Trostloserweise bringt Uwe es auch jetzt nicht zustande, eine Sekunde Pause zu lassen. Nicht, dass er sich ausnahmsweise mal zurückhält und abwartet, echt, da fehlt's hinten und vorn. Er macht auf wichtig: „Das klingt alles beeindruckend, Herr Ehling, wirklich großartig. Bitte erlauben Sie mir aber die Frage nach dem Kosten/Nutzen-Faktor, ich meine, mit Verlaub, das ist ja zunächst einmal sehr kostspielig. Was, ... was haben *Sie* davon?"

Halt doch dein Maul Uwe, das wird er uns schon noch verraten, jetzt versau nicht noch alles, denke ich mir, fast schon verzweifelt, tue aber so, als fände ich seinen Einwand nicht unberechtigt, weil ich mich wirklich von meiner besten Seite zeigen will.

„Keine Sorge, es gibt keinen Haken. *Ausschweifungen* wird ein großer Erfolg werden. Wir rechnen mit einer Kostenamortisierung spätestens Ende des Jahres. Wir tasten Ihren Verlagsvertrag nicht an. Unsere Beteiligung besteht lediglich in den branchenüblichen fünfzehn Prozent Management-Share, die wir von Ihrem Reingewinn in Zusammenhang mit unseren Zusatzleistungen generieren. Das beinhaltet zwar auch ihre künftigen Lizenzausschüttungen aus dem Buchverkauf, der ab sofort spürbar steigen wird, da dürfen Sie sicher sein, aber vor allem Ihre Livegagen, Interview- und Pressehonorare, Merchandising, und was sonst noch zu erwarten ist. Seien es Werbedeals, Features, desgleichen", erläutert Rick Ehling und tut dabei das einzig Richtige: er schaut todernst, wie einer, mit dem man sich besser nicht einlässt, wenn man es nicht ebenfalls todernst meint. Psychologisch genial, der Mann. Ich glaube, so wär' ich gern. Aber nicht, wenn ich als Autor berühmt werde – und es sieht ganz danach aus. Dann wäre ich doch gerne ich.

Ehling zieht ein zehnseitiges Dokument hervor, händigt es mir aus. „Bitte sehr. Wir verlangen noch keine Unterschrift unter diesen Vertrag, Herr Schneeweiß.

Unterschreiben Sie erst, wenn Sie mit uns zufrieden sind, wenn sich unsere Vorschläge zu Ihrer Zufriedenheit realisiert haben. Wir haben heute den 28. September ... hmm ... für eine eventuelle Vertragsbesprechung würde ich die erste Januarwoche anberaumen. Nur ein Anhaltspunkt. Sollten Sie mich morgen anrufen und sich für Enbicon entscheiden, erhalten Sie sofort einen Vorschuss in Höhe von dreißigtausend Euro. Spesen werden komplett übernommen. Sie bekommen einen Fahrer und Tourmanager."

„Oho, da werden keine halben Sachen gemacht, haha", eifert Uwe, als wolle er seinen Anteil an Ehlings Konzept in Erinnerung rufen. Wenn man *keine* Werbung und *kein* Engagement als Anteil betrachtet, dann ist Uwe dafür natürlich voll verantwortlich.

Ehling versorgt uns noch mit ein paar Fakten über seine Firma, wen sie in den USA alles vertreten und dass ich ihr erster Kunde in Europa wäre und sie sich voll auf mich konzentrieren würden. Wir sollen uns nicht irritieren lassen, wenn wir bei unserer Recherche nicht viel über Enbicon in Erfahrung bringen, da es deren Strategie ist, keine Werbung für sich, sondern nur für ihre Kunden zu machen. Das Team, das sich um meine Vermarktung kümmern würde, könnte ich persönlich kennenlernen, wann immer ich wollte. „Sich in natura beschnuppern ist immer von Vorteil", so Ehling.

Die ganze Zeit höre ich wie versteinert zu. Das alles ist zu gut um wahr zu sein. Sind das meine Belange über die hier geredet wird? Achtung, Achtung, wichtige Regel: Wenn du etwas unbedingt willst, verhalte dich so, als wäre es dir egal – aber Vorsicht, Vorsicht, auch nicht *zu* egal.

In betont neutralem Ton sage ich: „Ja."

Ich glaube, Uwe ist noch fertiger als ich, weil er keinen persönlichen Nutzen aus diesem unwirklichen Angebot zieht. Gut möglich, dass es ihn daher noch tiefer ins Mark trifft. Wenn man mitbekommt, wie jemand anderes vor den eigenen Augen etwas gewinnt, hat man verrückterweise das Gefühl, einem selbst würde etwas vorenthalten.

Ich beiße die Zähne zusammen, unterdrücke ein Gähnen, das meistens über mich kommt, wenn ich nervlich angespannt bin. Früher habe ich mir vorgemacht, dieses Gähnen sei ein Zeichen, ich sei besonders gelassen. Was genauso naiv ist, wie anzunehmen, Pfeifen sei ein Zeichen, man sei besonders entspannt. Gähnen und Pfeifen (vielleicht noch mit Vibrato!) sind nur eins: ultimative Hinweise auf *Nervenbündel.*

Rick, abschließend: „Wie gesagt, Sie wären in Europa unser Erster. (Er lächelt.) Für unsere Etablierung auf dem Markt ist es uns wichtig, gleich mit unserem Einstandsprodukt einen richtig profunden Knaller vorweisen zu können."

Ein paar Fragen fallen mir doch noch ein und ich bin verheerend nett, kriecherisch bemüht und wäge jedes Wort übervorsichtig ab, so sehr möchte ich, dass das mit Ehling klappt. Meine ganze Gestalt röchelt: *Buche mich vierundzwanzig Stunden durch, lass uns Tag und Nacht Promo machen, arbeiten, Gas geben, Erfolg, Gipfel, Erlösung, ich tue alles. Ich bin bereit. Be prepared when opportunity knocks? I am, I am, Grundgütiger, ich bin bereit. Scheiße bin ich bereit.*

Es ist kurz nach neun, als wir drei uns bester Dinge erheben und Hände schütteln. Glücklicherweise ergibt es sich, dass Uwe im Büro zurückbleibt und Ehling und ich zeitgleich gehen.

„Vermarktungstechnisch idealer Name übrigens", fängt Rick Ehling ein paar Sekunden später an, als wir den schwach erleuchteten Gang zum Lift durchschreiten.

„Schneeweiß?", nenne ich meinen eigenen Namen als Frage. (Ich habe meinen Namen noch nie gemocht, fällt mir da wieder auf.)

„Hmm."

„Finden Sie?", sage ich rhetorisch ziemlich mau. Ich stehe eben unter Schock.

Ehling: „Ich habe in Ihrem Alter auch zu schreiben versucht. Bin kläglich gescheitert. Ich bewundere diese Fähigkeit sehr. Und den Antrieb es wirklich durchzuziehen."

Der Lift macht pling, wir steigen ein.

„Und was denken Sie über meinen Vorschlag?", bittet Ehling mich um meine Meinung und drückt nachhaltig auf E.

„Es klingt ungewöhnlich hervorragend", hechle ich irgendwie.

„Herr Schneeweiß, lassen Sie es uns versuchen. Wie gesagt, es gibt keine Gefahr, Sie unterschreiben nichts. Wir prüfen beiderseitig, wie wir miteinander auskommen, wie es mit uns läuft, und im Januar sehen wir weiter. Sie können nur gewinnen." Er reicht mir eine Visitenkarte aus dickem Papier, seine Daten sind in erhabenen Prägebuchstaben gedruckt. „Wir würden auch dafür sorgen, dass umgehend professionelle Fotos und Infomaterial angefertigt werden. Kennen Sie Knut Malik? Einer der gefragtesten Fotografen der Welt, den würden wir verpflichten, um Sie abzulichten ..."

„Oh, okay."

Der Lift geht auf. Erdgeschoß.

„Was hielten Sie davon, wenn wir Ihnen auch einen Personaltrainer zur Verfügung stellen, zur Vorbereitung auf die Strapazen der Tour? Kleines Sportprogramm? Hätten Sie Lust? Achim ist ein prima junger Mann, ich kenne ihn persönlich, trainiere auch manchmal mit ihm. Der macht Sie richtig fit. Was denken Sie?"

Der macht mich richtig fit, sagt er! Ein charmanter Witzbold, großartig. Natürlich will ich diesen Trainerfuzzi, aber mir entgeht nicht, dass Ehling ihn mir auf den Hals hetzt, weil er mich für zu fett hält. Recht hat er.

„Ja klar, sehr gern", bestätige ich, mittlerweile in der Lobby angekommen. Die Beautyqueen hinter dem Empfang ist um die Uhrzeit komischerweise immer noch da und mir geht durch den Kopf, ob sie vielleicht auf Uwe wartet. Sie wirft uns einen Blick zu, aber es gelingt mir, ihn zu ignorieren. Bevor wir durch die große Glastür hinaus in die Nacht treten, sagt sie gut hörbar zu unseren Rücken „Wiederseh'n", weil das in ihrem Arbeitsvertrag steht. Ich mache mir nicht die Mühe. Ehling sowieso nicht. Der vögelt so eine zum Frühstück, könnte ich mir vorstellen.

Das Verlagsgebäude lassen wir hinter uns, Ehling schildert mir die Stelle im Buch, die ihm am besten gefallen hat. Er ist wirklich sehr freundlich zu mir, nicht so aufgesetzt und offensiv, sondern völlig locker. Alles, was er in Aussicht stellt, mutet zwar utopisch an und gibt mir schon deshalb zu denken, aber es stimmt: wenn ich nichts unterschreibe, bestehen keine Gefahren. Wobei ich bereits davon ausgehe, dass wir langfristig ins Geschäft kommen. Ich spüre das. Auch weil ich es möchte, wie sonst nichts auf der Welt.

Kühl ist es, ein leichter Wind weht, als wir die Straße entlang gehen.

„Darf ich Sie irgendwohin mitnehmen?", fragt er und es klingt nach einem aufrichtigen Wunsch. Der hat's wirklich drauf.

Ich lehne dankend ab, das war gerade alles zu viel, ich muss jetzt allein sein.

„Na dann. Melden Sie sich, wann immer es Ihnen passt."

Er betätigt einen Infrarotschlüssel und die Warnblinkanlage seines Audis blinkt auf. Überrascht sehe ich mir das Modell an, einen dunklen A6, bin mir nicht sicher, habe vorhin nicht genau hingeschaut, aber trotzdem erkundige ich mich vorsichtig: „Entschuldigen Sie die Frage, aber kann es sein, dass wir uns vorhin auf der Straße begegnet sind …?“

„Was genau meinen Sie?“

„Haben Sie mich bei Ihrer Herfahrt beim Überqueren der Straße mehrmals angehupt?“

„Oh, ja, richtig, das war ich“, gibt er ohne Zögern zu.

Ich starre ihn ungläubig an: „Aber, … wieso? Ich war, … Sie, … wir waren doch noch richtig weit voneinander entfernt, weshalb dann …“

Er bleibt stehen und löst mein Gegurke ab: „Ich wollte Ihnen eine Chance auf Gelassenheit geben.“

Was? Er wusste, dass ich das bin, den er anhupt? Wie ein Schaf stehe ich da. Sein süffisantes Mienenspiel liefert mir auch keine schlüssige Erklärung. Er sagt, „Es war eine Gelegenheit für Sie, sich in Souveränität zu üben“, lächelt und lässt es dabei bewenden. Es wird still. Ein Umschlagmoment. Ein Paradigmenwechsel, der den vorangegangenen eineinhalb Stunden noch mehr Undurchsichtigkeit verleiht.

„Rick“, sagt er plötzlich und streckt mir seine rechte Hand hin.

„Chris“, sage ich schamhaft, weil ich Duz-Einführungen immer holzig finde. Außerdem fällt es mir schwer, ältere Menschen zu duzen, Rick ist sicher schon fast vierzig. Wir schütteln uns noch mal die Hände.

„Wunderbar, Chris. Hat mich sehr gefreut, dich kennenzulernen. Auf gute Zusammenarbeit. Ich freue mich wirklich. Wir schaffen da was *Großes*“, verabschiedet er sich munter, bereits die Autotürklinke umklammernd. „Soll ich dich wirklich nicht ein Stück mitnehmen?“

Ich schüttle den Kopf, sage Danke und grüble noch immer über sein Hupkonzert nach. Wie hat er sich ausgedrückt, er wollte mir eine *Chance auf Gelassenheit* geben?

Rick registriert meine Verwirrung und meint süffisant: „Was willst du? Du hast den Test doch hervorragend bestanden."

Accessoire

Unzählige Silvesterraketen erhellen den klaren Nachthimmel. Bereits kurz vor Mitternacht geht das Geballere los. Auf der Dachterrasse des Hotel Concorde in Berlin stehend, eingemummt in ihren dicken Mantel, Sektglas in der Hand, findet Mona beim Anblick der explodierenden Feuerwerkskörper, dass es jedes Jahr mehr buntes Spektakel gibt. Sie weiß, dass sie sich das jedes Silvester denkt.

Rick lehnt neben ihr gegen das Geländer der holzbodenverkleideten Plattform mit atemraubendem Rundumblick auf das feiernde Berlin. Er prüft seine Armbanduhr, 00:00:00, nickt und stößt mit seinem Glas gegen Monas, gibt ihr einen Kuss auf die Lippen und wirkt enorm nervös.

„Du machst dir Sorgen, oder? Komm, vergiss es wenigstens für den Augenblick", sagt Mona und wirkt beleidigt, dass Rick nicht mal jetzt abschalten kann. Stattdessen denkt er an die Kampagne, an die Spreads, die in diesem Moment auf den Servern weltweit veröffentlicht werden. Allen voran ein Mitschnitt der Steinigung eines jungen Mannes in Pakistan, die blutige Bestrafung für sein Vergehen, einen Artikel gegen die Ächtung Homosexueller in seiner Heimat veröffentlicht zu haben. Dieser heimlich aufgenommene Film wird Grundlage für den ersten Schwung von Call for Sanitys Leitartikelflut der nächsten Wochen werden und hoffentlich für ausreichend Diskussionsstoff sorgen. Die deutsche Titelstory hat Mona bereits verfasst.

„Entschuldige, du hast Recht, ich kann mich schwer auf das hier konzentrieren“, antwortet Rick, zeigt auf die anderen Partygäste und nimmt Mona in den Arm. Mona legt ihren Kopf auf seine Schulter und ist in diesem sentimentalen Moment des Jahreswechsels leise erschüttert, dass sich die Befürchtung, ihre Beziehung könnte aufgrund Ricks beruflicher Verpflichtungen ein anstrengendes Dauerwechselspiel aus drohender Entfremdung und erneuter Annäherung werden, bewahrheitet hat. In den letzten drei Monaten haben sie sich vier Mal gesehen. Die tägliche Telefoniererei ist kein adäquater Ersatz. Und wenn sie sich treffen, braucht Rick stundenlang, bis er halbwegs von seinem Trip runtergekommen und auf Mona eingestellt ist.

Nicht, dass es Mona während seiner Abwesenheit langweilig wäre, ihre Arbeit für Call for Sanity ist derart aufwendig, dass sie kaum eine Minute frei hat. Und es macht ihr Spaß. Die Pressekoordination, die Abstimmung mit den Vorgaben aus der Zentrale in Los Angeles, die aufrichtige Leidenschaft für die gemeinsame Sache, die unter allen CfS-Mitarbeitern herrscht, es ist genau, wie Rick es beschrieben hat, man hat das Gefühl an einer Revolution teilzuhaben. Aber der Preis der Belastung ihrer Beziehung erscheint Mona enorm hoch.

Zehn Minuten stehen die beiden Arm in Arm am Südende der Dachterrasse, bis Rick sich entschuldigt und rüber zu Chris Schneeweiß wandert, der zusammen mit dem ebenfalls gestresst wirkenden Carl Thomas, extra aus L.A. angereist, an der Außenbar steht und sich unterhält. Rick klinkt sich in den Dialog der beiden ein, nachdem jeder mit jedem auf das neue Jahr angestoßen, aber nur Carl das Glas im Anschluss zum Mund geführt hat. Mona beobachtet die drei Männer, wie sie angeregt und vertraut Gedanken austauschen, gelegentlich lachen und Rick Chris einen freundschaftlichen Stups gibt, beide feierlich Hände schütteln und Rick schließlich wieder zu Mona zurückschlendert. Rick und Chris, die zwei verstehen sich wirklich sehr gut, surrt es durch Monas Kopf, Rick redet nur in den besten Tönen von ihm. Bislang glaubt Schneeweiß noch, Rick und Enbicon seien ausschließlich an der Vermarktung seines Buchs interessiert. Worauf das Unterfangen jedoch wirklich zielt, ist ihm nach wie vor nicht bekannt.

Mona ist fast ein bisschen eifersüchtig auf Chris, weil Rick so viel Zeit mit ihm verbringt. Und auch mit Carl. Und es macht die Sache nicht besser, dass sie sich nicht sicher ist, was sie von Carl, mit seinem leicht verkniffenen Gesicht, hält. Sie kann nicht einschätzen, mit wem sie es da zu tun hat. Er ist ein korrekter, umgänglicher Typ. Das schon. Aber dennoch würde sie ihm nicht mal einen Brief anvertrauen, dass er ihn für sie in den Postkasten wirft. Was nicht nur damit zu tun hat, dass ihr bei Männern mit runden Brillengläsern grundsätzlich Vorsicht geboten scheint, weil sich hinter dem kreisrunden Gestell meist ein ungemütlicher Charakter verbirgt.

„Ich musste eben noch was mit Chris besprechen, weil ich ihm nächste Woche das Angebot für die Call for Sanity-Kampagne vorlegen werde“, erklärt Rick ihr rechtfertigend und klingt, als wäre sein ganzes Leben nur eine Einleitung für das gewesen, was nun kommt.

„Wollen wir uns reinsetzen? Es ist kalt“, meint Mona und geht voraus. Sie nehmen in dem verglasten Bereich neben einem offenen Kamin Platz. Da der Großteil der Gäste noch draußen steht und sich die Feuerwerke ansieht, sind sie fast allein in der geschmackvollen Lounge mit zahlreichen Couches, Sitznischen und Glastischchen, auf denen rechteckige Honigkerzen flackern. Ein Pianist klimpert im Hintergrund, während sich ein angeheiterter Gast neben den Flügel gesellt und zu einer unglaublich unmusikalischen Interpretation von „How Deep Is Your

Love" ansetzt. Drei livrierte Kellner rennen herum und präparieren das After-Midnight-Dinner an einer Tafel, die 50 Personen Platz bietet.

„Ich habe gerade mit Chris gewettet, dass er es nicht bis Mittwoch schafft, die Bibel und den Koran auswendig zu lernen", sagt Rick zu Mona, die nur „Oh" raunt und sich um eine Mischung aus nüchterner Kenntnisnahme und sparsamer Gekränktheit bemüht.

„Vier Kisten Cuvée Belle Epoque als Einsatz. Mal sehen, ob er's schafft. Ich glaube, ich verliere."

„Nein, du *hoffst*, du verlierst", sagt Mona.

Rick lacht und reckt das Kinn.

„Findest du nicht, dass es schön wäre, wenn du auch geistig anwesend wärst, wenn du körperlich bei mir bist? Noch dazu an Silvester? Es gibt eine Zeit und einen Ort für alles", sagt Mona argwöhnisch, und Rick offeriert einen Blick, der alles heißen kann, ihr im Moment aber nicht genügt.

„Es tut mir leid. Gib mir noch ein paar Wochen, dann sind wir aus dem Gröbsten raus. Ich kann gerade nicht so leicht abschalten. Genau heute geht's wirklich los, das weißt du, nach all den Jahren Vorarbeit ... Aber für heute Nacht bin ich ganz bei dir." Rick bekräftigt seine Aussage mit einem Straffen der Mundwinkel, reißt sich am Riemen und die nächste Stunde schaffen er und Mona es, sich noch etwas ins Getümmel zu werfen und den Anlass gebührend zu feiern.

Als sie um halb zwei auf Ricks Suite gehen, passiert etwas Merkwürdiges, was in seiner spröden Eigenartigkeit perfekt zu dem vorangegangenen Abend passt.

Bei Betreten des Zimmers fällt Monas Blick sofort auf das blaue Deckchen neben dem Bett. Da ist es wieder! Genau wie beim ersten Mal, als sie Rick im Mandarin Oriental besucht hatte. Und die drei Plastikbälle sind ebenfalls wieder darauf verteilt.

Diesmal muss sie ihn fragen. Während er im Bad steht und sich die Zähne putzt, setzt sie sich auf die Bettkante und ruft durch die offene Tür: „Sag mal, was ist das eigentlich für eine Decke da am Boden?"

Mit Zahnbürste und Schaum im Mund tritt Rick unter den Rahmen der Badtür und nuschelt: „Warte kurz." Weiterschrubbend durchschreitet er das Zimmer, öffnet einhändig seine Reisetasche, zieht ein gerahmtes Foto raus und reicht es Mona. Sie besieht sich den Schnappschuss, auf dem ein cremefarbener Labrador abgebildet ist, der fast den Eindruck vermittelt, lausbubenhaft zu grinsen.

„Süß, wer ist das?", ruft Mona Rick zu, der schon wieder im Bad ist, sich hörbar den Mund spült und deshalb nur „Moment" gurgelt.

Der Hund auf dem Bild ist Pascha, ein junger Rüde, der letztes Jahr überfahren wurde. Von einer älteren Dame, die keine Schuld traf. Pascha lief beim Gassigehen einfach quer über die Straße. Chancenlos auszuweichen. Der Preis leinenloser Freiheit. Dabei war er immer so folgsam, parierte mit Inbrunst aufs Wort - nur in diesem kurzen Moment nicht. Die Unfallfahrerin war selbst völlig fertig und am Ende musste Rick sie trösten, obwohl er gar nicht wusste, wohin mit seinem kalten Entsetzen über das tote, blutige Fellbündel da auf dem Asphalt, das er vier Jahre zuvor als halb verhungertes, völlig verschmutztes Welpen aus dem Abfalleimer einer Autobahnraststätte gezogen hatte, in einer fest zugebundenen Plastiktüte, zusammen mit Paschas Bruder, der nur wenige Stunden überlebte.

Bei einem Pinkelstopp auf einer Geschäftsfahrt nach Lyon hatte Rick ein leises, jämmerliches Wimmern in einer der Mülltonnen bemerkt. Mit spitzen Fingern fischte er die Tüte heraus, entwirrte den komplizierten Knoten und sah zwei aneinandergeschmiegte, verschmutzte Jungtiere kurz vor dem Ersticken. Er wusch sie behelfsmäßig mit Cola ab, was anderes hatte er nicht dabei, legte sie auf eine ausgebreitete Tageszeitung auf den Beifahrersitz, raste den Rest der Strecke nach Lyon, schmuggelte sie ins Hotelzimmer, einer der beiden Welpen hörte auf zu atmen, starb, Rick entsorgte ihn später in einem Mülleimer auf der Straße vor dem Hotel, und verbrachte die folgenden Nächte mit dem kleinen Pascha auf seiner Brust, damit er seine Körperwärme und Atembewegungen spürte. Master P entwickelte sich prächtig, wurde zu einem gleichzeitig extrem verwöhnten wie kompromisslos loyalen Begleiter, und bis zu jener Sekunde, als ein VW-Kühlergrill gegen seinen Körper prallte, waren er und Rick unzertrennlich.

Und nun war er tot. Nach dem Unfall trug Rick den leblosen Pascha auf Händen nach Hause. Eine Woche redete er mit niemandem, stellte Telefon und alles andere ab. Er will nie wieder ein Tier, so was möchte er nicht noch mal durchmachen.

In Gedenken an Pascha nimmt Rick dessen heißgeliebtes Deckchen überallhin mit und legt es aus, wo immer er weilt.

Mona sitzt noch auf der Bettkante, das Bild in der Hand, und wartet auf Antwort. Rick tritt aus dem Bad, trocknet sich den Mund mit dem Handtuch ab, das er über die nackten Schultern gelegt hat, und meint ganz sachlich: „Das ist Pascha, ein alter Freund. Schon tot, aber ich hab einfach nicht vor, ihn zu vergessen.“ Mehr sagt er nicht.

Inthronisierung

„14 Kilo in drei Monaten, nicht schlecht“, kommentiert mein Personal Trainer Achim, schaut von seinem Klemmbrett auf und trägt mein aktuelles Gewicht, ohne hinzusehen, mit erstaunlichem Geschick ein, während ich von der Waage des Fitnessclubs steige.

„Dann kann ich mir heute ja guten Gewissens leisten, richtig reinzuhauen“, gebe ich zu Protokoll und meine es gar nicht so. Nach der Schinderei werde ich mich hüten. Ich sehe abgespeckt wirklich viel besser aus. Noch fünf Kiloleins und ich habe Perfektgewicht.

„Chris, mach keine Sachen. Bloß weil heute Neujahr ist, weiß das dein Stoffwechsel noch lange nicht. Und es ist ihm auch egal ...“ Ich blinzle, schon kapiert.

Er zückt seinen Zeigefinger, sieht mich beschwörend an: „Außerdem ist es nicht logisch zu sagen, man kann es sich leisten zu sündigen, denn genau in dem Moment, in dem man es sich leistet, wird die Grenzübertretung bereits vollzogen und man kann es sich schon nicht mehr leisten.“

„Bin ja nicht blöd“, antworte ich abwiegelnd, was natürlich nicht hundertprozentig stimmt, bei niemandem. Er reicht mir mein Handtuch, ich tupfe mir übers schweißnasse Gesicht. Das Handtuch ist superflauschig, man bekommt beim Einchecken zwei davon in die Hand gedrückt, ebenso wie einen Bademantel, Duschgel und Kopfhörer, wenn man mag, all inclusive. In diesem Edel-Fitnessclub hat man den Eindruck, die Frauen schminken sich, bevor sie zu trainieren beginnen ... die Böden aus teuren Fliesen in Pastelltönen, die Wände aus Holz und Chrom, brandneue Geräte - das ist schon ein Kontrast zu meiner Boxbude daheim, in der ich seit einer Ewigkeit nicht mehr war.

„Das mit deinem Gewicht“, fügt Achim engagiert an und überfliegt dabei meine Tabellenliste, „das liegt nicht nur am Training allein, das ist auch die Halbierung deiner Kohlehydrate-Zufuhr“.

Ich stimme ihm zu, indem ich „Mja“ nicke. Er sagt immer Kohle-hydrate statt Kohle*n*hydrate. Mein Achim. Und R*i*cola statt R*u*cola.

„So, noch das eine Gerät.“ Er bedeutet mir zur Trizepsmaschine zu kommen und macht die Einholbewegungen nicht mit dem Zeigefinger, sondern mit dem kleinen. Das sieht vielleicht aus.

Artig greife ich mir das an einem Seilzug hängende Tau und ziehe es mit angewinkelten Armen nach unten. Und lasse es wieder zurück nach oben gleiten, wieder ziehen, wieder zurück. Achim tut dabei seinen Job, nämlich daneben stehen, meine Wiederholungen laut mitzählen „Und fünf, und sechs, sieben, und aaacht ...“, und dazwischen „Jawohl und noch einmal, ja“ zu skandieren. „Und sechzehn, und, komm, einen noch, siebzehn, sehr gut, wuuh!“

Natürlich lässt er mich nicht absetzen, als ich mit letzten Kräften die vereinbarten zwanzig Wiederholungen ausgeführt habe, sondern sagt „Und jetzt komm, noch drei“, - immer dasselbe. Ich gehorche abermals, setze die Gewichte also erst nach drei zusätzlichen Zügen keuchend ab, und stütze mich sofort, völlig außer Atem, vornübergebeugt mit den Händen auf meine Oberschenkel. Luft! Erledigt, von der ganzen hinter mir liegenden Trainingseinheit, wie auch dem kompletten vergangenen Vierteljahr, das mich zu dem Shooting Star der Literaturszene gemacht hat, der ich mittlerweile bin. Kurzatmig starre ich auf den Boden und lalle ohne Puste: „Boah is’ mir schlecht. Kreislauf! Schwindlig!“

Woraufhin Achim der Schinder, der trotz gestrigem Silvester kein bisschen lockerer drauf ist als sonst, das einzig Logische sagt, wenn seinem Schützling speiübel ist und er aus dem letzten Loch pfeift: „Komm, legen wir noch fünf Kilo drauf.“

Da ich konditionell mittlerweile topfit bin, erhole ich mich mit zwei tiefen Atemzügen einigermaßen und lange nach dem Seil. Achim zählt meine Wiederholungen wieder laut mit, und auch wenn er aufwärts zählt, ist es für mich doch ein Countdown. Nach Beendigung dieser Trainingseinheit geht für mich eine dreimonatige Arbeitsstrecke zu Ende, die mein Leben komplett umgekrempelt hat und mir jeden Tag mindestens einen öffentlichen Auftritt abverlangte. Meistens sogar bis zu vier Terminen. Gestern hatte ich drei letzte hier in Berlin. In zwanzig Minuten holt mein Fahrer mich vor der Tür des Health Clubs ab und wir brausen heim. Viereinhalb Stunden Autobahn.

Achim lotst uns zu den Bodenmatten und macht eine Ansage: „Wir probieren jetzt einen besonderen Winkel für deine untere Bauchmuskulatur."

„Was? Noch eine Übung? Ich dachte, wir sind fertig."

„Die eine noch, Chris, die eine noch. Du weißt doch: No pain, no game."

Ich schaue verdrießlich und bin versucht zu sagen, dass es ga*in* statt ga*me* heißt, no pain no gain, aber was soll's. Achim hat ja auch mal gesagt, Michael J. Fox hätte Pakistan. Statt Parkinson.

„Pass auf. Du legst dich auf den Rücken und ich fixiere deine Fußgelenke", so Achim.

„Und was hieltest du davon, wenn ich mich auf den Rücken lege und du fixierst meine Fußgelenke?"

„Sehr witzig, Chris."

Sechzig Wiederholungen später marschieren wir in die Umkleide. Ausziehen, Shampoo greifen, Spind zusperren. Gerade schlüpfe ich in meine Badeschuhe, um zum Duschen zu gehen, da spricht mich ein Rotschopf mit chronisch offenem Mund an, der mir vorhin schon im Trainingsbereich aufgefallen ist. Er will ein Autogramm und hält mir einen knittrigen Zettel und Stift hin. Nackt stehe ich also da und kritzle eine Widmung auf das Blatt. Ich gebe dem Typen mit den weißen Wimpern, die ihn wie ein Hühnchen aussehen lassen, Papier und Kuli zurück und greife nach meinem Handtuch. Leider besitzt er die Unverfrorenheit, mir noch seine „ganz persönliche" Deutung meines Romans anzubieten, die „übrigens auch" seine

Freundin teilt, die mein Buch „ebenfalls gelesen“ hat. Er erklärt mir ausgiebig die wahre Intention eines meiner Handlungsstränge des dritten Kapitels, wobei er netterweise von der Annahme ausgeht, dass ich ein kompletter Idiot bin.

Achim wartet, nackt wie ich, mit Duschgel in der Hand neben mir und kaut an seiner Unterlippe, während ich mich redlich bemühe, Fred Feuersalamander geduldig zuzuhören, in der sicheren Gewissheit, dass auch dieser Moment vorübergeht. Es ist der Mehrdimensionalität menschlichen Seins geschuldet, dass dabei zwei Gefühlsregungen in mir konkurrieren: 1. lass mich doch jetzt mit dem Blödsinn in Frieden, und 2. vielen Dank, dass du dich mit meiner Arbeit auseinandersetzt. Aber es ist auch der Situation geschuldet, dass ich mir zudem überlege, warum ihm nicht klar ist, dass ich im Adamskostüm vielleicht keine halbgare Abhandlung aufgenötigt bekommen möchte. Drei Minuten Monolog zuzuhören, während dein Schwanz freihängend zwischen dir und einem Wildfremden baumelt, sind ganz schön lang, aber damit hat Rotköpfchen kein Problem. Da fehlt's hinten und vorn.

Nicht-negativ-auffallen ist echt eine Kunstform.

Als er schließlich abzieht, sehe ich, dass er ein Steißbein-Tattoo trägt. Ich staune nicht schlecht, Arschgeweih beim Mann! Noch nie gesehen.

Die Duschen sind in beigefarbenem Sandstein gehalten und mit diesen riesigen Regenduschköpfen ausgestattet, die richtig Spaß machen. Ich räkle mich unter dem heißen Schauer. Ein Problem habe ich bei fest installierten Duschköpfen trotzdem immer: wie wasche ich die Seife aus dem Intimbereich ab, wenn das Wasser nur von oben kommt? So gründlich wie mit einer Handdusche geht das nie. Ich frage mich, ob andere das auch stört.

In gesponserte Schals und Mützen vermummt verlassen Achim und ich den Fitnesstempel, der Wagen wartet schon, wir springen hinein.

„Hi Charlie", so heißt mein Chauffeur und Tourmanager in Personalunion, der dafür sorgt, dass ich mich um nichts kümmern muss, außer pünktlich am vereinbarten Ort zu erscheinen. Den Rest macht er: Terminierungen, Absprachen, Kleinkram, Großkram, Problembeseitigungen aller Art, mir Ärger verschweigen, mich verschonen, um mich aufs Wesentliche konzentrieren zu können. Ich werde sehr verwöhnt.

Nichts wie heim.

Heute ist ein Im-Auto-Schweigetag. In dieser Dreierkonstellation, Achim und Charlie und ich, sind wir das ganze letzte Vierteljahr von Ort zu Ort gefahren. Wir haben uns daher schon über alles ausgetauscht, über was man sich austauschen kann.

Mit jedem wortlosen Kilometer den wir zurücklegen, gehe ich ein klein wenig mehr in mich und rekapituliere, was geschehen ist, seit ich an einem Mittwoch Ende September Enbicon mein Management übergab. Gleich am darauffolgenden Tag wurde mir die vereinbarte Vorschusssumme in Höhe von dreißigtausend Euro überwiesen. Außerdem begann mein Sportprogramm mit Achim. Immer morgens um sieben, sehr gewöhnungsbedürftig. Er ist dafür verantwortlich, dass ich, noch vor einem Ernährungsplanfrühstück, mein Jogging und Krafttraining absolviere. Seit Tag eins machen wir das ohne Unterbrechung, bis auf das eine Mal, als ich während der Lesetour mit Antibiotika vollgepumpt wurde, weil ich krank zu werden drohte, und ein weiteres Mal, als ich mit Antibiotika hochgespritzt wurde, als sich eine überlastungsbedingte Stimmbandentzündung ankündigte.

Bereits Ende Oktober wurde mir vom Verlag mitgeteilt, dass mein Buch in einem Rutsch in die vierte, fünfte und sechste Auflage geht und Übersetzungsanfragen aus neunzehn Ländern vorlägen.

Rick Ehling hat nicht zu viel versprochen, Enbicons Vermarktungsstrategie funktioniert. Sie erzeugen einen Wahnsinnhype. Nicht zu glauben. Für mich ist es immer noch, als wäre nicht wahr, was passiert.

In Zahlen: Bis zum heutigen 1. Januar hat sich mein Roman 1,4 Millionen Mal verkauft, was ich mir gar nicht richtig vorstellen kann. Allein im Oktober absolvierte ich 13 Fernsehauftritte, 78 Interviews und wurde kurzzeitig sogar von einem Mediencoach darin unterrichtet, wie ich mich rhetorisch noch besser schlagen kann. Diese Schulung brachen wir jedoch schnell ab, weil ich rasch merkte, ich kann diese Regeln nicht adaptieren. Dieses Geschwafel, das durch seine Konformität so neutralisiert klingt, wie ein Schluck destilliertes Wasser schmeckt. Jede Form von Schulung ist für mich sinnlos. Dieser Spaß an der eigenen Standardisierung, ich kann das nicht. Ich kann nur mich.

Je sicherer ich mich fühle, je mehr mein Erfolg mir Rückendeckung gibt, desto mehr komme ich mir wie ein losgelassener Kampfhund vor, der es jedem zeigen will, nachdem er zu lange ein unfreiwilliges Schattendasein fristen musste. Ich kann nicht leugnen: Wenn ich mit verschiedenen Gästen in einer Talkrunde sitze, möchte ich auf die Teilnehmer, deren Meinungen nicht mit meinen konform gehen, sofort losgehen. Hierbei besteht meine Selbstdarstellungstechnik darin, gewählt zu formulieren und in regelmäßigen Abständen kräftige Substantive einzuweben, um mit diesem Kontrast den Effekt zu erreichen, um den es geht: Aufmerksamkeit.

Das Schöne daran: ich komme an. Rick und seine Leute sind begeistert von mir. Wir können uns vor Anfragen kaum retten.

Noch ein paar Zahlen mehr: Aus den geplanten 41 Lesungsterminen wurden 47. Anfangs kamen knapp zweihundert, schnell über vierhundert und ab Dezember las ich nie vor weniger als tausend Zuschauern. Das ist viel, ist schließlich kein Popkonzert.

Insgesamt fünf Groupies habe ich mit aufs Zimmer genommen, recht halbherzig. Da ich mit dem Kopf immer schon beim nächsten Termin bin, will ich lieber zeitig ins Bett. Job geht vor. Es kam überhaupt nur so weit, weil die Frauen von unnachgiebiger Renitenz waren. Von der subtil militanten Abteilung. Nicht die Sorte Frau, die dir zu verstehen gibt, dass sie dich umbringt, falls du sie nicht mit aufs Zimmer nimmst, sondern dass sie *sich* umbringt. Das ist mir auch lieber.

Groupies sind überhaupt Geschmackssache, haben alle eine Schraube locker. Ich halte sie vom ersten Hallo an auf Abstand. Ihre Anbetung schlägt sonst um in Vertraulichkeit, und die würde das angebetete Objekt (mich) sofort seiner Besonderheit berauben.

Zwei der fünf hatten Traumhaare. Dichte, volle, gesunde, weiche, warme, wundervolle Haare. Aber offen gestanden, wenn man's dann direkt vor sich hat, macht man auch nichts Besonderes damit ...

Es versteht sich von selbst, dass ich nach dem Sex penibel darauf geachtet habe, die verwendeten Kondome umgehend eigenhändig in der Toilette zu entsorgen. Spülung, und auf Nimmerwiedersehen. Bloß kein Sperma herumliegen lassen. Nicht auszudenken, was eine Frau damit anstellen kann. Alles ist möglich. Alles, was denkbar ist.

Laut Charlie legten wir in den letzten drei Monaten 24.327 Autobahnkilometer zurück, ich erlebte 21 Flugzeugstarts (und Landungen) und verdiente nach Einspielen meines Vorschusses zusätzlich 48.000 Euro durch TV-Auftrittsgagen, Lizenzen und Vorschüsse auf weitere Projekte. Und das sind nur die Beträge, die schon eingegangen sind, der Löwenanteil wird erst in den nächsten Wochen ausgezahlt. Zudem wird die Summe für die Verfilmungsrechte von *Ausschweifungen* derzeit ausgehandelt.

Was da gerade vor sich geht, ich habe nicht die leiseste Ahnung.

Mir tut Stress aber gut. Mich bis an die Grenze zu fordern entspricht mir, das weiß ich jetzt. Schon immer glaubte ich, nichts darf einfach nur so zum Spaß oder zur Erholung sein. Alles muss etwas Anstrengendes haben, sonst ist es nichts wert.

Ferner weiß ich auch, dass mir der Erfolg noch nicht übermäßig zu Kopf gestiegen ist, weil ich nach wie vor nicht zu denen gehöre, die am Ende eines Interviews auf den Satz „Danke für das Gespräch" mit „Bitte" antworten, sondern mit „Danke auch". Und weil ich noch keiner der eitlen Fatzkes bin, die auf die Frage „Was sind Ihre Schwächen" in leidendem Tonfall antworten „Ich glaube, ich bin zu pedantisch", um damit den Leuten nichts weniger als ihre Lieblings-Selbstbeschreibung unterzuschieben.

Aber ich stelle fest, je mehr man mir die volle Aufmerksamkeit schenkt, desto weniger bin ich imstande, den anderen zuzuhören.

Und nicht nur das.

Ich merke, dass ich ungeduldiger werde.

Achim, Charlie, ich und der S-Klasse Mercedes passieren die bayerische Landesgrenze mit 242 km/h. Wir rauschen dahin.

Ich werde nie begreifen, wie manche gemütlich rechts fahren können und nicht so zügig als möglich voranzukommen versuchen.

Aber Leute bleiben ja auch auf Rolltreppen stehen, anstatt sie als *zusätzliche* Beschleunigung zu verstehen.

Um 16 Uhr, wie immer früher als vom Navi errechnet, lässt Charlie mich vor Frau Killers Haus raus, es ist schon dunkel.

„Tschau Jungs, bis dann“, sage ich.

„Tschau Chris, Ohren steif“, sagt Achim.

„Tschau Chris, ich ruf dich morgen an“, sagt Charlie.

Ich knalle die Autotür zu. Die Limousine rast davon.

Da wär' ich. Daheim.

Kein Empfangskomitee, versteht sich. Nach dem ganzen Trubel wirkt das trist. Genau so trist, wie die Fassade des Hauses, die im fahlen Licht der Straßenlaterne mit der darauf abgelagerten Rußschicht verschmilzt. Wenn Frau Killer mir mit Neuanstrich kommen sollte, werde ich ablehnen. Das soll jetzt mal schön ein anderer Blöder machen.

Ich wuchte meine Monstertasche in die Höhe, stoße die Gartentür mit dem Fuß auf und durchschreite den Vorgarten, in dem vereinzelte Schneeflecken liegen. Im Haus ist es ruhig, als wäre niemand da, was mir recht ist. Unentschlossen stehe ich im Flur. Die Stille drängt sich mir auf, sie ist der Kontrast zu der Welt, aus der ich gerade komme. Und ich fühle, dass in dieser Stille auch die Furcht mitschwingt, ob das ganze Glück, das ich hatte, womöglich mit diesem Augenblick aufgebraucht ist. Ob es in letzter Zeit einfach zu viel des Guten war, um weiter anhalten zu können. Weil nichts was Freude macht, von Dauer sein kann.

Die Stille hält an. Auf dem Weg die Treppe hinauf, in mein Zimmer, umtönt mich ein Meer der Niedergeschlagenheit - nicht zu verwechseln mit Nachdenklichkeit. Ich bin deprimiert. Schätze, es wird immer kompliziert, wenn sich ein Wunschziel verwirklicht.

In dem Moment, in dem ich die Tür meines Kabuffs öffne und meine 16-Quadratmeter-Parzelle erblicke, denke ich mir: Hoppla, ein Zimmer im Marriott sieht anders aus.

Beim Betreten empfängt mich der frische Geruch von monatelang abgestandenen Möbeln. Die Stoßlüftung macht den Raum mindestens fünf Grad kälter, der kleine Elektroofen gluckert, als ich ihn andrehe.

Ein paar Minuten später liege ich auf meiner Matratze und wage mich mit meiner Flasche Absolut, einer Wodka-Marke, die mir in den letzten Wochen besonders ans Herz gewachsen ist, in höhere Promillebereiche vor. Auf meinem schuhschachtelgroßen Fernseher läuft ein Ratequizz. Ich weiß alle Antworten, wäre jetzt Millionär, wenn ich's nicht sowieso schon bald wäre. Ich trinke direkt aus der Flasche. Nicht mal Schuhe und Reisejeans habe ich ausgezogen, derart vorbehaltlich fühle ich mich.

Aus meiner Tasche krame ich die Bibel und den Koran hervor. Hat mir Rick heute Morgen noch bringen lassen. Wir haben eine Wette laufen. Auf der Silvesterfeier gestern forderte er mich heraus, ob ich bis zu unserem nächsten Treffen Bibel und Koran auswendig zu lernen imstande wäre. Nichts leichter als das, prognostizierte ich und wir wetteten um vier Kästen Schampus von einer Marke, von der ich noch nie gehört habe und bei der eine Flasche dreihundert Euro kosten soll. Bittesehr.

Da ich sowieso nichts mit mir anzufangen weiß, schalte ich den Fernseher aus und beginne mit der Bibel, gedruckt auf diesem ganz eigenen, dünnen Papier, Seite eins.

Als ich klein war, ließ mich meine Mutter in der Kinderbibel lesen. War mir schon damals zu viel Gemetzel und Grausamkeit. Bei mir war da nichts zu machen, hat sie schnell akzeptieren müssen. Ich stand eher auf Agentenromane.

Die nächsten sieben Stunden memoriere ich chronologisch die Erwachsenenversion der Bibel, wie ich's immer mache. Es gestaltet sich jedoch schwieriger als erwartet, da meine fotographische Gedächtnisfähigkeit eng an die Verknüpfung mit dem Inhalt gekoppelt ist. Damit ich zügig mit Auswendiglernen voranschreiten kann, muss der Inhalt logisch und verständlich sein. Was bei der Bibel jedoch bedauerlicherweise nicht der Fall ist. Kurz gesagt: es ist eine einzige Katastrophe. Zahlreiche Kapitel widersprechen sich phänomenal und immer wieder bleibe ich an einzelnen Episoden hängen, die vor völlig unmotiviertem Blutdurst eines eitlen Gottestyrannen nur so triefen und vor willkürlichen Gräueltaten zur Verwirklichung einer erschütternd eindimensionalen Gottesidee förmlich strotzen. Und es fällt mir tatsächlich relativ schwer, dieses Schundbuch ordentlich zu memorieren, da ich nicht vermeiden kann entgeistert zu staunen, über einen faschistischen, kleingeistigen, eifersüchtigen, engstirnigen, herrischen, kinderschändenden, frauenmordenden, menschenunterdrückenden Gott voller Missgunst, sowie ein Bibelpersonal bestehend aus obrigkeitshörigen Cholerikern und pathologischen Schwachköpfen. Ganz abgesehen von der mangelhaften schreiberischen Qualität dieses blumigen Manifests, das in seiner Idiotie genau zu den Menschen passt, die sich darauf berufen. Menschen, die bei genauer Betrachtung eigentlich in die geschlossene Anstalt eingeliefert werden müssten.

Aber egal, ich glaube gegen Mitternacht habe ich Wort für Wort drauf und die erste Hälfte der Champagnerration in der Tasche. Den Koran zieh ich mir morgen rein. Wird von ähnlicher Qualität sein.

Nichts, wovor ich Angst haben müsste.

Einen Tag später sehe ich meiner Mutter, meinem Vater und Kai live und in Farbe dabei zu, wie sie Weihnachten mit mir nachfeiern, da ich am 24. Dezember nicht anwesend sein konnte. Keine Geschenke, wie abgemacht. Alle halten sich daran. Kein Ausreißer, der *doch eine kleine Überraschung* aus dem Hut zaubert und die anderen dadurch bloß schlecht dastehen lässt.

Wir sitzen am Wohnzimmertisch im Haus meiner Eltern. Eine Kerze brennt. Das obligatorische Gebet meiner Mutter (bei dem sie Gott mal wieder darum bat, er möge die physikalischen Gesetze des Kosmos für ihre speziellen Anliegen außer Kraft setzen), haben wir bereits hinter uns. Es gibt Suppe als Vorspeise, mit der einleitenden Bemerkung ich hätte wahnsinnig abgenommen und heute ein paar Karolien zu mir zu nehmen, täte mir sicher gut. Papa sagt Ka*rol*ien statt Kalorien und bemerkt es, aber verbessert sich nicht. (Mag sein, dass ich mittlerweile in natura etwas zu dürr wirke – aber auf der Bühne und auf Fotos komme ich damit als *genau richtig* rüber.)

Wir alle unterhalten uns so gut es geht und Mutti versucht offensichtlich, Kai nicht zu verletzen, während sie mir die irgendwie total falschen Fragen zu meiner „tollen Sache mit dem Buch" stellt. Sie fürchtet spürbar, dass mein Erfolg an ihrem Putzibär Kai seelischen Schaden anrichten könnte, wo doch eigentlich er an meiner Stelle stehen müsste. Kai und Mami. Wirklich nett, die beiden. Also tue ich uns allen den Gefallen und halte die Flamme klein, obwohl es mich vereinzelt fürchterlich jucken würde aufzutrumpfen, kriege aber schon von der Erwägung ein schlechtes Gewissen und mache auf Unschuld in Person, trinke zu viel, und kann mir die „eins Komma vier Million"-Absatzzahl dennoch nicht verkneifen. Worüber sollte ich sonst auch berichten? Überdies erwarte ich sowieso nicht, dass sie mir folgen können. Checkt doch eh keiner, welch ein Tornado da draußen auf dich einwirkt, wenn dein Produkt derart hohe Wellen schlägt und du herumgereicht wirst wie eine Attraktion.

Die Tischdekoration ist liebevoll arrangiert. Mutti, die ihre Haare heute wieder derart streng zurückgebunden hat, dass mir beinah die eigene Kopfhaut brennt, serviert uns den Hauptgang und murmelt dabei eine knappe

Segensbitte direkt nach oben, mit dem gewohnten Mangel an Plausibilität, wobei mich beim Anblick ihres routinierten Augenaufschlags nicht zum ersten Mal der Verdacht überkommt, dass sie womöglich nur so tut, als glaubte sie an Gott, damit sie es sich nicht mit ihm verscherzt, falls es ihn *tatsächlich* geben sollte. Was ich sowieso für die eigentliche Motivation aller Glaubensfrömmler halte: blanker Opportunismus. Bliebe nur die Frage, ob einem souveränen Weltenherrscher aufrichtige Skepsis nicht lieber wäre, als vorgetäuschte Arschkriecherei.

Mutti geht noch mal in die Küche, was holen.

Vielleicht bin ich undankbar und ungerecht.

Kai sitzt mir gegenüber, lässt eine dauernde unruhige Neugier erkennen, obwohl er wenig sagt. Ein seltener Anblick: Kai, der Schweiger.

Handelt es sich bei seiner Zurückhaltung gar um eine noble Entsagungsgeste? Kai, der Selbstlose?

Wahrscheinlicher ist, dass er schlicht erschlagen ist. Kai, der Kapitulierende! Nur eine weitere seiner imponierenden Facetten.

Davon gibt es viele.

Unter anderen: Kai, der Individuelle, der auf die Frage, ob er sein Wasser *mit* oder *ohne* Sprudel möchte, „Halbehalbe" antwortet. Kai, der Zwanglose, der meistens Essen kaut, wenn er mich anruft. Kai, der tolle Hecht, der denkt, dass seine Exfreundinnen niemals über ihn hinwegkommen. Kai, der Vorgaukler, dem es überwichtig ist zu betonen, dass *er* eine Beziehung beendet hat. Ob es stimmt oder nicht.

Kai, der Flexible, der früher nach jedem unserer Streits Wahrheit und Erfindung derart glaubwürdig zu seinen Gunsten verwoben hat, dass ich unseren Eltern während der anschließenden Gegenüberstellung gleich höchstselbst unaufgefordert meine Bestrafung nahe legte.

Sonst noch was? Da wäre in der Tat noch einiges. Ein andermal!

Manchmal denke ich mir, *noch* schlimmer als einen Bruder zu ertragen, wäre womöglich, eine Schwester zu haben. Wenn ich an eine solche Kombination denke, kriege ich immer das Würgen: Der Vater ist ganz verliebt in die Tochter und die Mutter fühlt sich eher dem Sohn verbunden. Geschlechtlich separierte Parteienbildung. Am ätzendsten daran ist vor allem dieses innige Verhältnis zwischen Vater und Tochter, weil dabei immer auch eine erotische Komponente mitschwingt. Pfui Teufel. Wenn schon Geschwister sein müssen, dann doch lieber Kai. Wobei ich grundsätzlich der Meinung bin, dass es für eine Frau durchaus ausreichend ist, einmal Mutter zu werden. *Eine* Sache richtig machen. Ab zwei Kindern gibt's immer Defizite in der Zuwendung.

Ich stochere in meinem Braten. Lasse mir von meinem Vater noch Rotwein nachschenken, proste stumm in die Luft. Meine Mutter geht die Nachspeisen holen, während mein Vater, der immer Kai in so einer kumpelhaften Verbundenheit näher stand, nasse Augen bekommt, als er auf einen ganzseitigen Beitrag über mich und *Ausschweifungen* in der von ihm abonnierten Tageszeitung zu sprechen kommt. Mein Gesicht könnte in New York auf dem Times Square hängen, das wäre für ihn nicht halb so prestigeträchtig, wie in seiner regionalen Stammzeitung aufzutauchen. Das habe ich schnell begriffen. Ungelogen, seine Augen glänzen verdächtig, als er betont, wie sehr ihn der Bericht über mich beeindruckt hat.

Wie alle oberflächlichen Menschen ist er nah am Wasser gebaut.

Ich nicke und nehme noch einen Schluck von dem Roten. Ich würde das alles gern nicht so schlimm sehen. Aber es ist nun mal schlimm.

Weil mein Vater mich und mein Wesen bis dato nie verstanden hat (ich trau mich nicht mal zu fragen, ob er mein Buch überhaupt gelesen hat), schlägt seine Haltung nun, da meine Saat aufgeht, in diese merkwürdig überschwängliche Ehrfurcht um, und sein Verhalten mir gegenüber tendiert ins Duckmäuserische. Was unerträglich ist. Noch ein Schluck.

Meine Mutter neidet mir den Erfolg wegen Kai, und mein Vater mutiert mir gegenüber zum untertänigen Kriecher. Schwer zu sagen, was furchtbarer ist.

Zur Beruhigung nehme ich einen weiteren Schluck und schenke mir selbst großzügig nach. Kai erzählt uns von seinen Zukunftsplänen, die mir wirklich mickrig im Vergleich zu meinen vorkommen, und ich stelle fest, das mich nichts von dem, was gesprochen wird, auch nur im Entferntesten zu erreichen vermag. Langeweile wäre falsch gesagt, es ist einfach eine ... andere Relevanzebene.

Alles perlt an mir ab.

Unser anschließender Viererdialog artet für mich zügig in ein scheeles Déjà-vu aus und überschreitet in Rekordtempo das mir erträgliche Maß an Redundanz. Das einzige, woran meine Aufmerksamkeit kurz hängen bleibt, ist, dass Kai in irgendeinem Zusammenhang del*i*gieren statt del*e*gieren sagt.

Ich kneife die Augen zusammen und erinnere mich daran, dass wir uns während unserer Kindheit vielleicht vier Mal geprügelt haben. Wir waren nicht so die Prügler. Und mit einem Mal fällt mir auf, dass ich immer gesiegt habe, worüber ich selbst jedes Mal erstaunt war ... ich war stärker als ich vermutet hatte, war viel stärker als er ... aber trotzdem hat es mir nie geholfen, mich Kai wenigstens auch nur ebenbürtig zu fühlen. Ich habe meine Siege nie als solche verbucht. Und jetzt bin ausgerechnet ich es, den er nie wird besiegen können.

1,4 Millionen verkaufte Einheiten? Vergiss es. Ich liege uneinholbar vorn.

Das wird mir unsere Mutter niemals verzeihen.

Von dem grandiosen Schokopudding esse ich millimetergenau die Hälfte. Schiebe ihn dann minimal beiseite, als würde ich den Verzehr nur vertagen.

Liegt nicht nur an meiner Diät. Wenn du deine Zuckerzufuhr mal länger reduziert hast, knallt Süßes dreifach rein.

Unsere Familienrunde wird zunehmend gesellig, fast heiter, ich trinke aus, höre Mutti, Papa oder Kai „Manchen Menschen wachsen ja auch dritte Zähne" johlen. Weiß wirklich nicht, wer das gesagt hat, und warum, aber dazu hätte ich auch einiges beizusteuern gehabt. Ich kann inzwischen zu allem meine profunde Meinung abgeben, ist nur eine Frage der Haltung. Meine Serviette zusammenfaltend mache ich Anstalten aufzubrechen, erhebe mich. Bin etwas wackelig auf den Beinen. Ich stehe aufrecht, halbwegs.

Die drei sitzen unverändert und schauen mich an. Wie bereits zu Beginn des Abends, wird auch jetzt nochmals meine neuerliche Schlankheit angesprochen. Allgemeiner Tenor: „Wirklich enorm, Chris." Was keine Frage ist, also antworte ich nicht. Und mein Vater schaut gleich darauf zu meiner Mutter und sagt, ohne die Augen von ihr abzuwenden: „Da merkt man doch erst wieder, wie ähnlich sich die beiden sehen." Womit er Kai und mich meint.

Ich muss jetzt gehen.

Kampagne

Auftakt

Es hatte keine zwei Stunden gedauert, Chris Schneeweiß für Call for Sanity zu gewinnen. Rick und Carl zeigten ihm zur Einstimmung den Film der Steinigung, den Chris bereits weithin aus dem Fernsehen kannte. Dieser Mitschnitt war in den letzten Tagen Diskussionsstoff in sämtlichen europäischen Medien gewesen. Man kam nicht daran vorbei. Chris war vollkommen überrascht, dass Rick und Carl für dessen Lancierung verantwortlich zeichneten. Aber die Überraschung sollte noch größer werden.

Fasziniert verfolgte Chris, was Rick ihm im Anschluss über die Idee einer Organisation namens Call for Sanity erzählte, von der er bislang noch nie gehört hatte. Noch ungläubiger schaute er, als Rick ihm das Angebot unterbreitete, für eben diese Organisation zu arbeiten. Als „prominentes Aushängeschild". Man würde ihn sukzessive als „Sprachrohr von CfS aufbauen", was sicher auch dem „Umsatz von *Ausschweifungen* zugute" käme.

Mit subtilem Geschick navigierte Rick seinen Schützling, von dem er mittlerweile genau zu wissen glaubte, wie er tickt, durch diese Anwerbung, die er zu anfangs noch als völlig logische Erweiterung ihrer bisherigen Zusammenarbeit getarnt hatte.

„Und, bist du dabei?", lautete Ricks letzter Satz. Und es war es nicht die exorbitante Gehaltssumme, die im Raum stand. Auch nicht das gigantomanische Vorhaben von CfS, das Chris regelrecht gefügig machte. Es war die Aussicht auf noch mehr Öffentlichkeit und noch mehr Erfolg, die ihn mit leuchtenden Augen einschlagen ließ. Er war dabei.

Enbicon, die vorgeschobene Scheinfirma, die sein Buch zu einem Hit gepusht hatte, hieß nun eben Call for Sanity. Unerheblich für ihn. Entscheidend war, sein Karrierehoch durfte nicht enden.

Mit einem hundertzwanzigseitigen Vertrag in der Hand verließen er, Rick Ehling und Carl Thomas den angemieteten Konferenzraum des Charles Hotel. Zwei Tage später wolle man sich hier wieder zur Unterschriftensetzung treffen. Und das taten sie. Unter Anwesenheit vierer Anwälte nahmen die Verhandlungen über ein paar wenige Anpassungen im Vertragswerk kaum drei Stunden in Anspruch. Am frühen Mittwochabend des 11. Januar war der Deal perfekt.

Das war gestern.

Jetzt wartet die weiße Gulfstream im matten Licht eines diesigen Wintervormittags startbereit am General Aviation Terminal Munich für Privat- und Businessjets. Bei fünf Grad Minus. Nieselregen, Bodennebel und Kerosingeruch sind die Haupteindrücke, die Rick und Chris empfangen, als sie aus der Abflughalle direkt zu ihrem Flieger laufen und dabei von zwei regenschirmhaltenden Stewards zur Gangway geleitet werden.

WNT2 prangt in königsblauen Lettern auf der Heckflosse der Maschine, sowie neben der geöffneten Einstiegsluke.

„Das ist Walt Tempertons Maschine, er hat zwei davon. Diese hier steht dir ab sofort 24 Stunden am Tag zur Verfügung", ruft Rick gegen den Turbinenlärm an, während er der dreiköpfigen Crew, die zur Begrüßung an der Bordtür Spalier steht, soldatisch zunickt.

„Wie! Ich habe jetzt einen Jet zur Verfügung?", entgegnet Chris baff und sagt drei Mal „Hallo" zu dem uniformierten Trio aus Kapitän, Co-Pilot und Stewardess.

„So ist es“, antwortet Rick, zieht den Kopf ein und besteigt das Flugzeug. Chris folgt ihm.

Bei Betreten der angenehm geheizten Kabine erhebt sich eine elegant gekleidete, dunkelhaarige Frau aus einem der Ledersessel, stellt bedacht ihren Drink ab, geht auf die beiden Männer zu und streckt dem überraschten Schneeweiß mit dem Ansatz eines Lächelns die Hand entgegen. Ihre symmetrischen Gesichtszüge strahlen dabei eine Form von kühler Distanz aus, die in Menschen das unbedingte Verlangen weckt, von ihr gemocht zu werden.

„Chris, darf ich vorstellen, das ist Kash. Kash - Chris“, sagt Rick und beobachtet beider Reaktion aufeinander. Sofort bemerkt er Chris’ Befangenheit. Das hatte er erwartet. Rick kennt Kashs Wirkung auf Männer nur zu gut. Er ist dieser Kombination aus smarter Sexyness und weltgewandter Unnahbarkeit vor einiger Zeit selbst erlegen. Vor acht Jahren, genauer gesagt, als er im Auftrag von Shell Industries von London aus mehrere halblegale Transaktionen durchführte und dabei diese junge, unwiderstehliche persischstämmige Engländerin namens Kash Rahimi kennenlernte, die mit ihren damals 25 Jahren bereits eine leitende Position in der Shell-PR-Abteilung innehatte.

Dass er sich, entgegen seiner Gewohnheiten, sofort mehr verliebte als ihm gut tat, sie zügig heiratete und sich nach drei Jahren wieder scheiden ließ, gehört zu den Episoden in seinem Leben, die ihn am meisten ärgern. Wenigstens kam kein Kind bei dieser Liaison heraus.

Aus heutiger Sicht ist vollkommen klar, dass man eine heißspornige Karrierefrau wie Kash nicht heiratet, noch dazu in diesem jungen Alter. Daraus hat er gelernt. Wirklich, er kann sich seine damalige Ehe-Anwandlung kaum erklären. Er muss völlig verblödet gewesen sein, geblendet von Kashs unterkühlt-mondäner Ausstrahlung, begierig darauf, sich ihrer mit Brief und Siegel zu bemächtigen. Das typische Eigentumsdenken unter Hormoneinfluss stehender Männer um die 30.

Was jedoch blieb, ist ein freundschaftliches Vertrauensverhältnis, das sie bereits ein halbes Jahr nach der Scheidung, nachdem sich die Wogen gekränkter Eitelkeiten gelegt hatten, wiederentdeckten, als hätte es nie Unstimmigkeiten gegeben. Ein Muster, das für Rick charakteristisch ist: er pflegt zu allen Verflossenen guten Kontakt, für ihn eine Frage des Stils.

Er kämpft beruflich genügend blutige Schlachten an genügend blutigen Fronten, da bevorzugt er es privat harmonisch.

Als Kash ihm erzählte, sie wolle Shell verlassen und sich beruflich neu orientieren, zögerte er keinen Moment ihr anzubieten, bei Call for Sanity einzusteigen.

Und nun steht sie ihm gegenüber und hypnotisiert Chris Schneeweiß bereits in den ersten Sekunden mühelos, ohne viel dafür tun zu müssen, außer sie selbst zu sein.

„Freut mich, Chris“, übernimmt sie die Initiative und registriert seinen kräftigen, jedoch vorbehaltlichen Händedruck.

„Freut mich ebenfalls“, meint Chris schnell und sieht fragend zu Rick, der erklärt: „Kash kümmert sich ab sofort um den Ablauf deiner Termine und alles drumherum.“

„Ah ja“, nickt Chris und reibt sich eine Schläfe. „Achim und Charlie sind also nicht mehr mit von der Partie?“

Rick schüttelt den Kopf auf eine abgestimmte Weise, die Kash wieder das Wort ergreifen lässt: „Nein, von nun an bin ich mit der Koordination deiner Belange betraut, ich hoffe, das ist in Ordnung für dich. In Hamburg treffen wir gleich noch zwei Herren, die künftig für deine Sicherheit sorgen werden.“ Sie spricht in ruhigem Tonfall, kein Wort klingt forciert.

„Meine Sicherheit?“, sagt Chris, als stellte ihn diese Information zunächst vor ein Rätsel, und folgt Ricks

Fingerzeig, der ihnen bedeutet, gemeinsam Platz zu nehmen.

„Wer weiß, was die kommenden Wochen auf dich zukommt. Besser, es ist immer jemand da, der dafür sorgt, dass du wohlbehalten von A nach B kommst. Schon der Fans wegen. Zudem brauchst du ja auch einen Fahrer und jemanden, der sich um das Gepäck kümmert und den ganzen Kram“, sagt Rick und schnallt sich an. Die anderen tun es ihm gleich. Zehn Minuten später startet die Maschine.

Das leichte Rütteln der Steigungsphase verebbt mit Erreichen der Reisehöhe.

Die Flugzeit verbringen die drei damit, Chris auf die Talkshow einzustimmen, die heute Nachmittag in Hamburg aufgezeichnet wird, und deren Thema „Wie weit darf Toleranz gegenüber fremden Sitten gehen“ lautet. Basierend auf dem aktuellen Thema Nummer eins, Lynchjustiz in der arabischen Welt, Folter und akzeptierte Menschenrechtsverletzungen im Hier und Jetzt, dem Gemütserhitzer des Moments.

Ausgelöst durch die bildqualitativ gestochen scharfe Steinigung.

Ausgelöst durch die Präzisionsarbeit von Call for Sanity.

Seit der Verbreitung des Videos und den entrüsteten Reaktionen der westlichen Bevölkerung, steht die islamische Welt und ihr ethisches System in der Kritik wie selten zuvor. Auf unterschiedlichste Weise: Ein Teil westlicher Blätter und Sender äußert sich betont kritisch und fordert die umgehende Abschaffung archaischer Foltermethoden. (Einzelne dieser Redaktionen werden bereits von Terrordrohungen islamischer Organisationen heimgesucht.) Ein anderer Teil hingegen fordert mit verstörend verdrehter politischer Korrektheit die Islamkritiker aus den eigenen Reihen hosenscheißerisch auf, unbedingt zu schweigen: *Provoziert die Verbrecher im nahen Osten bloß nicht mit Euren Argumenten, stellt ihre Gewaltbereitschaft nicht auf die Probe, sonst werden sie noch aggressiver – sonst tun sie uns was an.*

Und so sicher wie das Amen in der Kirche wehren sich die Vertreter des Islam bockig beleidigt gegen jegliche Kritik an ihren Bräuchen wie Hinrichtungen oder Händeabhacken, und pochen in altbewährter Tradition auf umfassende Toleranz gegenüber ihren Gepflogenheiten, exakt in dem Maße, in dem sie sich gegenüber sämtlichen anderen Kulturen und Religionen umfassend intolerant verhalten.

Beste Voraussetzungen, Call for Sanity ein gewichtiges Entree ins Bewusstsein der Öffentlichkeit zu verschaffen. Es könnte kaum besser laufen, überlegt Rick und ordert noch ein Mineralwasser bei der zierlichen Stewardess.

Ab jetzt hängt alles von Chris ab. Das Briefing, das Rick Chris vorlegt, soll dafür sorgen, dass ihm die Formulierungen im Eifer des Gefechts und unter Dauerbeschuss nicht ausgehen. Wie erwartet memoriert er die vier Seiten mit seiner raschen Auffassungsgabe in nur wenigen Minuten (was Rick ein weiteres Mal fasziniert).

Chris muss heute Abend unbedingt in Bestform sein. Vielleicht bietet er ihm später noch eine halbe Adderall an, ein nur in den USA erhältliches, verschreibungspflichtiges Amphetaminpräparat, das die Präsenz und Konzentrationsfähigkeit erhöht.

Kann nicht schaden.

Kann doch schaden, wenn man's nicht gewöhnt ist.

Gegen Mittag landen sie in Hamburg. Der Himmel hat aufgeklart. Beim Rangieren der Gulfstream jaulen die Turbinen stoßweise vor sich hin und Rick beobachtet, wie ein merklich aufgestachelter Chris mit einer wie stets ernsten Kash verschiedene Szenarien durchprobt, als ihm ganz plötzlich auffällt, dass Chris' vollständige Initialen identisch mit der Abkürzung von CfS sind. Zufall, eine kleine Randnotiz.

Rick schaltet sein iPhone ein. Wenn er daran denkt, dass Chris gar nicht weiß, was vor ihm liegt, weil sich *niemand* in seinen kühnsten Träumen ausmalen könnte, welch aberwitziger Aufwand betrieben werden wird, um *C*hris *F*rank *S*chneeweiß zu einem Weltstar aufzubauen, empfindet Rick mit einem Mal eine sanfte Form von Skrupel. Denn was immer in den nächsten Monaten auch passieren mag, derjenige, der alles abbekommt, wird Chris sein.

Rick betrachtet das junge, erschlankte Gesicht ihm gegenüber, und wird ganz ernst. Eigenartig, in Geschäftsbeziehungen beschleichen ihn normalerweise keine emotionalen Bedenken, das bringt nichts.

Gerade jetzt wäre es eine ganz schlechte Idee. Er kann das trennen, mit einem inneren Schalter auf *Distanz* wechseln. Das empfand er an sich schon immer bemerkenswert.

Und genau deshalb betätigt er jetzt ebendiesen inneren Schalter, während er den Gurt löst und sich erhebt. Nein, er fühlt sich nicht moralisch verantwortlich für die Zukunft von Chris Schneeweiß. Punkt.

Er entspannt sich. Es funktioniert! Einmal mehr. Und das findet er einmal mehr bemerkenswert.

Initiation

Kameras rollen hin und her und Applaus ertönt, weil das Studiopublikum auf die Digitalanzeige an der Decke reagiert, die in roten Großbuchstaben KLATSCHEN befiehlt. Die Namensgeberin der wöchentlichen ARD-Abendsendung *Talk bei Antje Schmidt* ordnet souverän ihre Fragenkärtchen um gleich loszulegen.

Einer seriösen Talkshow angemessen, ähnelt die Bühnendekoration rund um den Kreis, in dem wir sitzen, einem perfekt ausgeleuchteten Schöner-Wohnen-Kaminzimmer, kontrastiert von dem kühl blauschimmernden Logo im Hintergrund der Frontalperspektive.

Für mich ein einziges Déjà-vu. Oft habe ich letztens in solchen Sendungen gesessen, sehr oft. Aber heute ist es anders, ich bin nicht nur in eigenem Auftrag unterwegs.

„Wie weit darf Toleranz gegenüber fremden Sitten und Bräuchen gehen, darüber wollen wir uns heute unterhalten", moderiert Antje Schmidt das Thema der kommenden Stunde an. „Als Gäste begrüßen wir ...", und während sie die Teilnehmer der Runde vorstellt, nicken die ins Auditorium oder starren versteinert vor sich hin.

Ich begutachte jeden einzelnen.

Zum einen hätten wir da, mir gegenübersitzend, Bischof Werner Singen, rechts gescheitelt, schwarzes Jackett, Waffen-SS-Gesicht, rosige Haut, Kinderschänder-Aura. Grundvoraussetzungen für jede ernsthafte Kirchenkarriere.

Zu seiner linken, als Politikvertreterin, Landtagsabgeordnete Hildegard Roth-Lang von der SPD, drall, asymmetrische Frisur, Lieblingsfarbe: bunt, aufgrund ihrer TV-Dauerpräsenz mittlerweile relativ bekannt. Leider eine *Frau.* Frauen haben beim Zuschauer immer einen Vertrauensbonus, die darf man nicht zu schroff behandeln, sonst verscherzt man sich die Sympathien des Publikums. Höchste Zeit für eine Gleichstellung der Geschlechter!

Gastgeberin Antje Schmidt erklärt uns, Abu Leehn Hulal, ein in Deutschland lebender, radikaler Islam-Prediger, hätte seine Teilnahme in letzter Sekunde abgesagt. Das ist bedauerlich, er wäre mein Hauptziel gewesen. Freundlicherweise wird er kurzfristig ersetzt durch einen ausgewiesenen Islamexperten, den dritten im Bunde: Dr. Udo Winkelmann, 52, Brillenträger, Glatzenträger, angesehener Soziologe und Wissenschaftler. Muss man nicht kennen, den Herrn Experten. Leider ist *Experte* kein geschützter Begriff.

Ferner wären da außerdem: Chris Schneeweiß, das bin ich, der vierte Gast. Wieder mal werde ich als Bestsellerautor vorgestellt. (Eine Million zu eins, dass sich mein Unwohlsein bei dieser Titulierung niemals legen wird.) Und dann hätten wir noch, als letzten im Bunde, unseren Showbiz-Promi Till Höfer, Schauspieler und Regisseur, der quotenpflichtige Trash-Anteil dieser Sendung. Ich kann es nicht anders sagen: dumm wie Brot und daher attraktiv für Frauen, für die Neandertaler attraktiv sind. Also eine ganze Menge. Aber Till hat Erfahrung mit Interviews und Kameras und wird schon irgendwie mithalten können. Wahrscheinlich durch Anwendung applausheischender Statements für die Einfachgestrickten und mit Querverweisen auf seinen neuen Film, der nächste Woche anläuft.

Die Biographien und Werdegänge aller Teilnehmer, wie auch die unserer Moderatorin, habe ich auswendig gelernt. Mein Rüstzeug. Ich bin bestens vorbereitet.

Und einen Leckerbissen hab ich auch noch in petto.

Als erstes wird Bischof Werner Singen befragt, ob und wie ihn das Video der Steinigung des pakistanischen Journalisten berührt habe und wie er zu dem momentanen Aufruhr im Blätterwald stünde. Und alles, was diesem frommen Mann dazu einfällt, ist, „dass es natürlich eine sehr schlimme Sache“ sei, dass wir aber „gleichzeitig fremde Religionen und deren Gepflogenheiten respektieren“ sollten und ihm die allzu rüde Berichterstattung hierzulande ein „gewisses Bauchweh“ bereite. Was mich unaufgefordert anmerken lässt, dass ich die „verquere Milde seiner Einschätzung schockierend“ finde und darauf zurückführe, dass er offenbar „aus Angst vor der hemmungsfreien Gewaltbereitschaft muslimischer Gruppierungen“ vorausgreifend kapituliert und „hier den großherzigen Toleranzpapi Marke *Jeder nach seiner Fasson*" spielt, obwohl doch gerade er Menschenrechts-Verletzungen aufs Schärfste abzulehnen hätte, ohne Wenn und Aber. Und dass ich ihn, sofern er dieses Verbrechen nicht ohne jegliche Relativierung verurteilt, selbst für einen Verbrecher halte.

Da schaut er - und Antje Schmidt auch.

Ich habe meinen Unterkiefer leicht vorgeschoben, ziehe ihn wieder ein und verkneife mir mühsam meinen dringenden Rat an Bischof Sanftmut: *Bevor man vor eine Kamera tritt, immer Haare waschen.*

Alte Volksweisheit.

Antje Schmidt, deren Haare im Gegensatz ganz frisch gewaschen sind, wirklich gepflegt und schön, aber von der Konsistenz nicht allzu sehr der Rede wert, starrt mich aufgeschreckt an, presst ihre Fingerknöchel fest um ihre Notizkärtchen, und entscheidet, mich wie einen kleinen Jungen zu ignorieren. Dafür erteilt sie unserem Soziologen Dr. Winkelmann das Wort, indem sie ihn fragt, wie er, „als ausgewiesener Islamkenner" die Lage beurteilt, in Hinblick auf die Anschläge, mit denen gewisse fundamentalistische Islamarschlöcher (sie verwendet einen anderen Terminus) diversen Zeitungsredaktionen drohen.

„Ja wissen Sie, Frau Schmidt", faselt er mit der Stimme, die er für die Stimme eines weisen Mannes hält, „in den Ländern, über die wir reden, basiert die Rechtsprechung größtenteils auf der Scharia, dem islamischen Gesetzsystem, und wer sind wir, dass wir uns da einmischten? Ich gebe Herrn Bischof Singen vollkommen Recht, und mehr noch kann ich verstehen, dass sich einige Muslime durch unsere westliche Kritik bevormundet fühlen."

Und da muss ich leider erneut einhaken und sage, laut genug um ihn zu übertönen: „Wir reden hier von Steinigungen und anderen drakonischen Strafen für Ehebruch, Homosexualität oder freie Meinungsäußerung!

Das scheint für Sie also in Ordnung zu gehen, bloß weil man sich auf dieses ultra vage Rechtskonstrukt Scharia beruft, das mit dem Koran eng verbunden ist, einem Buch, geschrieben in einer Zeit, in der man noch nicht wusste, dass die Erde eine Kugel ist, es Bakterien gibt, die Evolution, Abermilliarden von Galaxien existieren. Und so weiter. Scharia, Koran - beides Quellen, aus denen man etwas Friedfertiges ableiten kann, wenn man das will, in denen man aber auch nach Herzenslust infernalische Abartigkeiten findet, wenn es einem gerade zupass kommt ... Und jetzt wollen Sie mir erzählen, es sei legitim, alle, die etwas gegen beispielsweise qualvolle Todestrafen einwenden, mit Bomben zu drohen? Im Namen Gottes? Sie tun fast so, Herr Dr. Winkelmann, als seien die bedrohten Journalisten und Redaktionen letztlich selbst Schuld, dass diese armen, sensiblen Wahnsinnigen aus dem nahen Osten ihnen den Krieg erklären ... das riecht nach masochistischer Selbstverleugnung."

Leider unterbricht mich Frau Schmidt und rügt mich, ich möge „nicht in dem Ton auf Herrn Dr. Winkelmann einprügeln" (sie sagt ungelogen einprügeln), doch dann macht Herr Dr. Winkelmann einen großen Fehler, indem er – mit der Absicht mich zu widerlegen - eine Stelle aus dem Koran zitiert, die ihm angetan scheint, die „zweifelsfreie Friedfertigkeit" dieser barbarischen Religion zu belegen, dabei zwei Worte vertauscht und zum Abschluss seines fehlerhaften Zitats, um uns schwer zu beeindrucken, stolz die Versnummer angibt - und zwar die falsche. Aber da ist er bei mir genau richtig. In Null Komma nichts widerlege ich seine Angaben, korrigiere die kläglich aussagelose Koranstelle, formuliere sie richtigrum, gebe die tatsächliche Versnummer an, meine leichteste Übung, den Koran hab ich erst vor zehn Tagen auswendig gelernt – und Frau Antje Schmidt und alle anderen in der Runde und die ganze Zuschauerschar erstarren für einen

Moment. Sofort zieht Antje Schmidt den sogenannten Fakten-Prüfer heran, einen hübschen, ausstrahlungsfreien Typen, der die ganze Sendung über in der Ecke hinter einem Laptop steht und sofort zu tippen und suchen beginnt und nach nur einer Minute, während der Antje Schmidt eine unbedeutende Überbrückungsfrage gestellt hat, meine Zitatverbesserung sowie meine Versnummer bestätigt. Beinah widerstrebend. „Also Antje, ich habe die von Herrn Schneeweiß angemahnte Stelle gefunden und seine Korrektur ist ... äh, korrekt."

Korrektur ist korrekt, sagt er ..., was erneut die Gesichter aller Anwesenden für einen Augenblick gefrieren lässt, da sich keiner erklären kann, wie ich das gemacht habe. Tja.

Und was soll ich sagen, der Rest der Show gehört mir.

Ich halte mich an das Briefing, das Rick, Kash und ich im Flieger besprochen haben, meine Aggression ist auf höchstem Niveau und je wilder ich werde, desto exakter perlen meine Formulierungen aus mir heraus.

Ich bin da, wo ich hingehöre. Da teile ich mir nichts Neues mit.

Ich denke an die Einschaltquote.

Ich denke an meine Herrlichkeit, meine Merkfähigkeit, mein Eloquenztalent, aber nicht lang. Zu sehr fürchte ich, sonst abzustürzen.

Ich schaue, als ich ganz sicher bin, dass keine Kamera auf mich gerichtet ist, kurz in Reihe zwei der Publikumstribüne und sehe Rick auf seinem Platz sitzen, mit verschränkten Armen, ernst lächeln. Er zwinkert mich an. Kash, meine neue Assistentin, die ich erst auf dem Flug hierher kennengelernt habe, sitzt neben ihm und sieht mir konzentriert in die Augen. Ich reagiere nicht, wie käme das denn rüber, und wende mich wieder dem Talk zu.

Ein ums andere Mal ist sich das Publikum nicht zu schade zu klatschen, wenn etwas gesagt wird, was sich auch nur entfernt gutmenschelnd anhört, auch wenn es so selbstverständlich ist, wie der Slogan „Da muss sich schon auch jeder an die eigene Nase fassen". Für die Zuschauer müssen Sätze nur moralisch richtig *klingen*, um sie zum Klatschen zu animieren, der Inhalt ist denen egal. Es ist erbärmlich, ich hätte längst umgeschaltet, wenn ich nicht mittendrin säße.

Also greife ich wieder ein. Was bedeutet, ich fahre Frau Roth-Lang ins Wort, die aus den denkbar einfältigsten Gründen auf meiner Korankritik herumreitet (alle gegen mich!) und sagt, wir müssten „dessen Relevanz" schon akzeptieren, da wir unsere Werte ja auch aus einem „heiligen Buch", nämlich der Bibel, beziehen ... aber ich erkläre ihr, wobei ich ständig von irgendjemandem unterbrochen werde, dass wir unsere Werte entgegen weit verbreiteter Annahme, *nicht* aus der Bibel, sondern aus Naturrecht und Menschenverstand beziehen und es somit der Ableitung von Ethik aus irgendeiner Religion überhaupt nicht bedarf. „Stellt doch im Gegenteil die beliebige Auslegbarkeit einer mythenhaften Quelle wie der Bibel eine ständige Fehldeutungsgefahr dar", formuliere ich schriftreif, denn das Publikum muss erkennen, dass ich aus einer intellektuellen, nicht aus der Pit-Bull-Ecke komme, und füge, adressiert an Roth-Lang, hinzu: „Man könnte wahrlich kaum ein widerwärtigeres moralisches Leitbild wählen, als den Gott der Heiligen Schrift, dieses blutrünstige Monster. Auch wenn der bevorzugte Kniff von Gläubigen wie Ihnen darin besteht, Passagen Ihrer Heiligen Schrift, die schlecht in den Kontext aktueller Zeitgeistmoral passen, nach Gutdünken als *symbolisch* auszulegen."

Noch bevor Frau Roth-Lang, der man wirklich viel vorwerfen kann, aber nicht, dass sie besonders schlagfertig ist, ihr Mündlein aufmacht, um mich Lügen zu strafen (zu versuchen), schiebe ich nach: „Somit ist die Bibel, sowie übrigens auch der Koran, als Ratgeber in ethischen Fragen nicht nur nutzlos, sondern vielmehr gemeingefährlich."

Statt der ollen Roth-Lang versucht jetzt Bischof Singen mich zur Räson zu bringen, wie er es gelernt hat, nicht mit Fakten, sondern mit Floskeln, und mahnt weitschweifig und völlig, wirklich *völlig* ohne thematischen Zusammenhang „Rückbesinnung auf religiöse Werte" an, weil es uns dann auch leichter fiele, andere Religionen samt ihrer „individuellen Eigenarten" zu akzeptieren. Mir stellen sich vor Entsetzen die Nackenhaare auf, und noch bevor Antje Schmidt seine Antwort stirnkräuselnd quittiert und ihre nächste Frage an den Mann bringen kann, grätsche ich einfach rein und sage: „Mit Verlaub, Herr Singen, ich wüsste nicht, was Sie dazu befähigte, irgendjemandem generelle Handlungsanweisungen zu erteilen und uns tatsächlich aufzufordern, Rituale grausamster Menschenverachtung einfach hinzunehmen. Das ist pervers. Zumal wir bei allem, was Sie von sich geben, eins nicht vergessen dürfen: Sie, als Person, bauten und bauen Ihr komplettes Leben auf säkularen Dogmen auf, die absolutistische Autoritäten anbeten - und diese mit allen Mitteln verteidigen. Da sind Sie als Katholik mit dem Islam und sämtlichen anderen Religionen deckungsgleich. *Blinder Gehorsam, der Zweck heiligt die Mittel, glauben statt denken.* Das sind Ihre Eckpfeiler. Ich vermag nicht zu sagen, weswegen Sie Ihr Leben einem derart leicht zu entlarvenden Unsinn wie Gott widmen, aber es hat sicherlich nichts mit störungsfreier geistiger Entwicklung zu tun, um es vorsichtig auszudrücken. Anders gesagt: Nach den Maßstäben der Vernunft ist alles, was Sie hier äußern, als höchst bedenklich einzustufen. Dass Geistlichen wie Ihnen dennoch Gehör geschenkt wird, kommt nur daher, dass es immer noch genügend Menschen gibt, die Ihnen und Ihrer Kirche eine Berechtigung beimessen, die zurückzuführen ist auf nichthinterfragte Tradition und tumbe Mehrheitsprägung. Auf sonst nichts. Es wäre besser, Sie würden Ihren Mund halten."

Auf mein eigenes Stichwort schließe ich meinen eigenen Mund und setze eine entspannte Miene auf. Das wäre also mein neues Profil: anecken, angreifen, Ansagen machen. Polarisation total. Liebe oder Hass, Bewunderung oder Verdammnis, inhaltlich nicht zu widerlegen, formal nicht misszuverstehen.

Aufruhr im ganzen Studio, das Publikum redet untereinander, die Leute rascheln und tuscheln. Es ist unheimlich. Das Rotlicht leuchtet mal kurz über dieser, mal noch kürzer über jener Linse auf und folgt damit den hektischen Regieanweisungen, um die Gesichtsreaktionen aller Beteiligten einzufangen.

Trotz hoher Beleidigungsstufe wurde ich nicht unterbrochen. Nicht mal von Antje Schmidt, so perplex sind alle um mich herum. Dabei war das nur die Vorlage, die Kür kommt noch.

Bischof Singen sitzt die ganze Zeit schon bebend auf der vorderen Kante seines Stuhls, denkt vermutlich darüber nach, was er mir entgegnen soll, um aus der Nummer rauszukommen, ohne sich morgen von seinem Kardinal eine Rüge einzufangen. Er kocht. Rein imagebedingt muss er jedoch um plakative Umsichtigkeit bemüht tun. Darin besteht der Nachteil, wenn man zwar faschistische Strukturen lebt, aber Besonnenheit predigt. Wahrscheinlich bereut er gerade, dass er mich nicht einfach durch Hinrichtung zum Schweigen bringen kann, wie damals, zu Glanzzeiten seines Vereins.

Antje Schmidt ruckelt an ihrem Ohrhörer und stammelt, überfordert und daher beinah etwas sauertöpfisch: „Herr Schneeweiß, ich muss Sie auffordern meinen Gast nicht persönlich zu beleidigen ... Sie überschreiten eine Grenze, die ..."

„Ich glaube nicht, dass Herr Bischof Singen Ihrer Inschutznahme bedarf, Frau Schmidt. Dadurch entmündigen Sie ihn ja regelrecht. Ich meine, das kann er doch auch ohne Ihre Hilfe“, improvisiere ich sogar passend, indem ich anfüge: „... sich selbst entmündigen.“

Riesenlacher im Studio. Antje Schmidts Deeskalationsbemühungen finden somit im Brüllen und Prusten der Masse ein jähes Ende und ich höre sie gerade noch so rufen: „Herr Schneeweiß, dies ist immer noch meine Sendung und mit Ihren Äußerungen greifen Sie nicht nur Herrn Bischof Singen, sondern auch die katholische Kirche als Ganzes an. Und soweit ich weiß, ist Religionsfreiheit und das Recht auf Glaubensüberzeugung laut Grundgesetz in Artikel 5 fest verankert, womit ...“

„Artikel 4“, korrigiere ich sie und schaue recht harmlos. Erneuter Lacher im Zuschauerraum.

„Äh, Artikel 4, bitteschön ...“, verliert sie komplett den Faden. Ja und dann kommt echtes Chaos auf.

Singen flippt aus, die Alte von der SPD kriegt einen Rappel, der fade Soziologe beginnt zu dampfen – und alles wegen mir. Und alle auf mich. Und so geht es munter weiter. Es ist ein Stechen und Parieren auf allen Seiten. In ihren Gesichtern steht Entsetzen. *Ich warte auf den richtigen Zeitpunkt*. Die eisige Temperatur im Studio fühlt sich erhitzt an. Man möchte mir in den folgenden Minuten abermals den Mund verbieten, beschimpft mich etwas hilflos, *ich warte auf den richtigen Zeitpunkt*, der Schauspielerheini versteht die Welt nicht mehr, als ob er das jemals hätte (dieser überbezahlte Urzeitmensch hat vorhin ungelogen „die Gläubige*r*“ statt „die Gläubige*n*“ gesagt), ich meide ihn, getreu der Maxime *Lass dich nie auf einen Idioten ein, da er dir auf seinem niedrigen Niveau durch seine Ortskenntnis gefährlich werden kann*, und unser linientreuer Bischof, den ich innerlich anzähle, während ich seinen Speichelausstoß beobachte, fixiert mich ohne

Unterlass, versteckt seinen Ausdruck abgrundtiefen Hasses hinter einer Maske abfälligen Mitleids, fordert mitunter mit Blicken und Gesten das Publikum auf, seine Empörung zu teilen, vergebens, und liefert mir stattdessen versehentlich mehrere Steilvorlagen auf seine eigenen Kosten.

Ich warte noch immer auf den richtigen Zeitpunkt.

Und der kommt zehn Minuten später, nachdem Laienmimenprofi Till Höfer tränenrührig davon berichtet hat, dass er erstmals Zweifel gegenüber Gott zu fühlen begann, als seine Schwester plötzlich schwer an Krebs erkrankte - und er deshalb aus der Kirche austrat. Diese Geschichte ist wirklich so beschränkt und ich-zentriert, dass ich mir einen Lacher verkneifen muss. Das ist nämlich der komplett falsche Grund, sich von Gott abzuwenden, und zeigt vielleicht am anschaulichsten, wie bescheuert religiöse Menschen sind. Es sind schon *Abermillionen* Familienangehörige in den letzten zweihunderttausend Jahren frühzeitig gestorben, es haben schon *Abermillionen* persönliche Tragödien ohne deine Kenntnis stattgefunden. Das ist verdammt noch mal nicht der Punkt! Wenn jemand erst einen *individuellen* Schicksalsschlag als Auslöser für seine Glaubenshinterfragung benötigt, ist das so derart falsch kombiniert, dass ich gar nicht weiß, wo ich anfangen sollte, einem Weichhirn wie Till Höfer diesen Sachverhalt zu erläutern.

Seine Logik, sich vom Glauben abzuwenden lautet mit anderen Worten: Als mir der Zug über den Fuß fuhr, sagte ich: „Nein Gott, das war nicht nett! Deshalb glaub ich ab sofort nicht mehr an dich. Andere Menschen bestrafen und schlecht behandeln war völlig okay, das ließ mich nicht an dir zweifeln. Da du das Unheil aber jetzt nicht mehr von *mir* fernhältst, wende ich mich trotzig von dir ab. Ällabätsch.“

Das ist die Einstellung der meisten! Ein billiger Deal. Wie kleinmaschig Menschen denken: Da fehlt's mehr als nur vorn und hinten. Ich weiß gar nicht wohin mit mir.

Auf jeden Fall ist der Moment für meine Überraschung gekommen, als mein verehrter Bischof Singen unseren abtrünnigen Till Höfer wegen seiner Krebstod-Schwester pietätsvoll tröstet, sein tiefstes Verständnis zum Ausdruck bringt und sich gleich darauf bei ihm erkundigt: „Nun, obwohl Sie wegen Ihrer Schwester aus der Kirche ausgetreten sind, was ich sehr bedauere, sei mir die Frage erlaubt: Verwehren Sie denn nun Ihren Kindern die Chance einer katholischen Erziehung?" Bingo! Mein Einsatz!

Sofort schalte ich mich dazwischen und schleudere meine Worte mit scheinbarer Unbekümmertheit heraus: „*Kinder* liegen Ihnen besonders am Herzen, hab' ich Recht, Herr Bischof?"

Pfeilschnell schaut er in meine Richtung und ich wette, er ahnt, was jetzt kommt, obwohl *niemand* davon weiß.

Los geht's, ich schaue weg von meiner Zielperson, hin zu unserer vollends konsternierten Moderatorin und sage, in charmantem Radiosprechertonfall, als würde ich eine Schönwetterperiode ankündigen: „Wie mir vor der Sendung mitgeteilt wurde, steht seit fünfzig Minuten ein Video auf youtube, das Bischof Singen beim unzüchtigen Verkehr mit einem elfjährigen Ministranten zeigt. Die Aufnahme ist neun Jahre alt. Im Anschluss an diese dreißigsekündige Sequenz folgt ein Interview mit dem Opfer, dem inzwischen fast zwanzigjährigen Dominik K., der seinerzeit als Internatsschüler die Ehre hatte, von Bischof Singen persönlich betreut zu werden. Ich nehme an, wir werden jetzt nicht direkt bei youtube reinschauen dürfen, aber vielleicht wird das Video bis zur Ausstrahlung dieser Sendung auf seine Echtheit geprüft worden sein und man zeigt zumindest Auszüge. Für die Zuschauer zu Hause vor dem Fernseher: einfach bei youtube die drei Suchbegriffe *Bischof*, *Singen* und *Sex* eingeben."

Paukenschlag. Ich lege einen Danke-für-Ihre-Aufmerksamkeit-Blick in mein Gesicht und weide mich an der kompletten Sprachlosigkeit der Anwesenden. Ein konkreter Verweis während einer TV-Talkshow auf ein Pädophilenmissbrauchs-Video auf youtube. Mit einem Bischof als Hauptdarsteller. Das hat es noch nie gegeben! So was war noch nie da.

Ich habe den Film im Flieger gesehen. Schauderhaft. Rick hat mir erzählt, wie man bei CfS darauf gestoßen ist. Dass ein enormer Markt für so etwas existiert. Dass es zahlreiche Prominente gibt, die auf einem vergleichbaren Pulverfass sitzen, welches jederzeit hochgehen kann. Dass da draußen zig Celebrities rumlaufen, die von Zeitungen oder Sendern zu aufoktroyierten Kooperationen gezwungen werden, weil man ihnen droht, das kompromittierende Material ansonsten zu veröffentlichen.

Was es nicht alles gibt. Dreck am Stecken ist weit verbreitet.

Das Opfer, den missbrauchten Jungen, hat CfS laut Rick mit großem Aufwand ausfindig gemacht, und ihn mit viel Geld dazu gebracht, über seine Erlebnisse zu berichten. Wenigstens wurde er jetzt für die Grausamkeiten in seiner Kindheit mit Wohlstand entschädigt.

Um mich herum brodelt es im Studio. Bischof Singen und Konsorten: Konfusion. Eine Mischung aus bestürztem Schweigen und Durcheinandergeplapper kennzeichnet die Stimmung.

Klassenziel erreicht. Die Call for Sanity-Saat ist gesetzt.

Deutschland dürfte ab sofort auf der Agenda stehen. Ich auch.

Ich werde noch nach Details befragt, man zieht meine Anschuldigung in Zweifel, es geht alles in die „Wissen Sie eigentlich, was Sie da behaupten"-Ecke, während die Zeit zügig voran rückt, und ich ganz stark annehme, dass wir das Ausgangsthema der Sendung nicht mehr aufgreifen werden, denn meine Pappenheimer haben wirklich *jegliche* Orientierung aus den Augen verloren, und die letzten Minuten entscheide ich, den Mund zu halten, und das ist auch ganz gut so, da ich überdrehe und somit Gefahr laufe, mich zu verzetteln.

Ich verstumme also, mustere nochmals meine drollig empörten Gegner und denke mir demütig: der Revoluzzer muss schon auch dankbar sein für die Existenz seiner Feinde - sonst hätte er nichts zu revoltieren.

Antje Schmidt bekommt ganz offensichtlich erneut ein Signal, die Situation zu entschärfen und versucht verzweifelt, einen Bogen zurück zu schlagen, wohin auch immer, um die Kontrolle wiederzuerlangen. Da ich schweige, gelingt ihr das ganz passabel.

War ein Witz.

Sie scheitert natürlich, logisch!, rettet sich lediglich über die Zeit. Mehr schlecht als recht. Ich mag sie.

Wenig später ist die Sendung zu Ende, die Abspannmelodie setzt ein, woraufhin das Studiopublikum nicht mehr nur mechanisch applaudiert, wie zu Beginn, sondern manisch.

Geschafft. Augenblicklich fällt der Druck von mir ab, und zu meiner bisherigen Bestimmtheit gesellt sich meine allzeit lauernde innere Zerrissenheit: *Habe ich mit meiner Überraschungsattacke eine Grenze überschritten*, Applaus, *habe ich gerade ein Kirchenoberhaupt beschuldigt, kleine Jungs zu bumsen,* Applaus, *was hat mich da bloß geritten,* Applaus, *welcher Exzentriker in mir hatte dabei bloß seine Finger im Spiel,* Applaus, *hab ich Eindruckschinder mich der verdienten Lächerlichkeit preisgegeben?,* Applaus, *kann ich mich auf die Informationen von Rick und CfS verlassen?, ist das mit dem Bischof alles wasserdicht, oder feuert es auf mich zurück?,* Applaus, *Singens Leben wird nie mehr dasselbe sein, ebensowenig wie meins*, Applaus, *ich bemerke einen Kameraassistenten, der mich wie ein stummer Zeuge anglotzt, ein Muttermal unter seinem rechten Auge lässt ihn wie einen weinenden Clown wirken*, Applaus, *das fasst mein Befinden perfekt zusammen, Applaus, was mich mit einem derart durchdringenden Gefühl der Leere erfüllt, dass es beinah angenehm ist*, Applaus, *aber gleich darauf versuche ich mir darüber klar zu werden, was jetzt zu tun ist*, Applaus, *wobei ich mir an der Stuhllehne den Musikantenknochen stoße*, Applaus, schon geht es für mich ansatzlos weiter. Hektik.

Normalerweise, so kenne ich das zumindest, bleiben Talkgäste noch sitzen und unterhalten sich, während die Mikros bereits abgeschaltet sind und die Kameras langsam wegzoomen. Ich hingegen werde kaum fünf Sekunden, nachdem die Schmidt uns allen „Einen schönen Abend" gewünscht hat und das Studiopublikum noch seinen Job als Klatschorchester verrichtet, von meinen neuen Sicherheitsjungs Rainer und Samir, wirklich nette Burschen, von der Mikroverkabelung befreit, sanft an der Schulter gepackt und durch die Sperrholzkatakomben des Studios direkt zu den beiden vor dem Studio wartenden Limos geschleust. Zügig wie bei einer Rettungsaktion, die keine Sekunde Aufschub duldet.

Ist mir fast zu eilig.

Ich steige hinten ein, wo schon Kash sitzt. Ich nehme neben ihr Platz. Sie verströmt teuren Parfümgeruch, und ich denke mir, eine Frau muss man sich schon auch leisten können.

„War ich zu heftig?", frage ich sie, ehrlich besorgt, ob ich mit meiner Vehemenz nicht übers Ziel hinausgeschossen bin und die Ausstrahlung gefährdet habe. Nicht, dass der Sender die Show kippt, weil ich zu agitatorisch war.

„Überhaupt nicht, du warst perfekt." Kash blickt mich an, als läse sie meine Gedanken. Ich kenne sie ja noch gar nicht richtig, aber ich fühle mich ihr schon etwas vertraut. Sie hat diese Gabe. Ohne besonders herzlich zu sein. Im Gegenteil. Man hat wahrlich kein Verlangen, ihr blöd zu kommen, oder sich schlecht mit ihr zu stellen.

Etwas mühsam bringe ich heraus: „Was machen wir jetzt?“

„Wir fahren schon mal voraus, Rick kommt nach. Er regelt mit der Redaktion, dass die Sendung in drei Stunden auch wirklich ungeschnitten ausgestrahlt wird“, erklärt Kash mit wundervollem englischen Akzent und gibt dem Fahrer ein Zeichen. Meine Bodyguards sitzen im zweiten Wagen.

„Der macht das schon“, erwidert sie meinen ratlosen Blick.

Keine zwanzig Minuten später sitzen wir mit ein paar weiteren Leuten aus dem CfS-Team bei einem Edelitaliener in der Hamburger Altstadt, an einem für uns reservierten Tisch für zwölf Personen. Kash thront mir schräg gegenüber, mit dem Rücken zu der holzgetäfelten Wand, auf der gerahmte Fotos von prominenten Menschen hängen, die alle mal hier zu Gast waren. (Wie viele von denen auch Dreck am Stecken haben?)

Wir suchen was zu Essen aus. Immer wieder spähe ich über den oberen Rand meiner Speisekarte zu Kash. Es gibt tolles Haar und es gibt wundervolles Haar. Aber Kash hat perfektes Haar. Das ist noch mal was anderes. Diese tiefschwarze Fülle, wie sie nur die perfektesten unter den perfekten Perserinnen mit perfekten Haaren haben, wirkt auf mich wie ein optischer Magnet. Ich muss ständig hinschauen. Schwer zu sagen, ob Kashs schönes Gesicht die Wirkung ihrer Haare noch aufwertet, oder ob ihre Haare, die ihr makelloses Gesicht einrahmen, die Wirkung ihrer Schönheit noch multiplizieren.

Diese Frau wird mich also die nächsten Monate ununterbrochen begleiten. Könnte eine verkrampfte Angelegenheit werden.

Hoffentlich komme ich über ihre Schönheit hinweg.

Wir haben bestellt und der Ober will gerade abzischen, als Rick am Tisch erscheint und zu ihm sagt, er nähme das Gleiche wie ich, ohne, dass er wüsste, was ich gerade geordert habe. (Meinem diätischen Ernährungsplan folgend, einen Salat, gedünsteten Fisch und ein Wasser. Und einen Wodka Tonic. Den ich gleich nach Erhalt vernichten werde, um meine Anspannung loszuwerden.)

„Hey." Mit erhobenem Daumen setzt sich Rick neben Kash auf die Bank und sagt: „Hat alles geklappt. Die Ausstrahlung erfolgt ohne Zensur, wie geplant." Alle geben Zeichen der Erleichterung und Anerkennung von sich. Nur zu mir gebeugt, fragt Rick leise und wirklich fürsorglich, Gentleman, der er ist: „Du warst toll. Wie geht's dir jetzt?"

Ich sage „sehr gut", usw., usf. Aber das heißt bei mir gar nichts. Auch wenn ich gerade auf allen Vieren aus der Chemotherapie gekrochen käme, würde ich *sehr gut* sagen.

Nachdem wir mit dem Essen fertig sind und Getränke für mehrere hundert Euro kommen lassen (ich bin mit meinem fünften Wodka Tonic der kleinste Posten auf der stetig wachsenden Rechnung), schieben zwei Kellner einen enorm großen Fernseher neben unseren Tisch. Rick bedankt sich ausführlich, verteilt Trinkgeld.

Stühle werden zurechtgerückt. Viertel nach zehn, es ist soweit. Zu zwölft - Rick, Kash, Samir, Rainer, ich und die anderen CfSler - sehen wir uns die Ausstrahlung der Sendung an, und ich stiere gebannt auf mein aufgezeichnetes Ich. Vor Aufregung muss ich aufstehen. Unter meinen Achseln ist alles nass. Aber ich hab so dick Deo drauf, da merkt man nichts.

Als ich von Antje Schmidt vorgestellt werde, wird nicht nur mein Name am Bildschirmrand eingeblendet, vielmehr hat Rick es irgendwie geschafft, dass *Call for Sanity* darunter steht. Einfach nur Call for Sanity, nichts sonst.

Die Diskussion wird eröffnet. Bei jedem meiner Einsätze erschrecke ich. Mein Verhalten ist unfassbar hart, noch nie habe ich einen Talkshowgast wie mich gesehen, der einen anderen Gast derart heftig angeht. Ab und zu stöhne ich bei diesem Anblick auf, werde aber jedes Mal von irgendjemandem um mich herum besänftigt. Alle im Team sind sich einig, mein Verhalten ist großartig. Mir wird ganz mulmig, schockiert von meiner eigenen Drastik, die gerade in Millionen Haushalte übertragen wird. Aber im Grunde war mir schon im Moment meines Handelns völlig klar, was ich tue, ich konnte mich nur nicht beherrschen. Da brauche ich mir jetzt nichts vormachen.

Als kurz vor Schluss tatsächlich zwei kleine, verpixelte Ausschnitte aus dem youtube-Video gezeigt werden, wird mir ganz schwindelig. Wie um mich zu erden, sehen ich und mein halb besoffenes Hirn ständig zu Rick und ich versuche, mich an seinem zufriedenen Gesichtsausdruck zu beruhigen.

Die Sendung geht endlich zu Ende. Rick springt auf und legt seinen Arm um mich, wobei ich immer noch stehe und von einem Bein aufs andere trete.

„Chris, phänomenal. Absolut phänomenal."

Kurz lächele ich einvernehmlich, doch das ist bloß aufgesetzt. Ein Abwehrmechanismus. Ich kratze mich verlegen an der Nase. Der Fernseher wird wieder entfernt und gleich darauf Champagner ausgeschenkt. Gläser klirren vom Anstoßen. Rick lässt sofort noch eine zweite Flasche köpfen. Wir prosten uns wieder und wieder zu. Ich sehe sie alle der Reihe nach an, während sie trinken, meine neuen Freunde. Ich vergegenwärtige mir ihren *Gesamtzusammenhang*. Obwohl sie nur ein paar Meter entfernt sind, kommen sie mir unvorstellbar weit weg vor. Das hier ist nicht meine Welt.

Und doch bin ich deren Mittelpunkt.

An der Berauschtheit in den Gesichtern um mich herum kann ich das Ausmaß meiner Ausweglosigkeit erkennen. Ich glaube, ich habe mich in meinem ganzen Leben noch nie so einsam gefühlt.

Kurze Zeit später bringt jemand die druckfrischen Morgenausgaben der BILD und der Süddeutschen Zeitung. Rick greift sich beide Exemplare. Liest, lacht laut, klappt sie auf und hält sie uns hin.

Die BILD titelt:

Sex mit dem Ministranten! Bestsellerautor Chris Schneeweiß entlarvt Bischof im Fernsehen als pädophilen Perversling

Die SZ-Headline lautet:

Skandalöses youtube-Video um Kindesmissbrauch / Bestseller-Autor diskreditiert Bischof Singen in TV-Talkshow

Ein Artikel von Mona Richtberg. Unserer Mona.

Rick ruft „Na also, jetzt geht's los", wirft die Zeitungen auf den Tisch und ich nehme sie mir. Ein beinahe greifbares Gefühl der Bedrohung geht von den dicken, schwarzen Buchstaben aus. Mit flirrenden Augen überfliege ich den Bericht.

Aus dem Hintergrund kräht jemand, grauenhaft extatisch, über *achthunderttausend Klicks innerhalb einer Stunde auf youtube.*

Egal, wie betrunken ich auch sein mag, mit einem Mal wird mir das ganze Ausmaß der Katastrophe bewusst. Es gibt jetzt kein Zurück mehr.

Jetzt hör schon auf. Dieses ewige Zaudern. Du bist ja der reinste Angstjunkie. Jetzt freu dich doch.

Als wir um Mitternacht das Lokal verlassen und in der eisigen Kälte und Dunkelheit durch den frisch gefallenen

Schnee zu den Wägen stapfen, sehe ich schon von Weitem, dass ein heller Fleck oder Klecks auf einer der Windschutzscheiben klebt. Die anderen bemerken es jetzt auch und als wir uns nähern, erkennen wir, dass beide Autos mit zig Eiern beworfen wurden. Verlaufene Eidotter samt Schalenresten sind über einen Großteil der Lackflächen und Scheiben verteilt und formen gefrorene, gelbliche Schmierspuren. Ich bilde mir ein, den fauligen Geruch wahrzunehmen. Außerdem ist der linke Scheinwerfer des einen Wagens zertrümmert. Spitze Scherben liegen im Schneematsch, einzelne Splitter haben sich bis zum Asphalt durchgedrückt.

Gänsehaut fährt mir über den ganzen Körper. Sogar Rick und die Jungs sind schockiert, bleiben erstarrt stehen. Überrumpelt. Ihre ganze Euphorie ist wie weggeblasen von der Fassungslosigkeit über das Bild, das sich uns präsentiert. Ich ringe nach Luft. Etwas zutiefst Symbolbeladenes haftet der ganzen Szene an. Sie wirkt wie ein Vorgeschmack auf das, was da kommen wird.

Machen wir uns nichts vor, die Hölle ist losgebrochen.

Was hab ich getan.

Die Welt will die Wahrheit doch gar nicht hören.

Abweichung

An diesem Freitagabend Ende März ist es im allzeit milden Los Angeles mit 17 Grad eher kühl. Die Sonne scheint nicht mehr. Mona Richtberg sitzt in ihrer Zweizimmer Economic-Suite, im achten Stock eines Appartementhauses im Stadtteil Brentwood. Call for Sanity mietet hier durchgehend vierzig der möblierten Wohneinheiten für seine Mitarbeiter. Man genießt sämtliche Annehmlichkeiten eines komfortablen Hotels, Zimmerservice, Wäscherei, Einkaufsdienst, hat jedoch zugleich das Gefühl, in einer Wohnung mit persönlichem Touch und behaglicher Privatsphäre zu leben.

Heute Vormittag erst ist Mona nach einem horrenden Direktflug in der Stadt angekommen. *Magen Tee* steht auf dem mitgebrachten Beutel, den sie in die Tasse mit heißem Wasser tunkt. Hoffentlich hilft der. In zehn Minuten kommt das Taxi. Sie nimmt einen entsetzlich bitteren Schluck. Ein Glück, dass uns die Vorstellung einprogrammiert ist, dass alles was helfen soll, grausam schmecken muss.

Ihr ist schon seit vorgestern so anders, mal übel, mal schwindlig. Es ist nicht schwer, sich eine mögliche Schwangerschaft zusammenzureimen.

Einhändig knüllt sie den Verpackungsmüll des Teststreifens zusammen, wirft ihn in den Abfalleimer und reibt ihre trockenen Augen. Zweifel nagen an ihr. Eineinhalb Monate hat sie Rick nicht mehr gesehen. Der Job für CfS nimmt immer *noch* beträchtlichere Ausmaße an, für sie, für ihn. Eine Komplettvereinnahmung.

Sogar dass sie heute in L.A. ist, hat nur am Rande mit einem Wiedersehen mit Rick zu tun. CfS fliegt extra zum großen Auftritt von Chris Schneeweiß die wichtigsten Mitarbeiter aus der ganzen Welt ein. Schneeweiß hat in den letzten Wochen Europa im Sturm erobert und fasst seit einigen Wochen überraschend schnell auch in den USA Tritt. Es gibt also etwas zu feiern.

Aus diesem Grund spendiert CfS ausgewählten Angestellten einen dreitägigen Aufenthalt mit Urlaubscharakter, inklusive der Show im Civic Auditorium in Santa Monica, um sich zu bedanken und Teamgeist und Zusammenhalt zu stärken.

Trotz ihrer gegenwärtigen Probleme ist Mona neugierig, wie Chris sich heute Abend schlägt. Das Live-Format, das man ihm auf den Leib geschneidert hat, erweist sich als ausgesprochen breitenkompatibel und zieht Zuschauer der unterschiedlichsten Couleur in Massen an. Die Leute lieben Chris' Auftritte. In seinem abendfüllenden Programm, einer Art philosophisch angehauchter Stand-up-Performance, bietet er den Besuchern kurzweilige Abrisse über die Kulturgeschichte von Religion, deren Absurdität und Auswüchse und versäumt nicht, auf reale Gefahren hinzuweisen, ohne dabei wie ein Rattenfänger zu wirken. Chris schafft es mit seinem Naturell, der Veranstaltung den Charakter des Humorvollen aufzuprägen, und damit der Tendenz entgegenzuwirken, nach Bekehrungspredigt oder Identifikationsritual zu klingen.

Was es letztlich jedoch ist. Und das kommt bei den Menschen an. Vielmehr: Chris kommt an. Die Form der Verehrung, die ihm ein Teil seines Publikums entgegenbringt, geht ins Messiashafte.

Es geht alles so viel zügiger als erwartet, so dass auch der Arbeitsaufwand für die CfS-Angestellten überproportional steigt. Je mehr *Das erstaunlichste Phänomen der Jetztzeit* (New York Times-Artikel über Chris Schneeweiß vom 12. März) international unterwegs ist, desto intensiver muss seine Abwesenheit im jeweiligen Land durch verstärkte Marketingmaßnahmen ausgeglichen werden. Was auch Mona betrifft.

Gerade nimmt sie den letzten Schluck des widerlichen Tees und starrt auf den verfärbten Papierstreifen vor sich, als es läutet. Das Taxi ist da. Sie hastet zur Gegensprechanlage, drückt auf den Knopf und sagt „Komme“.

Konzentriert tut sie, was man tut, um sich ausgehfertig zu machen.

Als sie auf dem Rücksitz des gelben Ford Platz nimmt und schlagartig zum Stillstand gelangt, bringt sie das Fahrtziel kaum heraus, kann nur mit einiger Überwindung leise zu dem pakistanischen Taxifahrer „Civic Auditorium, bitte“ sagen, muss es zwei Mal wiederholen, bis er verstanden hat, und sinkt dann augenblicklich in sich zusammen. Der Test war positiv.

„Civic Auditorium, ja, Madame“, bestätigt der kleine Mann hinter dem Steuer, mit einem Gesicht, das an allem in der Welt zweifelt, und dreht seinen Kopf zeitlupengleich nach vorn. Er braucht endlos, um sich zu sortieren. Mona sieht ihm gebannt zu, wie er seine Bewegungen derart langsam ausführt, dass man beinahe den Eindruck bekommt, er würde sie rückwärts ausführen. Normalerweise würde Mona dieses Verhalten wahnsinnig machen. Aber jetzt ist es gerade diese Gemächlichkeit, die sie angenehm ablenkt.

„Vergessen Sie nicht, das Taxameter anzuschalten“, sagt sie zuvorkommend, nachdem sie schon ein paar hundert Meter gefahren sind. Sie schaut durch die halb geöffnete Seitenscheibe, hinaus auf die abendlich erleuchteten Straßen. Kein Straßenzug ohne mindestens eine Litfaßsäule oder Plakatwand, von der ihr nicht sein Gesicht entgegenblickt. Chris Schneeweiß, in Farbe, über dem Schriftzug von Call for Sanity. Dieses weltweit verwendete Motiv dürfte sich mittlerweile auch zu so etwas wie einem Fahndungsfoto entwickelt haben. Nahezu jede orthodoxe Glaubensgruppe fühlt sich inzwischen von CfS auf den Schlips getreten. Hunderte Hassnachrichten und Morddrohungen gehen täglich ein. Von europäischen und amerikanischen Christen, Juden, Hindus, Nazis, Trittbrettfahrern, und sogar Atheisten, die in haarspalterischen Einzelpunkten nicht mit CfS übereinstimmen. Chris kann keinen Schritt mehr ohne Personenschutz tun. Innerhalb weniger Monate hat Call for Sanity es sich mit so ziemlich jedem religiösen Eiferer auf diesem Planeten verscherzt. Präziser kann man es in aller Ungenauigkeit nicht sagen.

Im Gegenzug stehen Hundertvierzehnmillionen facebook-Fans und ebenso viele twitter-Follower. Chris’ Roman ist inzwischen weltweit erschienen, mit einem ergänzten Vorwort des Autors, das explizit auf CfS verweist, und verbucht Fünfmillionen verkaufte Einheiten. Mona muss daran denken, wie sie letzten Sommer *Ausschweifungen* rezensiert hat und sich dachte, das wird nie was. Scheint eine Ewigkeit her zu sein, wie aus einer anderen Zeitrechnung.

Von einer anderen Zeitrechnung kann man seit wenigen Minuten auch privat sprechen. Schwanger! Mona kriegt einen Schweißausbruch, öffnet das Fenster zur Gänze.

„Zum Künstlereingang bitte", weist sie den Chauffeur an, als sie in Mindestgeschwindigkeit auf den Parkplatz des Auditoriums biegen, auf dem unzählige Autos dichtgedrängt stehen. Entsprechend viele Menschen werden die restlos ausverkaufte Halle bevölkern.

Bevor sie aussteigt, drückt sie ordnungshalber den Fensterheber nach oben. Geräuschlos fährt die Scheibe hoch, in der sich zuerst ihr Hals, dann ihr ganzes Gesicht spiegelt. Fahrig richtet sie ihre Haare, die in der nächtlichen Reflexion sehr viel dunkler als ihr tatsächlicher Blondton wirken. Ist sie schon bereit für ein Kind? Ist die Beziehung tragfähig genug? In welcher der wenigen gemeinsamen Nächte ist es passiert?

Sie wirft die Tür des Taxis zu, sieht rüber zu den Massen, die zu den Eingängen strömen und passiert per Sonderausweis den Einlass des Backstagebereichs.

Vorsichtig wird sie von einem Ordner abgetastet, ein schwacher Kotzimpuls lässt sie einmal tief durchatmen, dann betritt sie den großflächigen Korridor, in dem zahlreiche CfS-Mitarbeiter in halbprivater Stimmung umherwuseln und sich unterhalten. Einige kennt sie vom Sehen.

An der Bar holt sie sich einen Orangensaft, damit sie was in der Hand hat. Die Tür, hinter der sich Chris' Garderobe befindet, erkennt man an den beiden schwarz gekleideten Hünen, die mit verschränkten Armen davor stehen.

Mona schlendert zu der Innenfensterfront, von der aus man hinunter in das weite Rund der Halle schauen kann. Eine beeindruckende Kulisse. Die meisten Zuschauer sind schon auf ihren Plätzen, einige Menschentrauben drängen noch zu ihren Sitzen, die Bühne liegt verhüllt hinter einem dunklen Vorhang. Keine Berieselungsmusik, nur der natürliche Lärm, den zigtausend wartende, sich unterhaltende Menschen verursachen.

Als Mona ihr Glas an den Mund setzt, fällt ihr Blick auf das andere Ende der langen Fensterreihe. Sie sieht, wie Rick einer dunkelhaarigen Frau gegenübersteht und sich engagiert mit ihr unterhält. Die Frau sieht unbestreitbar sehr gut aus. Ohne genau zu wissen weshalb, glaubt sie an der Körperhaltung der beiden zu erkennen, dass Rick und die Unbekannte sich nahe stehen. Die zwei wirken vertraut - ein instinktives Gefühl. Momentan übersensibilisiert, ist Mona mit einem Mal schockiert. In ihrer gegenwärtigen Verfassung ist ihr danach, beim Anblick der beiden grundlos verzweifelt, gekränkt und unwirsch in einem zu sein. Und der Gedanke an ihre Schwangerschaft verwandelt sich von der Zukunftsangst mit Kind zur Befürchtung, es gäbe womöglich kein Kind. Und umgekehrt. Und wieder zurück.

Gut zwanzig Meter entfernt, wie von ihrem Blick angestupst, dreht sich Rick plötzlich um und sieht ihr ohne Suchmoment direkt in die Augen. Sofort legt sich ein Lachen auf sein Gesicht, er entschuldigt sich bei Kash und marschiert Mona entgegen. Auf halbem Weg sagt er „Da bist du ja“ und kommt beim Küssen von links. Ein diskretes Lippenauflegen, mehr nicht, wegen des Arbeitsumfelds. „Wie war dein Flug?“

Mona gibt ihren Versuch auf, ebenfalls zu lächeln.

„Gut, danke ...“, entgegnet sie in einem Ton, der dem Moment sofort den Stempel der Unbehaglichkeit aufdrückt.

„Das Zimmer auch okay?“, Rick hält sie an den Armen, oberhalb der Ellbogen.

„Ja, auch gut, danke.“

„Alles in Ordnung?“, fragt Rick hörbar bemüht, als müsse er eine ominöse Dissonanz beseitigen und küsst sie noch einmal.

„Jaja“, schnappt Mona widerspenstig und sieht forschend rüber zu Kash, die ihren analytischen Blick, dem ein Anflug kesser Ironie nicht fehlt, sofort von ihr abwendet und in der Garderobe von Schneeweiß verschwindet.

„Wer ist das?“, fragt Mona kaum verschleiert bissig, was gar nicht ihrer Art entspricht, wie sie sich überhaupt viel zu oft in Ricks Gegenwart nicht so verhält, wie sie sich kennt, und zeigt mit einer angedeuteten Aufwärtsbewegung ihres Kinns auf die Stelle, an der die zwei ihr Gespräch führten. Rick wirft einen Blick über seine Schulter und sagt rasch, als bemerke er die wahren Beweggründe der Frage nicht: „Das ist Kash Rahimi, Chris' Assistentin.“ Dabei klingt er eine Prise zu mitteilungswillig, um Mona dieses Thema bloß nicht weiterspinnen zu lassen. Was daran liegt, dass ein Mann seiner derzeitigen Freundin grundsätzlich so wenig wie möglich von seiner Exfrau berichten möchte - seiner Exfrau hingegen durchaus intime Interna aus der aktuellen Beziehung mitzuteilen bereit ist, sofern man ein gutes Verhältnis pflegt.

Mona nickt. Es wäre Rick sehr recht, wenn nicht gerade jetzt rauskäme, dass es sich bei Kash um seine ehemalige Ehefrau handelt. Er hat momentan so viel anderes im Kopf. Mit Blick auf die Uhr sagt er: „Gleich geht's los.“

„Sie sieht wirklich sehr gut aus“, hakt Mona doch noch mal nach, vielleicht weil der Test positiv war, vielleicht wegen des Jetlags. Mona ist selten impertinent, aber wenn, dann nur gegenüber Menschen, die sie mag.

„Findest du?“, fragt Rick rhetorisch. Hinter Monas untypischem Tonfall könnte mehr stecken, als nur gut gespielte Schlecht-gespielte-Eifersucht. Es ist möglich, dass Mona weiß, wer Kash ist. Also keine Verschlingungen, die zur Falle werden könnten.

Das Saallicht erlischt und ein Raunen wandert durch die Zuschauerblöcke. Chris' Garderobentür öffnet sich und eingerahmt von seinen Securityguards und etlichen weiteren Personen vor und hinter ihm, wird er zur Bühne geleitet. Als er an Rick und Mona vorbeikommt, hebt er eine Handfläche zum Gruß, zwinkert kurz mit beiden Lidern und signalisiert durch ein gewollt müdes Schließen der Augen, welch belastende Aufgabe vor ihm liegt.

Während dieses Augenblicks kommt er Mona wie ein Kind vor, ein Junge voller Kampfeslust und Sendungsbewusstsein. Es ist schon ein merkwürdiges Gefühl, diesen aufgeblühten Kerl, den sie vor wenigen Monaten als kompletten Nobody interviewt hat, jetzt, von Millionen gekannt, nur wenige Meter an sich vorübergehen zu sehen. Er, mit dem sie zwar ständig beruflich beschäftigt ist, der aber in einer sorgsam bewachten Parallelwelt lebt, zu der fast keiner mehr Zugang hat, nicht mal der Großteil des CfS-Personals. Auch diese Abgeschirmtheit lässt seine körperliche Anwesenheit in einem erschreckend gewichtigen Licht erscheinen.

„Lass uns hier bleiben, von hier aus haben wir den besten Blick auf die Bühne“, erklärt Rick und holt Getränke an der Bar.

Sekunden später beginnt die Show. Ein basslastiger Ton schwellt theatralisch an, die bombastische Eingangssequenz ertönt. Scheinwerfer zucken hin und her, die Hautfarbe der Zuschauer in den ersten Reihen ändert sich im Sekundentakt. Ziemlich dick aufgetragen, ziemlich amerikanisch, findet Mona. Aber durch diesen Showbusiness-Charakter wird vermieden, dass sich die Inszenierung zu salbungsvoll vermittelt.

Mona fröstelt. Hoffentlich kriegt er das hin. Sie ist nervös für Chris. Wäre sie ein Außenstehender, wäre sie das nicht. Wenn du jemanden persönlich kennst, kannst du seine öffentliche Präsentation nicht unbefangen aufnehmen.

Unter jubelndem Beifall kommt Chris auf die Bühne gespurtet und erweckt den Eindruck, als habe er bereits eine Riesenstrecke rennend hinter sich gebracht, um erst jetzt, im Angesicht des Publikums, zum Stehen zu kommen. Dabei wartete er eben noch ruhig in der Kulisse.

Er begrüßt die Menge in charmantem und amüsantem Plauderton. Wie ein Profi. Auf Englisch. Auf Englisch klingt seine Stimme ein klein wenig anders.

Unausgesetzt beobachtet Mona die Bühne. Chris ist Herr der Lage. So viel ist klar. Charisma und Durchsetzungsstärke in jeder Bewegung. Körpersprache, Mimik, Intonation: perfekt, treffsicher.

Trotz äußersten Wohlwollens hätte Mona das nicht erwartet. Er ist jemand anderes geworden.

Chris pariert gerade bravourös einem Zwischenrufer aus dem Publikum, woraufhin die Leute johlen und applaudieren, als würden sie extra fürs Lärmmachen bezahlt. Es scheint, als bekämen sie nicht genug von Chris und seiner vermeintlichen Spontanität. Stellenweise feiert ihn die Masse wie einen Erlöser, und sobald das Jubeln allzu euphorisch wird, beschleicht Mona der Eindruck, dass die Show nahezu sektengleiche Züge annimmt. Sie muss für sich den Kopf schütteln, wenn sie daran denkt, dass genau vor ihren Augen Menschen bereitwillig einem Wortführer *huldigen*, der davon spricht, sämtliche Glaubensinstitutionen aufs Nachdrücklichste abzuschaffen und eben *niemandem* zu huldigen.

Mona strafft sich und nickt angedeutet, während sie die Show weiter verfolgt, als müsste sie sich und ihrer Erkenntnis selbst Recht geben: Womöglich *muss* man zur Abschaffung von Religion erst eine neue Religion erschaffen ... Ein unumgänglicher Widerspruch.

Eben wogt wieder eine Begeisterungswelle nach der anderen durch das Rund der Halle. Chris zieht sein Ding durch und hält das Qualitätslevel die vollen neunzig Minuten.

Keine 50 Sekunden, nachdem er sich verbeugend von der Bühne begeben hat, kommt er schon zur Garderobentür hereingestürmt, erneut flankiert von seinen beiden Leibwächtern Rainer und Samir, die eine Art Spalier bilden. Rick und Mona und ein paar andere warten dort bereits auf ihn, und Rick ruft „Chris“, als sei es ein Hilfeschrei, umarmt ihn und klopft ihm auf den Rücken, als hätte man sich eine Ewigkeit nicht mehr gesehen.

„Du warst wieder großartig“, sagt er und man ahnt, das hört Chris in letzter Zeit öfter. Womöglich zu oft.

Als ob ihm die Worte nur schwer über die Lippen gingen, presst Chris heraus: „Danke. Oh Mann, auf Englisch erfordert das Ganze ungleich mehr Konzentration. Ich bin total fertig, aber ich glaub auch, es lief ganz gut.“ Er trocknet sein Gesicht mit einem Handtuch ab und lässt sich von Bodyguard Rainer ein großes Glas Absolut reichen. Dann registriert er Mona in der Ecke.

„Hi noch mal, Mona, jetzt haben wir uns aber lang nicht mehr gesehen. Silvester, oder?“, ruft er ihr durch den Raum zu.

„Hi Chris, ja Silvester, in Berlin.“ Weil das Stimmengewirr schlagartig erlischt und alle schauen, versucht sie, dezent zu klingen.

Chris, unverändert lautstark: „Richtig. Danke, dass du heute extra gekommen bist. Und danke für die Texte.“

Damit meint er die Passagen für die Shows, die ständig weiterentwickelt werden, sowie die Vorlagen für die Interviews und Statements, mit denen er täglich versorgt wird. Chris' spontan wirkende Auftritte sind inhaltlich rigoros durchkonzipiert. Kein Wort ist Zufall. Ein großer Stab von rund hundert Autoren (darunter Mona) kümmert sich um stete Aktualisierung, liefert täglich Ideen, seitenweise Themenvorgaben, Punchlines, scheinbar aus dem Hut gezauberte Anekdoten und Beweisführungsketten, von denen die besten ausgesucht, dramaturgisch ausgearbeitet und für den jeweiligen Auftritt einstudiert werden. So wird auch vermieden, dass Chris sich während einer Performance zu stark wiederholt, verstrickt oder ausufert und dadurch den Punkt verfehlt oder verwässert.

„Aber du bringst es auch wahnsinnig toll rüber ...", antwortet Mona ungewollt naiv klingend, wird jedoch gnädigerweise vom wieder einsetzenden Trubel der Anwesenden abgewürgt.

Kash mahnt zum Aufbruch, die Personen, die nichts in der Garderobe zu suchen haben, mögen bitte verschwinden, höchste Eile, da Chris sofort weiter in die nächste Stadt fährt, 70 Termine, 70 Städte in den nächsten 70 Tagen. Chris sendet Mona einen entschuldigenden Mundwinkelaufzug, der sagt, dass er nichts für den Gesprächsabbruch kann. Daraufhin geht alles rasend schnell. Kurze Verabschiedung aller untereinander.

Rick beobachtet noch, wie Chris, ganz der Vielbeschäftigte, dem einsatzbereiten Rainer das in einem Zug geleerte Wodkaglas reicht und ihn zum Nachschenken auffordert, mit einem Blick, der sagt: *Es ist schrecklich, erst darum bitten zu müssen.*

Die Entourage bricht auf, im Vorbeigehen murmelt Chris noch zu Rick „Stimmt es, dass in Belgien ebenfalls der Verfassungsschutz gegen uns zu ermitteln beginnt? Das wievielte Land wäre das?“

Rick nickt und sagt: „Wir telefonieren später.“

„Alles klar, in ner Stunde?“

„Okay, ich meld mich.“

„Okay, bis gleich. Tschau zusammen.“

Dann wird es still. Rick und Mona bleiben in der Lobby des Backstage-Bereichs zurück, während Chris und Kash zum Wagen geschleust werden, um das Gelände schnellstmöglich zu verlassen, noch bevor das Publikum zu den Parkplätzen strömt und die Zufahrtsstraßen verstopft.

Der Limousinenkonvoi befindet sich bereits auf dem Highway Richtung Portland, als Mona, noch im Civic Auditorium, Rick umständlich umschreibt, dass sie schwanger ist, wobei sie ihm die Deutung ihrer Worte überlässt. Und chaotisch wie sie sich gerade fühlt, und völlig ohne Bezug, fragt sie sogleich im Anschluss: „Hast du was mit ihr?“

„Was? Wovon redest du?“, lacht Rick in dem Versuch, Monas unzusammenhängende Äußerungen einzuordnen. Er steht einen kurzen Moment völlig auf der Leitung.

„Wieso lachst du?“, sagt Mona, bemüht, nicht aufsässig zu wirken.

„Ich lache überhaupt nicht“, antwortet Rick und lacht weiter. Bis sich sein Gesichtsausdruck radikal ändert, *schwanger*, und er Mona mit weit aufgerissenen Augen und gerunzelter Stirn ansieht. Die international verständliche Grimasse für *Sag, dass das nicht wahr ist.*

Identität

Meinen Mund schräg unter den Designerwasserhahn haltend, trinke ich zehn abgezählte Schlucke und bin danach außer Atem. Die Frau, deren Arbeitsname Monique lautet, und die ich geküsst habe, trotz ihres erhöhten Ansteckungspotenzials (Hepatitis, Herpes, Grippe, Schlimmeres), ruft etwas aus dem anderen Zimmer, während ich das Wasser über meine Hände laufen lasse. Innerlich gereizt, aber überaus zuvorkommend rufe ich zurück: „Ich versteh dich leider nicht, wasch mir grad die Hände." Weiß doch jeder, dass man dabei kaum was hört. Sie verstummt.

„Was denn?", frage ich, als ich kurz darauf durch die Badezimmertür in die größte Suite, die das Stockholmer Marriott zu bieten hat, trete und mir noch die Hände abtrockne. Ich ziehe die Nase hoch, in meiner Brust hämmert es, ein Rauschen schwillt durch meine Ohren - das Adderall vom Vorabend wirkt noch immer.

Monique flötet „Ach nichts. Meinte nur, irgendwie krass, dass ich dich kennengelernt habe", und drückt umständlich auf ihrem edelsteinbesetzten Smartphone herum. Erstaunlich, es gibt Menschen, die tippen schon dumm. Ich hoffe inständig, sie postet unser *krasses Kennenlernen* jetzt nicht gleich auf facebook.

Während ich mir einen Pulli überziehe, sage ich ironisch „Ja, echt krass" und schaue sie ernüchtert an. Wie es gemäß ihrer exklusiven Escort-Service-Agentur erwartet werden darf, ist Monique äußerst geschmackssicher gekleidet. Dezent, schlicht, fast businesslike, dennoch betont weiblich und sexy. Ein wenig wie Kash. (Ich mag das so. Allzu stofffreies Ficki-Ficki-Outfit animiert mich nämlich überhaupt nicht zu Ficki Ficki.)

Moniques pralle Brüste zeichnen sich deutlich unter ihrer Bluse ab. Ich habe festgestellt, mit Brüsten ist es wie mit Haaren: Man legt irgendwie Wert darauf, aber allzu viel kann man damit auch nicht machen. Ich würde sagen, von zwei Stunden Sex kommt man auf höchstens zwei Minuten netto, sich vornehmlich diesen Bereichen zu widmen. Das erledigt sich einfach schnell. Und ist für die Gesamtperformance total unerheblich.

Während ich mir meine Hose anziehe und den Gürtel arretiere, zeige ich mit dem Kopf zur Decke und meine damit die auffallende Klaviermusik, die aus der Anlage klimpert. Monique muss den Klassikradiosender angemacht haben, als ich im Bad war. Sie schaut mir eigenartig in die Augen, kapiert meine Geste nicht. Also frage ich „Chopin?“ und sie lächelt, irgendwie orientierungslos, fast geschmeichelt. Wahrscheinlich, weil sie Chopin mit Chanel verwechselt.

Geschickt zieht sie sich ihr sündhaft teures Lederjäckchen von Hermès über, greift nach ihrer Monatslohn-Handtasche und ist endlich im Begriff mich zu verlassen. Wie nett. Im Grunde bucht man eine Nutte nicht wegen des Vögelns, sondern weil sie im Anschluss wieder umstandslos verschwindet. Ich muss auch gleich los. Wir machen Küsschen-Küsschen. Vermutlich wird Monique die zweitausend Euro, die sie mit mir verdient hat, schon auf dem Nachhauseweg für irgendeinen nutzlosen Mist ausgeben, um am Ende ihrer Edelnutten-Laufbahn mit nichts dazustehen. Aber was erwartet man. Ich sage „Schön war's“, werde sie aber dennoch ganz sicher nicht mehr bestellen. Gestern Abend, gleich zu Beginn, turnte sie mich total ab, als sie mir ihre Angebotsliste monoton vorratterte: „Worauf hast du Lust? Also was ich mache ist GV in allen Stellungen, AV, Deep throat, ZK, EL, Spanisch, 69, GB, Fußerotik, Fingerspiele, Dildo und Umschnalldildo, Schmusen, Natursekt, KV, Rollenspiele, Fisting, Anal- und Prostatamassage, Fesselspiele und Facesitting. Eine Freundin für einen Dreier kann ich auch organisieren.“ Dieses stupide Runterleiern klang nicht gerade stimulierend. Noch dazu mit ihrer gekünstelten Babysprache, von der sie glaubt, sie klänge süß. Ansonsten war's okay. Wie mit den meisten Frauen der letzten Monate. Die Frage ist nur:

Wieso lässt es einen jedes Mal so verdrossen zurück?

Die Vielvögelei stillt deinen exzessiven Hunger nicht ansatzweise. Es verstärkt ihn eher. Egal mit wie vielen du schläfst, du bedauerst bei jeder einzelnen, dass dir der Großteil der Frauen auf Erden, in ihrer vielgestaltigen Gesamtheit, dennoch immer entgehen wird.

Ich öffne die Zimmertür. Auf dem Flur warten bereits Rainer und Samir, die Kash und ich nur A und B nennen. Ich lasse Monique raus. Samir nimmt sie entgegen, erinnert sie nochmals an die von ihr unterzeichnete Schweigevereinbarung und schleust sie diskret durchs Hotel nach draußen. Rainer grüßt mich mit „Morgen“, tritt zu mir ins Zimmer und ich schließe die Tür hinter ihm.

„Guten Morgen, alles klar?“ Ich fahre mir durch die nassen Haare und atme mühsam ein, nöle mürrisch: „Schön langsam macht es mich wahnsinnig, dass in diesen Hotels die Fenster nicht öffenbar sind. Nur Klimaanlagenluft, das grenzt an Körperverletzung!“ Man macht sich keine Vorstellung.

„Ja stimmt, ätzend. Bist du bereit?“, fragt Rainer, der vor seiner Karriere als Bodyguard Leutnant bei der GSG 9 war, und sieht sich in meiner tadellos ordentlichen Suite um. Ich glaube, das mit den fixierten Fensterscheiben wäre ihm gar nicht aufgefallen, wenn ich's nicht gesagt hätte. Die meisten sind von unvorstellbarer Robustheit, denen zieht's nie, denen ist nie kalt, denen ist's nie zu stickig, denen ist's nie zu eng, oder zu belebt, oder zu dieses oder zu jenes. Dem Großteil scheint das alles nichts auszumachen. Mir macht irgendwie vieles was aus.

Rainer reicht mir ein gepolstertes Kuvert mit den Substanzen für die nächsten Tage. Die chemischen Muntermacher sind in meinem Arbeitsvertrag inklusive. Ich stecke den Umschlag in die Seitentasche eines meiner Koffer. Wir machen beide kein Aufhebens darum.

Auf dem Weg in die Tiefgarage kommt uns Samir entgegen, er hat Monique in ein Taxi gesetzt, und meint: „Die war aber heiß, die Alte. Was für ein begnadigtes Gestell. So was müsste man als Freundin haben, haha.“ (Er hat begnad*ig*t statt begnad*e*t gesagt.)

Rainer nickt beipflichtend und ich erkundige mich ungläubig, aber nicht unhöflich: „Ist das euer Ernst?“

„Klar, wieso nicht? Was für ein geiler Körper!“ Das ist halb verständnislos gesagt. Und mir drängt sich der Gedanke auf, ohne den zweien zu nahe treten zu wollen, dass sie eben doch nur einfache Gemüter sind. Oder geht es im Leben gar nicht um *mehr*, als nur einen beschissenen *geilen* Körper? Und man bildet sich den ganzen Quatsch von Bedeutung und Tiefgang bloß ein? Und in Wahrheit sind die geistig Schlichten die eigentlich Cleveren, weil sie erst gar nicht danach suchen? Könnte durchaus sein.

Ich sollte Samirs und Rainers Meinung respektieren, solange ich keine Ahnung habe, worum's im Leben geht. Und das Leben haben die beiden mir immerhin schon mal gerettet ... mich zumindest aus deftigen Schwierigkeiten befreit. Gestern im Auto sind wir zufällig darauf gekommen, dass *sie* die Anzugträger waren, die letzten Sommer jene drei Nazis ausgeschaltet haben, die Kai und mich abends vor dem Club verprügeln wollten. A und B bildeten das Beschattungsteam, das mich im Rahmen von Call for Sanitys Auswahlverfahren wochenlang observiert hat.

Auf der Fahrt durch die Stockholmer City, zum ersten Termin des Tages, einem Interview in einer Radiosendung, nutze ich die Zeit und lerne die Neuerungen im Script, für den Auftritt am Abend. Wir arbeiten ständig an der Show. Jeden Morgen halten das Autorenteam und ich per Skype eine Analysesitzung ab, besprechen, was am Vorabend nicht so funktioniert hat und was wir verbessern können. Heute ist es nicht viel, was ich neu einstudieren muss. Mit dem Amphetamin im Blut schaffe ich es zwar einigermaßen schnell, mir den Text draufzuschaffen, aber momentan kann ich mich immer schlechter konzentrieren. Das hat eine erschütternde Ursache. Über die Wochen habe ich mich fürchterlich in Kash ... verliebt. Was mich unfassbar ankotzt. Kontrollverlust, permanentes Störfeuer in meinem Kopf, unnötige Kompliziertheit. Dabei zähle ich mich zur Kategorie derer, die es bevorzugen geliebt zu werden, nicht zu der Gattung, die liebt. Fürs Schwachsein bin ich zu schwach, daher muss ich der Stärkere sein. Funktioniert aber gerade nicht.

Das Sendestudio der Radiostation, mitten im Stockholmer Zentrum, ist klein wie eine Mausefalle. Unverputzte Wände, an denen schalldämmende Stoffrahmen hängen. Man führt uns in ein Kabuff hinter einer Glasscheibe, auf dessen gegenüberliegender Seite ein Toningenieur an einem Mischpult rumfuchtelt. Über dem Türrahmen hängt eine altmodische On-Air-Lampe. Ich schwitze wie verrückt. Viel Konzentration geht dafür drauf, nicht mit den Füßen und Händen zu wippen, oder wie wild mit den Augen zu rollen.

Ich lasse mir von der netten Assistentin einen Wodka bringen, um den Kraftfluss in meiner Blutbahn zu kompensieren. Das Mädchen hat lange, offene blonde Haare und trägt Flower-Power-Lotterlook. Mein unmittelbarer Eindruck: Schmuddelig. Vor allem die Haare. Aber wow!, die haben tatsächlich Wodka im Getränkesortiment. Diese Schweden.

Auf einem barhockerähnlichen Stuhl nehme ich vor dem Mikro Position ein und ziehe ein paar Kopfhörer über. Der Moderator der Sendung entert den Raum, blaue Augen, fisselige blonde Haare, blondes T-Shirt, blonde Jeans, blonde Sneakers (Klettverschluss). Im Gegensatz zu mir ist er etwas pummelig.

„Hallo zusammen, da seid Ihr ja schon, sehr schön“, raunt er viel zu vertraulich und probiert, ein Lächeln aufzusetzen. Aussichtslos. In seinem Gesicht wirkt es völlig deplatziert. Ich spüre den Subtext. Er mag mich nicht, verabscheut mich vielleicht sogar. Und wenn schon. Was ist das, gegen die ganzen anonymen Todesdrohungen, die ich Tag ein Tag aus erhalte?

Wir schütteln Hände. Mein Handdruck ist warm und trocken, seiner wie ein vollgesogener Waschlappen. Ich sage „Hallo“ in der einnehmendsten Variante und benehme mich somit besser als ich mich fühle. Er sieht mich eindringlich an und während wir uns zur Einstimmung ein wenig unterhalten, versuche ich ein paar Punkte gutzumachen, indem ich mich als Typ darstelle, der sich selbst nicht ernst nimmt. Der Schwede hat aber bereits seine vorgefertigte Meinung von mir und schnell muss ich mich zu der Einsicht durchringen, dass meine Versuche, seine Gunst zu gewinnen, nichts bringen werden. Er verhält sich unverwandt konfrontativ - aus dem schlichten Grund: Er glaubt fest an Gott, was er mir ziemlich bald klar macht. „Ich muss dir vorweg noch der Fairness halber sagen“, artikuliert er bestrebt, „dass ich mit Call for Sanity nicht konform gehe und das sehr kritisch sehe. Nur dass du weißt. Ich persönlich bin katholisch und für mich ist mein Glaube sehr wichtig.“

Oh Gott.

Wenn man sich so intensiv mit dem Thema auseinandersetzt wie ich, geht es einem irgendwann nur noch auf die Nerven, dass man immer noch auf so viele bigotte Gummihirne trifft. Man wird kein Stück entspannter. Im Gegenteil. Deine Hellsicht weitet sich mehr und mehr aus, linear zu deinem Unverständnis.

Wie Kann Man Bloß An Diese Unlogische Scheiße Glauben?

Wieso will man das überhaupt?

Man erkennt große Fragen an ihrer Unbeantwortbarkeit.

Ich sehe den Schweden voller Verständnis an, als hätte ich durchaus auch meine Zweifel an Call for Sanity, diesen Heiden!

„Du hast gerade eine zweimonatige Amerikatour hinter dir, richtig?", smalltalkt der Bursche, und hantiert an ein paar Reglern rum.

„Ja, gestern kam ich zurück, es ..."

„Und heute Abend trittst du in der Ericsson Globe Arena auf?", unterbricht er mich echt unverschämt, während wir meine Kopfhörer einpegeln. Ich bejahe das, als wäre nichts, bekomme meinen Wodka von dem Hippiemädchen und exe ihn.

Ready. Das Interview geht los, wir sind auf Sendung, und der Schwedenbengel veranschaulicht mir sofort im Tonfall moralischer Überlegenheit, wie gern er mich vor seinen Hörern der Lächerlichkeit preisgeben möchte. Da seine Stärke aber lediglich in Angriffslust und Antipathie besteht, und er sich seine Argumentation aus dem Nichts zusammenzimmern muss (zum Thema Gott gibt's ja leider keine Tatsachen), wird das Gespräch schnell zu einem einseitigen Unterfangen, das mich ziemlich unterfordert. Der Bursche reduziert alles auf sein limitiertes, kleinkariertes Sichtfeld. Kein Durchkommen. Er ist von einer Beschränktheit, die an Anonymität grenzt. Dennoch liefert er mir mit seinem rührenden Versuch eines Wortgefechts die Basis für ein Trommelfeuer der Bon Mots, das sich gewaschen hat. Heute habe ich unter anderem meine erprobte Zeitkontext-Veranschaulichung zur Gottesabsurdität im Köcher. Die klingt so:

„Stell dir vor, hier säße jemand der behauptet, er glaube an Zeus. Du würdest ihn belächeln, vielleicht sogar umgehend einweisen. Nicht so vor dreitausend Jahren. Da war Herr Zeus die allgemein anerkannte Wahrheit der

Epoche. Und jetzt nehmen wir jemanden, der behauptet, er glaube an Gott. Du würdest es zur Kenntnis nehmen und kommentarlos akzeptieren. Obwohl es nichts anderes ist, als die Zeus-Variante, nur dreitausend Jahre später. Es ist dasselbe in grün. Bloß, dass eben Gott nun gerade en vogue ist. Und genau darin besteht der einzige Unterschied: Im Konsens.

Es kommt darauf an, wann du geboren wirst und auf welches Gottmodell sich die Gesellschaft zur jeweiligen Zeit geeinigt hat. Dafür entscheidest du dich dann und glaubst daran, als wäre es der Weisheit letzter Schluss. So einfach und so dämlich ist das!"

Kapiert jeder – aber nicht jeder ist willens es zu kapieren.

Logik und Folgerichtigkeit spielen in unserem Leben eine klar untergeordnete Rolle. So auch bei meinem tollkühnen Schwedenmoderator und seiner handgebügelten Jeans. Da ist nichts zu machen.

Er schüttelt erbarmungsvoll den Kopf, als sei ich *so* naiv. Wie Mutti immer. Weil Schwedenboy aber seine Abwehr bröckeln sieht, verlegt er sich schnurstracks wieder auf die Opfertaktik gläubiger Menschen, nämlich sich *angegriffen* zu fühlen. Und nörgelt mir was von „Kränkung und Beleidigung von Millionen Konfessionellen" vor. Die alte Leier. Heulsuse ist nichts dagegen. Vielleicht würde er gern ein Skandälchen provozieren, damit er auch mal in die Schlagzeilen kommt. Was beileibe nicht das Schlechteste wäre. Also für mich.

Ich schaue ihm in die Augen, als sei ich nicht imstande, den Blick abzuwenden, warte, bis er seinen Klagegesang beendet hat und klinge zartbesaitet: „NUR WEIL DU DICH ANGEGRIFFEN FÜHLST BEDEUTET DAS NICHT, DASS DU IM RECHT BIST." Das sag ich genau so. Zitierreif wie üblich.

Ich gehe davon aus, die meisten meiner Kernsätze dieses Gesprächs bereits in einer Stunde auf diversen Fanseiten im Internet wieder zu finden. Meine Anhänger sammeln so ziemlich alles an Äußerungen und Zitaten, was sie von mir kriegen können.

Egal was ich sage und tue, meine Bewunderer und CfS-Mitglieder hängen mir an den Lippen. Und an den Fersen. Es gibt unzählige facebook-Seiten zum Thema CfS sowie von Fans liebevoll erstellte Homepages, die mich und mein Leben zum Inhalt haben. Personenkult auf ganzer Linie. Unser twitter-Account ist überfrequentiert. Wenn ich Zeit habe, poste ich selbst (und richte dabei das Niveau meiner Kommentare an den Ansprüchen von Halbwüchsigen mit ADHS aus). Allein für die Administration meiner gesamten Internetpräsenz befinden sich vierzehn Personen im Dauereinsatz.

Zurück zu Sache, Sendestudio Stockholm. Nach geschlagenen dreißig Minuten neigt sich das Radiointerview dem Ende zu. Der blonde Suppenkasper sagt „Danke fürs Kommen und alles Gute, Chris“, und mir liegt ein „Ach fick dich, du verlogenes Arschloch“ auf der Zunge. Stattdessen entgegne ich: „Vielen, vielen Dank auch“, wobei es sich hierbei um meine übliche Verabschiedung handelt, die für Leute reserviert ist, deren Namen ich vergessen habe. Das ist alles Kashs Schuld. Wegen ihr, nur wegen ihr, arbeitet mein Hirn auf Reserve. Weil alle Kapazität für sie draufgeht.

„Und viel Glück heute Abend bei deiner Show“, sagt der Knäckebrot-Moderator zum Abschluss. Immerhin.

„Danke, Sören“, fällt mir sein Name doch noch ein. Auf mein Köpfchen kann ich mich halt verlassen.

Fertig, das war’s, ich lege die Kopfhörer ab und rufe nahtlos der blonden Flower-Power-Assistentin in der Ecke zu: „Dürfte ich bitte noch einen Wodka bekommen? Der schmeckt toll.“

Und der Moderator, der schon wieder etwas auf Schwedisch in das zylinderförmige Mikrofon sabbelt, schaut zu mir, hebt die Hand und sagt in manieriertem Tonfall: „Chris, Entschuldigung, wir sind noch auf Sendung."

Abends, 19 Uhr 21. Ich springe aus dem Wagen. A, B, Kash und ich preschen durch den Backstage-Eingang der Ericsson Globe Arena, peilen zielstrebig meine Garderobe an. Auf dem Weg dorthin macht irgendeine Zwanzigjährige mit ihrem Handy ein Foto von mir. Hält mir das Ding direkt vor mein Gesicht. Keine 30 Zentimeter. Ich bemühe mich redlich, ihr das Scheißteil nicht sofort aus der Hand zu schlagen. Bei diesen Leuten fehlt's hinten und vorn.

„Sagt mal Jungs, ist euch klar, dass die blöde Kuh mir auch ein Messer hätte ins Gesicht rammen können?", fauche ich Rainer und Samir zu, als wir endlich die verdammte Garderobe erreicht haben. Rainer setzt an, etwas Rechtfertigendes zu antworten, ich hebe säuerlich die Hand, *lass bleiben, will nichts hören, jedes Wort zu viel.* Sage nur: „Seht zu, dass das nicht wieder vorkommt."

In meiner Garderobe steht mir wie immer ein traumhaftes Catering Buffet zur Verfügung. Kulinarische Köstlichkeiten noch und nöcher, herrlich angerichtet auf einem zwei Meter breiten Tisch. Und wie immer fällt es mir schwer zu widerstehen. Aber *nur weil das Zeug dasteht, muss man sich nicht daran bedienen.* Meine Durchhalteparole. Dennoch eine Qual.

20 Uhr. Mein Biorhythmus ist längst darauf programmiert: Das Saallicht geht aus, ich muss fast kotzen vor Nervosität, meine Körperfunktionen fahren auf höchstem Schub. Für einen Moment gehe ich in mich, bereite mich vor. Um mich zu konditionieren, wiederhole

ich, ähnlich einer Selbstbeschwörung, mehrmals in meinem Kopf:

Sei offen, sei freundlich, sei zuvorkommend, sei einnehmend, sei bescheiden, sei geistreich, sei bemüht, sei entgegenkommend, sei sympathisch, sei fokussiert, sei konzentriert, sei voll in der Materie, sprich sanft klar deutlich, mach auf Understatement.

(Inzwischen leiere ich das aus lauter Gewohnheit beinah so monoton runter, wie Monique ihre Nutten-Angebotsliste.)

Und dann sprinte ich auf die Bühne. Angestachelt von der Energie, die dir nur ein Publikum geben kann, absolviere ich meinen Auftritt mit Bravour. Eineinhalb Stunden.

Heute war ich besonders gut drauf. Immer wenn man's gerade nicht erwartet. Ich winke Bye-bye und ziehe dabei die Wangen ein, verlasse die Bühne und erlebe für einen allzu flüchtigen Augenblick genau jenes euphorische Zufriedenheitsgefühl, das meinem Leben etwas zutiefst im Jetzt verankertes und zugleich vollkommen Willkürliches verleiht. Nur vom unmittelbaren Bühnenrausch ausgelöste Glückshormone gewähren mir diesen euphorischen Freudenmoment. Mehr ist nicht drin, an Glück. Das weiß ich. Und selbst dieser Moment ist unerquicklich, launisch und verdächtig. Denn das Ende ist immer bereits zu anfangs angelegt - man ahnt es. Auch während des höchsten Hochs bereitet man sich intuitiv auf den nächsten Dämpfer vor. Die Angst davor ist immer da.

Mir bleibt nichts weiter übrig, als permanent Gas zu geben, um die Dämonen in Schach zu halten.

Eine halbe Stunde nach Verlassen der Halle kommen wir am Hotel an. Zombieauftrieb. Fans, Presse, Handyknipser, die mich fotografieren, noch bevor sie Zeit hatten, mich real anzuschauen. Im Laufschritt durchqueren wir die Lobby, scheißwichtig, als ich mit einem Mal unter dem vielen Geschrei eine charakteristische Stimme meinen Namen rufen höre. Es ist eine Stimme, die ich kenne.

Kai? Kai steht winkend vor einer Marmorsäule und versucht mit allen Mitteln auf sich aufmerksam zu machen. Allein zwanzig Leute neben dem Eingang versuchen ebenfalls, meine Aufmerksamkeit zu erregen. Nach wie vor ein komisches Gefühl, dass mich Menschen kennen, die ich nicht kenne.

Ich bleibe stehen, gebe Rainer zu verstehen, er möge Kai zu uns durchlassen, wir begrüßen uns holzig, wobei unser beklommenes Verhalten in mir sofort wieder den Eindruck von vorvereinbarter Waffenruhe erweckt, und unsinnigerweise frage ich Kai als erstes, weshalb er mich nicht angerufen hat, um sich anzukündigen. Er sagt wohlgefällig: „Du bist gut, unter deiner Nummer besteht seit Wochen kein Anschluss mehr und meine Mails beantwortest du ja nicht.“ Stimmt.

„Ähm, ich checke meine Mails nicht so“, flunkere ich, aber ich bekomme so viele E-Mails und meine Lust, Kais Nachrichten zu lesen, ist gering.

„Schön, dass du da bist. Wollen wir was essen gehen? Ich hatte heute noch kaum was“, schlage ich ihm vor, um die Situation zu retten und um den ganzen Gaffern zu entkommen, die von A und B auf Abstand gehalten werden. Kash drängt: „Geht doch ins Hotelrestaurant, das soll großartig sein. Ich komme später nach.“

„Hast du Lust?“, frage ich, ganz Kumpeltyp, meinen Bruder, ganz Kai. Klar hat er Lust. Ich zahl ja.

Kash verschwindet auf ihr Zimmer, dabei hätte ich so gern noch mit ihr geredet, nur um sie anzusehen.

Das Restaurant im Erdgeschoß des Hotels ist proppenvoll. Aber natürlich kriegen wir sofort einen Tisch. *Selbstverständlich Herr Schneeweiß. Bitteschön Herr Schneeweiß. Darf ich Ihren Hintern küssen Herr Schneeweiß.*

Unser Tisch ist top. A und B stellen sich ein paar Meter entfernt neben den Toiletteneingang und behalten uns im Auge. Auf einem Flatscreen, der an einer der dunklen Klinkersteinwände hängt, knistern die glutrot brennenden Holzscheite eines offenen Kamins wohlig vor sich hin. Besser als in echt, echtes Feuer stinkt nur.

Kai schiebt seinen abgewetzten Rucksack unter seinen Stuhl, was einen geilen Kontrast zu den piekfeinen Leuten um uns herum darstellt. Einige mustern mich neugierig. Es war schon auch schön, nicht gekannt zu werden. So ist es nicht.

„Wie geht's Mami und Papi?", beginne ich dieses Gespräch, von dem ich nicht weiß, was es soll, weil ich nicht weiß, wieso Kai auf Verdacht nach Stockholm reist und glaubt, mich auf gut Glück in der Lobby auf sich aufmerksam machen zu können. Es ist ein Riesenzufall, dass ich ihn überhaupt bemerkt habe.

Als er mir antwortet und zu erzählen beginnt, kommt es mir vor, als würde ich jemandem aus einer längst vergangenen Zeit zuhören, obwohl sich Kai ein wenig anders als sonst verhält. So, als versuchte er, meine Gunst zu erwerben. Trotzdem bedient er sich auch dabei mitunter unbewusst alter Verhaltensmuster und tut ab und an so, als würde er mich großbrüderlich necken. Doch das will einfach nicht mehr funktionieren.

Wir bekommen unsere Vorspeisen (ich: Salat, Kai: Gemischte Platte, weil die schön teuer ist) und werden kurz darauf von unserem Kellner genau in dem Moment gefragt, ob alles in Ordnung ist, als wir gerade den Mund voll haben. Wir können daher nur nicken. Der Ober zeigt Verständnis. Ich weniger.

Für seine Inkompetenz werde ich ihn mit einem absurd hohen Trinkgeld bestrafen. Hohes Trinkgeld ist sowieso Pflicht für mich, falls ein Reporter sich mal beim Personal über mich erkundigt. Zu meinem Imageprofil gehört auch Großzügigkeit.

„Und was machst du gerade so“, frage ich Kai, weil ich noch nie wusste, was ich mit ihm reden soll, und breche ein Stück Weißbrot entzwei. Und während er ein paar Begebenheiten von daheim schildert, gestehe ich mir die Erkenntnis zu, dass ich mich eigentlich nur noch für mich interessiere, und manchmal höchstens noch dafür, warum andere mich überhaupt nicht mehr interessieren.

Kash ausgenommen.

Kai erzählt mir etwas von seinem neuen Buch, mit dem er nun fertig sei, und ob ich nicht eventuell jemanden kenne ... was mich abrupt komplett aus den Socken hebelt. Der hat Nerven. Er möchte meine Hilfe. Logisch. Was sonst. Keine zehn Minuten, und schon will er was von mir. Alles bisher war nur Vorgeplänkel. Und mit einem Mal wird mir wieder klar, was für ein blödes Arschloch mein Bruder ist und was er mir dadurch, dass er ist, was er ist, angetan hat. Aber ich verdränge es sofort. Denn ich versuche grundsätzlich, meine Selbstwertprobleme nicht auf meine Kindheit zu schieben. Wer seine Unzufriedenheit mit Verletzungen aus der Vergangenheit begründet, beraubt sich der Chance auf Selbst-Neuerfindung. Weil er die Verantwortlichkeit abgibt. So meine Theorie. So mein selbstzusammengeschustertes Überlebenskonstrukt.

Ich rapple mich schnell auf, lasse Kai meinen Schock darüber, dass er mich lediglich als Karrieregehilfen missbrauchen will, nicht spüren, höre zu, und mein Lächeln wirkt auf so routinierte Weise gezwungen, dass er immerhin sicher sein kann, dass es inzwischen mein echtes ist.

Ich werde Kai nicht zeigen, wie verletzt ich bin.

Ich habe vor tausenden Menschen performt, ich halte die Welt in meinen Händen, meine Umsätze gehen in den achtstelligen Bereich – und dennoch ist mir durch Kais Anwesenheit so, als hätte sich gegenüber früher nichts geändert. Schade, dass es ihn gibt.

Jovial versichere ich ihm, dass ich versuchen werde, etwas für ihn und sein neues Buch zu tun. Werde ich auch. Damit Ruhe ist.

Unser Essen bringe ich irgendwie über die Bühne, und noch bevor Kai eine Nachspeise abstauben kann, veranlasse ich mich, ihn zu fragen: „Du, ich muss heute noch einiges erledigen, lass uns morgen telefonieren. Soll dich mein Fahrer in dein Hotel bringen?"

Und - ich habe es befürchtet: Wenig überraschend gibt Kai den peinlich Berührten und gesteht, irgendwie kleinlaut, einfach kein Hotel gefunden zu haben.

Reich ihm den kleinen Finger, er will die ganze Hand.

Also gut. Samir wird von mir angewiesen, an der Rezeption ein Zimmer für ihn zu besorgen, was sich als nicht möglich herausstellt, weil das Haus restlos ausgebucht ist. Messe in der Stadt. In ganz Stockholm gibt es angeblich keine Unterkunft mehr. Hat Kai doch nicht gelogen. „Überhaupt kein Zimmer?", frage ich Samir wie blöd. Er schüttelt den Kopf. Dass ich mich in meiner Position noch mit so einem Kleinkram abgeben muss, macht mich ärgerlich. Genervt, aber gönnerhaft schicke ich Samir noch mal zur Rezeption, um eine zweite Schlüsselkarte für mein Zimmer codieren zu lassen. Die gebe ich Kai und verabschiede mich mit den Worten, dass ich bald nachkomme. „Ich hab ein Doppelbett, nimm bitte die Fensterseite." (Da lag letzte Nacht Monique, haha.)

Kai und ich haben, seit wir klein waren, nicht mehr im selben Zimmer geschlafen. Na das kann was werden.

Kai sagt „Danke Chris" und verschwindet auf meine Suite Nr.808.

Ich schicke Kash eine SMS, dass ich jetzt noch allein, also mit A und B, an die Hotelbar gehe, und ob sie Lust hätte, runterzukommen. Und als sie fünf Minuten später tatsächlich erscheint, ich inzwischen bereits meinen dritten Wodka vernichtet habe und mein Herz bei ihrem Anblick einen Satz macht, sagt sie impulsiv, gleich zum Auftakt: „Das war also dein Bruder! Ihr seht euch wirklich ähnlich."

Ich verziehe die Augen, ich höre das nicht gern. Während sie sich einen Hocker zurechtrückt und dem glubschäugigen Barkeeper patzig winkt, fügt sie mit ihrem süßen englischen Einschlag an, dass man merkt, dass Kai und ich „nicht harmonisieren". Sie sagt harmonisieren statt harmonieren. Das ist gleich doppelt süß.

„Ja, wir harmonisieren überhaupt nicht, da hast du Recht. Liegt daran, dass ich ihn hasse", pflichte ich ihr bei und spiele mit meinem Glas. Der Hauch eines Schimmers einer Andeutung einer Ahnung einer Tendenz eines Lächelns legt sich auf ihr Gesicht. Gerade, dass ich nicht verdutzt hochschrecke. Kashs grundlegende Reserviertheit und Kühle lässt schon das leiseste Anzeichen von Geneigtheit doppelt bedeutsam wirken.

„Die Vergangenheit ist so ziemlich das Einzige, was Kai und ich gemeinsam haben. Und als die Vergangenheit noch Gegenwart war, hatten wir entsprechend überhaupt nichts gemeinsam", höhne ich so, als müsste ich das für alle Fälle noch klarstellen.

Kash drängt dankenswerterweise nicht nach Vertiefung meiner Bruderbeziehungsgeschichte, schiebt sich einen der Aschenbecher ran, die so klein sind, dass sie im Minutentakt geleert werden müssen, bestellt sich einen farblosen Cocktail, entzündet eine Marlboro light, und dann lassen wir den Abend mit einer Manöverkritik zur heutigen Show ausklingen, und A und B sitzen neben uns, und wenn ich Kashs Haut, ihre Augen, ihre Bewegungen im Halbdunkel betrachte, kann ich nicht anders, als meine Zurechnungsfähigkeit infrage zu stellen, weil ich total auf sie programmiert bin. Es ist schon auch ziemlich schrecklich, derart ausgeliefert zu sein.

Ich frage mich, ob Kash was merkt, und bin mir gleichzeitig sicher, eine Frau spürt, wenn ihr ein Mann zusehends verfällt. Du meine Güte, ist sie schön, sogar während sie energisch unsere Rechnung beim Barkeeper abzeichnet. Und wie sie ihm Stift und Beleg zuschiebt ... Der Barkeeper hat wirklich Glück, dass er von Kash keinen *Anschiss für nichts* bekommt, so wie vorhin einer der Pagen, dessen einzige Schuld darin bestand, zur falschen Zeit am falschen Ort am Leben zu sein.

Wir brechen auf, und als ich auf beiden Beinen stehe, merke ich, dass ich ziemlich betrunken bin.

„Du solltest besser auf dich achten, Schatz", meint Kash bei meinem Anblick und ich werte ihre Fürsorge als klaren Liebesbeweis. Schatz nennt sie mich sehr oft, was etwas schmerzhaft ist, wenn's polemisch eingesetzt wird. So nah und doch so fern.

A und B flankieren uns, wir verlassen die Bar und fahren auf unser Stockwerk. Ich glaub, ich krieg Zahnschmerzen. Rechts oben hinten. Für so was gibt's keinen richtigen Zeitpunkt.

Der Hochgeschwindigkeitsaufzug bremst sportlich im Achten ab, man musste zum Druckausgleich schlucken. Im Flur ist es totenstill, der dicke Teppich dämpft unsere Schritte, sowie alle anderen Geräusche, die wir machen.

„Gute Nacht. Morgen um neun Frühstück, Abfahrt nach Oslo halb elf", weist Kash mich und die Jungs zackig an. Was sind wir eingespielt.

„Sir, jawohl Sir, 'Nacht", sage ich in nachgeahmtem Militärton. Kash ignoriert meine Albernheit, verschwindet in ihrem Zimmer und ich schiebe meine Karte in den Schlitz meiner angrenzenden Tür, es macht piep, ich flüstere „Gut' Nacht Jungs" zu A und B und trete in meine fürstlich beleuchtete Suite, sage deshalb aufs gerate Wohl zu Kai „Oh Licht! Noch wach, der Herr?"

Als mich der Blitz trifft.

Mein Herz bleibt sprichwörtlich einen Augenblick stehen, ich bin schlagartig nüchtern. Kai liegt reglos und völlig nackt, bäuchlings mitten auf dem großen Doppelbett. Ein Kissen ist unter seine Hüfte geschoben, sodass sein nackter Hintern nach oben ragt. In seinem blutenden After steckt eine Stange, oder ein Besenstil oder etwas Ähnliches. Ich renne zurück auf den Flur und schreie nach A und B, ich schreie wie verrückt, sie sind noch nicht weit, kommen sofort angelaufen. Auch Kash bekommt meinen Alarm mit und tritt aus ihrem Zimmer. Wir stürmen in meine Suite und während ich Kai begutachte und die Rezeption anrufe und anweise, einen Notarztwagen zu verständigen, untersuchen Rainer und Samir mit gezückten Waffen die angrenzenden Räumlichkeiten, ob sich nicht noch jemand darin befindet. Negativ. Dann ruft Rainer unsere eigene Verstärkung.

Die Polizei trifft enorme vier Minuten später zeitgleich mit dem Notarzt ein. Kash packt in Windeseile ein paar Sachen in meinen Koffer und telefoniert simultan, dabei hält sie das Handy in der linken Hand, drückt es aber ans rechte Ohr. Inzwischen sind die drei angeforderten Sicherheitskräfte von CfS eingetroffen. Der Raum wimmelt vor Menschen. Ich würde schätzen, wir sind zu elft.

Kai wird versorgt, ich kann kaum hinschauen. Diese Schweine haben ihm tatsächlich eine Metallstange ins Rektum getrieben.

Er atmet noch.

Ich erkundige mich bei dem Arzt nach Kais Zustand, seine Diagnose lautet, er kann noch nichts sagen. Ich lasse mir seine Telefonnummer geben. Meine Leute drängen. Wir müssen hier weg, bevor die Presse kommt.

Wir preschen durch den bereits abgesperrten Flur, Aufzug in die Tiefgarage. Ein Ersatzwagen steht für mich und Kash und A und B parat. Unseren regulären Mercedes dürfen wir nicht mehr nehmen, zu gefährlich. Autobomben.

Mir ist ganz schlecht. Mit viel zu hohem Tempo verlassen wir die Tiefgarage und wenig später Stockholm. Kash und die Jungs telefonieren ununterbrochen. Rick sei nicht erreichbar, meint Kash. Eine Maschine wird geordert, der morgige Auftritt in Oslo muss abgesagt werden. Wir fliegen unverzüglich in die USA, nicht erst übermorgen.

Ich denke an Kai. Ich denke mir, der Tod ist so nah. Aber das ist er ja immer. Hoffentlich überlebt Kai. Die Verletzung sah schlimm aus. Die Art und Weise, in der sie ihn auf den Bauch gelegt haben, die Arme wie zum Flug ausgebreitet, das Hinterteil höher gelegt – ähnlich einem Ritual.

Hat man Kai mit mir verwechselt? Oder wollte man mir vorführen, zu was man imstande ist? Nutzlose Mutmaßungen. Wer das auch gemacht hat, und aus welchem Grund, ich stecke in furchtbaren Schwierigkeiten.

Eine neue Wirklichkeit.

Bis jetzt war alles nur Theorie, die Drohungen, die Anfeindungen, die hasserfüllten Kommentare, sogar die unsichtbare, auf Halshöhe gespannte Nylonschnur, die nur aus Zufall Samir (und nicht mich) stranguliert hat, als wir vor drei Wochen nachts durch einen Park gejoggt sind. Nun ist das alles kein Spiel mehr.

Unser Wagen schießt dahin. Inzwischen Landstraße. Mich überrollt eine Schockwelle, die mir fast das Bewusstsein raubt. Orientierungslos fliegen meine Gedanken durch die Luft und finden keine Bezugspunkte. Es sind Situationen wie diese, die einem klar werden lassen: wer glaubt, sich zu kennen, hat keine Ahnung.

In den frühen Morgenstunden erreichen wir einen geisterhaften Privatflughafen. Drumherum nur Felder und Landschaft. Das Gelände hängt voller Nebelschwaden.

Frierend und immer noch unter Schock, warten wir in einem kleinen Gate, durch dessen Panoramafenster ich sehe, wie eine weiße Gulfstream auf der Betonpiste landet. Unsere Gulfstream.

Seit ich denken kann, lasse ich nicht für einen kleinen Moment innere Zufriedenheit zu, auch wenn die Zeichen für mich noch so günstig stehen. Aus Furcht, wenn was Gutes passiert, wird man gleich darauf mit was Schlechtem bestraft. Und? Stimmt das etwa nicht?

Die Maschine rollt aus, fährt auf unser Gate zu. Mein Abholkommando. Heute ist Samstag, der zweite Samstag im April. Das war mein letzter Tag halbwegs in Freiheit.

Abzweigung

Er hat den Zustand maximaler Entspannung fast erreicht. Durch reine Konzentration verringert er die Pulsfrequenz seines Herzens, es pocht mit jedem Schlag langsamer. Im Schneidersitz hockt Rick auf dem Boden seines Büros in Los Angeles. Auf Paschas Deckchen, neben dem Fenster. Halb im Schatten, halb im Licht. Ein halbierter Körper, das Jackett des Zweitausenddollar-Anzugs abgelegt, meditierend. Vorbild: Versunkene Yogis mit rotem Punkt auf der Stirn, seelischer Einklang, ultimative Ausgeglichenheit - nicht zu unterscheiden von kläglicher Lahmarschigkeit, hätte Rick früher gesagt. Doch das hat sich geändert.

Vor einem Jahr hat er mit diesen Entspannungsübungen angefangen, nachdem er, einem Nervenzusammenbruch nahe einsehen musste, sein Arbeitspensum künftig entweder einzuschränken, oder schon bald auf dem Abstellgleis zu landen. Oder dem Friedhof.

Bis zu jenem Zeitpunkt hielt er *Burnout* für eine Erfindung von Psychologen, die zur Sicherung ihres Berufsstandes aus jedem Verhaltensaspekt ein spezifisches Krankheitsbild zimmern. Bald würden sie auch aus der Lebensweise braver Familienväter mit Fünfunddreißigstundenwoche typische Symptome einer psychischen Störung ableiten. Diagnose *schwere Normalitis*.

Burnout! Depression! Lächerlich!

Aber seit seinem Kollaps, aufgrund dessen er vor Erschöpfung und Schwermut einen Monat lang kaum mehr in der Lage war, aus dem Haus zu gehen, nimmt er nun jeden Morgen eisern seine fünfzehn Minuten Auszeit und geht in sich. Überwindung kostet es jedes einzelne Mal. Momentan mehr denn je. Die Arbeit nimmt an Umfang und Intensität immer nur noch zu.

Zwanzig Tage ist der Vorfall mit Chris' Bruder Kai her. Seitdem haben die öffentliche Berichterstattung, sowie das allgemeine Interesse an CfS exponentiell zugenommen. Im Positiven, wie im Negativen. Kann CfS einerseits einen signifikanten Zuwachs an Neumitgliedern verbuchen, hat man im Gegenzug zugleich das Hereinbrechen einer verstärkten Hasswelle zu beklagen. Es scheint, als kämen seit dem Stockholm-Vorfall endgültig alle destruktiven Gemüter aus ihren Löchern gekrochen. Primäre Zielscheibe natürlich Chris.

Quer durch die Print- und Netzwelt wird vernichtend über ihn geschrieben, üben mitteilungsbedürftige Bürger emotional motivierte Kritik, was das Zeug hält, wird jedes Kommunikationsmittel genutzt, um mitzuteilen, dass man nach CfS' Zerschlagung trachtet, lässt kaum ein Gegner eine Gelegenheit aus zu betonen, dass man lieber Chris an Kais Stelle gesehen hätte.

Rick versucht mit allen Mitteln, seinem wichtigsten Mann gegenüber die bedrohlichen Auswüchse abzufedern. Aber was willst du machen, wenn zum Beispiel in Austin eine Horde wildgewordener Christen irgendeiner katholischen Absplitterung auf die Straße geht, und dabei Bilder mit Chris' Konterfei in Brand setzt, um gegen seinen Auftritt zu demonstrieren, dazu lebensbedrohende Parolen skandiert, vereinzelt sogar unverhohlen seinen Tod fordert – während übergewichtige Cops am Straßenrand stehen und milde lächeln - und sämtliche Zeitungen reißerisch davon berichten?

Rick atmet tief, *finde deine Mitte, Ruhe, Harmonie* ... Sich in Entschleunigung zu üben ist einfach anstrengend für einen leidenschaftlichen Herzinfarkt-Kandidaten wie ihn.

Sein neues Handy läutet, der Klingelton ist noch ungewohnt. Er kann danach greifen ohne aufzustehen, beugt sich aus dem Schneidersitz zur Tischplatte, sieht ihren Namen auf dem Display und sagt: „Hi Kash."

„Hi Schatz", kommt es aus dem Hörer.

An Kashs höhnisches *Schatz* wird er sich nie gewöhnen. Es wirkt in seiner Beiläufigkeit derart kühl, dass es ihn immer wieder darauf hinweist, wie sehr Kashs Selbstbezogenheit ihr Einfühlungsvermögen einschränkt. Soweit er sich erinnern kann, riefen sie sich während ihrer Ehe nur bei ihren Vornamen.

„Wo seid Ihr gerade, Washington D.C.?" Rick steht langsam auf, drückt sein Kreuz durch und begibt sich hinter den Schreibtisch.

„Genau", antwortet Kash.

„Morgen wieder zurück nach Europa, freust du dich schon?"

„Morgen um halb sechs ... freue mich riesig. Liegt Chris' Bruder noch im Koma?", will sie wissen.

„Ja. Die inneren Verletzungen scheinen schlimmer als angenommen zu sein, ich glaube, er wird es nicht schaffen."

„Okay."

„Wie geht Chris damit um?" Rick lässt sich in seinen Sessel fallen und streicht mit der Hand übers Gesicht.

„Wir reden nicht darüber. Kai ist für ihn, ähm, kein Thema. Noch keine Bekennermeldung der Täter?"

„Nichts, nach wie vor. Aber die Staatsanwaltschaft geht von einem islamistischen Background aus. Die vertreten die These ... die Stahlstange im Hintern sei ein Zeichen dafür, dass ... Also, sie meinen, weil wir zu viele homosexuellenfreundliche Tendenzen haben erkennen lassen, irgend so was, wenn du verstehst, was ich meine."

Kash witzelt: „Süß ... Schwul, Popo, Stange, das ist ja absurd. In der Regel prügeln sich Islamisten doch um ihre Bekennerschaft zu einem Anschlag – sogar wenn's gar nicht ihrer war."

„Tja. Offensichtlich nicht so hier, aber aus dem Lager wird's schon gekommen sein. Da lob ich mir doch unsere Christen. Die richten dich wegen einer Kritik an ihnen wenigstens nicht gleich hin ... Ist letztlich auch egal, wer's war. Wir haben die Sicherheitsvorkehrungen verdreifacht und ..."

„Sehr nett, da fühl ich mich gleich wohler. Gibt's weitere Drohungen?", schiebt Kash trocken dazwischen.

„Nach dem Irrsinn der letzten Wochen kommen zwar sicher fünfzig Prozent Trittbrettfahrer dazu, aber unabhängig davon haben sich die Drohungen exorbitant multipliziert. Was bei uns täglich eintrudelt, das möchtest du gar nicht wissen, glaub mir. Organisationen, Privatpersonen, alles ... das Letzte vom Letzten. Die Erde ist voller Hitzköpfe." Rick starrt mit aufgestütztem Kopf auf die Schreibfläche seines Tisches. Carl Thomas schneit herein, ohne dass Rick ihn klopfen gehört hätte. Ins

Gespräch vertieft, nimmt er Carl erst wahr, als der an seiner Tischkante steht. Rick blickt genervt hoch, nimmt im Handumdrehen Haltung an. Flüsternd sagt Carl „Lass dich nicht stören, ich hau jetzt ab, wir sehen uns zum Nachmittagsmeeting“, und wirft eine Akte auf den Tisch. Rick nickt.

„Ist das Kash?“, fügt Carl an und zeigt auf Ricks Ohr. Rick nickt erneut.

„Grüß sie von mir. Bis später.“ Carl (den Rick übrigens auch deshalb zu seinem Kompagnon ernannte, weil Pascha ihn mochte) winkt, verlässt das Büro, Rick winkt zurück und hört durch sein iPhone Kash fragen: „Und jetzt sag mir, Schatz, was wir mit dem Jungen machen sollen!“

„Beruhigt er sich gar nicht? Wenigstens ein bisschen?“

„Keine Chance. Es wird eher schlimmer. Er will raus. Sofort. Er spricht von nichts anderem. Er will mit Call for Sanity nichts mehr zu tun haben. Noch funktioniert er, erscheint pünktlich und vorbereitet und alles. Aber er trinkt zu viel und über kurz oder lang ...“

„Halt ihn noch drei Wochen auf Kurs, dann ziehen wir ihn raus aus der Öffentlichkeit und schicken ihn auf Erholung. Sein Terminpensum ist sowieso eigentlich nicht zu verantworten“, sagt Rick nachdrücklich, um sich vor etwaiger Kritik zu feien.

„Du verstehst das nicht, Rick. Um eine Pause geht es ihm nicht. Chris ist extrem zäh, der hielte die Rumreiserei locker noch ein Jahr durch. Der Punkt ist, dass er wirklich raus aus seiner Rolle will. Wegen des Mediendrucks, den Anfeindungen, der Lebensgefahr. Nicht aus Erschöpfung oder Überlastung.“

„Dann sag ihm, er hat einen Vertrag unterschrieben, der ...“, murrt Rick aufgebracht, bricht ab und wundert sich über seine eigene Bemerkung, schiebt diesen Ausrutscher auf seine angespannten Nerven.

„Sei nicht albern", spottet Kash.

„Jaja, war nur so dahin gesagt. Hör zu, du bist an ihm dran, näher als jeder von uns. Näher als sonst jemand. Mach was, dass der Junge dabei bleibt. Kümmer' dich drum, egal wie", betont Rick mit ruhigerer Stimme.

„Das sagst du so leicht. Ich fürchte, dass er auf der Bühne oder in irgendeiner Fernsehshow was anstellt, verstehst du. Chris ist klug. Der weiß, wie er dich und Carl erpressen könnte. Er hat nichts in der Hand, um euch zu nötigen, ihn zu entlassen, aber er weiß, wie er euch gefährlich werden kann."

„Nämlich?"

„Indem er den Wahnsinnigen spielt, oder so was. Nur so eine Ahnung, die ich habe. In letzter Zeit überzieht er einige Passagen aus den Live-Scripts ziemlich stark und versucht auszuloten, wie weit er mit seinen Provokationen gehen kann. Vielleicht legt er es darauf an, auf unzurechnungsfähig zu machen und dafür von euch gefeuert zu werden."

Rick hört zu, schweigt, hat für einen Augenblick das irrationale Gefühl, Chris auf Gedeih und Verderb ausgeliefert zu sein. Dann fragt er: „Zum Beispiel? Ich meine, was meinst du mit er überzieht einige Passagen?"

„Zum Beispiel hat er gestern während der Show so was gesagt wie *Die meisten Menschen bemerken die Mickrigkeit ihrer übernommenen Verhaltensmuster doch erst, wenn man sie mit aller Gewalt in die richtige Richtung schubst ... also tun wir's!* Und das klang im Kontext der Show wirklich ziemlich, hm, als wären wir eine paramilitärische Einheit, oder aggressive Sekte."

„Das kann ich mir vorstellen ... das hat er wirklich gesagt? Oh Mist", stöhnt Rick und schlagartig wird ihm bewusst, dass die erste Phase von Call for Sanitys immensem Aufstieg unabänderlich vorbei ist. Ein Mann wie Chris, der sich in die Enge getrieben fühlt, fällt unkalkulierbare Entscheidungen. Die Karten müssen neu gemischt werden.

Kash: „Ja, das hat er gesagt. Vor elftausend Menschen. Das, und noch einiges Andere in der Art."

„Verflucht."

„Allerdings. Moment", meint Kash und Rick bekommt mit, wie sie das Handy an ihre Brust drückt. Er hört eine fremde gedämpfte Stimme, kann aber nichts verstehen.

„Entschuldigung, da wär' ich wieder", ist Kash zurück.

„Wo bist du gerade?"

„Im Hotel, aufm Zimmer."

„Aha? Und wer – bitte – war das eben?"

„Chris."

„Was? Hört er etwa mit?"

„Nein, er hat nur kurz reingeschaut."

„Soll das ein Witz sein?"

„Nein, wir können sprechen, er ist wieder draußen." Kurze Stille.

„Bist du sicher?"

„Ja-haah." Kash, supergenervt.

„Okay, erzähl weiter", fordert Rick sie verwirrt auf.

„Chris wird alles tun, um aus CfS rauszukommen. Glaub mir, er wird diese Schiene des Unberechenbaren durchziehen. Er ist konsequent. Er hat genug. Ich weiß, wovon ich rede. Wenn er was nicht will, dann kann man bei ihm nichts machen."

Rick raunt „Okay". Zeit, die Taktik zu ändern. „Du hast womöglich Recht, das wäre auch seine einzige reelle Chance, von uns entlassen zu werden: Sich selbst zu einem Freak zu stilisieren", fasst Rick seine Überlegungen, mehr für sich selbst zusammen. Dann sagt er: „Das kommt mir ja gerade recht, verdammt. Einige Verfassungsschutz-organisationen wollen uns sowieso bereits an den Karren fahren und uns in die rechte Ecke schieben. Und mit Sektenbeauftragten muss ich mich inzwischen auch schon auseinandersetzen … und hey, irgend so ein belgischer Journalistenfatzke hat ausgegraben, dass Chris' Mutter Kreationistin ist, und will jetzt eine ganz große Story darüber bringen, Jugendprägung?, Rache an den Eltern?, was steckt dahinter?, so ein Bullshit eben … kommt noch hinzu, dass Chris kürzlich in einem Interview gesagt hat, dass man Kinder regelrecht misshandelt, wenn man sie religiös erzieht … *wenn man ihnen mit Geburt eine Konfession überstülpt, ohne Chance auf eigene Entscheidung.* Dass man dadurch *ihre individuelle Entwicklung fehlleitet und eine Selbstfindung verhindert, und dass das einer Vergewaltigung gleichkommt,* ach und so weiter …"

„Hast du das gerade abgelesen?"

„Ja. Das Interview liegt hier vor mir … Ich hab momentan wirklich genug Ärger. Wenn uns nun auch noch Chris selbst dazwischenfunkt …"

Dazu schweigt Kash, kommentiert das nicht weiter. Und Rick kündigt an: „Ich werde mit ihm sprechen, persönlich. Gleich Montag fliege ich zu euch. Bis dahin: Mach was, Kash. Krieg das in den Griff, egal wie, verstehst du? Ich mach jetzt Schluss. Ich ruf dich heute Abend noch mal an …", monologisiert er und betont jede Silbe gleich stark, als er noch einmal wiederholt: „Kash, biege Chris wieder zurecht, hörst du?"

„Bin längst dabei. Bis dann."

„Bis dann." Ein düsterer Stoßlacher entkommt Rick bei Kashs letzter Bemerkung. Typisch. Trotzdem beruhigt ihn das kein bisschen.

Er schleudert sein Handy auf die Schreibunterlage, lehnt sich zurück und wird von dem Eindruck übermannt, Kash alles gesagt zu haben, was er zu sagen hatte, es aber irgendwie geschafft zu haben, alles auszulassen.

Während seiner dreizehn Berufsjahre stand er bisher noch nie so unter Anspannung. Und er hat schon viel erlebt. Doch das war alles Pipifax im Vergleich zu dem hier. Vielleicht wird sein Mut, sich auf dieses Projekt eingelassen zu haben, nur noch von seinem Leichtsinn übertroffen. Bloß: Wer, wenn nicht er, wäre prädestinierter für diesen Job? Niemand. Also! Kein Gejammer!

Oder könnte es sein, wandert ein weiterer Gedanke durch Ricks Synapsen, *dass ich schön langsam so alt werde, wie ich bin*?

Tatsache ist, sein Engagement für CfS vereinnahmt ihn mental dergestalt, als konstruierte er damit sein eigenes Gefängnis. Er kann nachts überhaupt nicht mehr schlafen, kann gar nicht mehr abschalten. Wenn jetzt noch Chris durchdreht ... er starrt an die Wand und fragt sich, was Chris wohl gerade macht. Wieso war er während des Telefonats mit Kash plötzlich im Raum, und mit einem Mal wieder weg? Stimmt da was nicht? Spielt Kash ein doppeltes Spiel? Früher glaubte Rick zu erkennen, wenn jemand ihn anlügt. Darüber macht er sich mittlerweile keine Illusionen mehr. Aber im Moment sagt ihm seine Intuition, dass Kash nichts vor ihm verbirgt.

Sein Blick schweift durch das nüchterne Büro, bleibt an nichts hängen, da es in diesem sterilen Raum nichts gibt, an was jemands Blick hängen bleiben könnte. Er öffnet die Akte, die ihm Carl vorhin hingelegt hat, greift nach einem Filzstift, zieht die Kappe des Stifts mit den Zähnen ab, um in leuchtgelb eine Passage zu unterstreichen, als seine Sekretärin reinkommt und ihm unaufgefordert Kaffee bringt. Sie hat rote Haare, hinten zusammengebunden, und ist meistens in Violett, Türkis und Grün gekleidet, wie alle Rothaarigen. Enger Rock, dunkelbewimperte Lider. Abigail - fragil, schweigsam, fachlich eine Spitzenkraft. Unangenehm nur, dass sie heimlich in Rick verliebt ist, was sich beim besten Willen nicht wegdiskutieren lässt. Verschleierung gehört nicht zu ihrem Repertoire. Wie wird sie wohl reagieren, wenn rauskommt, dass er Vater wird?

„Danke Abigail", haucht Rick, lächelt sie an und presst die Lippen zusammen, wie, um sie auf Abstand zu halten. Er trinkt von dem brühend heißen Kaffee. Die Verbrennung auf seiner Zunge wird binnen kürzester Zeit zu einem pelzigen Taubheitsgefühl.

Seine Notizen vor sich liegend, wählt er wenig später Walt Tempertons Nummer. Der hebt bestens gelaunt ab. Zackig und zuversichtlich serviert Rick seinem Arbeitgeber eine geschönte Version des Status quo, und bereits elf Minuten später, nach einem alles in allem entspannten Gespräch, das freilich nur für Temperton entspannt war, legt Rick auf und nippt erneut vorsichtig an dem Kaffee, der noch immer zu heiß ist. Was belegt, wie unsagbar heiß er vor elf Minuten erst gewesen sein muss.

An diesem frühen Vormittag dieses frühlingshaften Dienstags im Mai öffnet Rick einen seiner drei Bürofensterflügel, sieht raus, ohne die Aussicht wahrzunehmen und hat immer noch das unausgeglichene Gefühl, seine von Kashs Anruf unterbrochene Morgenmeditation nicht ordnungsgemäß abgeschlossen zu haben. Aber Nachholen macht keinen Sinn. Dann eben morgen umso intensiver.

Jetzt muss das Problem mit Chris gelöst werden.

Mürrisch nimmt er wieder in seinem Schreibtischsessel Platz, als innerhalb von zwei Sekunden fünf Sprengsätze mit ohrenbetäubendem Lärm explodieren und das dreistöckige Bürogebäude in die Luft jagen. Infernalische Druckwellen schießen durch die Gänge, die sich gleichzeitig pulverisieren. Splitter durchbohren die Luft und bleiben in Schultern und Armen einiger Angestellter stecken. Andere werden bis zur Unkenntlichkeit zerfetzt, je nach Lage und Entfernung zu den Sprengpunkten. Leicht wie eine Feder fliegt ein Stahltresor mit vertraulichen Dokumenten acht Meter weit durch eines der Büros im zweiten Stock, knallt gegen Carls fünfundzwanzigjährigen

Assistenten Paul Markovic und zerquetscht dessen Arm. Er wird durch den Rückprall schwer am Kopf verletzt und verliert kurz darauf das Bewusstsein. Sein Blut bespritzt die Sekretärin neben ihm, der feine dunkelrote Sprühfilm benetzt ihr Gesicht und Dekolleté. Im Flur der Westseite wird eine Controllerin mittleren Alters von herumfliegenden Holz- und Betonteilen am Hinterkopf gestriffen und stöhnt asthmatisch. Gleich darauf trifft sie ein Stuhlbein mit der Heftigkeit eines Großkalibergeschosses am Kehlkopf. Der Stoß rüttelt sie aus ihrer Benommenheit auf, sie greift sich an den Hals und beginnt nach Luft zu ringen, klappt den Mund auf und zu, wie ein Fisch auf dem Trockenen. Und gestern dachte sie noch, die Mittelohrentzündung, die sie seit drei Tagen plagt, sei ein Problem. Eine offene Vene nahe ihrer Leiste lässt sie stark bluten.

Nach wenigen Sekunden ist alles vorbei. Der Detonationslärm hallt in Form von rieselndem Staub und Schuttnebel nach. Von einem gerissenen Kabel regnen Funken herab.

Genau vier CfS-Angestellte überleben das Attentat schwer verletzt. Einhunderteinundzwanzig weitere Mitarbeiter sterben. Rick war sofort tot.

Intention

Das war das Beste, was ich je erlebt habe. Ich lasse mich neben Kash auf den Rücken fallen. Nach einer zweistündigen Trainingseinheit bin ich nicht annährend so verschwitzt wie jetzt. Nur dass ich gerade weder erschöpft noch ausgelaugt bin.

Ich drehe mich ihr wieder seitlich zu und mache an ihr rum, ich kann nicht von ihr lassen. Schon bald rolle ich mich erneut auf sie, fixiere ihre Handgelenke mit meinen

Händen am Kopfende des Marriott-Betts und betrachte sie, wie sie in Hände-hoch-Haltung unter mir liegt, beobachte, wie sich ihr berechnender Blick zu etwas völlig anderem wandelt, ihre Arroganz schwindet, und wie sie in dieser fixierten Position zu einer neuen, weichen Person wird. Ich nenne das, was ich da in ihren Augen sehe *Hingabefähigkeit*. Das einzige, was bei einer Frau zählt.

Ich schaue also auf Kash herab, der Abstand zwischen unseren Gesichtern keine zwanzig Zentimeter, begutachte ihre dunklen Haare, die sogar auf dem Kissen wie ein sorgsam gebürsteter Wasserfall wirken, ihre klaren, veränderten Züge, die makellose Haut, nicht das winzigste Tattoo, ihren ganzen nackten Körper. Weshalb vermittelt mir ihre Schönheit eine Illusion von Reinheit, obwohl ganz klar ist, dass es sich dabei um ein Trugbild handelt?

Ich lächle sie an, aber nicht zu viel, nur die Mundwinkel leicht anziehen. Und dann machen wir es noch mal, wobei ich ihr nicht gestatte, meine Verletzlichkeit in meinem Gesicht zu sehen. Ich gebe Gas, bis ich das Gefühl habe, mein Kreislauf gibt nicht mehr her. Es ist ein Phänomen: Wenn du intensiv Sex hast, tut dir danach alles weh, die Schultern, die Knie, der Nacken – bloß nicht dein Schwanz.

Makellose Konstruktion.

Da es hier in Washington D.C. bereits halb drei nachmittags ist, springe ich aus dem Bett und hole die Wodkaflasche und zwei Gläser. Kash mosert „Bist du verrückt?“, als ich ihr was anbiete, also haue ich mir beide Gläser direkt nacheinander selbst rein.

Ich lege mich wieder neben sie und muss daran denken, wie ich mich vor neun Monaten, als ich noch im Freibad arbeitete, zur Beruhigung immer wieder besänftigte, indem ich mir sagte, dass ich eben zu den Menschen gehöre, deren Zeit erst in ihrer zweiten Lebenshälfte kommt, weil es doch anders gar nicht sein kann, so unglücklich war ich

- und jetzt kennt mich die halbe Welt und gerade eben habe ich mit einer Frau geschlafen, die mir bis vor Kurzem unerreichbar vorkam. Das hätte mir vor einem Jahr jemand sagen sollen.

Alles ist nur vorläufig.

Kash nestelt in ihrer Handtasche, die auf ihrem Nachttisch steht. Ich ziehe mir die Decke über den Rücken, da mein schweißnasser Körper rasant abkühlt. Eigentlich müsste ich mich glücklich fühlen. Aber nun, da mein Hormonrausch langsam nachlässt, wird mir wieder mit haarsträubender Klarheit bewusst, wie sehr ich gerade im Begriff bin vor die Hunde zu gehen.

Zwar weiß ich, wo ich gerade stehe und wie ich hierher gekommen bin, aber dennoch habe ich mich total verfahren. Call for Sanity ist nichts weniger als ein schrecklicher Albtraum. Spätestens seit dem Tag, an dem Kai aufgespießt wurde.

Es ist weniger die Furcht, dass auch mir etwas passiert. Es ist vielmehr die komplette Überforderung, die globale Relevanz, die viel zu große Aufmerksamkeit, die mir an den Fersen hängt, wie eine schwere Eisenkette.

Ich bin der größte Buhmann und der größte Klugscheißer auf dem Planeten. Reizfigur und Retter. Meistgehasst und meistgeklickt. Ich habe es so unvorstellbar satt. Ich hätte es ahnen müssen, CfS ist tausend Nummern zu groß für mich. Zu groß für jeden. Man pumpte derart viel Geld in meine Vermarktung, dass ich innerhalb weniger Monate in eine Position katapultiert wurde, der ich in der Kürze der Zeit unmöglich gewachsen sein kann.

Ich möchte nicht mehr dabei sein.

Was ich tue stimmt nicht mehr mit dem was ich fühle überein. Das alles war ein immenser Fehler. Man weiß doch immer sofort, dass man einen Fehler begehen wird, man kann sich nur einfach nicht zurückhalten. Oder?

Ich bin so ein Dummkopf. Ich konnte der Verlockung nicht widerstehen. Habe Verträge unterzeichnet, mich anderen ausgesetzt und zum Spielball machen lassen. Was hab ich mir dabei gedacht? Was hab ich mir erhofft? Ich werde nie begreifen, was ich eigentlich will.

Als ich nach der Flasche auf dem Nachttisch greife, um nachzuschenken, verziehe ich das Gesicht. Meine linke Schulter tut mir weh. Kash kneift mich, ich solle nicht weitertrinken, mäkelt in ihrer trockenen Art rum: „Hör auf damit, denk an den Termin heute Abend." Wieder ganz die alte, meine Kash. Schade. Ich lasse von der Flasche ab und schiebe meinen Arm unter ihren Kopf. Wenigstens habe ich mit ihr geschlafen, das wäre sonst nie passiert. Ein Upgrade meines Selbstwertgefühls. Eine Erinnerung, die mir niemand mehr nehmen kann.

Blöd, jetzt schon meine Erinnerungen zu planen.

Blöd auch, dass ich mir unwillkürlich denke, was soll nach Kash noch kommen? Sie ist die Frau, die zur Schablone für alle weiteren wird. Jede andere kann mir von nun an doch nur wie zweite Wahl erscheinen.

Nie würde ich zu glauben wagen, mit Kash könne etwas Festes entstehen. Ich weiß ja nicht mal, wie es zu unseren heutigen Intimitäten kam. Heute morgen hat sie mich einfach geküsst und genötigt?, überfallen?, ins Bett gezerrt. Darin hat sie offensichtlich Übung. Ich war ein allzu williges Opfer.

„Stört es dich?", fragt Kash mich, ich schaue sie aus Gedanken gerissen an, sehe, wie sie dabei ist, sich eine Zigarette anzuzünden. Ja, es stört mich, dennoch sage ich Nein, sie würde sowieso nicht auf mich hören, und die nächsten paar Minuten rauche ich die erste Zigarette meines Lebens. Eine derartige geschmackliche Scheiße! Die zweite schmeckt schon weniger schlimm. Ich drücke sie aus, schwinge mich aus dem Bett, niese heftig, wende mich schnell von Kash ab, rechtfertige mich, indem ich sofort sage „Entschuldigung! Heuschnupfen! Ist nur eklig, nicht ansteckend“, niese noch mal, wie zum Beweis, auch in diesem Zimmer gibt’s wieder ausschließlich Klimaanlagenluft, laufe betont viril zur Dusche, weil ich vermute, Kash sieht mir nach, ignoriere meine zermarterten Knie (Matratze war zu hart) und das Ziehen im Nacken, als es an der Zimmertür Sturm klopft. Ich schaue sofort zu Kash, sie sieht mich überraschend überrascht an, wir hören Samirs gedämpfte Stimme, wir sollen sofort aufmachen, und ich spurte zur Tür und öffne. Samir rennt herein und ruft atemlos: „Macht den Fernseher an, sofort!“, er wundert sich nicht mal, dass Kash und ich nackt sind, schaltet den Apparat ein und zappt wie wild rum.

Und dann sehen wir es, ich habe das Gefühl: auf allen Kanälen. Schutt und Asche. Erschütternde Bilder. Das Call for Sanity-Hauptquartier in Los Angeles wurde in die Luft gebombt, um 9 Uhr 34 Ortszeit. Das mehrstöckige Gebäude ist nur noch ein Häufchen Stein und Beton. Fast alle Mitarbeiter kamen bei dem Attentat ums Leben, vier konnten geborgen werden und schweben zum Teil noch in Lebensgefahr. Mein Name fällt mehrmals. Ich sei momentan in Washington und man versuche, so bald als möglich ein Statement von mir zu ergattern. Ich stehe da, mit meinem um die Hüfte geschwungenen T-Shirt, das ich mir noch schnell vor Türöffnung gegriffen habe, und weiß nicht weiter. Bewusstseinsminderung. Schieres Entsetzen kriecht durch meinen Körper, es ist, als hätte man mein Zuhause ausgelöscht. *Was denn noch alles?*

Wieder ein Punkt für unsere Gegner.

Kash, die vor wenigen Stunden noch mit Rick telefoniert hat, versucht dauernd, ihn zu erreichen. Handy am Ohr zieht sie sich an, kühlen Kopf wahrend, ganz Profi. „Dauernd so ein komisches Tuten“, meint sie und sticht erneut auf das Display ein. Uns ist gleich klar, Rick hat nicht überlebt.

„Und was ist mit Carl?“, frage ich betroffen, mache mit dem Kopf eine ungeduldige Geste und suche mein eigenes Telefon. Bei Carl ist besetzt.

Ist jetzt alles aus? Ist mir das gerade recht? Wollte ich nicht CfS verlassen? Ist jetzt die Gelegenheit? Oder bin ich so pervers kaputt, dass mich dieses Attentat CfS wieder näher fühlen lässt?

Ruhig Blut.

Ich ziehe mir Unterhose und Socken an. Ununterbrochen beobachte ich die Berichterstattung im Fernsehen. Die fadenscheinig zusammengezimmerten Hintergrundstorys über mögliche Täter, Mutmaßungen über Motive (Gerüchte sind die neuen Fakten) und Call for Sanitys bisherigen Werdegang, alles versehen mit dem erzkonservativen Unterton: *Kein Wunder, dass dieser subversive Scheißverein hochgeht, die haben es nicht besser verdient. Hätten sie sich mal nicht so gotteslästerlich verhalten.* Willkommen in den USA. Die rechtslastige Hardliner-Berichterstattung mit ihrer „Unsere ist die wirklich einzige Wahrheit“-Haltung ist kaum zu ertragen.

Kash hat jemanden, irgendjemanden, an die Strippe bekommen, faucht Anweisungen ins Handy, steht neben der Schrankwand und sieht in ihrer feinen Unterwäsche bereits wieder wie frisch geduscht und für Werbeaufnahmen zurechtgestylt aus. Keinen Schimmer, wie sie das macht.

Ich höre unter Carls Nummer immer nur ein Belegtzeichen, ziehe Hose und Hemd an. Schalte den Fernseher leise.

Weggebombt. Einfach so. Diese Wichser schrecken vor nichts zurück.

Restlos niedergeschlagen, aber bereit in mein Zimmer zu gehen, denke ich mir: Manche revolutionären Ideen kommen einfach zu früh. Manchmal ist die Menschheit noch nicht bereit für einen Schritt nach vorn.

A und B nehmen mich in die Mitte, als wären wir ein zutrauliches Dreierpärchen, und bugsieren mich in meine Suite.

Durch den Vorhang spähe ich nach draußen. Wie nicht anders zu erwarten, ist das Hotel schon bald umzingelt von Journalisten. Sie kreisen das Gebäude ein. Ähnlich der Belagerung von Akkon. 1189 bis 1191. Hab ich mal eine Abhandlung drüber gelesen. Könnte noch jedes Wort wiedergeben. Aber wer braucht das! Mein eidetisches Gedächtnis hat mein Leben lang nur für Probleme gesorgt. Es heißt doch, Menschen, die geistig äußerst hochentwickelt sind, leben die beschwerlichsten Leben. Das kann schon sein.

Auf meinem Zimmer halten wir eine hektische Lagebesprechung ab. Mein persönliches Team umfasst mittlerweile neun Personen. Apropos Belagerung von Akkon: Wir entscheiden uns, eine Finte zu legen.

Bald darauf: Unser Mercedeskonvoi, bestehend aus vier Wägen, verlässt die Tiefgarage. Ohne mich. Täuschungsmanöver. Es gelingt. Die Journalistenhorde folgt den Limousinen. Rainer und ich warten in einem VW-Käfer US-Edition, eine gute Stunde lang in der Garage, dann lege ich mich auf die enge Rückbank, bekomme eine Decke übergelegt, was so ein mieses Klischee ist, dass wir bei der Zudeckprozedur lachen müssen, und verlassen das Hotel um kurz vor vier - völlig unbehelligt. Als Rainer und ich, schreckhaft und erleichtert darüber, dass uns keiner der wenigen restlichen, noch immer verstreut wartenden Reporter bemerkt hat, ein paar Ecken weiter sind, entscheiden wir, dass ich die ganze Fahrt über auf der Rückbank liegen bleibe. Diese Rückbank ist wirklich sehr kurz, sodass ich wie ein Neugeborenes darauf kauere, angezogene Beine, gekrümmtes Kreuz. Ich rieche noch nach Sex, das nervt mich gewaltig.

Langsam beruhigen wir uns etwas, im Rahmen des Machbaren, und Rainer lenkt uns souverän durch die Washingtoner Boulevards Richtung Highway und räsoniert dabei in einem Anflug von Tiefgang, dass wir doch selbst erst letzte Woche im Hauptquartier in L.A. waren, und der Anschlag – puh – demnach ganz schön knapp an uns vorbei gegangen ist, und wenigstens *wir* dem *Tod noch mal von der Klippe gesprungen sind.* So müsse man das *auch* sehen. „Von der positiven Seite." Wie er das sagt, mit seiner etwas schwerfälligen Art, lässt mich beinahe väterlich schmunzeln, auch wenn Rainer ein gutes Stück älter ist als ich. Aber es klingt jedes Mal auf putzige Weise kindlich, wenn er zu philosophieren beginnt. Außerdem hat er *dem Tod von der Kl*ippe springen gesagt, statt *Sch*ippe. Er hat's gar nicht bemerkt. Ich schon. Dafür habe ich keinen schwarzen Gürtel in Taekwondo, wie er.

Ungefähr eine weitere Stunde brauchen wir, um zum Flughafen zu gelangen. Wir haben es nicht eilig, sind gut in der Zeit. Rainer und ich schweigen mittlerweile. Ich denke an das Attentat, die Bilder der Ruine, die Menschen, die das getan haben. Niemand ist gefährlicher als Moralapostel. Und mich überkommt die Erinnerung, dass ich früher, als Kind, wirklich glaubte, Erwachsene wissen alles, machen alles richtig und sind umfassend klug. Unter dieser Fehlannahme kranke ich zu einem gewissen Anteil noch heute. Deshalb bin ich nach wie vor so oft über die Maßen wie vor den Kopf gestoßen, wenn ich vom Gegenteil überzeugt werde.

Man kann Menschen gar nicht genug unterschätzen.

Unbedingt endlich verinnerlichen.

Ich muss noch viel lernen.

Aber auch nicht mehr als jeder andere.

Inzwischen hat sich Carl gemeldet, er lebt, und er meint, er habe das Büro zwanzig Minuten vor der Sprengung verlassen. Er klingt sehr gefasst. Ab sofort übernimmt er die Leitung von CfS. Ich soll inkognito nach Montreal gebracht werden, werde einige Zeit komplett untertauchen. Gute Idee. Und als ich auf meiner schäbigen Rückbank mit Carl telefoniere, mir denke, *ich möchte mein altes Ich zurück*, während er über den neuesten Stand in L.A. berichtet, und als mich dabei die endgültige Erkenntnis durchdringt, dass es Rick tatsächlich nicht mehr gibt, fange ich leise an zu weinen.

Nur bin ich mir nicht sicher, um wen.

Aufhebung

Manche Menschen tendieren dazu, alles sofort in die Welt hinauszuschreien. Ob positiv, ob negativ, sie wollen ihr Gegenüber an ihrem Schicksal teilhaben lassen. Andere hingegen behalten Dinge gern für sich. Es gibt da keine Kategorien wie richtig oder falsch. Aber es war richtig von Mona, niemandem außer Rick von ihrer Schwangerschaft zu berichten. Sie wollte so lange wie nur möglich warten, bis sie jemandem davon erzählte.

Zum einen, weil sie Dinge, die ihr wertvoll sind, nicht durch vorschnelle Enthüllung entzaubern möchte. Zum anderen, weil zwanzig Prozent aller Schwangerschaften in den ersten Monaten durch eine Fehlgeburt frühzeitig beendet werden - und wer möchte schon in alle Ewigkeit damit assoziiert werden. So etwas haftet einem lebenslang an. Ein Stigma ähnlich der unwillkürlichen Zuordnung, die Menschen einen Schwulen in erster Linie als schwul wahrnehmen lässt. Einen Juden in erster Linie als Juden, einen Rollstuhlfahrer in erster Linie als behindert. Erst danach folgen die individuellen Merkmale, die man mit der Person verbindet. Das Gehirn zwingt einen zu prioritären Klassifizierungen. Es schiebt in Schubladen.

Krankheiten, Verfehlungen, Abweichungen: das alles wird zum irreversiblen Kainsmal.

Und da man Mona auch im vierten Schwangerschaftsmonat kaum etwas ansah und sie ganz sicher gehen wollte, hatte sie noch immer niemandem von dem Kind erzählt, das in ihrem Bauch wuchs. Wofür sie sich ewig dankbar sein würde.

Als Carl Thomas an jenem Dienstagabend im Mai telefonisch ihre schlimmsten Befürchtungen bestätigte, nämlich dass sich Rick zum Zeitpunkt der Detonationen im Büro befunden hatte, stand sie im Arbeitszimmer ihrer Münchner Wohnung und starrte, nachdem sie bereits längst aufgelegt hatte, ihr Handy an, als wäre das Handy selbst der Überbringer der Nachricht. Sie hatte das Gefühl, es müsse gleich wieder klingeln und die Schreckensnachricht revidieren, diesen entsetzlichen Irrtum aufklären. Aber es klingelte nicht.

Noch am selben Abend führten schwere Krämpfe zu starkem Blutverlust und Mona erlitt einen Spontanabort.

Als sie spät nachts aus ihrer Bewusstlosigkeit erwachte und sich seitwärts gedreht auf dem kalten Küchenboden liegend wiederfand, spürte sie eine Mischung aus Erschöpfung und abgrundschwarzer Trauer. Und sie kreiste in ihrem halbbenommenen Kopf um den Gedanken, dass es vielleicht ein Junge geworden wäre, der genauso ausgesehen hätte wie Rick.

Wie tiefgreifend und einschneidend Verluste auch sein mögen, die Zeit läuft immer weiter und weiter. Sogar wenn nichts mehr in einem ist, wie es sein sollte und man vollkommen sicher sein kann, nie mehr der Mensch zu werden, der man einmal war, absolvieren wir unsere Lebensstrecke mit der düstersten Leere, die vorstellbar ist und bringen Stunde um Stunde hinter uns. Erloschen.

Bereits fünf Tage nach Monas Fehlgeburt sitzt ihre blasse, schattenhafte äußere Hülle in einer Maschine nach

Los Angeles, auf dem Weg zu einer einberufenen Sonder-Projektgruppensitzung von Call for Sanity.

Die vollen zwölfeinhalb Stunden gräbt sie ihre Fingernägel in ihre geballten Hände und denkt sich unentwegt: Wenn sich das Schicksal lustig über dich macht, dann schickt es dir Rick. Und ein Kind. Und nimmt dir beide wieder weg.

Isolation

Ich komme mir vor wie in einem Zeugenschutzprogramm. Zwanzig Autominuten von Montreal entfernt liegt das abgeschiedene Bauernhaus, in dem ich seit fünf Tagen vor mich hin vegetiere. In Isolationshaft. Es gibt keinen Kontakt zur Außenwelt, niemand darf Wind kriegen, wo ich mich befinde.

Die feudale Hütte verfügt über alle Annehmlichkeiten, die man sich vorstellen kann. Sogar Sauna und Bowlingbahn im Keller. Viel Holz, sehr geräumig, direkt am Waldrand gelegen. Der Wald sieht europäisch aus, das kanadische Klima ist auch ähnlich.

Samir, Rainer und mir steht eine grauhaarige Haushälterin zur Verfügung, die uns alle Wünsche von den Lippen abliest. Sie ist ungefähr so alt wie Frau Killer, meine Vermieterin daheim, also um die 70, hat mit ihren Hamsterbacken und kurzen Beinen etwas Wichtelhaftes an sich, ist wortkarg, fast verstockt, und hat keine Ahnung, wer ich bin. Dennoch scheint sie sich zusammenzureimen, dass ich wohl jemand sehr Wichtiges sein muss, was schon die Anwesenheit meiner beiden Bodyguards nahelegt. Daher benimmt sie sich mir gegenüber noch zurückhaltender als gegenüber den Jungs, was mich zwar befremdet, aber auch amüsiert.

Unser Luxus-Farmhouse hat weder Internet noch Fernsehen, aus Sicherheitsgründen, verfügt jedoch im Gegensatz zu den ganzen Marriott-Suiten, die ich die letzten Monate abgeklappert habe, wenigstens über Fenster, die man öffnen kann. Bloß darf ich sie nicht allein aufmachen, denn gelüftet wird ausschließlich unter Aufsicht und nur dann, wenn ich nicht im Raum bin. Das gehört ebenfalls zur höchsten Sicherheitsstufe. So sehr bin ich in Gefahr. Außerdem soll ich mich aus strategischen Gründen in der Öffentlichkeit erst mal überhaupt nicht mehr sehen lassen, Beschluss von Carl und dem neuen Führungsteam von CfS. Mit anderen Worten: Ich stehe unter *komplettem* Hausarrest.

Wenn ich früh morgens runter ins Wohnzimmer gehe, fühle ich mich an daheim bei meinen Eltern erinnert, wie ich als Kind, wenn ich krank zu Hause bleiben musste, ganz verwundert den normalen Tagesablauf mitverfolgte und all das beobachtete, was ja sonst ohne mich stattfand. Das Staubsaugergeräusch, Bodenwischen, dabei die Teppichränder umstülpen, riechen, wie das Mittagessen zubereitet wird ... Genau auf diese Weise verrannen die letzten fünf Tage sang und klanglos und ich verfiel in eine ziemliche Unstrukturiertheit, die inzwischen fast schon wieder auf eine Art Strukturiertheit hinausläuft. Man schustert sich seine gewohnten Abläufe zusammen, bis das Ganze nach einem System aussieht. Aufstehen dann und dann, duschen dann und dann, Frühstück dann und dann, sich aufs Sofa begeben, exakt dann und dann, so auf die Art.

Kash flog gestern nach L.A. zur Lagebesprechung, die heute stattfindet. Morgen wird sie zurück sein und berichten, wie es weitergeht. Egal wie, es wird nicht mehr sein, wie es war. Jetzt, wo Rick tot ist, fühle ich mich gänzlich entwurzelt. Er war mein Ansprechpartner, mein Vertrauter, meine Personifizierung von CfS. Nur wegen ihm bin ich nicht schon früher ausgestiegen und habe durchgehalten. Er war es, den ich nicht enttäuschen wollte. Ich meine, jeder will seine Sache gut machen. Jeder will gefallen. Alles richtig machen. Funktionieren. Doch dafür braucht man einen Ansporn.

Carl Thomas, sein Adjutant, ist okay, menschlich und fachlich, aber trotzdem gibt es keinen Grund mehr zu bleiben. Viele Medien hören zwar schon die Totenglocken für Call for Sanity läuten, schreiben, die Organisation wäre nur noch ein einziger Scherbenhaufen, aber das ist totaler Unsinn. Die rappeln sich schon wieder auf. Aber wenn es nach mir geht, ohne mich.

Mit einer Tasse in der Hand stehe ich in der Küche vor dem breiten, kugelsicheren Fenster, nippe ab und zu an meinem Kaffeewodka und schaue in den dichten Mischwald hinein, der gleich hinter der Grundstücksgrenze beginnt. Alles blüht frühlingshaft.

Ich versuche, mir eine Zigarette so sachkundig aus der Packung zu ziehen und anzuzünden, wie möglich. Seit fünf Tagen rauche ich, entsprechend ungelenk sieht mein Umgang mit dem Glimmstängel aus, das merk ich selbst. Man erkennt Anfänger einfach.

Früher war ich der Typ, der auf die Frage, ob ich rauche „Seh' ich so dumm aus?" antwortete und gleich darauf mein goldenes Motto verlautbaren ließ: *Schreibe die Inhaltsstoffe einer Zigarette auf eine Tafel Schokolade – kein Schwein würde diese Schokolade kaufen.* Ich sehe das immer noch so. Und doch ... Alles ändert sich.

Kaffeetasse jetzt in der Linken, Marlboro in der Rechten, richte ich meinen Blick wieder durch die dicke Scheibe auf die farbenprächtige Botanik des Gartens und versetze mich in einen durchaus besinnlichen Moment. Doch dann beginne ich, wieder zu denken, und alles ist im Eimer.

Die Uhr über der Küchentür zeigt halb elf an. Ich müsste hier mal raus. Dringend. Nur eben ganz kurz abhauen. Frische Luft, Bewegung. Allein. Ohne Entourage. Das hab ich schon ewig nicht mehr gemacht. Mit angehaltener Luft lausche ich ins Haus, ob jemand in der Nähe ist, trinke aus, stelle die Tasse ab, schleiche in den Gang um mich zu vergewissern, dass ich wirklich niemanden übersehen habe - und dann türme ich. Geht ganz leicht: Ich öffne die zweifach von innen verriegelte Terrassentür, ziehe sie leise von außen zu, sehe mich noch mal verstohlen um und spurte über die Wiese direkt in den dichten Wald, der mich mit seinen Tannen und Buchen sogleich verschluckt.

Noch während ich die ersten hundert Meter im übermütigen Sprint hinter mich bringe, über Äste, Wurzeln und Moosflächen springe, wie ein Junge, der mit sich selbst Fangen spielt, beschleicht mich die Vermutung, dass ich gerade dabei bin, den Verstand zu verlieren.

Ich bin ein bisschen betrunken. Ein bisschen sehr. Was dazu führt, dass ich bereits nach kurzem die Orientierung verliere und nur noch auf Verdacht mal hierhin, mal dorthin abbiege, nicht mal einen Waldweg, geschweige denn eine Straße finde. Und immer weiterlaufe, wie von der Tarantel gestochen. Bald stundenlang vor mich hin irre. Unnötig zu erwähnen: mittlerweile panisch. Und fast wieder nüchtern. Kanada ist voller großer Wälder und unbewohnter Naturflächen, das weiß sogar ich, der ich von Geographie kaum Ahnung habe, mangels Interesse. Einen Atlas oder ein Erdkundebuch auswendig zu lernen würde mir relativ schwer fallen, weil ich ohne eine gewisse Mindestneugier deutlich mehr Aufwand betreiben muss, etwas in mein Hirn zu pressen.

Ich kann mittlerweile bestätigen: Das mit der üppigen kanadischen Vegetation stimmt. Baum an Baum, grün, braun, Bäche, Gebüsch, das Gehölz hört einfach nicht auf.

Meine Füße schmerzen, ich laufe, renne, stolpere abwechselnd vor mich hin. Mich zu orientieren zu versuchen habe ich bereits aufgegeben. Es geht nur noch um weiterweiterweiter. Auf den Zufall hoffen, irgendwohin zu gelangen.

Nach ich weiß nicht wie langer Zeit, es wird schon dunkel, stoße ich plötzlich auf einen grobmaschigen Metallzaun. Verwundert und durch die permanente Bewegung wie in Trance, bleibe ich stehen. Ohne zu wissen, um was es sich bei dem Gebäude handelt, das sich hundert Meter hinter dem Zaun auftut, bin ich zunächst erleichtert. Zivilisation. Kein Verhungern, Verdursten, Erfrieren. Ich laufe ein ganzes Stück an der Grundstückslinie entlang und komme schließlich zu einer gepflasterten Einfahrt, die laut eines Schildes die Einfahrt zu einem gewissen Cammnet Memorial Hospital darstellt. Ich mustere den mehrstöckigen Bau, der am Ende der Zufahrtstraße gen Himmel ragt. Kolonialzeit-Stil, viktorianisch barock. Eingerahmt von einem parkähnlichen Garten mit Sanatoriums-Charakter. Ich sehe drei Spaziergänger über die Rasenflächen flanieren, verstreut, weit entfernt. Patienten, nehme ich an.

Mir bleibt nichts anderes übrig: Um was auch immer es sich bei diesem unheimlichen Krankenhaus handeln mag, mitten im Nirgendwo, ich muss mir hier helfen lassen, fragen, ob ich telefonieren darf. Ich stecke ganz tief in der Scheiße. Tolle Idee, in einen Wald zu rennen, um sich gleich nach fünf Minuten zu verlaufen.

Während ich die Einfahrt entlangtrabe, starre ich auf den imposanten Klinikbau mit seiner gelbweißen Fassade und muss unwillkürlich an Kai denken, der noch immer im künstlichen Koma in einem Stockholmer Krankenhaus liegt. Ich verdränge dieses Thema in der Regel, weil ich mich irgendwie verantwortlich fühle. Auch wenn ich nicht direkt verantwortlich *bin*, auch wenn ich Kai nicht mag, auch wenn ich mir denke, ich kann mich nicht um alles kümmern. Dass ausgerechnet er mit reingezogen wurde, ist wie ein ironischer Wink!

Aus keinem bestimmten Grund erinnere ich mich daran, dass der Blödmann mal einen Online-IQ-Test ausgefüllt hat, mit dem Ergebnis aber nicht zufrieden war, und den *selben* Test gleich noch mal gemacht hat. Diesen zweiten Versuch ließ er dann gelten. Das ist Kai. Wie er leibt und lebt. Hoffentlich *über*lebt er.

Ich betrete das Cammnet Memorial Hospital.

Die mütterliche Dame am Empfang ist sehr nett und macht nicht den Eindruck, mich und mein verschwitztes Poloshirt zu erkennen. Zum Glück. Ich schildere ihr meine Misere, etwas abgeändert, um nicht wie ein vollkommener Trottel dazustehen und nicht direkt darauf hinzuweisen, dass ich mich in einem abgelegenen Haus, irgendwo da draußen, versteckt halte.

Zuvorkommend, wie Kanadier angeblich sein sollen, mehr noch, so unglaublich liebenswürdig, dass sie teilweise bereits nickt, bevor ich meine Sätze beendet habe, reicht sie mir einen Telefonapparat über die Theke und ich wähle Kashs Nummer, weil das die einzige ist, die ich noch auswendig kann. Und das auch nur, weil ich ein gutes Köpfchen habe. Öfter als beim ersten Abspeichern habe ich die Nummer nämlich nicht zu Gesicht bekommen. Seitdem erscheint auf meinem Display nur *K A S Handy*.

„Hey Kash, Chris hier. Zu kompliziert, dir zu schildern, was passiert ist. Aber alles okay soweit. Gib A und B bitte Bescheid, sie mögen mich schnellstmöglich im Cammnet Memorial Hospital abholen. Ich habe ihre Nummern nicht. Danke ... ah, von wegen Hospital, mir geht's gut. Und, äh, ich hab kein Handy dabei, Tschüss“, spreche ich ihr auf die Mailbox, kurz und knapp wie ich immer auf Anrufbeantworter rede, und bin entsetzt, dass sie ihr

Telefon nicht anhat. Nicht mal, als wir miteinander geschlafen haben, hatte sie es ausgemacht. Aber jetzt, klar.

Aufrichtig dankbar gebe ich der Dame hinter dem Rezeptionstisch den Apparat zurück und sage, ich würde einfach hier auf meine Abholung warten, wenn ich darf. Darf ich natürlich. Ich danke ihr nochmals für ihr Entgegenkommen, sie zwinkert, Verständnis-in-Person, und muss gleich an das schrill klingelnde Telefon, das ich eben noch in Händen hielt. Wir winken einander zu und ich trolle mich Richtung Sitzecke in der Eingangshalle.

Grob geschätzt dürfte es mindestens eine Stunde dauern, bis Kash die Nachricht abgehört und den Jungs Bescheid gegeben hat. Und Samir und Rainer brauchen dann auch noch mal etwas, um hierher zu gelangen. Ich habe also massig Zeit. Daher entscheide ich, in die Cafeteria zu gehen, die sich laut Wandschild den Gang hinunter, rechts befindet. Perfekt. Also auf zum Klinikumscafé, wie in alten Zeiten.

Auf dem breiten Korridor passiere ich eine gekrümmte Kreatur mit Reiseziel Letzte Ölung, das wird nichts mehr, bestimmt Krebs, und begegne einer humpelnden Fraktur oder Stauchung, auf jeden Fall weit nicht so schlimm, und gehe dann an jemandem vorbei, der mit tiefen Hautabschürfungen völlig regungslos in der Ecke neben einem klobigen Getränkeautomaten kauert. Das wird bestimmt wieder. Wartet vielleicht auf seine Angehörigen.

Und schon bin ich da, in einem kargen Café, das nahezu leer ist. Die paar Gäste, die verstreut an ihren Plastiktischen hocken, sind alle in Bademäntel oder Krankenhausschlafanzüge gekleidet.

Schrecklich deprimierend. Herrlich vitalisierend. Wirklich wahr, wie in alten Zeiten.

Bei einem ganz, ganz jungen Kerl mit fliehendem Kinn, 15?, ordere ich einen Kaffee und nehme dabei den Flaum auf seiner Wange wahr. Erst als er mich etwas eigenartig ansieht, fällt mir wieder ein, dass man mein Gesicht ja kennt. Hatte ich wirklich für den Moment vergessen - ein schöner Moment.

Der Jüngling kann mich verschwitzten Schiffbrüchigen erfreulicherweise nicht einordnen, geht meine Bestellung holen und ich sehe, wie ein auffallend blasses, hässliches, dickes Entlein unbehaglich zur Tür hereinkommt und sich einen Platz sucht. Ach herrje, ihre Verletzbarkeit steht ihr förmlich ins Gesicht geschrieben. Sie mag Ende zwanzig sein, schwer zu sagen, und ist derart unsicher, dass es weh tut. Für so jemanden ist das Durchschreiten eines Raums wie ein Hindernisparcours, bei dem jede Begegnung zu einer potenziellen Verunsicherung wird. Sie hat schlechte Haut, schwabbelige Proportionen und ein konturenarmes Gesicht - Pech auf ganzer Linie. Noch dazu aber trägt sie ein unvorteilhaftes braunes Shirt mit sehr kurzen Ärmeln, obwohl ihre Unterarme dicht bewachsen sind, wie die eines Werwolfs. Komisch, dass hässliche Menschen sich meistens auch noch hässlich kleiden, wie nach der Devise: *Mach Schlimmes noch schlimmer*. Und das Tüpfelchen auf dem i: ihren Kopf ziert dieser 80er-Jahre Wet-Look, nass wirkende, dauergewellte Haare. Sieht aus wie eine Tropfsteinhöhlen-Kappe. Also alles falsch, was falsch sein kann.

Als sie an meinem Tisch vorbeikommt, treffen sich unsere Blicke und ich lächle sie an, weil ich entschieden habe, ihr eine Freude zu bereiten. Ich mache mir die Mühe. Doch fast muss ich wegsehen, da mich ihre waidwunden Augen zum direkten Zeugen ihres Elends machen. Niemand sollte so offen sein, denke ich mir.

Sie nimmt an einem Tisch irgendwo weit hinten Platz. Außerhalb meines Blickfelds. Für ein paar Sekunden setze ich mich mit meiner Reaktion auf sie auseinander und komme schnell zu dem Ergebnis, dass der Grund, aus dem mir gerade solche Menschen oft ins Auge stechen, kein

Suhlen im (als Mitleid verkleideten) Überlegenheitsgefühl ist. Sondern dass ich mich viel stärker mit so jemandem identifiziere, als mit jemand stromlinienförmigem.

Mein pubertierender Ober bringt mir den Kaffee und bewegt dabei sein Gesicht so heftig, als glaubte er, es sähe im Ruhezustand nicht präsentabel aus. Tasse abstellen, *hochkonzentriert kucken*, „Bitte sehr" sagen, *wohlwollend kucken*, sich zurückziehen, *die anderen Tische verkniffen prüfen*. Eine Grimasse folgt der nächsten. Muss anstrengend sein. Ist ja schon anstrengend, ihm nur zuzuschauen.

In dem Augenblick, als ich die Tasse an meinen Mund setze, fällt mir ein, dass ich früher immer einen Kuchen zum Kaffee bestellt habe. Früher! Als ich noch keine Kalorien zählte. Und dann fällt mir siedend heiß ein, dass ich gar kein Geld bei mir trage. Katastrophe! Das habe ich ganz vergessen – vielleicht auch deshalb, weil ich damals, in meinem normalen Leben, immer alles Nötige dabei hatte. Verdammt, ich habe keinen Cent einstecken.

Aber das ist mein geringstes Problem, wird mir schlagartig bewusst, als ein massiger Schlägertyp mit schwarzem Jackett über schwarzem T-Shirt reinkommt, im Türrahmen stehen bleibt und mich anstiert, während mir simultan jemand von hinten die Hand auf meine rechte Schulter legt. Ich schiele erschrocken zur Seite, die Hand gehört zu einem stark behaarten Arm, dichtes Werwolf-Fell. Ich höre die dazugehörige Frauenstimme in tiefem Basston sagen:

„Mister Chris Schneeweiß?"

Auf mein Gesicht presst sich ein einziges großes Fragezeichen.

Passt gut zu meinem weit offenen Mund.

Soviel zu meiner Menschenkenntnis.

Contra

Aversion

Mona landet auf dem Internationalen Flughafen von Los Angeles, LAX. Die Schlaftabletten, die sie zu Reisebeginn eingenommen hat, hören pünktlich auf zu wirken. Bei Verlassen der Maschine registriert sie den strahlenden Sonnenschein, die spürbare Nähe des Ozeans, den aufkeimenden Sommer - während über jedem ihrer Eindrücke ein düsterer Schleier des Entsetzens liegt.

Die Gangway zum Zentralgebäude geht sie entlang, als taste sie sich vor. Gepäckausgabe, Apathie, man errät, dass etwas nicht stimmt. Rein körperlich geht es ihr nach der Fehlgeburt vor fünf Tagen akzeptabel. Nur manchmal noch ein leichtes Schwindelgefühl. Sie war bei keinem Arzt, hat noch immer niemandem auch nur ein Wort gesagt. Keine Fragen, Kommentare, tröstenden Beteuerungen, für etwas, das einen untröstlich zurücklässt. Verzicht auf erniedrigendes Mitgefühl und scheinbare Ermutigungen.

Die Schlange an der Passkontrolle ist ebenso lang wie langsam.

„Grund für Ihren Aufenthalt?“, tönt es Mona nach einer Viertelstunde Wartezeit aus der verglasten Schalterloge entgegen.

„Privat“, sagt sie falsch aus, um sich Fragen zu ersparen. Aber vielleicht ist es doch nicht gelogen. Der Anlass ihrer Einreise, der einberufene Krisenstab von Call for Sanity, mag beruflicher Natur sein, doch was bedeutet das schon. Alles ist besser, als zuhause zu hocken. Darüber hinaus ist

CfS auf vertrackte Weise das einzig Greifbare, was Mona jetzt noch mit Rick in Verbindung halten kann. Es war sein Projekt.

Mit einer flüchtigen Handbewegung wird sie von dem Grenzbeamten weitergewinkt. Das schwergängige Gepäckwägelchen mit ihren gestapelten Koffern vor sich schiebend, passiert sie die automatische Schiebetür des Ausgangs und folgt einem wartenden Chauffeur mit eng stehenden Augen, der sie zu einem Wagen geleitet und Richtung Walt Tempertons Anwesen in Bel Air fährt.

Am opulenten Einfahrtstor hält der Fahrer eine Scankarte aus dem Fenster in die Überwachungskamera an einem der gotischen Pfosten. Umgehend ertönt das geölte Schaben sich öffnender Stahltorflügel.

In behändem Tempo rollt der Wagen eine gepflasterte Auffahrt entlang, die von sauber gestutzten Chrysanthemen-Büschen gesäumt wird. Auf dem frisch gemähten Rasen, der sich zu beiden Seiten in der Weite verliert, stehen vereinzelte Zierbäume, gezirkelte Blumenbeete und exotische Pflanzen mit auffallend glänzenden Blütenblättern in den buntesten Farben. Und mittendrin: zwei weiße Pferde. Fast möchte Mona den Blick abwenden, um erneut hinzuschauen, derart unwirklich erscheinen ihr die beiden Schimmel, die grasend vor sich hin schlendern. Man fühlt sich in eine Parallelwelt versetzt, eine Paradieskulisse, in der man dazu neigt, Pferde für Einhörner zu halten.

Wie bei einer Sightseeingtour rollt die Limousine mit Mona weiter durch die parkähnliche Anlage. Schaut man nach rechts statt nach links, erkennt man ein paar hundert Meter entfernt einen verwaisten Tennisplatz, bei dessen Anblick man glaubt, sich auf dem Grundstück eines Stummfilmstars aus dem Hollywood der 1930er Jahre zu befinden.

Nach zweihundert Metern, kurz vor dem Wohngebäude, wird aus den Pflastersteinen knirschender Perlkies. Der Wagen parkt neben knapp einem Dutzend anderer Luxuskarossen. Alle in dunkelblau.

Den Kopf schräg, um die ganze Fassade erfassen zu können, schaut Mona aus dem Fondfenster, mustert das pompöse Haupthaus. Ein prunkvoller Palast mit weißem Putz und hohen Fenstern, gleich einer Renaissancevilla epischen Ausmaßes. Die Aura von entartetem Reichtum und protziger Selbstbeweihräucherung überwältigt Mona. Zusammen mit den zahllosen Kameras und patrouillierenden, schwarzgekleideten Sonnenbrillenträgern, vermittelt sich ihr zudem der Eindruck, der Hausherr fürchte fortwährend um seine Intimsphäre. Oder sein Leben.

Mona steigt aus dem Auto, nimmt die Steinstufen unter prüfenden Blicken dreier hart aussehender Security-Riesen und wird an der Tür von einem Mannsweib in weiten Baggy Pants durch eine ausgeklügelte Sicherheitskontrolle geschleust. Nach einer abschließenden Leibesvisitation, in Form sinnlicher Abtastung, betritt Mona die hohe Diele, Stil: Zarenreich mit einem sich beißenden Schuss Art déco.

Um den Stilmischmasch komplett zu machen, bittet sie ein Butler wie aus einem alten englischen Spielfilm, mit gestelzter Haltung, ihm zu folgen. Bei diesem wandelnden Klischee könnte es sich um Stanley handeln, Tempertons 24-Stunden-Diener, von dem Rick erzählt hat. Sofort, wenn Mona an Rick denkt, wird ihr wieder schwindelig. Ihr Magen rumort wie wild.

Der mutmaßliche Stanley, hochgewachsen, schlank, erhaben aber servil, führt sie zum Konferenzzimmer, bleibt am Türrahmen stehen, weist ihr den Weg, lässt sie an sich vorbei eintreten und verneigt sich angedeutet, um gleich wieder kehrt zu machen und weitere Ankömmlinge, die Mona schon hinter sich hört, abzuholen.

Antriebslos steht sie im Eingangsbereich des Besprechungssaals, in dessen Mitte sich ein langer Konferenztisch befindet, auf dem Erfrischungsgetränke in kleinen Flaschen bereitstehen. Etwa fünfundzwanzig Personen, von denen Mona ein Teil bekannt ist, sitzen bereits und unterhalten sich ernst, oder widmen sich ihren Laptops. Sie spürt Unbehagen aufsteigen. Alle um sie herum vermitteln die Bereitschaft zu kompromisslosem Engagement. Mona hingegen fühlt *nichts*. Und nicht einmal ihre Unfähigkeit, auch nur den leisesten Funken Hoffnung auf Milderung ihrer Düsterkeit zu empfinden, beunruhigt sie. Sie sollte nicht hier sein.

Schon kommt Carl Thomas ihr mit ausgebreiteten Armen und abgehackten Bewegungen entgegen, ruft grüßend ihren Namen und umarmt sie mitfühlend. Was Mona bereits zu viel ist. Keine Berührungen, bitte! Noch dazu von ihm, der ihr so unergründlich scheint. Obgleich sie automatisch einen Schritt zurückweichen möchte, lässt sie es dennoch über sich ergehen und hält still, bereit, sich wie eine Salzsäule seine Arme um den Rücken schlingen zu lassen. Carl beendet seine Geste entsprechend rasch, was Mona beschämt, doch Carl versteht schon, macht es deutlich, lächelt, streicht sich durch sein schütteres Haar und meint gleich, wie schrecklich leid es ihm täte, „Das mit Rick“. Mona wundert sich, weshalb Menschen von diesem fehlinterpretierten Gefühl von Schicklichkeit gedrängt, anderen immer ihr Beileid aufzwingen - wobei das doch lediglich den Beileidsbekundenden selbst entlasten soll.

Carl, der angestrengt wirkt und Ringe unter den Augen hat, führt sie an den vorgesehenen Platz und sagt, während er ihr den Sessel rausschiebt: „Temperton kommt gleich. Dann fangen wir sofort an. Kash wird zuvor noch ein paar Worte zu Rick und der Abwicklung der Beerdigung sagen ...“ Er zeigt mit dem Kopf auf die wenige Meter entfernt sitzende Frau, die konzentriert Unterlagen durchblättert. Mona zuckt zusammen, erfasst ein paar Zusammenhänge. Sie hat Kash erst einmal gesehen, vor ein paar Wochen, als Chris Schneeweiß hier in L.A. auftrat. Entgeistert fragt sie: „Kash? Wie ..., w, wieso wird Kash etwas zu Ricks Beerdigung sagen, um Himmels Willen?“ Mona steht steif vor ihrem Sessel, ihre Tasche über der Schulter, setzt sich nicht.

„Rick hat ja keine Eltern mehr. Er hat, soweit wir wissen, überhaupt keine Verwandten. Naja, und Kash war immerhin drei Jahre mit ihm verheiratet, also übernimmt sie die Formalitä ...“ Mitten im Satz bricht Carl ab, starrt Mona an und stottert: „Du wusstest nicht ... du wusstest nicht, dass die beiden ...?“

Paralysiert schüttelt Mona angedeutet den Kopf. Ihr schwerer Augenaufschlag verrät den Schock, Carl nickt unangenehm berührt, als Mona sich in den Sessel sinken lässt.

„Alles in Ordnung?“, fragt er nach einer Weile.

Mona nickt, sieht ihn nicht an, öffnet ihre Tasche, aus keinem Grund, als dem eines dringenden Übersprungs-Bedürfnisses.

„Bist du sicher?“

Mona nickt erneut. Haltung wahren, Haltung wahren, so ihre einzige Anweisung an ihr erschüttertes Ich.

„Nun ... bis gleich.“ Carl lächelt mit eingezogenen Lippen, macht einen Schritt rückwärts, Drehung, und begibt sich zur Tür, um weitere Personen zu empfangen.

Unmöglich für Mona nicht immer wieder zu Kash zu lugen, und dabei ihre Sitznachbarin, irgendeine Französin, die sich gern mit ihr unterhalten möchte, komplett zu ignorieren. *Rick war mit* Kash *verheiratet.* Die war das. Wie schrecklich, wie demütigend. Wieso hat er ihr nichts davon gesagt, als Gelegenheit dazu war? Mit einem Mal kommt Mona sich schmerzhaft hintergangen vor. Wie fahrlässig von ihr, Rick so kompromisslos verfallen zu sein, ohne ihn offensichtlich wirklich zu kennen. Plötzlich fühlt es sich an, als ob sie jemand völlig anderes geliebt hätte.

Kash, schmal und zart, dadurch nur umso resoluter wirkend, schaut kein einziges Mal zu ihr. Doch Mona scheint es, als würde sie bewusst beschäftigt tun. Es ist, als könnte sie ihre unterschwellige Feindseligkeit spüren.

In immer kürzeren Abständen trudeln die restlichen Teilnehmer der Konferenz ein, man ist vollständig. An der Stirnseite des Tisches stehend, richtet Carl das Wort an die inzwischen vierzig Anwesenden, die sich hauptsächlich aus den Presseressortleitern ihres jeweiligen Herkunftslandes, einiger Marketingspezialisten und Texter zusammensetzen. Nach einer bündigen Willkommenseinleitung und dem neuesten Faktenstand der offiziellen Ermittlungen zum Bombenanschlag vor fünf Tagen (noch immer keine Bekennermeldung), kündigt Carl an, man werde heute ein neues Führungsteam installieren und die genaue Aufgabenverteilung besprechen, sich mit dem aktualisierten Strategieplan von CfS auseinandersetzen, das künftige Hauptquartier bekanntgeben und die Pläne, die man mit Chris Schneeweiß habe, erörtern. Doch zunächst würde er das Wort an Kash übergeben, die die Modalitäten der allgemeinen Trauerfeier regelt, und die sich auch um die Formalitäten des „von uns allen hochverehrten Rick“ kümmert. Von Rick, dem alle Anwesenden „so unendlich viel zu verdanken“ hätten.

Mona zwingt sich zuzuhören, als eine souveräne Kash sich erhebt, über die anstehenden Heimatüberführungen aller Verstorbenen Auskunft gibt und anschließend auf Ricks Ableben und die geplante Trauerfeier per Videokonferenz (worüber Mona nur staunen kann) zu sprechen kommt. Dann geht die Tür auf. Wie auf die Sekunde abgesprochen entert Walt Temperton den Raum. Ein kleingewachsener, gedrungener Mann mit rundlichem

Gesicht, breiter Stirn und agilen Schritten. Dem Ersteindruck nach könnte er Gebrauchtwagenverkäufer sein, wäre da nicht dieser stechende Blick aus wachsamen Augen, sowie der Maßanzug.

Während Carl ihn mit bedeutungsschwangerer Stimme vorstellt, grüßt Temperton noch im Gehen komplizenhaft in die Runde, nimmt mit einzelnen, ihm gänzlich unbekannten Anwesenden Blickkontakt auf, wie eben jemand, der so selbstbewusst ist, dass er zu jedem freundlich sein kann.

Es ist das erste Mal, dass Mona den untersetzten Mann, über den sie von Rick so viel gehört hat, persönlich zu Gesicht bekommt. Mit mattem Interesse verfolgt sie Tempertons federnden Gang ans andere Ende des Raums.

Carl räumt eilig seinen Platz an der Stirnseite des Tisches und Walt geht gleich im Ton äußerster Geschäftigkeit in medias res, macht unmissverständlich klar, dass Call for Sanity entgegen anders lautender Meldungen unverändert weiter bestehen, sein Ziel weiter verfolgen und keinen Millimeter vom bisherigen Kurs abweichen wird. Jede seiner Kampfparolen steht im Zeichen einer kraftstrotzenden Jetzt-erst-recht-Haltung.

Die ganzen „Ich will offen zu Ihnen sein“-Hülsen, die typischen „Lassen Sie uns gemeinsam dafür sorgen, dass unsere Freunde und Kollegen nicht umsonst gestorben sind“-Aufforderungen und wohlgesetzten „Nichts darf uns jetzt noch aufhalten“-Losungen werden Mona bereits nach wenigen Minuten zu viel. Sie kann gar nicht fassen, wie schnell zur Tagesordnung übergegangen wird (das Leben, ein einziger Neustart), doch sie behält ihre Contenance, versucht ein möglichst gleichgültiges Gesicht zu machen.

Mehr aus Verlegenheit hebt sie gemächlich eine Thermoskanne mit Tee in so schrägem Winkel über ihre Tasse, dass der Rand nicht nachtropft. Dampfender Bohnengeruch weist sie auf ihren Irrtum hin. Immer wieder starrt sie rüber zu Kash und wird daran erinnert, dass diese Frau, die mit ihrem südländischen Aussehen das genaue Gegenteil zu ihr darstellt, früher Ricks Frau war.

Wie konnte er sich nur in zwei so gegensätzliche Frauentypen verlieben?

Oder war das, was er mit Mona hatte, nur ein Spiel?

In diesem Zustand orientierungsloser Gefühlsunfähigkeit schließt Mona ihre Augen, was nichts hilft, alles eher noch schlimmer macht, und fragt sich, ob Rick sie je wirklich geliebt hat.

Wäre sie doch bloß nicht hergekommen.

Aber wenn es stimmt, dass die Wahrheit nur anfangs schmerzt und bald zu etwas Bereicherndem und Reinigendem wird ...

„Ich danke Ihnen für Ihr Erscheinen. Geben Sie alles", hört sie Tempertons Stimme skandieren und öffnet ihre Augen wieder. Sein Ausdruck ist jetzt hitzig und vielsagend. Er hebt die Brauen und schaut erneut Einzelne der Reihe nach an, wie bei einer kultischen Vereidigungszeremonie. Durch die Bank begegnet man ihm mit einer Reaktion, die eindeutig einem höheren Ziel dient.

Als auch Mona von seinen Augen getroffen wird, zuckt sie beinah zusammen, besinnt sich und nickt ihm mühsam zu, mehr ungeduldig als beipflichtend.

Sein Vortrag ist beendet. Das war, was er zu sagen hatte. Die Detailarbeit überlässt einer wie Temperton anderen.

Etwas Einsames umhüllt ihn, wie er mit forschem Schritt den Konferenzsaal verlässt, als wolle er verlorene Zeit aufholen.

Carl übernimmt wieder das Kommando, sagt: „Gut Leute, wir machen eine viertelstündige Pause, dann legen wir los mit der Aufgabenverteilung, dem neuen Terminplan und besprechen, wie's mit Chris weitergeht, in Ordnung? Fünfzehn Minuten."

Wie auf Absprache erheben sich alle vom Tisch, strömen raus in die hell geflieste Lobby mit dem blaugesprenkelten Wandgemälde bemerkenswerter Geschmacklosigkeit und machen sofort ihre Handys an. Eine Sinfonie aus Startmelodien und eingehenden SMSs und E-Mails ertönt aus zig Smartphones und Tablets.

Einem dringlichen Verlangen nach Luft und Licht folgend, durchquert Mona die Halle und geht vor die Tür, wo sich bereits ein paar Raucher eingefunden haben, auf dem Kies der Zufahrt stehen und sich Zigaretten anzünden.

Rick hat nie vor ihr geraucht.

„Freut mich, dass wir endlich die Gelegenheit haben, uns einander vorzustellen", hört Mona sich hinter ihrem Rücken angesprochen. Sie dreht sich um und sieht Kash, die sie (eher freundlich als spöttisch?) anlächelt und die Hand entgegenstreckt. Perplex und überrumpelt reicht Mona ihr zögerlich die ihre.

„Hi, ich bin Kash. Wir haben uns flüchtig im Civic Auditorium gesehen. Im März dürfte das gewesen sein", sagt Kash, beendet ihr Händeschütteln und zieht sich gleich darauf eine Marlboro light aus der Schachtel.

„Oh ja, richtig", entgegnet Mona, bemüht, Kash nicht voreilig abzuurteilen, versäumt sich vorzustellen, und versucht so zu klingen, als hätte sie sie heute noch gar nicht bemerkt.

„Möchten Sie?" Kash hält ihr die aufgeklappte Packung hin.

Mona schüttelt den Kopf, kneift die Augen zusammen.

„Mh, Sie dürfen ja sowieso nicht. Das Baby! Verzeihung, hatte ich vergessen", reagiert Kash schnell und fixiert die völlig konsternierte Mona mit einem Glitzern in den Augen, das nicht verrät, ob diese Bemerkung Absicht oder Versehen war.

Das Entsetzen in Monas Gesicht wird vom plötzlichen Tuten aus Kashs Handy unterbrochen und Mona meint allein an der zärtlich hämischen Art, in der Kash „Oh Entschuldigung“ sagt, zu erkennen, wie sie sich an ihrer Bestürzung weidet.

Das Telefon bereits ans Ohr haltend, dreht Kash sich flott um, verschwindet im Haus und hinterlässt eine Mona Richtberg, die nun auch noch verdauen muss, dass Rick seiner Exfrau offensichtlich von ihrer Schwangerschaft berichtet hat. Mona weiß nicht, wo mit denken anfangen. Dies ist bereits der zweite Schuss, den sie heute abbekommt. Regungslos steht sie auf der Treppe.

Nach zehn endlosen Pausenminuten wird sie mit ins Haus gespült, als alle Teilnehmer zurück in den Saal drängen, wo sie auf einen Carl und eine Kash treffen, die bereits angestrengt miteinander diskutieren. Beide haben gleichzeitig noch ihre Handys am Ohr, wobei Kash sich in der Hocke befindet, einen Arm auf die Tischplatte gestützt. Irgendetwas ist passiert.

Noch während sich alle setzen, ruft Carl in die Runde: „Änderung der Tagesordnung. Aufgrund einer unvorhergesehenen Entwicklung müssen wir leider umdisponieren!“

Fragende Gesichter. Bewegungen frieren ein.

Die Hälfte der Anwesenden wird von Carl bis auf Weiteres in ihre Hotels geschickt. Vertagung, man melde sich morgen. Mona und achtzehn andere Mitarbeiter werden gebeten, zu bleiben und sich noch etwas zu gedulden. Nach einer weiteren halbstündigen Pause, während der Kash und Carl wie wild telefonieren und sich beraten, atmet Carl endlich durch und lässt erkennen, dass er jetzt soweit ist, den Übriggebliebenen zu erklären, was vorgeht.

Mit ernster Miene und aschfahlen Wangen sagt er: „Bitte setzt euch wieder. Entschuldigt die lange Unterbrechung. Es gibt beunruhigende Neuigkeiten. Kash hatte vorhin zwei Nachrichten von Chris auf der Mailbox. Wir hielten ihn die letzten Tage in Kanada versteckt und soeben erfuhren wir: Er wurde in Montreal vom FBI aufgegriffen, in einem *Krankenhaus*. Was wir wissen ist, dass er wohl aus seinem Versteck ausgebüxt ist, fragt mich nicht wieso, und von diesem Krankenhaus aus Kash verständigt hat, man möge ihn dort abholen und wieder nachhause bringen ... die Sache ist ein wenig, ähm, merkwürdig. Etwas später sprach er Kash erneut auf die Box, er werde gerade nach New York gebracht. In Untersuchungshaft ... Okay, das ist der derzeitige Stand. Wir eruieren noch, was ganz genau passiert ist. Was wir aber schon wissen, ist, ... dass er ... wegen Vergewaltigung angeklagt werden soll.“ Carl setzt ab und verschränkt die Arme.

Niemand sagt ein Wort. Zu unerwartet trifft diese Nachricht jeden im Raum. Im Wechsel referieren Kash und Carl, dass angeblich Spermaspuren gesichert wurden, die wohl den Kern der Anklageschrift bilden. Es sieht momentan sehr ernst aus für Chris.

„Wir haben vorerst eine Zusicherung des FBI, dass man die Sache gegenüber der Presse geheim hält. Unsere Anwälte sind schon zu Chris unterwegs ...“ - „Ich meine, jeder scheiß Filmstar erhält im Monat zehn Vergewaltigungsbezichtigungen von irgendwelchen profiliersüchtigen, geldgierigen Frauen, dass ist so gesehen nichts Besonderes ...“ - „Wir müssen unsere eigene Pressestrategie vorbereiten, wenn sich das Problem hinzieht ...“ – „... oder sich als begründet herausstellt ...“ – „... wer ist denn die Kuh, die ihn angezeigt hat ...?“ – „... wir wissen noch nichts Genaues ...“ – „... Kash fliegt sofort zu Chris ...“ – „... wir müssen zusehen, dass dieser Schmutz nicht an die Öffentlichkeit gerät, das würde uns gerade noch fehlen ...“ – „... wir brauchen ein Konzept, wir müssen auf jeden Fall die ersten sein, die eine Story bringen, unsere eigene Version der Geschichte, bevor es die Presse tut, der Erste gewinnt, der Erste gibt die allgemeine Meinung vor …"

„Pete, Claudette, Mona?", fordert Carl die drei ihm Gegenübersitzenden auf. Wie aus einem Koma geweckt, nickt Mona und fürchtet sich davor, was jetzt kommt.

„Ihr fliegt gleich mit Kash nach New York. Die Reisezeit nutzt ihr, verschiedene Varianten von Presserklärungen, sowie eigene, offizielle Berichte zu entwerfen. Sobald Ihr vor Ort seid, checkt ihr mit den Anwälten den Ermittlungsstand gegen. Dann sehen wir weiter. Alles klar?" Carl hält seinen Arm die ganze Zeit angehoben, alle fünf Finger der Hand ausgestreckt, als könne einem der Anwesenden ansonsten ein wichtiges Detail seiner Ansprache entgehen.

Alle nicken identisch, wie Menschen, die bislang an etwas glaubten und mittlerweile erkennen müssen, dass es gerade ganz anders zu kommen droht, als erwartet.

Mona gefriert das Blut in den Adern. Auch das noch. Als hätte die Welt sich gegen sie verschworen. Ein Desaster, das mit Chris – und sie soll die Task Force begleiten! Innerer Widerstand.

Aber sie wird es tun, sie will nicht die Schwierige spielen.

Mit starrem Blick fixiert sie den dunkelgrauen Teppich mit den hundertfach eingestickten Initialen des Hausherrn, WNT, ohne ihn im Geringsten wahrzunehmen. Ihre Gedanken rasen.

Seine neue Führungsrolle perfekt ausfüllend, weist Carl die Männer vom Fahrdienst ein, und einmal mehr wird die Gulfstream geordert. Die reibungslose Logistik, wenn Geld keine Rolle spielt.

Kurz darauf ist das Meeting beendet, alle verfallen in hektischen Aufbruch. Carl nimmt Mona beim Rausgehen noch mal zur Seite und fragt: „Ist das in Ordnung für dich, Mona?“

Mit Kash zusammen nach New York fliegen? Eine schreckliche Vorstellung. „Ja“, sagt Mona. „Absolut.“

Initiative

„Kenn ich nicht!“, sage ich zum bestimmt fünften Mal, als mir FBI Assistant Chief Oliver Fielding dieses verfluchte Foto zum bestimmt zehnten Mal vor die Nase hält.

„Susan Johnston. Aus Boston, nur um es Ihnen noch mal ins Gedächtnis zu rufen“, spuckt er verächtlich aus.

„Ich habe diese Frau noch nie gesehen. Und das werde ich Ihnen auch morgen noch antworten.“

„Sie ist erst 17.“ Er sieht mich mit verengten Augen prüfend an, als würde allein meine Existenz seiner Rechtschaffenheit einen Stoß versetzen.

„Von mir aus. Von mir aus ist sie erst zwölf, blind und trägt eine Spange. Sie können sich auf den Kopf stellen, ich bin dieser infamen Lügnerin noch nie begegnet.“ So rede ich erst, wenn man mich stundenlang drangsaliert hat.

„O-o-oh, passen Sie bloß auf, Schneeweiß, reden Sie nicht in diesem Ton, ich warne Sie. Kleine Mädchen schänden …“, mokiert sich Fielding mit Zischstimme, die betont, dass man ihn sehr ernst nehmen muss. Dazu kredenzt er mir den Provozier-mich-nicht-Blick, passend zu seinem Schnauzer, der wie ein nachträglicher Einfall wirkt. Die lupenreine Kopie eines Südstaatlers.

Was hat er gerade gesagt? *Kleine Mädchen schänden?* Ist man mit 17 ein *kleines Mädchen*? Nur zu. Immer so, wie man's gerade braucht.

Ich schweige, nachdem mir mein Anwalt seine Hand auf den Unterarm legt und mir damit zu verstehen gibt, er macht das schon.

Ab und zu platzt es eben aus mir raus. Was Wunder. Man wirft mir vor, das Mädchen auf dem Foto vorletzte Woche in Boston vergewaltigt zu haben. Auf meinem Hotelzimmer. Brutal, schwere Unterleibsverletzungen, Trauma. Das ist absurd.

Ganz aufrichtig, wenn du einer solchen Tat unschuldig angeklagt wirst, erreichst du nach ein paar Stunden folterähnlichen Verhörs den Punkt, an dem du dir wünscht, du hättest es getan, nur damit du nicht dieses giftige Gefühl bodenloser Unterstellung ertragen musst, das dir durch die Eingeweide jagt.

Wir befinden uns in einem Büro hoch über Manhattan. Ich kann das Rockefeller Center sehen, Teile der New York Skyline, den Hudson River. Ich weiß nicht, dreißigstes Stockwerk, etwas in der Größenordnung. Pittoreskes Panorama, wenn man es genießen kann, und nicht gerade mit einem Bein lebenslänglich im Gefängnis steht.

Gestern Abend wurde ich direkt aus Montreal hierher gebracht, nachdem mich die beiden Zivilbeamten im Klinikumscafé verhaftet hatten. Der Gorilla und die Frau mit den Werwolf-behaarten Armen. Allein, dass das FBI nicht nur wusste, dass ich mich in dieser luxuriösen Waldvilla versteckt hielt, sondern mich noch dazu in jenem obskuren Krankenhaus aufgespürt hat (und das nach meinem halbtägigen Irrgang durchs Unterholz), hinterlässt mich ratlos. Wie konnten die mir auf der Spur bleiben? Kanada gehört nicht mal zum Territorium des FBI. Ich scheine Chefsache zu sein.

Es ist nicht schwer, sich auszumalen, wie irgendein Heini in irgendeiner reaktionären US-Behörde, die Call for Sanity an den Karren fahren will, mich hier in die Scheiße zu reiten trachtet, indem er meinen Namen in Misskredit bringt. CfS ist vielen Institutionen ein Dorn im Auge, und gerade die wissen, dass Denunziation immer funktioniert. Gelernt ist gelernt.

Aber vielleicht ist es ja auch ganz anders und es handelt sich bei dieser Susan Johnston um eine Einzeltäterin. Verrückte gibt es schließlich überall und in unerschöpflichem Vorrat.

Es ist jetzt elf Uhr noch was vormittags. Zu meiner Linken sitzen mein Anwalt, ein grauhaariger Fünfzigjähriger von beispiellosem Hochmut, und sein Assistent, ein Straßenköter-blonder Anfangdreißiger. Beide stecken in den sicherlich teuersten Anzügen, die man in der Stadt kriegen kann.

Man hat uns mitgeteilt, es gäbe eine Spermaspur am Unterhöschen der blöden - mit Verlaub - Schlampe, die mich angezeigt hat. Was absolut unmöglich ist, da ich dieses Mädchen tatsächlich noch nie gesehen habe. Und selbst wenn: Vergewaltigung! Das ist zu blöd! Ich stehe doch nicht auf einen Fick, wenn dieser nicht erwünscht ist. Ich will doch nichts, was ich nicht freiwillig kriege. Das macht ja gleich überhaupt keinen Sinn, da kriegte ich ja nicht mal einen hoch. Vergewaltigung! Dass ich nicht lache! Da fehlt's vorn und hinten!

Ich rücke auf meinem mittelharten Stuhl herum, einfach damit ich nach all den Stunden meine Position ändere, und schaue Assistant Chief Fielding dabei zum ersten Mal voll an. Wenn mein Schicksal allein von ihm abhinge, sähe ich schwarz.

Meine beiden Anwälte machen Fielding und seinem Adjutanten Clarence So-und-so klar, dass meine Kaution in Höhe von stolz machenden Zwölfmillionen Dollar inzwischen auf das Gerichtskonto eingegangen ist und ich somit gehen darf. Aber, jetzt kommt's, laut Haftrichter-Schnellbeschluss lediglich in einen sogenannten Hausarrest. Mit anderen Worten: Ich bekomme eine Fußfessel ans Bein geklippt. Einen elektronischen Sender, anhand dessen ich durchgehend überwacht werde, um sicherzustellen, dass ich mein Hotelzimmer nicht verlasse. Das ist ein Witz.

Man stelle sich vor: Irgendeine dahergelaufene - sorry - Wildfotze unterstellt dir körperlichen Missbrauch. Einfach so, weil sie Bock auf Publicity hat, weil sie ein wenig Taschengeld rausschlagen will, weil sie massiv einen an der Waffel hat, weil ihr ihr Scheißvater nicht die Aufmerksamkeit gab, die sie gern gehabt hätte, oder etwas zu viel Aufmerksamkeit, weiß der Teufel weshalb. Und mich buchten sie dafür ein. Wohlgemerkt: Es gibt keinen Beleg für die Tat, außer ihrer Aussage.

Aber? MAN GLAUBT IHR. Rein prophylaktisch. Auch wenn ich dementiere. Aussage gegen Aussage.

Dein Dementi hilft dir einen feuchten Kehricht. Weil die allgemeine Politische Korrektheit inzwischen soweit gediehen ist, dass jeder Mann per se einen potentiellen Vergewaltiger, Kinderschänder und Gewalttäter darstellt. Generalverdacht gegenüber jedem XY-Chromosomenträger. Im Zweifel für den Ankläger. Solange er weiblich ist.

Wenn die Opportunistin Glück hat, gibt es eine außergerichtliche Einigung, weil der Beschuldigte die Angelegenheit gern aus der Welt hätte, und *bling*, schon hat sich eine weitere - pardon - Hobbyhure, die kein Problem hat, sich öffentlich zum Opfer zu stilisieren, mit Geld glücklich gemacht. Fuck!

Ich meine, klar kann man mich verhören, klar kann man den Fall ganz offiziell vor Gericht bringen. Aber, zum Donnerwetter, man darf mich doch nicht einstweilen festnehmen, solange es keine handfesten Beweise gibt. Außer der Aussage einer X-Beliebigen. Da kann ja jede kommen. Und wenn die Rechtslage so bleibt, kommt da auch bald jede. Kann doch nichts schaden.

Was das mit dem Ruf eines Mannes macht! Ruiniert, ein Leben lang. Auch wenn sich die Unschuld letztendlich eindeutig belegen lässt. Ab Anklagezeitpunkt ist alles falsch, was du sagst und machst. Keine Chance, Vertrauen und Unbeflecktheit zurückzugewinnen. Dieses Stigma hängt dir am Revers bis du ins Grab steigst.

Schon beim Gedanken daran wird mir schlecht.

Ich hoffe inständig, ach was scheiße, ich würde sogar dafür beten, dass diese Episode nicht an die Öffentlichkeit gelangt.

Wenn allerdings wirklich eine größere Institution dahintersteckt, die diese Veranstaltung inszeniert um mich aus dem Rennen zu werfen, dann wird es an die Öffentlichkeit kommen. Ganz sicher. Dafür werden die schon sorgen, das ist der Sinn der Übung.

Im Ernstfall werde ich sogar noch dankbar dafür sein müssen, dass man mir nicht Kinderpornographie oder Sodomie unterschiebt, sondern *nur* Vergewaltigung.

Von Moment zu Moment wird mir kälter, je mehr ich über mein Schlamassel nachgrüble. Ich versuche tief durchzuatmen. Die Klimaanlage macht die Luft im Raum auch nicht besser. Meine Anwälte prüfen gerade ein Dokument, das ich gleich unterschreiben soll. Bin ich froh, wenn ich wenigstens hier raus bin.

Kash ist angeblich bereits in New York und hat ein paar Leute mitgebracht, die sich darum kümmern sollen, dass die Sache geheim bleibt. Oder abgefedert wird, sofern sie *nicht* geheim bleibt. Wir treffen uns gleich in meiner neuen Gefängniszelle-Schrägstrich- Hotelsuite.

Die DNA-Auswertung der Spermaprobe wird ewig dauern, mindestens zehn Tage. Die Leute denken immer, das ginge ratzfatz, die Testergebnisse kämen innerhalb 24 Stunden, wie im Fernsehen. Aber nichts da. Das dauert eineinhalb Wochen! Keine Ahnung, was da so lange braucht.

Chief Fielding oder Inspector So-und-so, ich schau schon nicht mehr hin, stellen mir lauter Fragen, die sie selbst beantworten. Werfen sich die Bälle identisch aggressiv zu, spielen *bad cop, bad cop*. Nehmen mich in die Zange, indem sie ein paar Namen von Prostituierten nennen, die ich konsultiert habe und die sie ausfindig gemacht haben wollen (wird schon stimmen) und vorladen werden, um sie über mich auszuhorchen.

„Waren ja auch nicht gerade wenige, Herr Schneeweiß, wenn ich mir das ansehe", labert Fielding so dahin und fuchtelt mit einer Liste vor meinem Gesicht rum. „Die werden wir alle einzeln befragen, auf was Sie so stehen, sexu-ell."

Uuh, wie tragisch! Bitte sehr, immer zu. Ich oben, sie unten. Das Substanzielle. Leck mich am Arsch, Fielding. Echt, leck mich.

Ach, was mach ich mir vor. Ich hab eine Mordsangst.

Der zersetzende Keim einer irren Furcht ist in mich gepflanzt.

Wahrheit hin oder her, die interessiert die Welt nicht die Bohne. Ob ich unschuldig bin, wird keine Rolle mehr spielen, sobald die Geheimhaltung leckt und die Presse Wind bekommt.

Dem Geschwafel der FBI-ler kann ich, um ehrlich zu sein, nicht mehr folgen, meine Konzentration ist dahin. Fielding, der Hüne mit texanischem Akzent, klar, dass der mich hasst, Texaner sind Gottesfaschisten, Fielding also, schaut auf einen Laptop, der schräg zu mir postiert ist, blafft zu meinem Anwalt, mit dem Widerwillen eines zornigen Inquisitors, der mich gern hinter Schloss und Riegel sähe, „Schneeweiß kann gehen", und fast kann ich es nicht glauben, als meine Anwälte sich erheben und mir cool signalisieren es ihnen gleich zu tun.

Ich raffe mich auf, lege mein Gesicht in, wie ich hoffe, die Falten eines absolut Unschuldigen, gebe den beiden

FBI-Bodenkanonen die Hand, die wir einander erstaunlich neutral schütteln (das Ende eines regelkonformen Verhörs), und denke mir: Was würdet Ihr wohl machen, wenn euch das passierte?

Aber das erforderte Weitsicht - und *man darf Menschen nicht überschätzen*, das hatten wir schon mal. Also Ciao. Raus hier.

Im Vorraum wird mir die Fußfessel an den Knöchel geklippt und versiegelt, eine vier Zentimeter breite Kunststoffmanschette mit geldstückgroßem Sender. Wird mich beim Baden stören.

Meine beiden Anwälte, die sicher mehr verdienen als ihnen gut tut, sehen bei der Prozedur angewidert zu. Schon toll, dass mir Call for Sanity gleich die besten juristischen Kampfhunde des Landes zur Seite stellt, deren Referenzliste an prominenten Mandanten zugegeben atemberaubend ist.

Mit mechanischen Schritten und mental in gefährlicher Nähe eines Nervenzusammenbruchs, verlasse ich mit meinen agilen Verteidigern den Vorraum des Verhörzimmers. Auf dem Korridor werden wir von drei Beamten des US State Police Departments in die Mitte genommen, die uns in eines der New Yorker Marriotts bringen sollen, in dem ich mindestens zehn Tage werde vor mich hin vegetieren dürfen. Mit Bewachung vor der Tür.

Es folgt eine Autofahrt hinter verspiegelten Scheiben durch die dichten Straßenschluchten New Yorks. Hier herrscht auch zwischen den Stoßzeiten Rushhour. Über die Tiefgarage gelangen wir ins Hotelgebäude. Lift direkt vom Untergeschoß in die Zieletage. Bloß keine Presse! Keine Fotos. Bewahre. Das könnte das Ende meiner Karriere bedeuten.

Eine Vorstellung, die ich aus irgendeinem Grund auch erleichternd finde.

Zimmer 2254. „Machen Sie sich keine Sorgen, Herr Schneeweiß, wir kriegen das ganz sicher hin“, verabschiedet sich mein Anwalt, nachdem ich mich noch eine halbe Stunde mit ihm beraten habe und mir dabei teilweise vorkam, als würde ich ihm etwas weiszumachen versuchen. Sein Juniorpartner nickt zustimmend, das wird schon. Dann gehen sie und lassen mich in meiner Suite zurück. Es ist merkwürdig, ich habe mir längst angewöhnt, keinem zu glauben, der für mich arbeitet.

Sofort nachdem sich meine 2.000-Dollar-à-Stunde-Hardcorejuristen entfernt haben, taucht Kash auf. Da steht sie, schön wie immer, in der Tür, wirft sie zu, aber ich sehe noch die postierten Cops draußen, bevor die Tür ins Schloss knallt.

Weder betroffen noch sonst wie verändert fragt Kash „Na Schatz, was machst du denn für Sachen?“, und schnippt mir mit zwei Fingern vors Gesicht, während sie herein braust.

„Hm?“, lasse ich mich hören und mustere sie, als sähe ich sie zum ersten Mal.

„Sie kommt aus gutem Haus, makelloser Leumund“, weist sie mich auf etwas hin, das ich nicht gleich kapiere.

„Was? Wer?“

„Die kleine Schnalle, die du vergewaltigt hast.“

„Ah, richtig. Die kleine Schnalle, die ich vergewaltigt habe, natürlich“, wiederhole ich altklug.

„Wir haben bereits alles über dieses siebzehnjährige Blondie recherchiert und Kontakt mit ihrer Familie aufgenommen. Aber es sieht nicht danach aus, dass wir sie mit Geld stillstellen können. Die scheinen es ernst zu meinen.“

„Das hab ich mir schon gedacht. Aus irgendeinem Grund halte ich auch die Wahrscheinlichkeit, dass die Spermaprobe falsch ist, für gering. Nicht, dass ich dieses Mädchen jemals gesehen hätte, aber so ein Riesending anzuzetteln und dann wäre die Spermaspur nicht meine, halte ich für unwahrscheinlich", sage ich und stoße ein bitteres Lachen aus.

„Schwer zu sagen. Aber wenn du nicht mit ihr Sex hattest, wie soll es dann möglich sein, dass das Sperma von dir ist?"

„Ich habe nicht den geringsten Schimmer", versuche ich, nicht zu argwöhnisch zu klingen. Ich suche die Zimmerbar.

„Wie haben dich die Beamten beim Verhör behandelt?", erkundigt sich Kash in einem Tonfall, als studierte sie nebenbei ihre Fingernägel. Mit einem vollen Glas drehe ich mich zu ihr um und säusele: „Gleich eingangs, als der Chefbefrager reinkam, meinte er zu mir: *Sie sind der, der nicht an Gott glaubt, richtig?* Das hat er ehrlich gesagt. Und weiter: *Sie sind krank!* Darauf ich: *Erlauben Sie mir die Frage: Wenn Ihr großer Gott uns tatsächlich erschaffen hat, wieso konstruiert er einige von uns dann so, dass sie imstande sind, nicht an ihn zu glauben? Sind das dementsprechend die geistig Fortgeschritteneren?* Er sah mich an wie den Teufel. Aber dann war Ruhe und wir haben mit dem Verhör begonnen. Prima Ausgangsposition, oder?" (Ganz so war es natürlich nicht. Bereits im Moment des Erzählens merke ich, dass man meine übertriebene Ausschmückung durchschaut, und ich wie ein um Aufmerksamkeit buhlender Bubi rüberkomme.)

Kash lacht. Ich muss mir Uhrzeit und Datum notieren - sie lacht. Wann passiert das schon. Aber wahrscheinlich lacht sie mich aus.

Es klopft an der Tür und der Call for Sanity-Kriegsrat tritt ein, in Person von Pete Mirovski, Claudette Nemours und Mona Richtberg. Frisch eingeflogen aus L.A. Herzliche Begrüßung. Ich bin froh über ihre Gesellschaft.

Pete ist mein Hauptautor und Rechercheur, mit ihm feile ich immer am letzten Schliff meiner Vorträge, außerdem ist sein linkes Auge größer als sein rechtes.

Claudette ist Public Relations Tante *extraordinaire*, ein schwieriges Mädchen, aber sehr kreativ, ihr springt die Intelligenz regelrecht aus ihrem kalkweißen Gesicht. Fleckige Stirn, magerer Hals, kirre Augen. Intellektuelle Lesben sehen nie wie Models aus.

Und natürlich Mona, die, die die ersten großen Stories über mich in Europa lanciert hat. Sie ist sowieso schon schlank, aber ich habe den Eindruck, sie hat noch mal abgenommen. Ricks Tod setzt ihr augenscheinlich enorm zu.

Wir nehmen auf der monumentalen Couchlandschaft Platz. Die drei erzählen Kash und mir, dass sie die neuesten Ergebnisse des Ermittlungsstands parat hätten. Die decken sich so ziemlich mit dem, was mir Kash bereits gesagt hat. Mehrere Privatdetekteien durchleuchten die Familie von Klägerin Susie Johnston sowie ihr gesamtes Umfeld, zig Anwälte klügeln Methoden aus, die Familie unglaubwürdig zu machen, und wir fünf, hier und jetzt, an diesem Mittwochabend im Mai, sprechen die Situation immer und immer wieder durch, entwerfen Szenarien, stellen Mutmaßungen an, entwickeln an die dreißig verschiedenen Pressestatements für den Fall, dass die Anklage doch auffliegt und die Medien informiert werden und wir sofort reagieren müssen. Mona ist seltsam ruhig, aber ihre eingestreuten Ideen können nicht verbergen, wie smart sie ist. Claudette ist in Bestform, geht mir beinah auf die Nerven mit ihren geistigen Ergüssen, vorlaut, als müsste sie Konkurrenten aus dem Rennen werfen, und Pete und ich, die einzigen Männer, sind froh, dass wir einander haben. Mehrere Stunden gehen wir bis ins kleinste Detail. Was nie schaden kann. Doch derweil überrollen mich immer neue Wellen tonnenschwerer, lähmender Verzweiflung darüber, in was ich da nur geraten bin.

Meine Euphorie trägt mich nicht mehr.

Erst gegen elf nachts sind wir fertig und beenden den Tag. Mona, Claudette und Pete verlassen mit Aufmunterungsbekundungen meine Suite und versprechen, sich richtig reinzuhängen und bestimmt schon bald entlastendes Material vorweisen zu können. Oh ja, da bin ich mir jedoch überhaupt nicht sicher, Leute, aber danke. Ich zucke mit den Schultern, lächle, was bleibt mir anderes übrig.

Nur Kash und ich bleiben übrig. Wir zwei, wieder mal.

Rätselnd, wie ich mich ihr gegenüber benehmen soll, schließlich haben wir vor einer Woche miteinander geschlafen, frage ich:

„Wo sind eigentlich Rainer und Samir?“

„Die wohnen im Savoy. Sobald du hier raus bist, sind sie wieder an deiner Seite ...“

„Richte ihnen meine Entschuldigung aus, ja?“

„Weil du ausgebüxt bist?“ Kash sagt das, wie um sich selbst zu überreden, meine Entschuldigung zu übermitteln.

„Ja, weil ich ein Idiot war.“

„Sag's ihnen selbst, ruf sie an. Rainer gab mir dein Handy, das du in deinem Zimmer in Montreal liegen gelassen hast, als du - ich vermute - betrunken, wie du es in letzter Zeit gern zu sein pflegst, wie übrigens jetzt auch, Schatz, abgehauen bist, um in irgendwelchen kanadischen Nadelwäldern rumzulaufen wie ein bekloppter Waldschrat. Bitte“, drückt sich Kash unverhohlen charmant aus und reicht mir ein Tütchen mit den Einzelteilen meines Handys, da ich es während meines Kanadaaufenthalts zerlegt halten musste, um nicht geortet werden zu können.

„Was? Darf ich etwa telefonieren?“, stutze ich.

„Klar, lediglich die Zahl deiner persönlichen Besucher ist begrenzt und muss vorangemeldet werden. Sonst nichts. Du bist schließlich nicht in klassischer Haft, das hier ist Hausarrest, keine Isolationszelle.“

Ich schaue schafähnlich, wie man eben selten am besonnensten kuckt, wenn man mehrere Sachverhalte zu verknüpfen versucht. Kash knufft mir in die Wange, zärtlich wäre das komplett falsche Wort, sagt „Bis morgen“ und verlässt mich, ohne meine Verabschiedung abzuwarten.

Unverändert stehe ich da, bilde mir ein, dass eine rote Druckstelle meine gekniffene Wange ziert, streiche mit dem Daumen immer wieder über die Tastatur meines Handys, stecke die drei Einzelteile ineinander, geht ganz leicht, schalte ein, gehe zur Zimmerbar, öffne ein Minifläschchen Wodka, werfe den Kopf in den Nacken, Flaschenrand zwischen den Lippen, nehme diese kalte Müdigkeit in mir wahr, die mit Schlaf nicht zu beseitigen ist, spüre den Wodka wirken, und da bestätigt sich meine Überzeugung, wer allein mein Problem lösen kann.

Ich oder keiner.

Mein Blut gefriert. Ich starre auf die Wand. Auf irgendwas von Picasso. Wird schon kein Original sein. Ich warte noch eine Stunde (damit sie schon auf ihrem Zimmer ist und ich sie allein kriege), sehe solange fern, trinke, und wähle dann Mona Richtbergs Nummer, die noch die alte ist, wie vor fast einem Jahr, als wir SMSs ausgetauscht haben, wegen der Verabredung zu meinem ersten Interview. Damals, als alles noch in Ordnung war.

Es tutet.

Assoziation

„Hi Mona, hier ist Chris.“

Ruckartig erhebt sich Mona aus ihrem Sessel. Vor Verwunderung antwortet sie in einem Ton, als würde sie mit einem Hundewelpen sprechen: „Das ist aber eine Überraschung, hi.“

Keinen Kilometer Luftlinie von Chris entfernt, steht sie in ihrem Zimmer und lässt ihren Blick über das mitternächtliche Manhattan schweifen. Die Umrisse sind scharf, der Mond ist zur Hälfte voll, sein fahles Licht spiegelt sich in unzähligen Glasfassaden. Chris' Stimme tönt aus dem Handy: „Entschuldige die späte Störung. Ich hoffe, du hast noch nicht geschlafen."

„Nein, nein, überhaupt kein Problem." Mona überlegt, was der Grund für seinen Anruf sein könnte, nur eine Stunde, nachdem sie mit den anderen sein Hotel verlassen hat. Bekam er derart rasch von Carl Bescheid?

„Ich rufe so spät an, weil ich sicherstellen wollte, dass ich dich allein erreiche", rechtfertigt Chris die vorgerückte Uhrzeit und tastet sich vorsichtig ran: „Kannst du denn gerade sprechen?"

„Ja, ich bin allein auf meinem Zimmer. Das ging ja wirklich schnell."

„Wie meinst du das?"

Verwirrt säuselt Mona unwillkürlich: „Was?"

„Ich wollte noch mal auf unser Gespräch von vorhin zurückkommen."

„Ach so", sagt sie fast erleichtert, „du meinst den Fall?"

„Ja, den Fall", echot Chris.

„Nicht die ...? Oh! Ah-ich dachte schon, du rufst wegen der Kündigung an."

„Nnnein ...", sagt er gedehnt. „Kündigung?"

„Ich habe Carl gerade eben meine Kündigung gemailt", schießt Mona die Worte hervor. „Ich steige bei Call for Sanity aus. Weil ich nicht mehr ... weil ich erschöpft bin. Ich kann nicht mehr mitmachen. Es tut mir leid", sagt sie, wie einer Last entledigt.

Nach etwas Schweigen fragt er: „Ist es wegen Rick?"

„Naja, irgendwie schon, denke ich."

„Verstehe“, zieht Chris die Vokale in die Länge, überlegt, entscheidet schnell: „Darf ich dich trotzdem etwas fragen?“

„Ja, natürlich. Um was geht es denn?“

„Ich, ... also ich habe ein Problem. Und du bist die Einzige, der ich in diesem Zusammenhang glaube vertrauen zu können. (Kurzes Innehalten.) Was diese ominöse Spermaspur, die bei dem Mädchen aus Boston angeblich gefunden wurde, betrifft: ich habe da einen leisen Verdacht - und möchte dich bitten, niemandem von dem, was ich dir jetzt sagen werde zu erzählen.“

„Selbstverständlich.“

„Ich gehe ja immer vom Schlimmsten aus und glaube daher, dass der DNA-Test ergeben wird, dass die Spermaprobe auf der Hose des Mädchens wirklich von mir ist. Auch wenn ich Susan Johnston ungelogen noch nie gesehen habe. Aber ich kann mir einfach nicht vorstellen, dass sie und ihre Anwälte mich vor Gericht zerren, und am Ende ist die Probe *nicht* echt.“

„Seh ich genauso. Auch wenn sich mir nicht erschließt, wie das gehen soll, wenn du sie noch nie getroffen hast!“, betont Mona.

„Nun, oh Mann ist mir das unangenehm, aber ich muss Folgendes vorausschicken, damit du verstehst“, knirscht Chris.

„Schon okay, wirklich, schieß los.“

Er holt Luft. „Also: Ich habe vor gut einer Woche mit Kash geschlafen. Es war der Tag, an dem das CfS-Büro in die Luft flog, und wir mussten danach in größter Hetze aufbrechen. Auf jeden Fall erinnerte ich mich letztens, dass ich wegen der Hektik vergessen hatte, unsere benutzten Kondome zu entsorgen.“

„Entsorgen?“

„Ja, also, wenn ich Sex gehabt habe, kümmere ich mich danach immer darum, die Dinger sofort im Klo runterzuspülen“, druckst Chris herum, als würde er mit seinen Ausführungen eine peinliche Beichte ablegen und fügt humoristisch hinzu, um dem Ganzen das Heikle zu nehmen: „Das mach ich weniger, um Vergewaltigungsklagen zuvorzukommen - so was hält man doch nicht für möglich -, als vielmehr um zu verhindern, dass man mir ein Kind anhängt. Ich bin ein vorsichtiges Kerlchen.“

„Sehr löblich“, entkrampft Mona diesen übereifrigen Erklärungsversuch, mit dem Chris weniger den Fall mit Kash beschreibt, als vielmehr sein grundsätzliches Verhaltensprinzip. Woraufhin er, dem das auch gerade auffällt, „H-jah“ nuschelt. „Ich hab keine Ahnung, was aus den Teilen wurde. Natürlich kann das Zimmermädchen sie gefunden haben, nachdem wir das Hotel so eilig verlassen hatten, oder ... oder was auch immer“, führt er weiter an.

Mona (die eigentlich zunächst verdauen müsste, dass Kash jetzt auch noch mit Chris geschlafen hat!) fallen auf die Schnelle auch keine weiteren schlüssigen Möglichkeiten ein. Deshalb fasst sie zusammen: „Du glaubst also eher, dass Kash was mit der Sache zu tun hat! Dass sie die Kondome – wie viele waren es denn?“

„... zwei.“

„Dass sie die zwei Gummis eingesteckt und ... veruntreut hat?“

„Genau.“

„In Ordnung.“

„... und der Grund, aus dem ich anrufe, ist: Ich meine, ich weiß überhaupt nichts über Kash. Ich kann über sie nichts, aber auch gar nichts im Netz oder sonst wo finden, und wollte dich fragen, ob du bereit wärest, mir zu helfen, indem du sie und ihren Background recherchierst. Ich muss etwas unternehmen. Und da dachte ich, du als Journalistin verfügst vielleicht über die richtige Infrastruktur. Dass du gerade gekündigt hast, wusste ich nicht, aber das ist ja womöglich sogar ganz gut. Es vereinfacht die Sache eventuell ... Könntest du mir denn ein paar Informationen besorgen? Ich zahle das natürlich!"

„Sei nicht albern. Natürlich helfe ich dir", meint Mona, die längst selbst versucht hat, etwas über Kash herauszubekommen. Wenn auch aus anderen Beweggründen.

„Du meinst also wirklich, sie könnte mit der Vergewaltigungssache in Verbindung stehen?"

„Es ist eben eigenartig, was abgeht. Da spiele ich alles durch. Findest du meine Verschwörungstheorie zu wüst?"

„Nein, absolut nicht. Gefahr geht meistens von denen aus, die einem am nächsten sind", nuschelt Mona nach einem Moment. In ihr selbst keimte sogar schon der leise Verdacht auf, *CfS* könnte hinter dieser Vergewaltigungsnummer stecken. Nur so ein Gefühl.

Es entsteht eine verzagte Pause. Chris erteilt sich wieder das Wort: „Weißt du, Kash hat persische Verwandtschaft, ihre Eltern sprechen noch mit schwerem Heimatakzent, habe ich mal am Telefon mitbekommen."

„Da könnte ein religiös motivierter Zusammenhang zu finden sein, denkst du?"

„Nur eine Vermutung. Ist zu naheliegend, ich weiß, aber ich hab überhaupt keine anderen Anhaltspunkte."

„Ja, das verstehe ich", sagt Mona anteilnehmend, als fühlte sie sich Chris gegenüber deshalb wie ein Leidensgenosse, weil sie die Grausamkeit des Lebens inzwischen selbst kennengelernt hat.

„Wie gesagt, ich zahle deine Arbeitszeit natürlich."

„Aber nein, das ist wirklich nicht nötig. Ich helfe dir gern. Es gibt in der Tat Möglichkeiten, nach jemandem, der öffentlich kaum in Erscheinung tritt, über gewisse journalistische Pfade zu fahnden. Das werde ich tun. Aber was anderes, bist du sicher, dass unser Gespräch nicht abgehört wird?"

„Ich glaube schon. Mein Handy ist abhörsicher. Angeblich. Ich telefoniere immer über einen speziellen Server mit individuellem Vorwahlcode."

„Nun gut. Ich mache mich gleich morgen an meine Recherchen, okay?"

Chris klingt erleichtert, als er das hört. Er gibt Mona seine aktuelle Nummer und sie verbleiben wie besprochen.

Wie versteinert steht Mona in ihrem Hotelzimmer, das Gespräch rekapitulierend. Jetzt quasi in offiziellem Auftrag Erkundungen über Kash einzuholen, liefert ihr eine Art rückwirkender Rechtfertigung für ihre vorangegangene Kash-Recherche, die einen faden Beigeschmack hatte und die sie daher halbherzig angepackt und schnell abgebrochen hatte. Sie wollte herausfinden, wer Kash war, nachdem sie Rick mit ihr im Civic Auditorium so vertraut sprechen gesehen hatte. Ergebnislos.

Wieder im Hamsterrad ihrer Gedanken gefangen überkommt sie eine Hitzewallung. Sie beschließt ins Bett zu gehen. Es wird eine weitere unruhige Nacht werden.

Bereits am nächsten Tag fliegt Mona von New York aus zurück nach Deutschland. Den ganzen vorangegangenen Vormittag hatte Carl Thomas am Telefon versucht sie umzustimmen und dazu zu bewegen, ihre Kündigung zurückzuziehen. Er versicherte ihr, sie würde mehr Gehalt bekommen, falls sie CfS nicht verlässt. Er war wie aufgekratzt, fand ihren Rückzug so abwegig wie jemand, dessen Weltanschauung gerade grundlegend erschüttert wird, und versuchte ihre Kündigung zunächst kumpelhaft abzutun, taktierte hin und her, und setzte dadurch ein Verhältnis zwischen ihnen voraus, das es gar nicht gibt.

Nicht allzu lang jedoch und er wurde bereits spürbar ungehaltener. Von Anfang an war Carl ihr suspekt gewesen, unergründlich ambivalent. Aber während dieses ellenlangen Telefonats offenbarte sich ihr endgültig ein

Mensch, der erschreckend schnell sein Gesicht zu ändern vermag. Nachdem nämlich Monas Antwort auf all sein Drängen nach wie vor Nein lautete, wurde sein Tonfall drohend und gipfelte darin, dass er mit unverhohlener Abscheu flüsternd brüllte, sie könne sich unnötige Scherereien ersparen, wenn sie bliebe. „Tu dir selbst den Gefallen, hörst du?“ Wie jemand, der seinen Kopf zu nah an einen Raubtierkäfig gehalten hat, schreckte Mona bei diesem wutentstellten Satz von ihrem Handy zurück. Das also steckte in dem undurchsichtigen Carl Thomas. Seine Fassade, ein einziges Blendwerk. Ein guter Grund mehr, CfS den Rücken zu kehren.

Nach einem enervierenden Zwischenstopp in Frankfurt und einer Rumpeltaxifahrt vom Flughafen heim, findet Mona bei Ankunft in ihrer Münchner Wohnung ihre Computerfestplatte sorgsam zerstört, sowie die Aktenordner im Regal ordentlich durchwühlt vor. Es fehlen sämtliche Unterlagen zu CfS. Der Rest ist teilweise zerrissen. Carl muss nach seinem vergeblichen Versuch sie umzustimmen sofort ein Reinigungsteam losgesandt haben. Wobei es sich wohl eher um ein Bestrafungsteam gehandelt hatte.

Doch damit nicht genug. Am darauffolgenden Morgen betritt Mona das Verlagshaus der Süddeutschen Zeitung. Ihr Lieblingspförtner nickt ihr in der Lobby verkniffen zu, was sie erwidert, indem sie lächelnd ihren Kaffeebecher hebt, als sogleich ein Sicherheitsbeamter auf sie zukommt um sie abzufangen. Entsetzen macht sich auf ihrem Gesicht breit. Sie erhält klare Anweisungen.

Man lässt sie nicht mal mehr an ihren Platz, führt sie sofort ins Büro ihres Chefredakteurs Meisner, der, angeblich momentan außer Haus, seine Sekretärin angewiesen hat, Mona die sofortige Kündigung auszuhändigen. Halbherzige Entschuldigungen murmelnd, überreicht die Sekretärin ihr einen Umschlag. Mona versucht, ihre

Konsterniertheit nicht preiszugeben. In solchen Situationen hilft es manchmal, sich vorzustellen, man sei jemand anderes.

Unter Aufsicht des Beamten, der sich sehr wichtig nimmt, wird sie doch noch an ihren Schreibtisch geleitet und darf ihre Schubladen ausräumen, nicht jedoch den Computer hochfahren. Der Sicherheitsmann lässt ihre Hände nicht aus den Augen. Nimmt ihr die ID-Karte ab. Kein Kollege von Mona ist in Sicht. Außer ein paar unbekannten Weibern am anderen Ende des Flurs. Mona sieht, wie sie gaffen. Bemerkt, wie sie ein gespielt bestürztes Gesicht aufsetzen. Aber nicht lange.

Sie fühlt sich außerstande, etwas anderes zu tun, als den Anweisungen zur Räumung ihrer Arbeitsstätte nachzukommen. Sie zuckt nicht mit der Wimper, obwohl sie sich während der gesamten Prozedur auf niederschmetternde Weise erniedrigt fühlt. Derartige Militanz hatte sie nicht erwartet. Sie wollte wirklich glauben, dass ihre Entscheidung, CfS zu verlassen eine überschaubare, faire Angelegenheit bliebe. Es ist seit Ricks Ermordung schon genug geschehen. Genug für ein ganzes Leben. Stattdessen wird seitdem alles ständig nur noch schlimmer und schlimmer.

Keine fünfzehn Minuten nach Betreten, steht sie bereits wieder vor dem SZ-Gebäude. Fassungslos und überfordert. Das war's wohl. Ihr ist eiskalt, obwohl sie schwitzt. Ein Anflug von Kopfschmerzen.

Mit ihrer vollbepackten Handtasche, viel war es nicht, was sie an persönlichem Kram mitzunehmen hatte, entfernt sie sich Richtung U-Bahn-Station. Wie jemand, der genug von der Welt hat.

Zuhause erscheint es ihr völlig unangebracht, jetzt den Staubsauger rauszuholen, und den Wischeimer, aber was wäre denn in solch einer Situation schon wirklich angebracht? Sie putzt die Wohnung, bis sie nicht mehr kann.

Nachdem sich gegen 22 Uhr die erste Welle der Bestürzung gelegt hat, versucht sie sich zu sammeln. Sie hat den Eindruck, jede Bewegung und jeder konstruktive Gedanke erfordert das Doppelte an Überwindung. Sie kann sich nicht erinnern, jemals so erschöpft gewesen zu sein. Aus dem alleinigen Grund, weil es für Chris ist, rappelt sie sich auf und macht sich an die Recherche über Kash Rahimi.

Drei Tage lang. Die Tage vergehen wie im Flug. Und sie findet - nichts. Nicht den geringsten Ansatzpunkt. Nicht die kleinste Notiz, außer einer Eintragung beim Londoner Einwohnermeldeamt und ein paar irrelevanter Informationen über Eltern und Geschwister. Ansonsten keine Spur. Datenbanken, Archive, verschiedene Tricks und Kniffe, Telefonate mit englischen Korrespondenten, denen weitere Fahndungsquellen vor Ort zur Verfügung stehen könnten: Fehlanzeige. Nicht einmal Kashs Zeit bei Shell Industries scheint dokumentiert zu sein. Diese ausgeprägte Form der Anonymität hat etwas Furchteinflößendes.

Alles ist ausgeschöpft. Auch die letzten Informanten haben negative Rückmeldung erstattet, als Mona am späten Vormittag resigniert beschließt, ihre Ermittlungen für beendet zu erklären. Sie hat sich, unter Berücksichtigung der Zeitverschiebung, vorgenommen, Chris gegen 17 Uhr anzurufen, um ihn von Kashs Obskurität zu unterrichten. Dann müsste er wach sein.

Das zweifache Klingeln, das von der Haustür stammt, möchte Mona eigentlich ignorieren. Sie hadert. Schließlich schafft sie es doch noch, zu öffnen. Der Kurierfahrer ist schon fast außer Hörweite der Fernsprechanlage. Er spurtet die Treppen hoch, übergibt Mona ein Einschreiben mit Rückschein, erhält ihre Unterschrift und eins fünfzig

Trinkgeld aus der Schale mit den Münzen, die zu diesem Zweck neben dem Garderobenschrank steht, und bittet sie, die Benachrichtigung in ihrem Briefkasten als gegenstandslos zu betrachten.

Mona schiebt die Wohnungstür zu, wendet das Kuvert in ihrer Hand.

Absender des Luftpost-Schreibens ist eine amerikanische Anwaltskanzlei namens Weinberg & Partner, Los Angeles.

Nervosität steigt in ihr auf. Eine Ahnung. Sie hält es für denkbar, dass Call for Sanity noch anderen Ärger anzuzetteln imstande sind. Doch diese Befürchtung stellt sich als unbegründet heraus, nachdem sie den Brief fünf hinausgezögerte Minuten später mit zittrigen Fingern im Wohnzimmer, noch im Stehen, öffnet.

Weinberg & Partner, vielmehr Harry Weinberg persönlich, teilt ihr in kurzen Zeilen mit, dass ihr sein kürzlich verstorbener Mandant Rick Ehling testamentarisch nicht nur zweihunderttausend Euro vermacht, sondern sie nach Geburt ihres Kindes zudem mit einer monatlichen Unterhaltszahlung von fünftausend Euro rechnen dürfe. Sie möge sich bitte melden. Gezeichnet, usw.

Mona verfällt in eine Art Schockstarre. Entsetzen und Rührung, Erinnerung und Schuldgefühl, Verlust und Zukunft. Plötzlich ist alles gleichzeitig da: Ricks Tod, die Fehlgeburt, ihre Zweifel an Ricks Aufrichtigkeit, seine Ehe mit dieser widerlichen, biographielosen Rahimischlampe. Und jetzt das! Das ändert alles.

Mona und Rick, Rick und Mona. Da steht es. Es war *doch* alles in Ordnung mit ihrem Verhältnis. Das schlussfolgert sich doch unmissverständlich aus dem Testament. Monas verzweifelte Verdächtigungen, Unterstellungen und voreiligen Schlüsse: grundlos: haltlos: ja, schändlich?

Sie steht da, Schaudern schüttelt ihren Körper, sie weiß nicht, ob aus Wut auf sich, oder aus neu gewichtetem

Entbehrungsgefühl. Sie kann einfach nicht zu schlottern aufhören.

Sie beginnt zu weinen, versucht vergeblich, die Flüssigkeit wegzublinzeln, als schämte sie sich vor sich selbst. *Alles wäre gut geworden!* Die glasklare Auflösung eines rätselhaften Alptraums. *Es wäre alles gut geworden!* Genau das soll die bleibende Version der Wahrheit sein - die verbindliche Interpretation, die künftig ihre Vergangenheit darstellen wird.

Ein Stromstoß durchfährt sie. Sie spielt den Inhalt des Einschreibens wieder und wieder durch. Ihr fällt so vieles dazu ein.

Erstens: Rick muss seine testamentarische Verfügung erstaunlich zügig nach ihrem Schwangerschaftsgeständnis aufgesetzt haben. (Mona wird Weinberg & Partner zuallererst mitteilen, dass es kein Kind mehr gibt, für das Unterhalt entrichtet werden muss.)

Zweitens: Rick hatte keine Verwandten. Aus allem, was Mona sich mit der Zeit über ihn zusammenkombinierte, war er mehrfacher Millionär. Nicht, dass sie irgendeinen Anspruch auf seinen Nachlass erheben wollte - überhaupt nicht, woher denn – so stellt sich trotzdem die Frage, wer den Löwenanteil des Erbes erhält. (Womöglich Kash? Rein intuitiv: nein, unwahrscheinlich.)

Drittens: Rick war Deutscher, wieso meldet sich ein Anwalt aus L.A. als sein Nachlassverwalter? Weshalb kein hiesiger Notar?

Ganz in Gedanken setzt Mona sich an den Laptop. Weil sich auf letzteren Punkt am ehesten eine Antwort finden lässt, gibt sie die Kanzlei Harry *Weinberg & Partner* bei google ein. Bereits nach kurzer Zeit bleibt ihr der Atem stehen. Eine Vermutung beschleicht sie mit eisiger Kälte.

Keine voreiligen Schlüsse. Nach ein paar rückversichernden Klicks greift sie ihr Handy und ruft einen ehemaligen Kollegen namens Martin Kruse-Heimann an.

Hauruckmethode. Kruse-Heimann, 35, früher mit Mona in derselben Redaktion, inzwischen selbständig. Man verstand sich gut, ging bei Gelegenheit gemeinsam in die Kantine Mittagessen, sporadische E-Mails. Ein ausgewiesener Spezialist auf dem Gebiet Sekten- und Religionsgemeinschaften, hat bereits ein Fachbuch veröffentlicht. Schon länger her, dass sie das letzte Mal gesprochen haben.

Martins Stimme am Telefon klingt unaufgeregt, freundlich und warm. Mona bittet um ein Treffen, er tut ihr den Gefallen, sagt, heute um vier Uhr könne er, sie solle einfach bei ihm vorbeikommen. Die und die Straße, die Hausnummer. Kein Problem, bis dann. Martin verzichtet darauf, die ungewöhnliche Dringlichkeit, die Mona erkennen lässt, zu hinterfragen. Umso besser.

Zäh vergehen die Stunden, bis sie endlich aufbrechen kann.

Es will einfach nicht drei werden. Aber dann. Vier. Martin wohnt in einem vornehmen Viertel am südlichen Rand der Stadt. Eine Gegend mit weitläufigen Vorgärten, Rasensprinklern und teuren Eisenzäunen. Eine Gegend, in der hauptberufliche Ehefrauen ihre Kinder in viel zu großen Wägen zur Schule bringen. Frauen, die in ihrer schwungvollen Aufgeblasenheit einen nicht unwesentlichen Teil ihrer Existenzberechtigung sehen. Wenn man nicht selbst dazugehört, muss man kotzen.

Als Mona an Martins Einliegerwohnung, die direkt an ein herrschaftliches Wohnhaus angrenzt, wahrscheinlich das seiner Eltern, klingelt, man hört es bis draußen läuten, öffnet er die Tür, stößt sie mit dem Fuß weiter auf und putzt gleichzeitig seine Brille am Saum seines karierten Baumwollhemds. Er bittet sie herein. Mona lächelt ihn überreizt an, betritt die muffige Wohnung und stellt fest, dass Martin ein bisschen grau an den Schläfen geworden ist, wobei ihr wieder einfällt, dass er, der trotzdem noch aussieht, wie ein ewiger Student, wie der ewige Student schlechthin, immer nur halb so oft geblinzelt hat wie durchschnittliche Menschen. Tut er nach wie vor. Genau, das war's, was ihr immmer an ihm aufgefallen ist, dieser verstörend einschläfernde Eindruck. Unwillkürlich passt sie sich dem an, atmet langsamer und fährt einen Gang herunter, was gar nichts schadet.

Martins südseitiges Arbeitszimmer ist ein einziges Durcheinander. Papierchaos, Kabelsalat, fünf verschiedene Laptops.

Präzise und geordnet, schön der Reihe nach, erklärt Mona ihr Anliegen, gibt ihm die Namen des Anwalts Harry Weinberg, den von Rick, von Kash Rahimi, von Carl Thomas, und schließlich auch noch den Walt N. Tempertons. Und obwohl es sich eigentlich ausschließt, auch noch den von Chris Schneeweiß. Diese sechs wären's. Zur Überprüfung. Martin notiert sie auf einem iPad. Fragt immer wieder nach (die einzigen Momente, in denen seine Augen aufblitzen, wenn auch nur einen verspäteten Lidschlag lang), ob die Orthographie stimmt: Schneeweiß mit scharfem S, oder? Moment, *der* Schneeweiß?, horcht er auf. Ja, *der* Schneeweiß – aber: kein Wort zu niemandem!

Mit gespielter Gelassenheit, um bloß nicht ihre enorme Anspannung zu verraten, bittet sie Martin nachzuprüfen, ob ihr Verdacht berechtigt ist. Ginge das? Wirklich ein Riesengefallen, wer könnte das besser als du?, ein Zwinkern, mit zärtlich forderndem Tonfall reden. Ihr Bedürfnis nach Klarheit aktiviert brachliegende Seiten ihrer Persönlichkeit. Angestrengt sieht sie ihm so oft es geht mit durchdringlichem Ernst in die Augen, weil das Menschen mitunter anspornt. Sie braucht die Infos, mindestens genauso dringend, wie Martin eine Putzfrau bräuchte. Und wenn's geht „bitte *eher schnell*?" Während das Gerumpel einer beachtlich nahen S-Bahn die Wohnung erfüllt, nickt Martin gefällig. Er wird versuchen, etwas herauszufinden. Ja, gleich, sofort, ja, noch heute. Danke danke.

Bereits am nächsten Morgen meldet sich Martin zurück. Erwischt Mona beim Zähneputzen, Bürste in der einen, Handy in der anderen Hand. Geräuschlos spuckt sie den Schaum aus. Martin liefert die angeforderten Antworten, die Gewissheit. Schuss ins Schwarze. Er sagt, Topanwalt Harry Weinberg gehört zur Führungsriege. War klar. Und Ja, nun da Mona es weiß, scheint es beinah zu offensichtlich: Rick Ehling und Carl Thomas waren und sind ebenfalls Mitglieder der Church of Scientology. Sofort setzt bei Mona eine Assoziationskette ein. CoS. CfS. Welch Namensähnlichkeit. Zufall?

Martin gibt zu bedenken: Beide Organisationen haben ihre Zentralen in Los Angeles. Mona überkommt ein Magenkrampf. Scientology. Walt Temperton gehört laut Recherche jedoch nicht dazu. Chris sowieso nicht. Und das Seltsame ist: über Kash Rahimi gelang auch Martin nichts herausfinden, bis auf die zwei, drei Belanglosigkeiten, die Mona bereits selbst recherchieren konnte.

Sie hat die mittelharte Bürste immer noch in der Hand, in der sie nicht das Telefon hält. Sie schweigt lange und Martin will sie dabei nicht unterbrechen.

Okay. Rick und Carl gehör(t)en Scientology an. Also doch. Nur, was soll das Ganze? Wird CfS demnach von CoS unterwandert? Ich werde sehen, überlegt Mona und verabschiedet sich überschwänglich dankbar von Kruse-Heimann, auf diese Bin-dir-was-schuldig-Weise, als er abrupt dazwischen fährt, um sich nicht einfach abwimmeln zu lassen, nachdem er die ganze Nacht gearbeitet hat. Da will man wenigstens ein klein bisschen miteingezogen werden. Er sagt: „Na, gerade heute wird Scientology aber ziemlich froh darüber sein, dass Chris

Schneeweiß keiner von ihnen ist. Wäre schlecht fürs Image, so wie's aussieht."

Ohne den Hauch einer Ahnung, was Martin damit meint, und auch lustlos, weil sie mit ihren eigenen Überlegungen beschäftigt ist, fragt Mona dennoch nach: „Wieso, was meinst du mit *gerade heute*?"

„Heute noch nicht online gewesen? Keine Nachrichten gesehen?"

„Nein, was ist?", entgegnet sie mit einer gewissen Heftigkeit.

„Schneeweiß wird der Vergewaltigung beschuldigt. Ist seit gestern Abend in allen Nachrichten." Martin klingt, als könne er nicht glauben, dass Mona das nicht mitbekommen hat.

„Oh mein Gott", stammelt sie und fährt sich verwirrt durchs Haar. Das hört sich schlecht an. Sie wollte, Martin würde sie veräppeln, sie wartet fast, dass er einlenkt. Dass er noch etwas Entwarnendes nachschiebt. Aber das tut er natürlich nicht.

„Was sagst du da?", schnauft Mona und fixiert das Wandregal, als wäre von dort Hilfe zu erwarten. „Ich muss, ... Ich ... Scheiße ... Martin, ich meld mich, vielen Dank noch mal, ... erst mal ... für alles. Ich ... tschau." Entgeistert legt sie auf. *Es ist durchgesickert.* Die Presse hat es erfahren. Die Aasgeier haben die Anklage veröffentlicht. Das haut sie vollkommen um. Minutenlang brütet sie vor sich hin, bewegungslos. Plötzlich drängt es sie umso stärker, zu handeln.

Zunächst vergewissert sie sich und durchpflügt das Internet. Chris' Vergewaltigungs-Story ist Top News, das Netz ist voll davon. Es stimmt, was Martin gesagt hat. Eine Katastrophe. Sie schluckt. Die Katastrophe schmeckt noch nach Zahnpasta.

Mona hat keine Ahnung, ob der Scientology-Zusammenhang von Belang ist, oder nicht. Rick: ja, Carl:

ja, Walt: nein, Kash: unbekannt. Mona kann sich auf diese Neuigkeiten einfach keinen Reim machen. Aber sie muss es Chris mitteilen! Jetzt! Also anrufen? Ob richtig oder falsch, tu es. Entschlusskraft ist in vielen Fällen wichtiger, als recht zu haben. 9 Uhr 3. Ignoriere die Zeitverschiebung. Sie tippt auf ihr Handy ein, reißt es dann förmlich an ihr Ohr. Doch vergebens. Chris Schneeweiß' Telefonnummer existiert nicht mehr.

Impressionen

Draußen läuft das New Yorker Wetter Amok. Von meiner Suite aus starre ich auf die bombastischen Wolkenformationen, die sich über die Skyline der Stadt schieben, um sie unter sich zu bedecken. Die Szene ist in einem cinemascopen Schwarzweiß gehalten, den Farben der Nacht.

Mein Fernsehapparat läuft stumm vor sich hin, sein flackerndes Licht erhellt das Zimmer. Der ellenlange Abspann eines Spielfilms rattert endlos viele Namen runter. Und ich denke mir was ich dabei oft denke, Mensch, so viele Personen waren da involviert. Wie lang wäre wohl der Abspann am Ende meines Lebens?

Die Uhrzeit ist spät. Ich schenke mir nach, und nach.

Abend für Abend geht das so. Der zehnte Tag Hausarrest. Mein Albtraum von New York.

Meine bedrohlichste Befürchtung ist heute eingetreten. Die Vergewaltigungsklage wurde durch die Bekanntgabe des DNA-Testergebnisses öffentlich gemacht:

Die Spermaprobe, die bei Susan Johnston gefunden wurde, ist von mir.

Obwohl ich das (trotz Unmöglichkeit) erwartet hatte, konnte ich es nicht fassen, als ich nachmittags davon erfuhr.

Ich sage nicht, dass das Prüfergebnis falsch ist. Ich sage nicht, dass man die Probe nicht auf der Haut des Mädchens gefunden hat. Ich sage nur, dass ich dieses Mädchen noch nie gesehen habe.

Schon vor fünf Tagen sickerte die Meldung durch, ich stünde unter dringendem Tatverdacht. Und die Presse stürzte sich darauf, wie nur was. Seitdem lungern Scharen blutgeiler Reporter vor dem Hotel herum wie die Schmeißfliegen. Aber das war nur der Anfang. Seit der amtlichen Verkündung vor einigen Stunden ist alles zu spät. Die ganze Welt hält mich jetzt für einen offiziell beglaubigten Vergewaltiger.

Etwas Grausigeres kann man sich nicht vorstellen. Da drehst du durch. Da starrst du auf dein Leben und stehst hilflos daneben. Da erfährst du Dinge über dich, die du vorher nicht wusstest.

Es gibt Momente, da würde ich mich am liebsten erschießen.

Kash sagt, da muss ich durch. Wow! (Was meinen Verdacht ihr gegenüber betrifft: Ich habe keinerlei Möglichkeit Mona zu erreichen. Wegen Verdunklungsgefahr darf ich seit Samstag keine Anrufe mehr tätigen oder erhalten.)

Und Carl sagt gar nichts mehr. Der spricht kaum mehr mit mir.

Er hat sich sehr verändert, seit er am Drücker ist. Ich glaube, er mochte mich noch nie. Der ganze Negativtrubel gibt ihm jetzt Gelegenheit, das zum Ausdruck zu bringen.

Man hört Donner. Er kommt näher und dauert länger als zuvor. Das Wetter bringt es irgendwie auf den Punkt. Ich fühle mich elend. Als wäre ich in den letzten zehn Tagen um zehn Jahre gealtert.

Auf dem Bildschirm bewegt eine brünette Sprecherin ihre Lippen, darunter wird eingeblendet: Alicia Longsdale, Fox Evening News. Ihr akkurater Blazer verdeutlicht ihr renitentes Gesicht. Sie wirkt wie ein Mensch, der statt zu lachen *Das ist aber lustig* sagt. Voll Elan redet sie von etwas, als würde sie sich an ihrer eigenen Gestik ergötzen. Miss Anchorwoman gibt mimisch wirklich alles. Die Zuschauer lieben's eben dramatisch. Sie hat heute sicher auch bereits mehrfach über mich berichtet. Garantiert.

Inzwischen gehen die Medien dazu über, mich als einen zu Herrschsucht neigenden Gewaltmenschen zu porträtieren. Dazu zeigen sie Ausschnitte von meinen Auftritten, wo ich es verbal ein bisschen habe krachen lassen. Aus dem Zusammenhang gerissen, schnell geschnitten und scharf kommentiert, bekomme ich beinah selbst den Eindruck vermittelt, ein ziemlicher Haudrauf zu sein.

Vorgestern zum Beispiel zeigte CBS News einen Tag lang immer wieder denselben Ausschnitt aus meinem Liveprogramm: Ich, aufgestachelt (gebe ich zu) wie ein Guru vor zehntausend Leuten in Washington, mit Allgemeingültigkeitsanspruch in der Stimme (Hitze des Gefechts, war gut drauf). *„Wer zu verbohrt ist zu kapieren, dass Gott lediglich eine Instanz im eigenen Hirn ist, dem muss man eben auf die Sprünge helfen. Die Menschen lassen sich doch ganz offensichtlich gern sagen, wo's langzugehen hat - warum also nicht von uns?"*

Gepuscht von der Atmosphäre einer ausverkauften Sporthalle sagt man so was eben mal, am Ende einer Show. Wird ein solcher Spontanausflug fernab des Scripts dann fernsehgerecht aufbereitet, stellt sich dem Zuseher ein Zerrbild deiner dar, gegen das du nur schwer ankommst. Das sind die meinungsmachenden Instrumentarien der Journaille. Darf gar nicht dran denken.

Eine öffentliche Geschichte ist immer nur die Geschichte einer Geschichte, lediglich entfernt verwandt mit den wahren Umständen.

Ich ticke gleich aus.

Wieder schaue ich runter auf die nächtlichen Straßen Manhattans, die so kalt und grau sind, wie so viele Straßen in so vielen Städten auf der Welt. Meine Spiegelung in der Scheibe lässt mir klar werden, ich sehe aus wie ein Geist. Ich habe seit 49 Stunden kein Auge mehr zugemacht. Ich kann nicht mehr wach sein und ich kann nicht mehr schlafen.

Der Regen bricht los, prasselt gegen die Scheiben. Mit dem Gang eines Galeerensträflings schleppe ich mich zur Wand, an der auch das Kingsize-Bett steht und rücke ein gerades Bild gerade, wobei ich meinen Rücken straffe, weil ich inzwischen den Eindruck habe, für alles ein Publikum zu brauchen. Und wenn keins da ist, stelle ich mir eben eins vor.

Ich beuge mich zum Nachtkästchen. Griff zur Marlboro light. Anzünden. Ich rauche also eine Zigarette, obwohl es niemand sieht. Mein Feuerzeug knalle ich auf die eklige Tagesdecke, Tagesdecken sind hygienisch echt fragwürdig, schalte auf einen Musikkanal (ohne Ton) und lerne das Etikett meiner vollständig geleerten Wodkaflasche auswendig, weil mir nichts mehr einfällt. Immer noch besser als Grübeln. Damit kommst du nie weit.

Um eins lasse ich mir Nachschub kommen. „Ja bitte" entgegne ich dem Klopfen. Kann kein Verbrecher sein, vor meiner Tür wimmelt es vor Polizeibeamten. Der blasse Bursche vom Roomservice, der mir meine Bestellung bringt, lugt durch den Türspalt. Er hat Wulstlippen und eine zum Hahnenkamm getürmte Frisur. Diese Frisur lässt jeden dümmlich aussehen. Wenn aber die Haare schon durchsichtig sind, wie bei ihm, dann wirkt so ein exaltiert trendiger Schnitt auch noch armselig. Wie ich die Sache sehe, wäre ein Kahlschlag gescheiter. Geschmacklich fehlt's da wirklich hinten und vorn.

Ich winke und nicke, und Häuptling Schütterer-Irokese tritt geheuchelt zurückhaltend ein. Erkennt mich. Macht große Augen. Mein Blick fordert von ihm ein einvernehmliches Abkommen, meine Prominenz zu ignorieren. Aber er lässt nicht die geringste Spur von Einverständnis erkennen. Starrt und erstarrt in einem.

Machen wir's kurz. „Stell das Zeug da hin und verpiss dich", hätte ich fast gesagt, nur so zum Spaß. Das frivole Bedürfnis hörbar zu machen, dass ich down bin. „Bitte hier hin", zeige ich da hin, wo hier hin ist. Er kriegt von mir nen Hunderter. Jaja, schon okay, *Good night* dir auch.

Er nennt mich Sir. *Thank you so much, Sir.*

Sir! Heilige Scheiße. Wir sind gleich alt.

Er raus, ich Flasche auf. Oh, wieder eine Meldung über mich. Auf CNN. Die Folterknechte von CNN. Die haben eine Schneeweiß-Dauerschleife. Ich kann mich nicht abhalten hinzusehen. Mein Foto, immer wieder dasselbe Foto, das sie einblenden. Eins, auf dem ich gefährlich und schizoid wirke. Schnappschuss. Sagt gar nichts. Jetzt kommt Susans Bild. Eins, auf dem sie vergnügt und unschuldig in die Kamera blickt, und es scheint, als würde sie außerhalb des Bildausschnitts ihren Lolli halten. Wieder ich. Kontrast. Jack The Ripper. Der Beitrag nimmt gar kein Ende. *Rapist* lautet der englische Begriff für Vergewaltiger. Rapist – ich! Herrgottnochmal, was ist bloß mit den Leuten los?

Endlich bringe ich es fertig auszuschalten. Eigentlich ganz leicht.

Ich sollte schlafen. Morgen geht es vor Gericht. Anhörung, Klärung meiner Untersuchungshaft-Konditionen. Oder Bemessung der Kaution, wenn ich Glück habe! Ist aber eher unwahrscheinlich. Wenn, dann käme ich nur für eine astronomisch hohe Summe vorläufig auf freien Fuß. Denn laut des Rechtsexperten von ABC News Report droht mir die Höchststrafe.

Der blaue Lampenschirm am anderen Ende der Suite verströmt mattes Licht. Nicht gerade gemütlich. Also schalte ich den Fernseher wieder ein. Geht auch ganz leicht. Ich wäge ab, Schlaftabletten zum Runterkommen zu nehmen. Lieber noch einen Schluck Wodka, oder zwei.

Ein paar Stunden später gerät das Gewitter erst richtig in Fahrt, Wind und Wasser peitschen gegen meine raumhohen Fensterflächen und ich bin so aufgeputscht von dem Koks und dem Alkohol, dass ich die Fernbedienung ziellos in eine Ecke des Zimmers schleudere. Was aber an dem Unwetter nichts ändert. Dermaßen geht's da draußen drunter und drüber, dass ich gegen viertel nach drei die beiden Cops vor meiner Tür anspreche und verlange, dass sie bitte diesen verdammten Sturm abstellen, weil da doch kein Mensch schlafen kann.

Anonymität

Mona spaziert ohne Ziel durch die Fußgängerzone, die vor Menschen überzuquillen droht. Zahllose Touristen schlendern vor ihr her, was so viel heißt wie, sie geht zahllosen Touristen hinterher. Um zu überholen muss sie kleinere Schritte machen, wenn es eng wird, verfällt sie in Laufschritt.

Die Zeitungskästen sind voll mit bedrucktem Papier, das von Chris' Fall berichtet. Sein Konterfei springt einem allerorten entgegen, was Mona permanent an ihre Machtlosigkeit erinnert. Sie erreicht ihn nach wie vor nicht.

Rein zur Ablenkung kauft sie eine zu teure Bluse in einer zu teuren Boutique, bestellt danach einen bitteren Espresso in dem engen Stehcafé nebenan, kippt beim Austrinken den Kopf in den Nacken, um auch noch den letzten Tropfen einzufangen, der aber auf seinem kurzen Weg an den Rand des Tässchens eintrocknet, verlässt das Café, läuft vorbei an zwei sich ähnelnden Mädchen, bei deren Anblick Mona gerührt auffällt, dass das Gesicht der Linken einen Hauch gewöhnlicher ist. Nur ganz wenig, aber doch. *Identisch attraktiv* gibt es nicht. Wenn zwei gleich attraktive Frauen paarweise auftreten, sticht dennoch eine immer heraus.

Sie hatte auch eine beste Freundin - die aber einen Kopf kleiner als sie war. Was irgendwie nicht passte. Gewisse körperliche Attribute müssen einfach übereinstimmen, wenn man sich menschlich wirklich nah kommen will. Und daher verlieh diese Größendifferenz ihrer Beziehung eine Art unterschwelligen Makel. Kam noch hinzu, dass Heike eine jener Kandidatinnen für eine Brust*verkleinerung* gewesen wäre. Sie hatte einen immensen Vorbau. Man kann sich vorstellen, wohin Jungs als erstes schauten, wenn Mona gemeinsam mit ihr irgendwo auftauchte. Die Freundschaft hielt gerade mal acht belastete Monate.

Mona passiert die beiden Mädchen und kann sich nichts Unschöneres vorstellen, als noch mal so alt zu sein. Gleich darauf kreisen ihre Gedanken wieder um ihren Kosmos aus Trauer und Angst. Seit sie sich Schlimmeres als ihren eigenen Tod vorstellen kann, gelingt es ihr nie lang, an etwas anderes zu denken.

Als sie an einem dieser wenigen noch existierenden Programmkinos vorbei kommt, entscheidet sie etwas zu tun, das man insgesamt vielleicht zehn Mal im Leben macht: Tagsüber allein ins Kino gehen. Dafür muss man aufgelegt sein.

Kurzentschlossen kauft sie eine Karte für die 13-Uhr-15-Vorstellung. Besser könnte man es nicht planen, sie verpasst sogar die ersten Minuten der Werbung.

Also Kino, um halb zwei nachmittags, noch dazu bei herrlichem Wetter. Ein völlig anderes Flair als abends. Bei Betreten des dunklen Saals, durch den gerade die Vorschau auf eine kanadische Liebesgeschichte mit alten Menschen flimmert, erwartet Mona spärlich gefüllte Sitzreihen mit fragwürdigen Gestalten und kruden Alleingängern. Aber das Kino ist komplett leer. Das ist ihr noch nie passiert. Unwillkürlich überlegt sie, wie sich so was für den Betreiber rechnet und ob die Vorführung trotzdem komplett stattgefunden hätte, wäre sie nicht aufgetaucht. Muss sie ein schlechtes Gewissen haben?

Der Hauptfilm beginnt. OmU. Mona macht es sich in ihrem Sessel bequem und saugt am Strohhalm ihrer Fanta light, die sie sich per Sondergenehmigung noch eben selbst bewilligt hat. Wenn schon, denn schon.

Nach den ersten fünf Minuten des Films betritt leider noch eine Person den Saal. Weil Mona sich innerlich bereits auf eine Exklusivvorstellung eingestellt hat, ist es ihr jetzt beinah zu voll hier drinnen.

Der Neuankömmling sucht sich einen Platz in der Reihe vor ihr, nur zwei Sessel weiter rechts, obwohl alles frei ist! Gerade, dass er sich nicht *direkt* vor ihr niederlässt.

Fast möchte man glauben Provokation, oder Hirnamputation.

Mona will schon ein paar Plätze weiter nach links rücken, entscheidet aber sitzen zu bleiben.

Die Handlung der Tragikomödie ist äußerst vorhersehbar, was Mona nicht so sehr nervt wie ihr Zwang, die deutschen Untertitel mitzulesen, obwohl sie jedes englische Wort versteht.

„Entschuldigen Sie, Frau Richtberg, darf ich Sie kurz stören?“, hört sie sich etwa während der Hälfte des Films plötzlich angesprochen. Erschrocken schaut sie zu dem Mann in der Reihe vor ihr. In der Dunkelheit kann sie lediglich vermuten, dass er gescheitelt ist und Hemd und Jackett trägt. Er hat sich ihr zugewandt und sagt: „Mein Name ist Rottfeld, ich arbeite für das Bundesamt für Verfassungsschutz. Würde es Ihnen etwas ausmachen, wenn wir uns unterhalten?“

Schlagartig nervös sieht Mona sich automatisch im Saal um, unschlüssig, ob sie nach Hilfe Ausschau hält, oder weitere potenzielle Gefahren ausfindig machen will. Sie antwortet skeptisch: „Ja, ... okay."

Herr Rottfeld macht eine einladende Bewegung und schlägt vor, in den Gang zu gehen, wo „der Ton nicht so laut ist". Er erhebt sich ohne Eile und bewegt sich in Richtung Ausgang. Mona folgt ihm zunächst mit den Augen, dann geht sie ihm nach und berechnet dabei, wohin sie abhauen könnte, wenn's brenzlig wird.

Kurz darauf sitzen sie schräg nebeneinander, auf einer weinroten Kunstlederbank in der Mitte des engen Korridors vor dem Saal. Abgeschrägter Fußboden, schummrig gelbe Deckenleuchten. Die Wände schmücken verblassende Filmplakate uralter Schinken, die kein Mensch kennt. Mona begutachtet Rottfeld, der im klareren Licht die Aura eines besseren Versicherungsvertreters vermittelt. Etwas halbseiden, etwas bieder. Er mag Mitte 40 sein, hohe Stirn, schlank, lediglich um den Bauch herum geringfügig beleibter.

Mit Gleichmut nimmt Mona den Ausweis zur Kenntnis, den er ihr hinhält und der ihr rein gar nichts mitteilt. Was keinen Hauch zur Entspannung beiträgt und sie auch kein bisschen geneigter macht.

„Ja, nun, Frau Richtberg", beginnt Rottfeld weich, „ich glaube, Sie ahnen schon, um was es geht".

Mona hält den Kopf schräg und hebt die Schultern. Er, weiter:

„In Kooperation mit verschiedenen verfassungsrechtlichen Behörden beobachten wir Call for Sanity bereits seit einiger Zeit etwas genauer. Aufgrund Ihres jüngst erfolgten Ausstiegs, Frau Richtberg, gehen wir davon aus, uns vertrauensvoll an Sie wenden zu können."

Neutraler Überbrückungsblick. „Vertrauensvoll?", reagiert Mona ausdruckslos, jedoch hellwach.

„Nun, wir wissen, dass Sie erst kürzlich Erkundigungen über einzelne CfS-Führungskräfte eingezogen haben und dabei auf Verbindungen zu Scientology gestoßen sind ..."

„Auf die der Verfassungsschutz ja seit jeher ein Auge geworfen hat", wirft sie dazwischen, wie um von ihrer Verblüffung über seinen Wissensstand abzulenken.

„Richtig", verzieht Rottfeld künstlich den Mund.

„Und diese schlichten *Erkundigungen* machen Sie glauben, ich sei vertrauenswürdig?"

„Unter anderem, ja, Frau Richtberg ... Wurde Ihr Erbe schon überwiesen?"

„Von dem Erbe wissen Sie auch? Meine Güte, sind Sie gut", sagt Mona, augenblicklich schockiert von Rottfeld und überrumpelt von ihrer Flapsigkeit.

„Wir tun, was wir können", kontert er mit einer Mischung aus persönlicher Zurückhaltung und professionellem Stolz.

„Der Betrag ist noch nicht angewiesen worden, nein. Ich habe die Kanzlei noch nicht mal kontaktiert." Mona streicht sich die Jacke glatt. „Aber was rede ich! Sie wüssten es doch wohl als Erste!"

Rottfeld lächelt.

„Was kann ich also für Sie tun?", fragt sie, im Bemühen um Bestimmtheit. Rottfeld lächelt erneut, wird ernst, kommt ohne weitere Erklärungen auf den Punkt: „Hätten Sie Interesse, mit uns zusammenzuarbeiten?"

Sichtlich bemüht unterdrückt Mona ihren Schreck. Sie schweigt. Sammelt sich. Klingt distanziert: „Wie sollte das denn aussehen?"

Mit vorgestrecktem Kiefer fängt Rottfeld an:

„Sie kehren zurück zu CfS, ermitteln dabei aber für uns. Seit der Dezimierung der Belegschaft sucht Carl Thomas händeringend nach geeignetem Personal für die wichtigen Posten. Sie hätten beste Chancen, wieder aufgenommen zu werden, da sind wir sicher. Vielleicht hätte er sogar eine

Funktion für sie im Hauptquartier in L.A. Für Ihren Rückzug und eine erneute Rückkehr gäbe es genügend überzeugende Argumente: *Der Tod Ihres Freundes hat Sie sehr mitgenommen. Sie brauchten etwas Zeit zur Besinnung, aber jetzt wären Sie wieder so weit, arbeiten zu können! Vor allem, wo es nun die Probleme mit Schneeweiß gibt!* Das klänge plausibel, finden Sie nicht?“

Ein ungewöhnliches Ersuchen, eine eigenartige Masche. Mona sitzt am äußeren Rand der Bank, bequemer erlaubt sie sich nicht zu sitzen, und starrt ihn ungläubig an, denkt eine Weile nach und sagt beinah schnippisch: „Plausibel? Und dann spioniere ich für Sie den Laden aus?“ Ein Stoßlacher entfährt ihr.

„So ungefähr könnte man das formulieren.“ Rottfeld blickt sie unverwandt an.

„Irgendwelche speziellen Wünsche, nach was ich suchen soll?“, fragt sie eher hilflos scherzhaft, worauf sich Rottfeld jedoch nicht einlässt.

„Uns liegen Informationen vor, die auf bevorstehende kritische Entwicklungen in der Personalstruktur von CfS hinweisen“, klärt er sie auf. Verwundert über so viel Offenheit passt sich Mona dem ernsthaften Tenor an: „Und woher nehmen Sie Ihre Informationen? V-Leute?“

„Mitunter.“

„Könnte ich diese Personen kennen?“

„Ich darf nicht ...“, unterbricht sich Rottfeld, als sei er im Eifer des Gefechts sowieso bereits zu weit gegangen. „Sie werden verstehen, wenn ich darüber keine Auskunft geben kann.“

Monas Augen forschen einen Moment lang in seinem schwer ergründbaren Gesicht, dann sagt sie: „Sie sprechen mich nachmittags um (sie sieht auf die Uhr) halb drei an, in einem einsamen Kino, haben mich also schon einige Zeit verfolgt, und nun sitzen wir hier, weil Sie möchten, dass ich mich zurück in die Höhle des Löwen begebe - und ich darf nicht mal wissen, wer sonst noch in eben dieser Höhle für Sie arbeitet?“

Eine gewisse Überwindung bewältigend, sagt Rottfeld weich: „Tatsächlich sind wir an Verbindungsleuten CfS-intern nicht besonders gut aufgestellt. Es gibt lediglich einen Informanten, der uns direkt aus dem inneren Kreis Bericht erstattet.“

„Und wer wäre das?“

Nach einigem Herumdrucksen, das sich in zwei fiebrigen Augenschlenkern bemerkbar macht, und mit unterdrückter Widerwilligkeit in der Stimme, ringt er sich ab: „Es handelt sich bei unserem Verbindungsmann um Stanley Cornick. Er steht mit unseren Kollegen vom britischen Verfassungsschutz in Kontakt, und wir sind mit denen wiederum im Fall CfS eng vernetzt.“

„Stanley Cornick? Der Name sagt mir nichts. Arbeitet er in der Public Relations-Abteilung?“ Ein Stirnrunzeln definiert ihr Gesicht.

„Nein. Nein ... Cornick ist Walt Tempertons Butler“, äußert Rottfeld angestrengt.

Mona bleibt einen Moment der Mund offen stehen. Sie verhaspelt sich fast bei diesen Worten: „Ach, der Stanley. Aber Temperton ist kaum ins Tagesgeschäft involviert, daher bezweifle ich, dass sein Butler allzu viel über das Geschehen in der Geschäftsleitung um Carl Thomas weiß.“

„Das ist richtig! Und genau das ist unser Problem. Deshalb wären wir sehr daran interessiert, Sie für unser Anliegen gewinnen zu können.“

Mona denkt nach, sortiert ihre Gedanken.

„Darf ich Ihnen ein paar Fragen stellen?“, stößt sie hervor.

„Nur zu. Sehr gern“, sagt Rottfeld.

„Okay. Laut meiner Nachforschungen ist Walt Temperton nicht Mitglied bei Scientology, ist das richtig?“

„Das ist korrekt.“

„Wie kommt es dann, dass Temperton gerade Rick Ehling als Unternehmensleiter ausgesucht hat? Temperton wusste doch sicher, dass Ehling Scientologe ist.“

„Mag sein. Oder auch nicht. Für Amerikaner spielt das keine besondere Rolle. In den Vorständen der meisten Großkonzerne finden Sie einen hohen Anteil Scientologen, an bekennenden und an solchen, die damit nicht hausieren gehen. Aber das stört in den USA kaum jemanden. Und Temperton sicher auch nicht. Wichtig ist Leuten wie ihm lediglich die Kompetenz seiner Mannschaft. Scientologen arbeiten in der Rüstungs- oder Automobilindustrie genauso wie für Pharmakonzerne, die Tabaklobby, Hollywood, Mineralölkonzerne, oder eben ... für einen Atheismus-Kult. Den Scientologen selbst ist sowieso egal, wofür sich ihr Arbeitgeber inhaltlich einsetzt. Hauptsache, eine Firma bringt ihnen Erfolg und Einfluss. Was sich ethisch daraus ableiten lässt, oder wie ihre Tätigkeit in Bezug zur eigenen Religion steht, das spielt für die keine Rolle.”

„Okay. Nur: Wieso hat Rick nicht versucht, ein Mitglied von Scientology für den Job von Schneeweiß zu finden? Wäre doch naheliegend“, fragt Mona, aggressiver als beabsichtigt, allein schon um Rottfelds Argumentation aus Prinzip zu entkräften.

„Die Anforderungen für diese Position waren zu hoch, schätze ich. Unwahrscheinlich, dass Ehling jemanden aus den eigenen Reihen dafür gefunden hätte. Unserem Wissen nach lief die Suche europaweit und erwies sich sowieso als relativ schwierig.“

Stimmt. Mona überlegt, klopft mit dem Zeigefinger an ihr Kinn, derweil Rottfeld zugibt: „Worüber wir uns aber völlig im Unklaren sind ist, ob Scientology vielleicht eine Übernahme von CfS plant. Es besteht kein konkreter Verdachtsmoment, aber es gehört auch zu unseren

Aufgaben, Unternehmen unter diesem Aspekt zu überwachen."

„Wie lange beobachten Sie CfS denn schon?", gestattet sie sich noch nachzuhaken, bevor Rottfeld seine Auskunftsbereitschaft womöglich einstellt.

„Wir sind eher durch Zufall von Anfang an dabei, weil wir Ehling bereits seit Jahren beobachten. Entsprechend haben wir die Gründungsphase seit Anbeginn miterlebt", doziert er und Mona blickt auf das Tapetenmuster gegenüber des engen Gangs, wobei sie unklar in sich aufnimmt, dass es Brandlöcher aufweist. „Was genau hat Ihnen Tempertons Butler denn bislang verraten?", fragt sie in einem Anlauf, neutral zu wirken.

„Nicht viel, wie gesagt. Was wir wissen ist, dass Temperton unzufrieden mit dem Geschäftsgebaren von Rick Ehlings Nachfolger Carl Thomas ist."

„Und das bedeutet?"

„Carl Thomas wird ... ungemütlicher. Seit er Ehlings Job angetreten hat, ist er deutlich aggressiver geworden. Nicht untypisch für ihn. Ich habe auch ihn schon länger auf dem Schirm, seit mehr als zehn Jahren um genau zu sein, und ich halte ihn für einen unberechenbaren Typus. Er ist bislang in allen seinen geschäftlichen Unternehmen letztlich gescheitert. Aus Profiliersucht, und aus Überheblichkeit. Oftmals hat er sich mit seinen jeweiligen Kompagnons bis aufs Blut zerstritten. Aktuell soll er sich, soweit wir informiert sind, sogar mit dem Chef von Scientology, Tom de Young, schwer überworfen haben."

„Oh!"

„Und jetzt, da er am Ruder der CfS-Geschäftsleitung sitzt, halten wir es für möglich, dass er auch hier wieder zu gierig und größenwahnsinnig werden könnte. Laut unserem V-Mann erhebt er gegenüber Walt Temperton einen deutlich rigoroseren Machtanspruch als sein Vorgänger, also als Rick Ehling. Allein sein Zerwürfnis mit de Young von Scientology könnte ein Hinweis darauf sein, dass er etwas im Schilde führt ... dass er sein eigenes Ding durchziehen will, Geld und Einfluss nicht mehr teilen möchte ... Diese Entwicklung ist für uns zumindest ein Grund aufzuhorchen“, bekräftigt Rottfeld.

Mona hört zu, ist trotz der konspirativen Umstände kaum mehr zerstreut. *Sieh an, Carl Thomas! Sein Ausraster am Telefon war kein Zufall. Es sind immer die Verstockten, die stillen Wasser, die am Ende ungeahnte Seiten offenbaren,* denkt sie sich und lässt äußerlich keine Regung erkennen.

Rottfeld beugt sich vor: „Carl Thomas könnte beispielsweise versuchen, Schneeweiß abzusägen und einen eigenen Mann an dessen Stelle zu positionieren, einen Verbündeten. Allein schon um vorzubeugen, dass Chris Schneeweiß am Ende nicht womöglich noch *ihn* absägt."

Mona weiß, was das bedeutet. Rottfeld fährt fort: „Gerade jetzt, wo die sexuellen Anschuldigungen gegen Schneeweiß bekannt sind, hätte er ein gutes Argument dafür, Schneeweiß zu entmachten."

„Sie glauben, Carl Thomas steckt hinter der ganzen Vergewaltigungsgeschichte?", fragt Mona und wundert sich, dass Rottfeld bislang Kash noch nicht erwähnt hat.

Mittlerweile ziemlich in Fahrt, sagt Rottfeld: „Vielleicht - aber wir wissen nicht genug. Unabhängig davon haben wir Bedenken, dass ein ruchloser Karrierist wie Thomas, an der Spitze eines Unternehmens wie CfS durchaus ein ziemliches Desaster anstellen könnte.“

„Und ich soll nun Ihre Vermutungen verifizieren?“, fasst Mona zusammen.

„Tja, Call for Sanitys weltweiter Erfolg macht es für uns notwendig zu wissen, was da intern passiert. Wir wären sehr dankbar, Frau Richtberg, wenn Sie sich bereit erklärten, mit uns zu kooperieren. Wir garantieren für Ihre Sicherheit, keine Sorge. Und finanziell wird es Ihr Schaden nicht sein.“

„Es bestünde keine Gefahr für mich? Das glauben Sie doch selbst nicht! Sogar jetzt im Moment überlege ich, ob man uns nicht womöglich beobachtet. CfS ist nach meiner Kündigung in meine Wohnung eingebrochen ..." Mona späht reflexhaft über die Schulter den Gang hinunter. Eine nutzlose Geste.

„Ich weiß", lautet Rottfelds prompte Antwort.

„Natürlich! Sie wissen!" Mona ist selbst überrascht, was da dauernd in diesem sarkastischen Ton aus ihr rauskommt. Sie fährt sich verlegen über die Stirn. In dem Moment erscheint die schrecklich schielende Kartenabreißerin am anderen Ende des Korridors, sieht die beiden auf der Bank sitzen, biegt diskret ab und verschwindet in einer Abzweigung des Gangs. Irgendwo rastet eine Türverriegelung ein.

Rottfeld unterstreicht ein weiteres Mal, keinen Grund zu sehen, demnach Mona sich bei einer Rückkehr zu CfS womöglich in Gefahr brächte. Außer sie handele grob unvorsichtig. „Ab wann handelt man *grob unvorsichtig*?", murmelt Mona verhalten. In ihr das Gewühl, das wichtigen Entscheidungen vorausgeht.

Rottfeld bleibt beharrlich. Seitens des Bundesamts für Verfassungsschutz verfüge man über ausreichend Erfahrung in Datenaustausch und verdeckten Ermittlungen, um ihre Sicherheit gewährleisten zu können, gibt er sich alle Mühe zu überzeugen.

Es entsteht eine Pause. Das Aufglimmen einer nicht zu leugnenden Dringlichkeit seitens Rottfelds.

Die gedämpfte Geräuschkulisse aus dem Kinosaal verrät das Finale des Films. Um der nahenden Entscheide-dich-Situation zu entweichen, erbittet sich Mona Bedenkzeit und erhebt sich. Bloß nicht zeigen, was in ihr vorgeht. Rottfeld nickt, steht ebenfalls auf und reicht ihr einen Zettel mit seiner handschriftlich notierten Telefonnummer. Als die beiden das Kino verlassen, sich beim

Verabschieden nicht die Hände schütteln, und sich nach Rottfelds „Ich hoffe, sehr bald von Ihnen zu hören“ in entgegengesetzte Richtungen entfernen, ist Mona einen Moment lang neugierig, was sie wohl tun wird, hat ihre Entscheidung aber eigentlich bereits gefällt. Ein Wagnis, sicher. Ein Wahnsinn, ganz klar. Rottfelds finanzielles Angebot, eine Farce. Seine Beteuerung, für ihre Unversehrtheit zu sorgen, ein Witz. All dem zum Trotz wird sie es tun, weil sie die Chance wittert, eventuell Kontakt mit Chris aufnehmen und ihn mit neuen Informationen versorgen zu können. Über Kash, über Carl. Rick würde wollen, dass sie Chris warnt.

Und was soll ihr bei Call for Sanity schon passieren? Was könnte ihr denn ernstlich überhaupt noch etwas anhaben? Im Grunde prallt seit Ricks Tod und der Fehlgeburt alles an ihr ab. Und der überwiegende Teil ihrer Gedanken bemüht sich nur noch darum, ein Gefühl grenzenloser Verlassenheit aufrecht zu halten.

Es gibt nichts zu verlieren.

Alle notwendigen Handlungen verrichtet Mona bis zum nächsten Morgen rein automatisch und gleichzeitig völlig eins mit sich. Keine gemischten Gefühle. Nicht die leiseste Verworfenheit. Dennoch fragt sie sich in dem Moment, in dem sie ihre Mail an Carl Thomas abschickt, ob sie im Begriff ist, einen Fehler zu begehen.

Bereits eine Minute später antwortet Carl, skypet sie direkt an, klingt äußerst versöhnlich und verständnisinnig, und teilt ihr mit, dass sie *„selbstverständlich* wieder willkommen“ sei und mit sofortiger Wirkung ihre Arbeit bei Call for Sanity aufnehmen könne. *Da sei er aber erleichtert. Wolle sie wieder nach L.A. kommen? Man bräuchte sie hier.* Kein Wort über die Wohnungsverwüstung oder ihre Entlassung bei der Zeitung. Carl vollbringt die mühelose Aussparung von Monas Abwesenheitsphase und beschwört mit seiner fast übermütigen Freude ihrer beider alte Verbundenheit wieder herauf. Die es nie gab. Und von diesem sanft sprechenden Carl Thomas, dessen Liebenswürdigkeit kein bisschen unglaubwürdig klingt, und doch nur ein weiteres Extrem seiner obszönen Launenhaftigkeit darstellt, lässt sich Mona beinah für einen uneingestandenen Augenblick einlullen. Für diese eine schwache Sekunde zieht sie sogar in Erwägung, die Vergangenheit zu Carls Gunsten umzudeuten. Was daran liegen mag, dass man sich während der feinfühligen Momente eines Cholerikers (und niemand kann charmanter sein) einfach nicht vorzustellen vermag, dass dieser auch anders kann.

Mona spielt im Gegenzug die Trauernde-Witwe-Karte voll aus und nimmt erneut zur Kenntnis, dass sie früher, als ihr das Leben noch nicht bedeutungslos vorkam, nicht zu solch glatter Heuchelei fähig gewesen wäre. Das ganze Gespräch: Harmonie in Reinkultur.

Eine weitere Stunde später werden ihr sämtliche Zugangsdaten und Passwörter übersandt, die sie benötigt, und es geht weiter, als hätte ihre geächtete Auszeit bei Call for Sanity niemals stattgefunden.

Mona kommt sich an diesem 3. Juli nur kurz schäbig vor, Carls Vertrauen zu missbrauchen. Nur kurz. Kein Gefühl hält ewig.

Schattenspiele

Interpretationen

Unsere Maschine landet in Frankfurt. Frankfurt war der einzige kurzfristig verfügbare Direktflug von New York nach Deutschland. Meine Leute und ich verlassen den Airport und düsen in einem gemieteten Sechshunderter Mercedes auf die Autobahn. Geht schneller, als die Anschlussmaschine nach München abzuwarten und dann von dort auch noch mal fünfzig Minuten in die Stadt zu benötigen.

Da sitzen wir. Zu viert in der Limousine. Kash links neben mir auf der Rückbank, Rainer und Samir vorn.

Draußen wischt die Landschaft mit über 240 km/h unscharf vorbei.

Wenn ich die Augen schließe, verursachen die Fahrtgeräusche Erinnerungen an meine Kindheit, als ich hinten im Auto meiner Eltern saß, vielleicht auf einer Fahrt in den Urlaub, mich der völligen Verantwortungsfreiheit hingab und die Welt mit all ihren Versprechungen noch unversehrt vor mir lag. Auto-geräusche stehen Gerüchen in Punkto Assoziationskraft in nichts nach.

„Noch ne gute Stunde", liest Rainer vom Navi die verbleibende Zeit bis zum Ziel ab und wir drei anderen nicken stumm.

Die Chemie zwischen uns ist erstaunlich unverändert, angesichts der katastrophalen Begleitumstände.

Die freie linke Fahrspur ermöglicht uns ein Voranbrettern, das sogar die schwere Karosserie des Wagens in leichtes Zittern versetzt, während meine

Gedanken sich überschlagen. Ich rekapituliere die letzten vierundzwanzig Stunden. Es ging gestern früh los. Zunächst paukten mich meine Anwälte in Manhattan aus der Untersuchungshaft. In nur einer einzigen Anhörung. Ich habe alles erwartet, aber nicht das. Bei der Schwere des angeschuldeten Vergehens war es so gut wie unmöglich, auf Kaution frei zu kommen. Doch meine Verteidiger präsentierten eine Argumentationskette, die juristische Geschichte schreiben könnte. Sie führten einen Präzedenzfall an, bei dem ein Angeklagter anfangs ebenfalls durch eine DNA-Spur überführt worden war, die sich drei Jahre später jedoch als vorsätzlich entwendet erwies. Treffer. Und dann hatten sie noch pikantes Material aufgetan, das unsere Klägerin Susan Johnston als ziemliches Wohlstandsflittchen entlarvte. Was auch nach hinten hätte losgehen können – aber nicht, wie die Jungs ihr Persönlichkeitsprofil darstellten. Sie schilderten sie als Fickmaus aus gutem Haus, deren Libido und Verschwendungssucht jede Pornoqueen mit Statusfimmel alt aussehen lässt. Da kam ich fast als Opfer rüber. Eine Meisterleistung an Recherche und Taktik. Ehrlich, ich weiß jetzt, dass Spitzenanwälte Spitzenarbeiter sein müssen, Besessene. Mein Respekt ist enorm gestiegen. Zumal sie als Dreingabe noch erwirkt haben, dass ich die USA verlassen darf, lediglich mit der hinnehmbaren Auflage, innerhalb *Europas* bleiben zu müssen. Was irgendwas mit dem Auslieferungsabkommen und noch was zu tun hat.

Höhe der Kaution? 48 Millionen schwindelerregende Dollar. Irrsinn ist gar kein Ausdruck. Es ist die mit Abstand höchste festgelegte und auch gezahlte Kaution ever. Temperton hat sofort überwiesen. Ich konnte es kaum fassen. Loyaler Mensch. Ein gutes Gefühl.

Als meine Freilassung gestern bekannt wurde, setzte keine halbe Stunde später in den Medien eine rege

Diskussion ein. Das Volk ist empört (Promibonus), das Volk ist erleichtert (Armer Kerl).

Aber die können mich alle mal. Allemal. Ich will heim.

Nur muss ich davor noch mal eben. Dringend. Also sage ich: „Pipi! Noch jemand?“ Meine Blase ist umso sensibler, je stärker meine Nerven belastet sind.

Rainer meint gelassen: „Passt genau. Können wir gleich auch noch was essen“, und keine fünfhundert Meter weiter biegt Samir mit eleganten 180 Sachen rechts auf die Einfahrtsspur einer großen Autobahnraststätte. Täte meiner neuen Reputation vielleicht ganz gut, wenn wir noch ein paar Leutchen vor der Gaststätte ummähen.

Wir verfrachten mich unbemerkt ins Gebäude. Einer nach dem anderen betreten wir das Toiletten-Wunderland, nachdem wir abgezählte Münzen in einen Automaten geworfen und mit ungelenken Hüftschubsern das Drehkreuz durchschritten haben, pinkeln synchron, und watscheln mit frisch gewaschenen Händen wieder raus aus dem picobello Kloparadies. Automatisch gelangen wir zurück ins Restaurant, wo sich zahlreiche Gäste zu uns umdrehen, wie zu einer Gruppe Wildwesthelden, die den örtlichen Saloon betreten. Wir können von Glück reden, dass wenigstens die Dudelmusik unbeirrt weiterläuft. (Spätestens jetzt wird die Presse erfahren, dass ich wieder in Europa bin.)

Da ein VIP-CheckIn nicht zur Verfügung steht, reihen wir uns in die Warteschlange des Selbstbedienungsbereichs ein. Geht rucki zucki. Während ich das Lächeln diverser Unbekannter erwidere, klauben wir uns am Buffet ein paar Speisen im Wert eines Haute-cuisine-Menüs zusammen. Nicht mal am Flughafen kosten Snacks so viel wie an der Autobahn.

Rainer hätte auf seine Schinkennudeln gern noch etwas „Parmasan“, wie er Parm*e*san ausspricht, und die Küchenkraft hinter der Ausgabe kredenzt es sogleich in rauen

Mengen. Er sagt nicht Stopp. Unter dem Hobel wird der Berg geraspelten Käses auf seinem Teller daher immer steiler. Ich beobachte das, weil ich mein Zeug schon beisammen habe und auf ihn warte – allein darf ich ja nirgends mehr hin. Die zierliche Bedienung ist eine Inderin mit ruhigen, aufmerksamen Augen und gescheitelten schwarzen Haaren, unter denen sich schon deutlich die Kopfhaut abzeichnet. Diffuser Haarausfall! Gängige Eigenheit bei Inderinnen. Dürfte für eine Frau die größtmögliche Katastrophe sein. Sicherlich würden die meisten Demenz lichter Kopfhaut vorziehen.

Sie fragt mich, was sie für mich tun dürfe, nachdem sie Rainer mit einer Jahresration Parmesan versorgt hat. „Danke, nichts“, antworte ich etwas zu devot. Sie ist sehr liebenswürdig.

Mit dem Tablett vor meinem Bauch wanke ich zu unserem Tisch am Fenster, an dem schon Kash sitzt, die natürlich nichts von dem Fraß hier isst. Aus ästhetischen, weniger aus kulinarischen Erwägungen. Noch während ich Platz nehme, macht sie eine unnötige Bemerkung über meinen Zustand, der was mit *vielleicht ein bisschen weniger trinken* zu tun hat. Ich tue, als hörte ich es nicht.

Rainer kommt mir hinterher, mit seiner Cola und den schneebedeckten Schinkennudeln (elf neunzig!) in Händen, aufmerksam herumschauend, ganz Bodyguard, und stolpert dabei superschwul über eine Reisetasche, die am Nebentisch so unter einem Stuhl steht, dass sie in den Gang ragt. Dafür erntet der Besitzer dieser Tasche einen Blick von Rainer, der einen vieles überdenken lässt, was man über das Leben zu wissen glaubt. Diese Form fehlgeleiteter Aggression vermag nur Schamgefühl auszulösen.

Ich schäle meine Sandwiches aus den Verpackungsboxen, deren Nährwert sicher höher ist als ihr Inhalt, und Kash sagt gespreizt: „Carl hat noch mal bestätigt“, sie hält ihr iPhone hoch, das Display in meine Richtung gedreht, als würde ich seine Mail tatsächlich lesen wollen, „dass wir keine Pressekonferenz abhalten werden und uns auch sonst in keiner Weise zur gegenwärtigen Situation äußern sollen".

Schon klar. Das wäre ja noch schöner. Zur Bestätigung beiße ich in mein Tomate-Mozzarella-Sandwich und kommentiere lieber kauend Samirs Riesensteak, mit dem er sich zu uns an den Tisch begibt: „Wow, gesunde Portion. Ist euch eigentlich schon mal aufgefallen, dass man in einem Steakhaus immer auch vegetarische Ausweichgerichte bekommt?"

Die drei starren mich an. Unbeirrt mache ich weiter: „Aber ist es nicht komisch, dass man im vegetarischen Restaurant nie Ausweich-Fleischgerichte kriegt?"

Unverändertes Starren. Obwohl sie kurz überlegen, ob ich vielleicht doch noch auf etwas Wichtiges hinaus will, erkenne ich, wie sie, jeder für sich, den Eindruck gewinnen, ich hätte eine Meise. Aber Fakt ist, ich bin nicht etwa albern, weil ich auf Koffeintabletten bin, was ich bin, dreieinhalb Stück, sondern ich habe für mich entschieden, niemandem mehr zu trauen. Kash nicht, Carl nicht, und nicht mal Rainer und Samir. Ich habe einfach keine Ahnung, wer hinter all meinem Ärger steckt. Daher werde ich keine geschäftlichen Dinge mehr besprechen, nicht mit Kash, oder egal mit wem.

Ich schiebe mein halbgegessenes Sandwich beiseite und probiere ein Stück von meinem Apfelkuchen. Dann lege ich mir schon mal das Schinken-Käse-Brötchen bereit. Seit jeher esse ich Salziges und Süßes durcheinander, Bissen für Bissen im Wechsel.

Kash, die ihre Wahnsinnshaare inzwischen zusammengebunden hat (hab ich was verpasst?), was auch sehr gut aussieht, schiebt mir eine aufgeschlagene Tageszeitung vor mein Tablett und schweigt mich an. In ihrem Gesicht klebt wieder diese äußerste Gereiztheit. Normalerweise wird ein Mensch dadurch unattraktiver, sie hingegen macht das nur noch schöner. (Ich weiß nicht, ob ich noch verliebt bin.) Sie will sagen „Lies!“, also schaue ich auf die Zeitung und schlage vor „Magst du es nicht inhaltlich kurz für mich zusammenfassen?“, greife demonstrativ nach dem Doornkaat-Fläschchen, das ich an der Kasse auf den letzten Drücker mitgenommen habe, kippe mir den Schnaps runter, was sofort diesen angenehmen Unterwassereffekt meiner Wahrnehmung verstärkt und Kashs Blick schneidet mich in Scheiben.

„Auch die SZ geht jetzt dazu über, unzweideutige Zitate von dir auszugraben und dich als schwer einzuschätzendes *Enfant terrible* darzustellen“, erklärt sie mir und ihre Hand fährt dabei horizontal von links nach rechts, als projizierte sie das Gesagte in Leuchtschrift auf eine imaginäre Reklamewand.

„Die haben dein Interview hervorgekramt, in dem du dich auch über den gescheiterten Selbstmordversuch dieser Schauspielerin ...“

„Erika Schubert“, werfe ich ein, die affektierte Trantüte.

„... ja, Erika Schubert, geäußert hast.“ Kash zieht die Zeitung wieder in ihre Richtung, um meine Statements vorzulesen, die bestimmt einmal mehr ein Jungredakteur auf seiner Suche nach den knalligsten Stellen zusammengefrickelt hat. Mit einem Räuspern bereitet Kash sich vor, meine Stimme zu imitieren. Also wenn ich mich wirklich so anhöre, dann Gute Nacht:

„Da, hör mal. Chris Schneeweiß, Doppelpunkt: *Weniges ist erbärmlicher als fehlgeschlagene Selbstmordversuche, so wie der von Erika Schubert letzte Woche. Wie peinlich, wenn man danach aufwacht und eingestehen muss, eigentlich nur halbherzig um Hilfe gebuhlt zu haben, oder zu ungeschickt gewesen zu sein, sich ordentlich umzubringen. Eigentlich fast ein neuer Grund, um sofort einen weiteren Selbstmordversuch zu begehen.*"

Samir lacht laut auf. Rainer schmunzelt. Ich stiere Kash gelangweilt an, gelangweilt bis zum Geht-nicht-mehr. Davon eher angespornt schüttelt sie den Kopf und pöbelt: „Du hast schon Zeug geredet, es wurde zum Schluss hin immer schlimmer. So was kannst du in einem Interview nicht bringen, Schatz, kein Wunder, wenn sie dir das jetzt um die Ohren hauen, um dir ein Negativimage zu verpassen."

Was will sie denn? Inhaltlich doch total treffend, was sie da von mir vorgelesen hat. Und meine Fans liebten diese Direktheit. Um nichts auf der Welt würde ich sie in Interviews langweilen wollen. Langweilen hieße enttäuschen.

Ich schaue Kash an und überlege, ob sie ihr genervtes Getue wenigstens ein Fünkchen überspitzt meint. Aber da ich schon zu einer vernünftigen Selbsteinschätzung kaum mehr in der Lage bin, komme ich nicht dahinter. Ich sage: „Und? Stimmt's vielleicht nicht, was ich da gesagt habe?"

„Ob's stimmt oder nicht ist völlig egal, Schatz", antwortet sie spröde. „So etwas Krasses äußert man nicht öffentlich. Schon gar nicht als Chris Schneeweiß von Call for Sanity. So was ist ein No Go. Das hat dir Rick gesagt, das hat dir Carl gesagt, ich hab's dir gesagt. Du siehst ja, was sie jetzt daraus machen. Genau so funktionieren Medien, Schatz. Wer solches Zeug redet, wird immer wieder damit konfrontiert, wenn's denen gerade in den Kram passt. Deine Rolle ist es, gegen Gott zu wettern. Das darfst du nicht verwässern, indem du auch auf anderen Gebieten gegen den Strich bürstest. Das ist zu viel auf einmal. Das packt der Pöbel nicht."

Weiß ich doch. Aber ich kann mich manchmal einfach nicht daran hindern, meine Meinung zu äußern.

Ich seufze, um Kash meine Gleichgültigkeit zu zeigen, und stelle fest, dass ich ihr nur deshalb noch zuhöre, weil wir momentan das einzig für mich Entscheidende tun: Wir sprechen über mich! Egal in welchem Zusammenhang, ich möchte wirklich nur noch über mich reden. Ich beiße in mein Brötchen, das nach gar nichts, aber rein gar nichts schmeckt. Was ich nicht negativ finde. Als Kash merkt, dass ich mich zu keinem weiteren Kommentar hinreißen lasse, liegt ihre Stimme deutlich über Flüsterton: „Ikarusmäßiger Höhenflug, würde ich sagen. Vielleicht reißt du dich künftig etwas mehr zusammen und lässt deine Ausflippereien bleiben. Dann hätte der Absturz, den du gerade einstecken musst, wenigstens *etwas* Gutes, auf lange Sicht ..."

Redet Kash von der Zukunft? Tut sie das nur, um etwas zu verschleiern? Haben wir nicht ganz andere Probleme? Ich kann ihr einfach nichts mehr abkaufen. Mir wird für einen Moment ziemlich flau. Ich reibe mir den Bauch. Atme ein. Sehe zu Kash. Mein Problem ist, dass ich jede ihrer Bemerkungen unter Vorbehalt betrachte. Ich bin mir doch auch bewusst, dass sie damals nur aus einem einzigen Grund mit mir geschlafen hat: Zur Gewährleistung größerer Kontrolle. Sie wollte mich dadurch in den Griff bekommen. Ein Versuch mit vollem Körpereinsatz. Aber so ticke ich nicht. Mit Sex kann man mich nicht gefügig machen. Scheint ihr auch klar geworden zu sein. Wir haben seitdem nicht mal darüber geredet. Wir müssten also eigentlich gar nichts mehr reden.

Kash, Carl, CfS, alle versuchen mich zu manipulieren. Kommt hinzu, dass sie meine Verteidigung finanzieren. Wodurch ich in gewisser Weise erst richtig von ihnen abhängig bin.

Ich sage mir: durchhalten, aushalten, maulhalten. Ich werde niemanden mehr an mich ranlassen und mich ramponieren lassen - das sind meine Gedanken, auch wenn sie nicht viel Klarheit vermitteln. Langsam, aber sicher beginne ich echt durchzudrehen.

Rainer schiebt sich den letzten Happen Schinkennudeln rein, ähnlich einem ausgehungerten Wolf, und Samir und sein muskulöser Körper stoßen höchst ernst auf, hopperla, während er aufmerksam unser Umfeld sondiert. Personenschützer im Einsatz.

Routiniert registriere ich in meinem Gesichtsfeld, dass die Köpfe der meisten Gäste in der Raststätte sich immer wieder mir zu drehen und wieder weg, und im Anschluss über mich tuscheln. Vorhin haben schon ein paar versucht ein Autogramm zu bekommen. Doch A und Bs Order lautet, niemand darf mir näher als zwei Meter kommen. Keine Autogramme, kein Händeschütteln, kein Pläuschchen. An mich kommt nicht mal mehr eine Mücke ran.

Mein ganzes Zeug, die zwei Brötchen und der Kuchen, liegen nicht mal halbgegessen vor mir auf dem Teller. Weil das Koks meinen Appetit auf alles unterbindet. Außer auf Koks natürlich.

Ich wäre also fertig mit Essen. Ergo knülle ich meine Serviette zusammen, werfe sie auf den Teller und begrabe die Essensreste darunter. Als ich abschließend rumkucke sehe ich, wie das Kind einer gefährlich fetten Frau mir von einem Nebentisch aus fröhlich zuwinkt, was die Mutter gewähren lässt. Sie lächelt und winkt ebenfalls, wie um das Kleine darin zu bestärken. Ich wedle grüßend zurück. Überhaupt fällt mir am Verhalten der Leute, die gerade einen langen Hals machen, besonders auf, dass die Negativ-Publicity meine Bekanntheit keineswegs nachteilig beeinflusst. Ist wohl der Unterschied zwischen öffentlicher und veröffentlichter Meinung. Nicht ein einziger der Voyeursblicke um uns herum gibt mir zu verstehen, ich sei ein Verbrecher, oder Aussätziger. Verrückt: sogar ein Drama wie die Anklage mehrt meinen Ruhm nur. Offenbar sind wir vor chronischer Sensationsüberfütterung bereits derart abgestumpft, dass uns egal ist, wofür ein Mensch steht und womit er in Verbindung gebracht wird, Hauptsache berühmt. Skandal ist das neue Normal. Und wenn schon. Das kommt mir durchaus entgegen.

Rainer und Samir sind jetzt beide mit Essen fertig, stelle ich fest. Und in dem Moment, in dem Kash unversehens zum Aufbruch mahnt, und ich gerade meinen Nacken knete, weil ich ihn mir im Schlaf verdreht habe, geht eine Horde Jugendlicher in Trainingsanzügen an unserem Tisch vorbei, eine Reisegruppe wahrscheinlich, und ein paar von ihnen grölen meinen Namen, wie man im Fußballstadion Brüllchöre skandiert, mit dieser von stupider animalischer Energie angetriebenen Gewöhnlichkeit, die einem immer auch ein Gefühl drohender Eskalation vermittelt, *Chri-iss Chri-iss*, und ich grüße mit zusammengepressten Lippen und entschärfendem Lächeln zurück. Mein Ganz-ungezwungen-Gesicht. Und dieses Gesicht mache ich immer noch, als mich ein voller Limonadebecher am Hinterkopf trifft.

Aussage

Ausgelassene Stimmen erfüllen das Gewölbe der alten Lagerhalle, dem neuen Quartier von Call for Sanitys Zentrale. Zwischen den Dutzenden Schreibtischen und provisorischen Büroeinheiten ertönt Gläserklirren und vereinzeltes Knallen von Sektkorken.

Etwa dreißig Mitarbeiter stehen locker verstreut vor Carl Thomas' Office, einem gerahmten Glaskasten, und unterhalten sich gelöst. Eben kam die Meldung, Chris Schneeweiß wurde für eine Kaution in Höhe von 48 Millionen Dollar auf freien Fuß gesetzt. Er ist bereits unterwegs nach Hause, in die relative Sicherheit des europäischen Kontinents. Walt Temperton hat die Summe anstandslos beglichen. Aus Sicht der CfS-Belegschaft ein enorm Vertrauen stärkendes Signal. Es gibt also etwas zu feiern.

Mona lässt sich von ihrem Kollegen Pete Mirovski gerade Sekt nachschenken, als sie am anderen Ende der Halle einen Wachmann zur Foyertür hereinkommen bemerkt. Im Schlepptau eine grell aufgetakelte junge, sich nervös umblickende Frau, deren Erscheinung vor allem durch ihre affektierten Bewegungen und ein hautenges Dress geprägt wird, unter dem sich zwei plakative Brüste abzeichnen. Mit abgehackten Schritten stöckelt sie dem Wachmann hinterher und wird an Carls Sekretärin Abigail verwiesen (früher Ricks Assistentin), die sofort ihr Glas abstellt, um der Fremden begrüßend ihre Hand entgegenzustrecken.

Von da wo Mona steht, kann sie einigermaßen deutlich Abigails angestrengte Miene erkennen und beobachten, wie sie zunächst abweisend den Kopf schüttelt, der Frau dann aber anzeigt zu warten, während sie in Carls Büro verschwindet. Es gibt momentan keine Veranlassung, zu der Unterhaltung mit Pete etwas beizutragen, weshalb Mona so unauffällig wie möglich ihren Hals reckt, um mehr von der Szene drüben mitzubekommen. Durch die Glaswand, kann sie Abigail mit Carl sprechen sehen. Abigail kommt zurück, bleibt im Türrahmen stehen und gibt der Wartenden ein Zeichen einzutreten.

Über die Distanz und die verstreuten Leute vor Carls Glaskasten ist es Mona jetzt nur noch undeutlich möglich mitzuverfolgen, was vor sich geht. Der Platz an dem man sich befindet ist einfach nie so gut wie der Platz, an dem man sich nicht befindet. Aber sie erfasst, wie Carls gefälliger Gesichtsausdruck schon nach kurzem Wortwechsel mit der Frau einem finsteren Blick weicht und er nach einer Minute aus seinem Büro hastet und Mona und

Pete mit einem schlenkernden Arm winkt, sofort anzurücken.

"Miss Nyström, das sind meine Mitarbeiter Mona Richtberg und Pete Mirovski – Mona, Pete, das ist Agnes Nyström", sagt Carl, als sie alle kurz darauf in seinem Büro Platz nehmen. "Ich hätte die beiden gern dabei, wenn es Ihnen nichts ausmacht?", erklärt er rhetorisch in Agnes Nyströms Richtung, die aus der Nähe zehn Jahre älter wirkt, etwa Mitte 30. Sie nickt einverständig. Zu Mona und Pete gewendet sagt Carl: "Miss Nyström schilderte mir soeben, dass sie mit Chris bereits beruflich zu tun hatte und dass Ihr Anliegen in direkter Verbindung zu der gegenwärtigen Klage gegen ihn steht." Zu Agnes Nyström: "Ist das richtig?"

Sie nickt erneut und überkreuzt die Füße.

"Gut. Bitte, seien Sie so gut und wiederholen, was Sie mir gerade angedeutet haben."

"Äh", stockt Agnes Nyström überraschend beschämt, sie ist nicht die Art Frau, die sonst allzu schüchtern ist, und ihre Augen huschen zwischen den Anwesenden und dem Boden hin und her. Carl hüstelt ungeduldig in seine Hand.

"Nun, ich arbeite für eine Stockholmer Escortagentur ... unter dem Namen Monique, und ich habe vor einigen Monaten Chris Schneeweiß kennengelernt."

"Bei Ausübung Ihrer Tätigkeit?", schaltet Pete sich dazwischen und ein verdutzter Ausdruck haftet auf seinem Gesicht.

"Ja genau", erwidert sie, nicht ohne sich die Haare übers Ohr zu streichen. Eine Nutte, nun ist alles klar. Mona ist versucht, die unheilverkündende Vorahnung, die sie überfällt, herausrufen zu wollen, reißt sich aber zusammen. Die Nyström sagt: "Gleich nachdem ich den Auftrag von meiner Agentur vermittelt bekam, tauchte dieser komische Typ vor meiner Wohnung auf, als ich gerade ins Taxi steigen wollte, und bot mir ziemlich viel Geld, damit ich ihm eine Spermaprobe von Herrn Schneeweiß besorge. Ich habe keine Ahnung, woher er wusste, dass mir gerade der Job angeboten wurde ... und es war auch alles so eigenartig, und ging so schnell. Auf jeden Fall hat er mir die Hälfte der Summe gleich in die Hand gedrückt und ... also hab ich's gemacht – und am nächsten Vormittag erschien der mysteriöse Kerl wieder bei mir und gab mir die restliche Hälfte. Total korrekt. Und, ich hab ihm das Zeug übergeben."

Mona riskiert einen Seitenblick zu Pete und Carl, sie hat noch nie Menschen mit derart fassungslosen Gesichtern gesehen.

"Jetzt hab ich den ganzen Rummel um den armen Chris mitbekommen und sehe, dass er in ziemlichen Schwierigkeiten steckt ... was mir ehrlich leid tut", knödelt Agnes Nyström weiter, um aufrichtiges Mitgefühl zu demonstrieren, was ihr jedoch misslingt. "Und dann hab ich mir gesagt, steigst du in den Flieger nach Los Angeles und bietest ihm deine Hilfe an, seine Nummer hab ich ja nicht. Und da bin ich! Also, ich wäre bereit, vor Gericht auszusagen, dass dieses Mädchen, das behauptet, Chris habe sie ... Sie wissen schon ... dass die eben wahrscheinlich lügt. Und dass die Wichse von mir stammen könnte ..." Spätestens diese Formulierung weist Agnes Nyström als jemanden aus, den ihr bemüht vornehmes Verhalten bislang zu verbergen suchte. Vergebene Liebesmüh. Sie ist und bleibt, was man gleich ahnt: eine plumpe, grobschlächtige Person.

"Sie meinen, dass die Probe von Ihnen geliefert wurde", bringt ein bleicher Pete es ein zweites Mal für sie auf den Punkt und macht eine beschwichtigende Geste zu Carl, wie um sich für seine Einmischung zu entschuldigen. Carl registriert das nicht, starrt wie versteinert durch die Frau hindurch.

“Ja genau”, meint Agnes. Beherzt.

“Okay”, schaltet sich Carl endlich ein, nun umso vehementer. “Wir würden gern sofort Ihre Aussage aufnehmen - lassen Sie mich gleich einen Anruf …”

“Nicht so schnell”, würgt Agnes Nyström ihn mit einem Kopfschütteln ab und ihre Augen werden hart. “Ich möchte niemanden hinhängen, verstehen Sie, ich werde und kann den Typen, der mir das Geld gegeben hat auch nicht beschreiben, oder so.”

“Völlig in Ordnung, Miss Nyström”, versichert ihr Carl eindringlich. Ihm ist zudem auch klar, dass er nach Beweisen für ihre Behauptung erst gar nicht fragen muss. “Ich würde nur gern Ihre Aussage offiziell protokollieren lassen. Wären Sie einverstanden, wenn ...”

“Moment, Moment!” Ihr Blick verdunkelt sich noch mehr. Und Carls Augenbrauen ziehen sich in die Höhe.

“Ich hätte dafür gern eine Million Dollar”, setzt sie ihn energisch in Kenntnis und streicht sich eine widerspenstige Strähne aus der Stirn. “Geschäft ist Geschäft.”

Stille setzt ein. Man kann sehen, wie Carl die letzten drei Worte stumm auf seinen Lippen wiederholt. Er könnte jeden Moment explodieren. Behutsam, wie jemand, der durch seine Zurückhaltung das genaue Gegenteil unterbindet, beugt er sich zu Agnes vor: “Aber Miss Nyström, ich dachte Sie wollten Chris Schneeweiß helfen ... aus der Patsche ...”

“Ihr habt für ihn doch 48 Mios locker gemacht, hab ich gehört. Da wird doch wohl noch eine schlappe Million für mich drin sein, oder?” Ihre Fußballen wippen auf und ab. Erneutes Schweigen tritt ein, bis Carl “Hm” macht.

“Dann ist er aus’m Schneider. Ich bin vielleicht seine einzige Rettung”, röhrt sie nachdrücklich, und es klingt mehr nach So-machen-wir-das, als ihre Wortwahl vermuten lässt.

“Hören Sie”, versucht Carl möglichst ungerührt zu klingen. Aber Agnes ist Umgang mit resoluten Männern offensichtlich gewöhnt, steht auf, noch bevor er weiterreden kann und stiefelt auf die Tür zu: “Morgen um elf komm ich wieder. Es wäre super, wenn Ihr das Geld bis dahin hättet. Sonst - sonst weiß ich von nichts und dieses Gespräch hat nie stattgefunden.”

Pete springt auf, rückversichert sich bei Carl, der ihn mit einem Kopfschütteln zurückpfeift. Mona erkennt stattdessen in Carls Gesicht, wie er abwägt, den Sicherheitsdienst zu rufen und Agnes alias Monique festhalten zu lassen. Aber er entscheidet sich dagegen.

Agnes Nyström öffnet die Bürotür, die Geräusche der Feierlichkeit hallen herein, und mit wiegenden Hüften, die die Unwucht ihrer hohen Stöckelschuhe ausgleichen, verschwindet sie hinter den umherstehenden CfS-Mitarbeitern. Und Mona ertappt sich bei ihrem Rückenanblick dabei, wie sie sich fragt, was Eltern, deren Kinder den Weg der Prostitution einschlagen, wohl falsch gemacht haben.

Noch bevor jemand etwas sagen kann, drückt Carl zwei Knöpfe auf seiner Telefonanlage und gibt dem Portier Bescheid, der Securityguard solle die Frau, die er vorhin hereingeführt hat, beschatten. Und noch bevor er zu Mona und Pete schaut und “Ist das zu fassen?” murmelt, drückt er noch mal Abheben, gefolgt von einer Direktwahltaste und bereits nach dreimaligem Klingeln ertönt Walt Tempertons unverwechselbare Stimme. Erstaunlich, dass er selbst rangeht. Mona erinnert sich an Ricks Worte, man erkenne einen halbwegs normal gebliebenen Milliardär daran, dass er sich ab und zu noch selbst ans Steuer eines seiner Autos setzt, zur Wahrung wenigstens eines *Fünckchens* Autonomie. So ähnlich mag es sich auch mit der Handhabung telefonischer Erreichbarkeit verhalten.

“Mr. Temperton, hier ist Carl.” Carl kurzatmig.

“Hi Carl, wie geht’s? Was gibt’s?”, fragt Temperton kraftvoll.

“Mr. Temperton, Entschuldigung für die Störung, aber es ist dringend. Es geht um die Klage. Soeben kreuzte bei mir eine Frau namens Agnes Nyström auf, ein schwedisches Callgirl, das behauptet, Chris hätte sie gebucht und sie habe im Auftrag eines ihr Unbekannten sein, ähm, Ejakulat ...”

Temperton unterbricht: “Sagen Sie mal, Carl, es klingt so, als hätten Sie die Freisprechanlage an!”

“Ja, das ist richtig. Bei mir sind noch Mona Richtberg und Pe...”

“Verfickte Hölle, machen Sie das Ding sofort aus!”, donnert Tempertons Organ furios in den Raum und Carl hebt erschrocken blitzschnell den Hörer ab, klemmt ihn sich zwischen Schulter und Ohr und gibt Mona und Pete ein Zeichen, umgehend sein Büro zu verlassen. Schweigend durchschreiten sie die Tür, und Mona kann nicht mehr verstehen, was am Telefon gesprochen wird.

Zurück unter den ganzen anderen, die von dem Vorfall nichts mitbekommen haben, fragt Mona einen erschöpft wirkenden Pete “Was denkst du?”, aber sie hört ihm kaum zu (“Carl hat das einzig Richtige getan”). Zu sehr hängt sie ihren eigenen Kombinationsversuchen nach. Ist Carl doch nicht der Böse, der Chris von seinem Posten wegintrigieren will, wie es Rottfeld vom Verfassungsschutz angedeutet hat? Es sah nicht so aus, als wolle Carl die Rettung von Chris unterbinden, sonst hätte er nicht umgehend Temperton informiert. Temperton wiederum wird sich wegen der geforderten Million sicher nicht lumpen lassen und für eine rückhaltlose Klärung sorgen. Zumindest besteht nun greifbare Hoffnung, dass Chris freigesprochen wird.

Nach etwas über einer Stunde kommt Carl endlich aus seinem Büro und fordert Mona und Pete im Gehen auf, ihm in die Ecke mit dem Kaffeeautomaten zu folgen. Dort angekommen, zieht er sich einen mehrfachen Espresso, trommelt während der blubbernden Zubereitung gegen die Verkleidung der Maschine und sagt, ohne die beiden anzusehen: "Kein Sterbenswort, verstanden? Zu niemandem! Temperton klärt das, hat er gesagt! Okay?" Kurzversion. Doch mit aufgesetzter Munterkeit fügt er an: "Das bekommen wir schon hin! Wir kriegen Chris da raus. Versprochen."

Wirklich? Das hört sich eher beunruhigend an. Betreten blickt Mona zu Carl. Er lächelt ein grässliches Beschwichtigungslächeln. Von Petes Reaktion nimmt sie kaum Notiz, aber er sagt kein Wort. Der Triple-Espresso ist fertig, Carl greift nach dem Becher, streift mit seinem Blick Mona und Pete, senkt und hebt dabei sein Kinn auf die Art, mit der man ein Problem abtut, und geht zurück in sein Büro. Weiter nichts. Mona sieht ihm apathisch nach und es fühlt sich an, als wolle sie gegen etwas Einspruch erheben, das schon entschieden ist.

Indoktrination

Meine hintere Kopfhälfte und mein Hemdkragen sind noch klebrig von der Limonade, die mir der Spaßvogel aus der Reisegruppe an den Schädel geschmissen hat. Ein Riesenbohai ging durch die Autobahnraststätte, nachdem mich der Becher getroffen hatte. Rainer und Samir sprangen sofort auf, streckten den Wichser nieder, sicherten ihn am Boden mit Handschellen und stießen seine zu Hilfe eilenden Kumpels grob zurück. Härtere Tonart. Damit hatten sie wohl nicht gerechnet, die Landeier. Der ganze Selbstbedienungsbereich stand Kopf. Wäre ich nicht dazwischen gegangen, hätten A und B noch jemanden in Stücke gerissen. Mit meinem alkgetrübten

Hirn schaffte ich es gerade so, die beiden zurückzupfeifen ("Mir geht's gut, war nur Limo") und die Entschuldigung des Leiters der Gruppe, einem bulligen Vielredner mit St.-Nikolaus-Optik, leutselig zu akzeptieren. Sein Angebot, Ulf, der zwanzigjährige Täter, würde sich bei mir persönlich entschuldigen, lehnte ich jedoch strikt ab. Auch noch Kraft für solch ein Possenspiel aufzubringen, käme ja einer zusätzlichen Erniedrigung gleich.

Zu allem Überfluss stand bald auch noch der Filialmanager auf der Matte, machte sich wichtig und drohte, die Polizei zu holen. Doch Kash unterbrach ihn mit erhobenem Zeigefinger und er verstummte augenblicklich. Er tat sich auch keinen Gefallen, als ihm nach kurzer Überlegung einfiel, dass das ja sein Laden war und er noch mal ansetzte, die Sache in die Hand zu nehmen. Kash briet ihm sofort eine über, indem sie ihn mit dezidierten Zurechtweisungen versorgte, die ihm offensichtlich noch nie in seinem Leben vor den Latz geknallt wurden. Völlig konsterniert schaute der Restaurantleiter unsere Rakete im Prada Kostüm mit aufgerissenen Augen an, sein Gesicht verfärbte sich ins ungesund Rötliche und er stammelte "Das ver*biete* ich mir", statt "ver*bitte* ich mir", was ihm aber gegen diesen Hagel aus Kraftausdrücken auch nichts half. Ja, wenn's eng wird, kann Kash derb werden, dass kein Grubenarbeiter mithalten kann.

Alle Männer, wirklich alle Männer im Raum standen in Anbetracht dieser schmissigen Schimpfkanonade staunend da. Den meisten hing die Kinnlade jämmerlich herab. Kash hatte es geschafft: Ruhe war! Alle hielten's Maul, während ich mir die Limonade aus den Haaren wischte. Mit einem Gewusst-wie-Nicken in meine Richtung schloss sie ihre Ordnungstätigkeit ab. Heitere Note zum Ausklang.

Es gab eine einvernehmliche Klärung mit Becherwerfer-Ulf darüber, beiderseitig keine Anzeige zu erstatten. Wenig überraschend hatte er nämlich gleich den Schwerverletzten markiert, um sich die Leidtragenden-Rolle (Körperverletzung, Schadensersatz, verkehrte Welt) zu sichern, was ihm sein Gruppenleiter jedoch schnell austrieb. Vielleicht noch Schmerzensgeld von Rainer und Samir fordern, das würde dir so passen, du mieser kleiner Bastard!

Zum Glück waren keine Reporter anwesend. Was nicht heißt, dass nicht schätzungsweise fünfzigtausend Handyfotos geschossen wurden. Hinten und vorn, sag ich nur, hinten und vorn.

Wir verließen die Raststätte und sogleich befiel mich eine tiefe Niedergeschlagenheit über die Unmöglichkeit, mich einer solchen Gefahrensituation gewachsen zeigen zu können. Statt eines bewaffneten Hinterwäldlers mit gefülltem Getränkebecher (der sein kindisches Attentat schlicht dadurch legitimiert sah, weil ich in der Zeitung als Vergewaltiger dargestellt werde), hätte auch ein Killerkommando in Ausführung irgendeiner Scheißfatwa sein Werk an mir verrichten können. (Wie der Islam gern alle umbringt, die behaupten, er sei gewalttätig.) Stoff für Albträume. Es ist schon wahr: Die Kugel die dich tötet, hörst du gar nicht mehr.

Zum Glück also Fanta statt Fatwa. Vorfall abgehakt. Kash, A, B und ich sind wieder auf der Autobahn und haben einen öffentlich-rechtlichen Radiosender eingestellt, zur Ablenkung.

"Schatz?", liegt Kash mir kurz vor München plötzlich wieder in den Ohren. "Hättest du schon den Nerv, mit mir den Terminplan durchzugehen?"

"Nein, aber ja", muss ich zugeben.

"Wir holen also gleich deinen ganzen Kram in deinem Zimmer bei dieser Frau Killer ab, checken dann im Hotel ein und fahren morgen gegen Mittag nach Wien, übermorgen Marseille, dann Zürich, noch mal Zürich, sind zwei Abende, dann Helsinki. Okay so weit?"

Nicht die Spur. Aber so wird's ablaufen. Wir, vielmehr CfS haben nämlich kurzfristig entschieden, nachdem ich vor ein paar Wochen sämtliche geplante Auftritte *katastrophenbedingt* absagen musste, meine reguläre Tour ab morgen fortzusetzen! Sowas wie ein Überlebens-Statement: *Call for Sanity und Chris Schneeweiß kann nichts was anhaben*. Schön wär's.

Was Carl sich auch davon verspricht, ob positiv, ob negativ, er gewährt mir keine Schonfrist. Ist mir aber ganz recht, ich kann genausogut wieder touren, statt daheim rumzusitzen und im Kreis zu denken. Und vielleicht ist es auch für mein Gerichtsverfahren vorteilhaft, mich als unbeirrbaren Mann zu präsentieren, der sich durch nichts aus der Ruhe bringen lässt und weiterarbeitet, als sei nichts gewesen - weil er unschuldig ist. Öffentliche Meinung nimmt mehr Einfluss auf die Beschlüsse der ach so unabhängigen Gerichte, als man meint.

Es gibt also viel zu tun, aber bevor ich wieder in die Tretmühle steige, habe ich noch etwas zu erledigen.

“Ich hab's mir überlegt, Kash. Ich möchte hinfahren.”

“Bist du sicher? Ich weiß nicht, ob das der richtige Zeitpunkt ist, ehrlich. Außerdem siehst du gerade beschissen aus”, teilt sie mir gewohnt geradlinig mit. “Und nüchtern bist du auch nicht gerade.”

Jetzt ist aber gut. Schnell Dahingesagtes verletzt am meisten.

“Lass uns hinfahren”, mahne ich eindringlich und gebe Samir die Adresse.

Wenig später stehe ich vor dem Grundstück meiner Eltern. Am Gartentor. Weißes Einfamilienhaus, mittelgroßer Garten außen rum. Unser Wagen parkt 50 Meter entfernt, ich wollte das so.

Ich klingele. Mein Vater öffnet die Tür, späht heraus. Es sind etwa zehn Meter zwischen dem Gartentor und der

Haustür. Als er mich erkennt, ist es, als würde er erschrecken. Er dreht den Kopf zur Seite und murmelt etwas ins Hausinnere. Ich kann meine Mutter nicht erkennen, aber wem sonst sollten seine Worte gelten.

Anstatt den Öffner fürs Gartentor zu betätigen, zieht er zaghaft die Haustür ganz auf und macht sich auf den Weg zu mir. Auf halber Strecke zögert er für den Bruchteil einer Sekunde, als überlegte er sich die angemessene Form der Begrüßung zwischen uns. Er verlangsamt seinen schleppenden Schritt und krächzt "Hallo Chris" und sein entschuldigender Tonfall wird von einem gezwungenen Lächeln widerrufen, das irgendetwas besagt. Aber was, dahinter komme ich noch nicht.

"Hallo Papa", psalmodiere ich feinfühlend, um seine Distanziertheit gegenzugewichten. Es ist furchtbar, wenn ich es mir überlege. "Ist der Öffner kaputt?"

"... Nein, nein ist er nicht", entgegnet er zurückweisend und bleibt stehen, drei Meter vor mir. Ich starre ihn an, ein Mann in den Fünfzigern, mit Hausschuhen an, Hose verkrumpelt. Er hat einen Altersschub gemacht. Alle sieben Jahre erneuern sich die Körperzellen zur Gänze ...

"Kann ich nicht reinkommen?", tarocke ich aufgesetzt belustigt nach, wie knapp an der Grenze zur Aufdringlichkeit. Natürlich weiß ich, das etwas nicht stimmt, aber dennoch dauert es eine Weile, bis ich mich orientieren kann.

Er sieht mir in die Augen, und mir wird bewusst, dass er das vielleicht zum allerersten Mal überhaupt tut.

"Vielleicht besser nicht, Chris", flüstert er. Seine Stimme ist wie ein Signal, das jeglichen Widerstand in mir zum Erliegen bringt. Wie eine Ohrfeige.

"Und ... wieso? Äh, wieso nicht?", will ich trotzdem wissen, oder womöglich auch nicht. Wenn man jemanden erst nach seinen Gründen fragen muss, ist das schon eine Frage zu viel.

Er druckst herum, schaurig, gänsehauttreibend, kurz wankelmütig, in mir lodert so eine Art Vorhofflimmern auf, und ich denke mir: nur weg von hier, und dann sagt er dürftig "Deiner Mutter wäre das ... eventuell nicht so recht ...", während er mit dem Arm eine ausladende Bewegung macht, um seine Worte zusammenzuklauben.

Ich stehe da, meine Hand gleitet widerstandslos von den Streben des Eisentors. Mir fehlen die Worte. Ich durchschaue ihn, aber das schützt mich nicht. Wacker sehe ich über seine Schulter zur Haustür, ich glaube die Silhouette meiner Mutter zwei Meter darüber, hinter dem Vorhang des Gästezimmerfensters im ersten Stock zu identifizieren. Eilig versucht mein Gehirn die beiden in Schutz zu nehmen, meinem eigenen Seelenfrieden zuliebe Argumente *für* sie zu sammeln. Vergebens. Sogar wenn sie nicht meine Eltern wären: Das gehört sich nicht. Das ist zu hart.

"Deiner Mutter geht es nicht so gut", schlägt mein Vater als Ausrede vor, auf die wir uns einigen könnten, und fährt sich durch das Haarbüschelchen am Kopf, das seit Jahren eine einsame Insel auf seiner kahlen Stirn bildet. Wie bei Jack Nicholson, hab ich immer gesagt. Schon mit zwanzig zeichnete sich bei meinem Vater erkennbar voranschreitende Glatzenbildung ab, aber dieses Bürzelchen blieb ihm unverändert bis heute, obwohl alles Haar drum herum sukzessive schwand. Eben wie bei Jack Nicholson.

"Mutter geht es nicht so gut? Okay!", verdonnere ich mich selbst zur Kapitulation, womit der Höhepunkt unserer kleinen Plauderei erreicht sein dürfte. Ich trete einen Schritt zurück und in meinem Bauch macht sich ein lebloses Gefühl breit, das man hat, wenn man eines dieser Dramen erlebt, die man nie verdauen wird.

Mein Vater macht eine ungelenke Bewegung mit der Hüfte, die sein Unbehagen subsumiert, sagt "Komm halt, dann ein andermal ... sie fühlt sich nicht wohl ... aber ...

weißt du, es ... ich ... schon auch", und seine Augen werden wässrig. Seine Darbietung ist so schlecht, dass es mir fast schon wieder zu denken gibt. Und mich ihn gleichzeitig derart bemitleiden und verachten lässt, dass ich am liebsten sterben würde. Aber in der Bewältigung von Tragödien hab ich ja mittlerweile Übung.

Zeit. Zeit hilft immer. Auch wenn mir klar ist, dass dies keine der Geschichten ist, von der man ahnt, später einmal darüber lachen zu können. Später, in vielleicht dreitausend Jahren. Nicht mal dreitausend Jahre werden dafür ausreichen.

Ich will ihn noch fragen, ist es wegen Kai? Ich will ihn fragen, ist Mutti sauer, wegen dem Religionsding? Ich möchte fragen: Und was ist mit dir, Papi? Ich möchte sagen, das mit der Vergewaltigung glaubt Ihr doch nicht etwa? Aber ich spüre: Das trifft es alles nicht. Ich komme mir bis in alle Ewigkeit unerwünscht vor. Und bei dem Versuch, den Grund dafür zu finden, scheitere ich an den Grenzen meiner Vorstellungskraft.

"Okay", stammle ich leise und bemerke, wie ihn ein Schauer der Erleichterung überkommt. Ich gestatte mir, nicht mehr länger entgegenkommend (flehend?) weiterzulächeln und bin gezwungen ein Gesicht aufzusetzen wie jemand, der keine Reserven mehr hat. Ich winke aufs Geratewohl ins Fenster im ersten Stock, zu meiner unsichtbaren Mutter, möchte Haltung und Stil beweisen, und vielleicht auch deutlich machen, dass ich mich nicht komplett veräppeln lasse (was natürlich überflüssig ist, das wissen sogar meine Eltern), und dann nicke ich meinem Vater zu. Dir-sei-vergeben-mäßig. Meine Gesten machen nicht viel her.

Ich drehe mich um, marschiere los und sage mir: ist nicht so tragisch, nimm's nicht so schwer, man kann eben nicht alles verstehen - manches muss man einfach nur schlucken.

Ich bin doch ein Stehaufmännchen.

Aber ich kenne mich. Tatsächlich verspreche ich mir, nie wieder zurückzukehren.

Unbegreiflich schnell höre ich hinter mir die Haustür sacht im Schloss einschnappen. Ist mein Vater den Vorgartenweg zurückge*spurtet*? War er derart erleichtert, dass ich abgedampft bin? Es entsteht ein Gefühl, endgültig Klarheit gewonnen zu haben, ohne irgendwo angekommen zu sein.

Weg hier. Ich bin schon fast beim Wagen. Rainer und Samir, und Kash vom Rücksitz aus, beobachten, wie ich mich ihnen nähere. Sie machen betroffene Gesichter. Sogar Kash.

Ich winke verhalten, beschleunige meine Schritte. Einer der Nachbarn kommt raus und bringt seinen Müll zur Tonne. Ich sehe weg. Nicht noch grüßen müssen. Herr Grabowski, bei dem hab ich als Kind mal einen Klingelstreich gemacht, bei dem ich erwischt wurde. Das prägt unser Verhältnis bis heute.

Die Kühlerhaube des Mercedes reflektiert im Sonnenlicht. Mit einem Klicken öffnet Samir die Zentralverriegelung von innen. Ich ziehe am Griff der Autotür und das Öffnungsgeräusch scheint die Stille in mir zu verdeutlichen.

"Da wär ich wieder", stöhne ich beim Einsteigen. Keiner antwortet. Ich bin soweit. Rainer startet den Motor. Sie fühlen mit, habe ich den Eindruck. Im Wagen ist es sehr kalt. Kash mag das so. Die anderen auch. Was das angeht, fühlen sie mit mir nicht unbedingt mit.

Ich will das Schweigen und die Anteilnahme der drei nicht so stehen lassen und sage lustig: „Kein Mittel hilft besser gegen große Sorgen, als noch größere Sorgen." Nur Samir nickt verhalten. Ich stecke mir eine Zigarette an. Und gleich anschließend sage ich, ernst: "Let's go." Englisch einflechten macht man halt manchmal. Rainer gibt Gas. Es ist 13 Uhr 3, draußen ist's ganz schön. Außerdem: Irgendwo im Universum passiert immer gerade etwas Schlimmes.

Ahndung

Ein Tag später. Der Tag, nachdem Agnes Nyström alias Monique im Büro aufgetaucht ist. Heute um elf Uhr wollte sie wieder kommen, hat sie angekündigt. Es ist kurz vor elf. Stadtlärm erfüllt die smoghaltige Luft eines vormittäglichen Los Angeles.

"Danke", bellt Mona Richtberg dem Taxifahrer ins Genick, schlägt die hintere Tür zu und überquert die Fahrbahn, um zur Pforte der CfS-Büros zu gelangen. Auf dem gepflasterten Mittelstreifen muss sie stehen bleiben, da der enorm dichte Verkehr ein Durchkommen nicht zulässt. Umspült von rasenden Autos wartet sie auf ihrer Asphaltinsel eine Lücke ab und beobachtet konzentriert den dreispurigen Strom aus Blechkisten vor ihr. Ein Rettungswagen braust mit heulenden Sirenen vorbei. Mona ist aus dem Alter raus, in dem man Blaulicht hinterherschaut, aber in dem Alter, in dem man sich unauffällig die Ohren zuhält.

Gerade als sich eine Möglichkeit ergibt, über die Straßenhälfte zu spurten, sieht sie aus dem linken Augenwinkel, wie Agnes Nyström von einem Taxi abgesetzt wird, ungefähr zwanzig Meter vor dem Punkt, an dem Mona eben selbst aus ihrem gestiegen ist. Agnes taucht tatsächlich auf! In Erwartung ihrer geforderten Million! Ob ihr die so einfach gewährt wird!? Mona würde darauf keine Wette abschließen.

Wie paralysiert bleibt Mona auf ihrem Fleck in der Straßenmitte stehen und achtet nicht mehr auf ihre Chance, zum Bürgersteig zu gelangen. Stattdessen beobachtet sie, wie Agnes Nyström in ihrem hautengen Kostüm die Taxirechnung begleicht, den Randstein im Laufsteggang entlang stelzt, dabei noch callgirlhafter als gestern wirkt, und über ihre Schulter schaut, um die Straße zu überqueren, die auf jener Seite etwas weniger befahren ist. Als sie nach einem grünen Ford eine Möglichkeit ausmacht, betritt sie tippelnd die Fahrbahn und Mona kann erkennen, wie in dem Moment ein BMW, der auf dem Parkstreifen hinter dem Taxi eingebogen war, ausschert, beschleunigt, Agnes Nyström anvisiert, noch schneller wird, und sie auf der Innenspur, knapp bevor sie den Mittelstreifen erreicht, mit der Kühlerhaube rammt. Das Blech prallt auf ihre Knochen. Ein lauter Knall, ein erstickter Schrei.

Der Krach des Zusammenstoßes explodiert mitten in den Verkehrslärm. Agnes wird von der Kollision meterweit nach vorn geschleudert, schlittert den Asphalt entlang, und kommt endlich zum liegen. Ein mustergültiger Treffer.

Der Fahrer des BMW bremst ab, sondiert die Lage und rollt mit den rechten Reifen behende über den verknoteten Körper von Agnes Nyström, um sicher zu gehen, ganze Arbeit zu leisten. Kein Zweifel also, dass es sich um Vorsatz handelt. Holprig ruckelt die Karosserie über das entstellte Opfer. Auf chirurgische Präzision kommt es dem Lenker hier nicht mehr an. Es ist ein derart absurder und eindeutiger Ablauf, dass Mona, die jedes Detail dieses Szenarios beobachtet hat, um Fassung ringend und mit offenem Mund dasteht. *Fang jetzt nicht an zu schreien.* Überall halten Autos an, Leute steigen aus und rennen zur Unfallstelle, während der BMW davonbraust. Für erste Hilfe und Ambulanzverständigung ist gesorgt, wenigstens das. Mona ist von dieser Pflicht entledigt. Sie wirft noch einen letzten Blick auf Agnes Nyström, deren beiges Etwas wie ein Leichentuch über ihrem zusammengesackten Körper liegt, und gewährt einer Einsicht Zugang, denkt ihre Gedanken, oder sie denken sich selbst, und bald schon taucht sie wieder in die Gegenwart auf.

In einen Erregungszustand versetzt, den sie kaum beherrschen kann, überquert sie endlich die Straße, läuft (ohne noch mal zurückzusehen) ins Gebäude und fährt in den zweiten Stock, wo sich die Call for Sanity-Räumlichkeiten befinden.

Nachdem sie den Sicherheits-Check passiert hat und in einem Spiegel vorsorglich kurz ihr Äußeres prüft, bemerkt sie, wie in ihrem Blick die entrückte Intensität liegt, die das Kennzeichen wirklich gefährlicher Konfusion ist. Sie zwingt einen neutralen Ausdruck in ihr Gesicht, betritt die Halle und steuert auf Carls Büro zu. Auf halber Höhe kommt ihr eine ältere Kollegin entgegen und fragt, wie's geht, worauf Mona "Bestens und dir?" antwortet, als sei sie gut gelaunt.

Bei Carls Büro angekommen klopft sie kurz an und er, gekleidet in ein hellblaues Hemd mit passender Krawatte und Sportsakko, winkt sie herein, ohne die Augen vom Laptop zu nehmen. Sie öffnet die Tür gerade so weit, um Kopf und Hals durchzulassen.

"Hey Carl", ruft sie harmlos, was eine ungeheure Beherrschung erfordert, zu der sie nicht mehr lange imstande sein wird.

"Hey Mona."

"Nur eine kurze Frage: kommt Agnes Nyström heute?"

"Sieht so aus", sagt Carl in dem abwesenden Ton, der typisch ist bei Leuten, die zwei Dinge gleichzeitig tun. "Ist gleich elf. Temperton hat noch nicht Bescheid gegeben, aber ich bin sicher, er weiß, was er tut." Er sieht auf und wirft ihr die Andeutung eines indignierten Blicks zu, der sie vermutlich an die gelobte Verschwiegenheit erinnern soll. Könnte Carl ihr so souverän den Ruhigen vorgaukeln, wenn er Agnes gerade eben auf der Straße hätte ermorden lassen? Mir machst du nichts vor, versichert sich Mona und antwortet: “In Ordnung, bin gespannt. Bis dann.”

“Bis dann”, entgegnet Carl und wendet sich wieder zum Bildschirm. Mona schließt behutsam die Glastür und geht gemessenen Schrittes zu ihrem Tisch. Vom Kopf her gelingt es ihr, sich zu zügeln. *Carl scheint nichts zu wissen und nichts mit dem BMW-Killer zu tun zu haben.* Sie ist sich sicher. Doch sie wird nicht abwarten, was als Nächstes passiert. Sie muss Chris endlich warnen.

Der Ventilator an ihrem Tisch, der die Luft nicht kühler, nur bewegter macht, läuft bereits, wer auch immer ihn eingeschaltet haben mag. Mit künstlicher Langsamkeit kramt sie ein paar Sachen aus ihren Schubladen unauffällig zusammen und packt sie in ihre Handtasche. Nur kein Trara. Irgendjemand in ihrem Rücken ruft ihr zu, fragt sie was, und es gelingt ihr, sich relaxt umzudrehen und zu antworten. Dann ist sie soweit. Und sie behält ihre Fassade lange genug aufrecht, um einer weiteren Person, die ihr auf dem Gang was von “Ui, unten ist anscheinend ein grausiger Unfall passiert” zuflüstert, arglos zuzunicken, unbeirrt weiterzulaufen, als würde sie zur Toilette gehen, und das Stockwerk und dann das Gebäude zu verlassen.

Indikation

Marseille. Open Air. Bis auf den letzten Platz ausverkauft. Die ganze Arena ist aufgeheizt, die Leute sind enthusiastisch und applaudieren frenetisch. Wir befinden uns mitten in der Show, halb zehn so circa. Den größten Teil des Programms habe ich bereits absolviert. Es läuft bombastisch.

Gestern gaben wir Wien die Ehre, heute Marseille, morgen findet der erste von zwei Abenden in Zürich statt, und danach steht Helsinki auf der Reiseliste. Alle diese kurzfristig wieder-anberaumten Gigs (die von uns zwischenzeitlich haftbedingt abgesagt werden mussten), waren binnen weniger Stunden wieder-ausverkauft. Und was die ganz neuen Livetermine ab September angeht, so sind die Hallen, in denen ich auftrete, größer denn je. Der Run nach Karten ist kaum zu glauben. Menschen können von Katastrophen gar nicht genug bekommen.

Die Berichterstattung über mich potenzierte sich aufgrund der astronomischen Kaution noch mal derart, dass man bei der Vergewaltigung, die ich NICHT begangen habe, aus Marketingsicht endgültig von einem unbezahlbaren PR-Coup sprechen könnte.

Die dreizehntausend Südfranzosen sind mir wohlgesonnen, und was besonders auffällt, wenn ich ins Rund schaue: sie sind ausgesprochene Sich-Luft-Zufächler.

Viele wedeln mit den unterschiedlichsten Gegenständen vor ihrem Gesicht rum. Ich habe das vorhin spontan thematisiert und sie lachten, als sei das treffend, ihnen aber gerade erst aufgefallen.

Ich bin ganz besudelt vor Erleichterung, dass es so gut läuft, weil ich schon fürchtete, mir könnte was abhandengekommen sein, an Ausstrahlung, an Vitalität, an dem gewissen Etwas. Aber ich funktioniere wie gehabt, ich erfülle meinen Zweck.

Wie jetzt zum Beispiel. Gerade habe ich eine Pointe versemmelt und rette die Situation, indem ich einen zerknirschten Gesichtsausdruck hinterherschiebe, um mich mit dem Publikum gegen mich selbst zu verbünden. Funktioniert. Den Gag bringen wir aber morgen in Zürich nicht mehr.

Akkreditierung

In Marseille eine öffentliche Telefonzelle aufzuspüren erweist sich als nahezu unmöglich. Als Mona endlich fündig wird, stellt sie fest, dass man eine Chipkarte benötigt. Münzen werden nicht angenommen. Sie ist versucht, mit dem Bein gegen eine der schmutzigen Plexiglasscheiben des Telefonhäuschens zu treten, immer noch maßlos frustriert, dass man ihr ausgerechnet am Marseiller Flughafen das iPhone geklaut hat. Einfach entrissen, während sie es telefonierend am Ohr hielt. Der Dieb rannte davon. Keinen Menschen um sie herum scherten ihre Schreie. Weg war's.

Umso überraschter ist sie, als sie jetzt nach der langen Sucherei gleich nebenan ein Postamt entdeckt.

In der Filiale scheinen Renovierungsarbeiten im Gang zu sein, graue Laken hängen an den Wänden und Möbeln, und der Nasenbär von Schalterbeamte händigt ihr eine rot-schwarze Telefonkarte aus, wobei er grinst, als hätte er sie irgendwie reingelegt.

Zurück in der ramponierten Telefonzelle greift Mona mit spitzen Fingern nach dem öligen Hörer, bleibt mit den Augen an den zahlreichen angerissenen Aufklebern hängen, die für Sexhotlines und Rotlichtetablissements werben, und wählt die deutsche Nummer, die sie von dem Originalzettel abliest. Rottfeld meldet sich sofort. Keine Umschweife, keine Decknamen. Der Verfassungsschutz lässt es locker angehen. Herr Rottfeld notiert sich Monas Nummer, die sie erst auf dem Gehäuse der Telefonanlage suchen muss, und sagt, er ruft zurück.

Es ist ein bemerkenswerter Eindruck, wenn mitten in der Marseiller Bahnhofsgegend ein öffentlicher Apparat klingelt.

Rottfeld: „Frau Richtberg, Rottfeld hier."

Mona: „Danke für den Rückruf."

Rottfeld: „Schön, dass Sie sich melden. Aber wieso aus Frankreich?"

Mona: „Ich habe Neuigkeiten."

Rottfeld: „Mhm."

Mona: „Ich glaube, Chris Schneeweiß steckt in großer Gefahr."

Rottfeld: „Inwiefern? Hat es mit Carl Thomas zu tun?"

Mona: „Nein, nicht Carl Thomas. Ich glaube, Sie setzen da aufs falsche Pferd. Ich glaube, Ihr Informant hat Sie auf eine falsche Fährte gelockt."

Rottfeld: „Wie meinen Sie das?"

Mona: „Das Problem ist definitiv nicht, dass Carl plant, Schneeweiß abzusägen. Ihn könnte doch sowieso niemand ersetzen. Kein noch so kompetenter Mann, den Carl aus seinem eigenen Stall hervorzaubert, ob Scientology oder sonst was, würde CfS ähnlich erfolgreich verkörpern ..."

Rottfeld: „Ist uns schon klar, aber unser V-Mann hat unmissverständlich auf Turbulenzen hingewiesen, die ..."

Mona: „Ihr V-Mann! Stanley?"

Rottfeld: „Ja, Stanley, Tempertons Butler."

Mona: „Okay. Vielleicht überprüfen Sie ihn einfach mal auf seine Glaubwürdigkeit ... ob er ein doppeltes Spiel ... Aber das geht mich nichts an, Entschuldigung. Hören Sie, ich habe etwas, das ich Ihnen mitteilen muss. Sind wir auf dieser Leitung sicher?"

Rottfeld: „Das sind wir. Durch meinen Rückruf befinden wir uns auf einem codierten Server."

Mona glaubt das nicht, aber es ist ihr egal: „In Ordnung. Also, ich befinde mich in Frankreich, weil ich zu Chris Schneeweiß vorzudringen versuche. Er tourt ja wieder. Vorgestern war ich in Wien, gestern hier in Marseille, wo ich immer noch bin, und in drei Stunden fliege ich nach Zürich."

Rottfeld, verwundert: „Sie reisen ihm nach?"

Mona: „Ja, um ihn zu treffen. Aber es ist so gut wie unmöglich, an ihn ran zu kommen!“

Rottfeld, noch erstaunter: „Sie haben keine Akkreditierung?“

Mona: „Sogar CfS-Mitarbeitern ist der Kontakt mit ihm untersagt. Er wird streng abgeschirmt. Lediglich sein persönliches Team ist um ihn herum. Und ich vermute, ich bin inzwischen überhaupt keine CfS-Mitarbeiterin mehr ...“

Rottfeld, verwirrt: „Wieso? Was ist los?“

Mona: „Ich habe Los Angeles vor drei Tagen kurzerhand verlassen.“

Rottfeld: „Was meinen Sie mit kurzerhand verlassen?“

Mona: „Ich bin gegangen. Es ist nämlich etwas ...!“

Rottfeld: „Sie meinen, Sie haben CfS erneut den Rücken gekehrt?

Mona: „Ja, weil ...“

Rottfeld, außer sich: „Wie bitte? Das war aber nicht Teil unserer Abmachung!“

Mona: „*Abmachung*? Ich bitte Sie!“

Rottfeld, etwas beherrschter: „Erzählen Sie.“

Mona: „Vor vier Tagen tauchte eine Frau namens Agnes Nyström im Büro von Carl auf, und forderte eine Million Dollar für ihre beglaubigte Aussage, in einem Stockholmer Hotel eigenhändig Schneeweiß’ Sperma entwendet und an einen ihr unbekannten Mann ausgehändigt zu haben, der ihr Geld dafür geboten haben soll. Sie arbeitet als Escortgirl unter dem Namen Monique.“

Rottfeld: „Moment. Soll das heißen, diese Agnes Nyström, beziehungsweise Monique (die Namen kommen ihm flüssig über die Lippen, Mona sieht Rottfeld vor sich, wie er mitschreibt) hätte Entlastungsbeweise?”

Mona: “Sie hätte sie womöglich gehabt, ja. Zumindest hätte sie zur Klärung der Vergewaltigungsvorwürfe beitragen können.”

Rottfeld: „Gut, wir prüfen das. Haben Sie noch genauere Daten zu dieser Nyström? Moment: *Hätte beitragen können*? Konjunktiv?“

Mona: „Allerdings. Das ist nämlich noch nicht alles.“

Rottfeld: „Ja bitte.“ Ungehaltener Tonfall. Mona denkt sich, irgendwie sprechen wir beide nicht aufeinander an. Rottfeld ist ganz anders, als bei ihrem ersten Treffen in dem Kino. Ein unhöflicher Prolet, wie die meisten Staatsbeamten, nichts weiter. Aber sie möchte etwas von ihm, also durchhalten.

Mona: „Am folgenden Tag, also vorvorgestern, als Agnes Nyström erneut auftauchte, um die Verhandlungen mit Carl fortzusetzen, wurde sie bei einem Autounfall tödlich verletzt. Aber es war kein Unfall, ich hab's gesehen ...“

Rottfeld, jetzt völlig überrollt: „*Sie haben es gesehen*?“

Mona: „Ich war zufällig Zeuge. Ihre Tötung war Vorsatz, ganz sicher.“

Rottfeld: „Aha.“

Mona: „Ganz sicher. Lassen Sie mich jetzt nicht auf Details eingehen. Nachdem diese Agnes Nyström am Tag zuvor Carls Büro verlassen hatte, rief Carl in meinem Beisein, und im Beisein meines Kollegen Pete Mirovski, direkt Walt Temperton an.“

Rottfeld, phlegmatisch: „Verstehe.“

Mona: „Nein, glaube ich nicht. Allein der Umstand, dass Carl mich und Pete bei diesem Meeting dabei haben wollte, und dass er dann sogar in unserer Anwesenheit Temperton über diese potenzielle Entlastungszeugin informierte, legt nahe, dass er Chris in keiner Weise absägen möchte - wie Sie das annehmen.“

Rottfeld sammelt sich: „Naja, also ...“

Mona: „Hören Sie: Ich habe nicht viel Zeit und ich habe keine Ahnung, wie ich es allein anstellen kann, aber ... Ich muss Chris Schneeweiß warnen.“

Rottfeld: „Ihn warnen? Wovor, um Gottes Willen?"

Mona weiß, dass ihre Schilderung nicht ganz chronologisch verläuft. In der Eile kriegt sie es nicht besser hin, aber Rottfeld wird es sich schon zusammenreimen können. Sie sagt:

„Temperton verhing komplette Informationssperre, nachdem Carl ihn über Agnes Nyström in Kenntnis gesetzt hatte. Und er, also Temperton meinte, er regle die Angelegenheit allein. Er nahm Carl da komplett raus. Und am nächsten Tag sah ich vor dem CfS-Gebäude, wie gesagt *mit eigenen Augen*, wie diese Frau von diesem BMW niedergemetzelt wurde."

Rottfeld: „Was für Sie Anlass genug ist, Temperton sofort zu verdächtigen und umgehend Los Angeles zu verlassen, um Schneeweiß auf eigene Faust zu treffen ... um ihm Ihre kruden Theorien mitzuteilen ...?" Mona, unbeirrt: „Genau, ... da stimmt was nicht. Herr Rottfeld, Sie müssen mir helfen, Schneeweiß zu treffen. Er ist total abgeschottet und ohne Ihre Hilfe kann ich es mir sparen, ihm hinterherzureisen, das habe ich hier gemerkt."

Rottfeld, sehr ernst: „Lassen Sie mich noch mal zusammenfassen: Sie sind also seit drei Tagen abtrünnig und somit wieder auf der Feindesliste von CfS, richtig? Wie nach ihrem ersten Ausstieg?"

„Nehme ich an, ja. Werden Sie jetzt auflegen?", fragt Mona neckisch witzelnd. Genau das tut er, ohne ein weiteres Wort.

Mona steht fassungslos in der Telefonzelle und hört das Aufgelegt-Tuten in der französischen Festnetzvariante.

Irrlichter

Es ist der 4. Juli und noch ziemlich früh am Morgen. Ich konnte nicht richtig schlafen. Zu viel wirbelt mir im Kopf herum.

Da stehe ich, lasse abtropfen. Spätestens nach dem tausendsten Mal wird pissen auch langweilig. Schütteln, Reißverschluss, Gürtel zu. Die Handwaschlotion lässt sich mit dem kalten Wasser nicht richtig abspülen.

Ich verlasse die Toilette in der Empfangshalle des Züricher Marriott Hotels und brauche fast eine ganze Minute, um zu der zehn Meter entfernten Rezeption zu gelangen.

„War alles zu Ihrer Zufriedenheit, Herr Schneeweiß?“, fragt mich der großgewachsene Portier ganz ohne schweizerischen Einschlag und ignoriert damit den Decknamen, unter dem ich eingebucht habe. Aber das geht in Ordnung. Es wäre lächerlich, wenn er mich mit Räuber Hotzenplotz ansprechen würde.

„Alles perfekt, vielen Dank“, entgegne ich und schaue ihn an, als trage er die alleinige Verantwortung dafür. Unaufgefordert reiche ich ihm meine Schlüsselkarte. Ich checke aus. Zwei Nächte.

Hochoffiziell tippt er Daten in seinen Computer, was uns beide kurz von der Notwendigkeit etwas zu sagen befreit. Ich ergreife die Gelegenheit, um mit geschlossenem Mund zu gähnen. Mein Rundumblick durch die Lobby streift eine gigantische Zierpflanze und überfliegt den blitzblank gewienerten Parkettboden. Hotelgäste durchschreiten die Halle, von hier nach da, bleiben stehen, verschwinden, neue Leute kommen, es ist ziemlich was los. Ich bemerke einen dunkel gekleideten Mann, der im Wartebereich sitzt und sich mit nichts anderem beschäftigt, als mich zu beobachten. Ich sehe schnell woanders hin.

„Hatten Sie etwas aus der Minibar, Herr Schneeweiß?“, höre ich den Hünen hinter der Eichentheke fragen. Wie wachgerüttelt wende ich mich wieder ihm zu.

„Hatten Sie etwas aus der Minibar, Herr Schneeweiß?“, wiederholt er betont identisch, um nicht ungeduldig zu wirken.

Aus der Minibar? Das kann man wohl sagen.

„Ja, und zwar ...“, antworte ich und informiere ihn darüber, was ich mir aus dem Zimmerkühlschrank genommen habe. Eigentlich fast alles.

„Wie ich sehe, werden die Buchungen für Sie und Ihre drei Begleitpersonen von der Firma CfS beglichen, ist das richtig?“

„Mmh. Das erledigt alles meine Assistentin, muss jeden Augenblick hier sein“, erkläre ich klar und deutlich, aber auf Autopilot.

„Selbstverständlich“, sagt der Riese und da schießt Kash aus dem sich öffnenden Lift auch schon förmlich hervor.

„Hey“, sie, Furor in den Augen.

„Hey“, ich, schlechtes Gewissen in den Augen.

Sie erledigt die Formalitäten, zückt ein paar Karten, unterschreibt was, schenkt dem Portier keine Verabschiedung, dreht sich zu mir, ohne zu schimpfen, und winkt stumm dem Pagen, der die ganze Zeit bei ihrem dreiteiligen Kofferset in der Ecke stand. Ihrer Handbewegung fügt sie ein mimisches *hierher, aber dalli* hinzu. Übereifrig setzt sich der Boy in Bewegung und zerrt die Gepäckstücke hinter sich her. Wir kommen ihm entgegen. Im Gehen fragt mich Kash „Und, wie hast du geschlafen?“, und nestelt in ihrer Handtasche. Immer noch kein Schimpfen.

„Beschissen“, zische ich hervor, zum einen, weil's stimmt, zum anderen schon auch, weil's knallig klingt.

Kash: „Na prima.“

Ich frage: „Und du?“

„Ebenfalls mies“, nuschelt sie nach kurzem Schweigen, abgelenkt vom Inhalt ihres Täschchens. Mitten in der Lobby bleiben wir stehen. Der Page postiert sich neben uns. Kash findet ihr Handy, zieht es aus der Handtasche und hämmert auf das Display, als wollte sie ihm etwas einbläuen: „Ich schreibe Behringer gleich noch eine SMS. Danke ihm für gestern und so weiter, ich grüß ihn von dir.“

„Behringer?“, flüstere ich, dann lauter: „Ja genau, tu das, schreib ihm ... was Nettes. Hat mich gefreut, ihn wahrscheinlich kennengelernt zu haben.“ Wer? Es geht wohl um den gestrigen zweiten Auftritt im Züricher Hallenstadion. Besagter Behringer, der jetzt gleich Kashs SMS erhält, dürfte der Veranstalter sein, oder ein Verleger, oder irgendein Vorstand. Was genau - müsste ich Kash fragen. Interessiert mich aber nicht.

Einem plötzlichen Impuls folgend, schaue ich wieder zu dem Typen im dunklen Anzug, der noch immer bei den Cocktailtischchen sitzt und mich nach wie vor unausgesetzt anstarrt, mit einer Coolness, die geradezu höhnisch wirkt. Absolut nichts an ihm lässt vermuten, dass er das vertuschen wollte. Ich will aber auch nicht zu viel hineingeheimnissen.

Der Page wird von Kash instruiert, ihre Koffer schleunigst in die hintere der beiden Limousinen zu bringen, die vor dem Eingang auf uns warten. Mein Zeug ist schon eingeladen. Wie erlöst düst der Junge mit dem Gepäck davon. Kaum ist er weg, steckt Kash das Handy ein und donnert los:

„Sag mal, wieso gehst du ohne A und B aus deinem Zimmer, verdammt noch mal.“ Na endlich. Die trockenen Lippen aufeinandergepresst, räuspere ich mich leise und kräusle die Stirn, was Kash mitteilen soll, dass ich vor lauter Überdruss heute Morgen eben das dringende Bedürfnis verspürte allein mein Zimmer zu verlassen.

Kleine Parallele zu meinem Waldspaziergang in Montreal, meine Güte, na und? Ich war nur kurz spazieren. (Und habe in einer Telefonzelle versucht, Mona Richtberg zu erreichen. Ich kann sie nämlich nicht von meinem Handy aus anrufen, da all meine Korrespondenz über CfS-Server läuft. Ich *musste* allein sein, um es zu versuchen. Aber bei Mona hat es nur endlos geklingelt.)

„Mach das nie wieder, allein auszubüxen, hörst du?", knurrt Kash und ich würde mir am liebsten die Ohren zuhalten, wie ein trotziger kleiner Junge. Wie aus dem Nichts stehen plötzlich Rainer und Samir neben mir.

„Guten Morgen die Herren", sage ich leichthin. A und B nicken und murmeln „Morgen", ihre Entspanntheit hält sich in Grenzen. Samir beugt sich an mein Ohr und seine Stimme glüht vor Zorn: „Hör mal, was sollte das denn? Haust einfach ab, ohne ...", er stockt, registriert jemanden und ich bin froh, dass er nicht weiterreden kann, weil eine Frau, die lange überlegt hat mich anzusprechen, nun auf uns zukommt, was Samir zwingt, seine Rüge abzubrechen.

Im Nu nähert sich mir das Hausmütterchen und ich gebe meinen Dreien ein Zeichen, dass sie es gut sein und sie gewähren lassen sollen. Was sie auch tun. Schließlich ist meine Totalabschottung gestern auf meinen nachdrücklichen Wunsch gelockert worden. Ich nötigte Carl ab, wenigstens gelegentlich wieder Fankontakt haben zu dürfen. Völlig von der Menschheit abgeschnitten zu sein hält niemand durch.

Im charakteristischen Gefühlsüberschwang kommt das Hausmütterchen nun vor mir zum Stehen und nimmt in heiserem Tonfall Kontakt mit mir auf, redet das Übliche. Ich höre ihren Autogrammwunsch, sowie den Zusatz, dass sie und ihr Mann nicht glauben, was da so alles über mich geschrieben wird. Und ich trällere: „Aber klar, gerne." Was sich auf das Autogramm bezieht. Sie hält mir eine Postkarte von Zürich hin, auf deren Rückseite ich meinen

Namen schreibe. „So-oh, bitte sehr, und danke für Ihr Interesse", sage ich, und sie bestaunt mein kritzeliges Signum, dreht sich um und geht einfach. *Geht einfach.* Hinten und vorn fehlt's da, hinten und vorn. Fast bereue ich schon wieder, meine Abschottung gelockert zu haben.

Noch bevor ich „Sollten wir nicht schön langsam los" in die Runde werfen will, bemerke ich, wie Samir und Rainer sich in Habachtstellung begeben und Kash abfällig die Augen verdreht und nach rechts schaut. Ich folge ihrem Blick. Oh je. Ermutigt durch die Autogrammjägerin kommen mehrere Leute auf mich zu. Leute mit Leuten im Schlepptau. Rainer stellt sich ganz nah neben mich und Samir positioniert sich wachsam unter dem Pulk von zehn, zwölf Personen, die mich jetzt einkreisen. Ich schreibe ein bisschen auf verschiedenen Papierformaten rum, schüttle Hände, posiere Arm in Arm, arbeite einen nach dem anderen ab, irgendwer sagt melan*kon*isch statt melan*chol*isch, ich glaube, es ist die wasserstoffoxydierte Frau rechts von mir, die ihr Haar mit einem zu feinen Kamm gekämmt hat, was ihm einen strähnigen Eindruck verleiht, man zupft an mir, man brüllt mir ins Ohr, man stößt mich rum – alles, was ich hasse. Mir wird ein weiterer Zettel zur Unterschrift gereicht, und genau in dem Moment, in dem Rainer, wie angewiesen „So, zur Seite bitte, Herr Schneeweiß muss jetzt leider weiter" ruft, gebe ich pfeilschnell den geborgten Stift an eine Person zurück, der er nicht gehört, und mache ein Gesicht untröstlichen Bedauerns. Rainers zweite Aufforderung gewinnt bereits an Schärfe: „Zur Seite bitte jetzt."

Wir vier schälen uns aus der Menschenansammlung und gehen Richtung Ausgang. In drei Stunden landen wir in Helsinki, erfahre ich von Madame, während wir uns zügig der gläsernen Drehtür nähern. Die Horde hinter uns löst sich langsam auf.

Samir, der vorangeht, stupst die Drehtür an, die mit einem seidigen Schleifgeräusch in die Gänge kommt, und tritt in die schwingende Glaskapsel, die uns sogleich trennt. Ich muss warten, und kurz bevor die nächste Glaswand vorbeigleitet und ich zusteigen kann, fällt mir noch mal der Finsterling im Anzug ein, und ich spähe über meine Schulter und suche ihn wo er gesessen hat, doch ich kann ihn nicht finden. Sein Sessel steht verlassen da, der dunkelbraune Lederbezug glänzt matt, noch leicht eingedellt vom Sitzabdruck. Der Typ ist weg. Mein Blick irrlichtert durch die Halle. Ergebnislos. Kash drückt mir ihren Zeigefinger ins Kreuz und drängelt „Komm weiter".

Die Drehtür nimmt mich auf. In kleinen Schritten tipple ich über den Raufaserteppich, und während ich hinausbefördert werde, betrachte ich meine Spiegelung in der Scheibe direkt vor mir, mustere mein ausgemergeltes Gesicht (je klarer die Kinnlinie, desto klarer der Verstand?), die verquollenen und geröteten Augen, und finde, ich sehe mir gar nicht ähnlich.

Als ich nach draußen in den überdachten Anfahrtsbereich trete, zünde ich mir sofort eine an. Immer noch wütet das Hochsommergewitter von gestern Abend.

Rainer kommt uns hinterher, überholt mich und öffnet Kash und mir die rechte Tür des Fonds der Limousine. Kash steigt ein und rutscht durch, auf den Rücksitz, hinter dem uniformierten Fahrer mit Chauffeurmütze, auch nicht mehr der Jüngste. Kenn' ihn nicht, hat im Bewerbungsbogen die Frage „Sind Sie Mitglied einer terroristischen Organisation" aber bestimmt mit Nein beantwortet.

Es schüttet wie aus Kübeln. Ich stupse die frische Zigarette weg und steige in den schwarzen S-Klasse Mercedes, während entfernt eine Autoalarmanlage losgeht. Der Ledersitz ist tief und weich. Rainer schließt meine Tür und sagt „Vorsicht bitte", bevor er sie sacht ins Schloss fallen lässt. Gedämpfte Stille im Wageninneren. Enklave der Ruhe. Mit einem Mal bin ich hundemüde. Eine seltsame Nervosität ergreift mich. Ich muss Mona irgendwie erreichen. Wie, muss ich mir überlegen. Aber nicht jetzt. Ich versuche, das Thema vorerst zu verdrängen. In Anbetracht der Kürze des Lebens halte ich Verdrängung sowieso für eine vernünftige Taktik. (Wäre ein tolles Zitat für eine meiner Fan-Homepages.)

„Alles in Ordnung?“, fragt Kash neben mir, wobei ihre Hand sanft über meinen Oberarm streicht. Man weiß wirklich nie, was bei ihr als nächstes kommt.

Unser Wagen rollt langsam an, wie um unserer Ehrwürdigkeit Ausdruck zu verleihen. Der Fahrer schwenkt seinen Kopf weit nach links, um die Straße zu prüfen. Wegen der dichten Schauer fahren alle etwas vorsichtiger. Wir steuern aus dem überdachten Bereich ins Freie. Umgehend zeichnen sich auf der Windschutzscheibe dicke Regentropfen ab. Der Wischer setzt automatisch ein und macht schnelle Bewegungen. Unsere Limousine schert abrupt aus, hinein in den vorbeirauschenden Verkehr. Starke Beschleunigung. Es drückt mich ins Polster. Ich schnalle mich an.

Kash telefoniert bereits. Was sie momentan empfindet ist in der Art zusammengefasst, wie sie „Geben Sie mir Behringer“ in den Hörer sagt. Dabei dachte ich, sie wollte diesem Behringer eine SMS schicken, nicht ihn anrufen. Komisch. Rainer sitzt vor mir auf dem Beifahrersitz, Samir fährt im zweiten Wagen hinter uns her, mit dem Großteil des Gepäcks.

Unser Wagen gleitet über nasse Straßen. An der dritten Ampel müssen wir halten. Wir sind die Ersten in der Schlange. Ich drehe mich um und sehe durch die Heckscheibe eine lange Autoreihe hinter uns. Kash fragt, ohne mich anzusehen „Ist was?“, und schaut auf ihre Armbanduhr mit dem schlanken Lederband. Und während ich „Wir scheinen Samir abgehängt zu haben" nuschle, wende ich meinen Kopf wieder nach vorn und will auf dem Bildschirm, der in die Kopfstütze des Sitzes vor mir installiert ist, gerade irgendwelche Online-Nachrichten anwählen, als blitzartig etwas in meinem rechten Gesichtsfeld auftaucht, was mich sofort in diese Richtung blicken lässt. Eine bedrohliche Silhouette. Ich kann die Marke der schweren, schwarzen Luxuskarosse nicht bestimmen, die auf uns zurast. Ihre Schnauze zielt auf uns. Im rechten Winkel in die Seite. Die eingeschalteten Scheinwerfer fixieren mich wie Katzenaugen. Kommen näher. Der Regen prasselt auf mein Fenster, lässt mich den Fahrer hinter der getönten Scheibe unmöglich erkennen. Ich denke an die Gestalt in der Hotelhalle, den einsamen Sessel.

Die Limousine schießt mit einer Geschwindigkeit heran, die mir völlig klar werden lässt, kein noch so geringer Zweifel, dass es einen Aufprall geben wird. Unausweichlich. Diese Szene kommt mir bekannt vor. Der Wagen zielt auf mich mit eleganter Präzision. *Alles wird umsonst gewesen sein.* Die Distanz zwischen uns wird kleiner. Ich weiß nicht, was ich tun soll. *Irgendjemand muss mir sagen, was ich tun soll.* Ich kann nicht mal einen Laut von mir geben, bin wie gelähmt. Der Druckknopf meines Gurts blockiert. Ich schaue zu Kash. Sie ist verschwunden. Ihr Sitz ist leer. Meine Gedanken überschlagen sich. Eine grausame Erschütterung. Der Mercedes kracht frontal mit seinem Kühler in meine Tür. Und dringt vollständig ein, in das Stück Blech - bohrt sich hindurch wie Butter. Im Bruchteil von Sekunden. Und in diesem Bruchteil von Sekunden schießt mir durch den Kopf, ... *dass man es doch von Anfang an ahnt: irgendwann geschieht einem etwas Schlimmes, während das Leben der anderen unverändert weitergeht. Einmal wird das letzte Mal sein, dann endet Deine Teilnahme am Leben, und es wird Dich niemals wieder geben. Und wenn dieser Zeitpunkt dann wirklich gekommen ist, wirklich da ist, läuft alles einfach weiter, als wenn nichts wäre. Nur Du spielst keine Rolle mehr.*

Bis die Erde explodiert, wird die Sonne noch ein paar hundert Milliarden Mal immer wieder aufgehen, Tag für Tag. Aber eben ohne Dich. Ohne Gott ... Ein Hagelschauer aus Glas prasselt auf mich hernieder, als die Scheibe des Wagens in tausend kleine Splitter zerspringt. Dumpfes Klirren. Ich werde zur Seite gerissen. Kein Seitenairbag öffnet sich. Dann wird es dunkel. Ich bin wieder bei Null. Aus und vorbei.

Von Robin Felder bislang erschienen:

"Unsympath"
Roman
www.unsympath.com

"Paranoia"
Roman
www.paranoia.com.de

"The Godjob"
Roman
www.thegodjob.com

Trubel & Heller

Printed in Poland
by Amazon Fulfillment
Poland Sp. z o.o., Wrocław

54695525R00229